法显西行记

Fa-Hien's Journey to the West

袁维学 著

山西出版传媒集团
三晋出版社

序

法显西行记

杜学文

随着"一带一路"倡议不断推进,人们对中外文化交流的关注也越来越多。伟大的丝绸之路,不仅是一条贸易连接带,还是一条文化交流带,它推动了沿线国家的联系、交流、融合。在漫长的历史进程中,丝路上的故事不断上演并流传着。

在这样的历史演进中,东晋之末的法显显然是一个不可回避的存在。他在花甲之年,做出了西行求法的决定。于是以一人之力,涉千山万水,跨雪山沙漠,历惊涛骇浪,度生死劫难,用生命与脚步丈量了人与信仰之间的距离。取真经而不悔,通东西而永生。他是丝路的拓荒者、旅行家;是以身验法的苦行僧、求道者;是传播经律的佛学家、翻译家;是著作流芳千古的文学家、史学家与地理学家。用一句话概括,法显是人类追求真理之精神的生动典范。

关于法显的研究,似日见增多。但以小说的手法来表现其经历、精神与成就的作品,至少以我之陋见,还不多。由袁维学所著《法显西行记》即为其中之一。把历史上真实的人与事用小说的形式表现出来,需要面临纪实与虚构的矛盾,以及文体要求的挑战。从纪实的角度看,关于法显的很多问题年日久远,资料各异,还需要进一步研究。比如法显俗姓为龚,但其族之情状,包括他自己的俗名、出生时间、出生地点等均不甚清晰。要研究清楚法显所处时代,所经之地,并不是一件容易的事。所幸的是,袁维学长期在南亚、东南亚多国从事外交工作,有机会接触、搜寻相关的史料,并考察当地的社会风情,对法显及其经历有了更多具体可感的认知。他对法显所著《佛国记》亦有非常深入的研究,不仅梳理清楚了法显所经之地,亦考证清楚了这些地方与今天对应的国家、地名,以及相关的历史文化、地理风物。从这点上看，这种求真的效果还是非常细致深入的。在此基础上，作者依据《佛国记》所记，亦虚构了一系列相关的人物、事件，一方面以印证《佛国记》的记述，另一方面以丰富作品的内容，增强作品的可读性与吸引力。

另外，就这部小说而言，还有一个非常重要的问题，就是所写人物要符合求法僧的身份。其中人物的所思所想、所感所言均应表现出佛门弟子的特点，这就要求作者必须对佛教教义、典籍、人事、教律等有相应的了解。面对同样的事件，普通俗众的态度和反应与修行的僧侣、特别是诸如法显这样的高僧是不同的。而即使同去天竺求法的僧人，由于其认知、修养、性格不同，表现也不相同。一路上，法显的同行者，有的半路返国，有的病故他乡，有的留在天竺。而他们的选择，恰恰衬托出法显精神之非凡。作者在佛教方面有较为深厚的积累，所以，他能严格地按照人物的文化身份下笔，并且不着痕迹地把小说人物置于"佛"的语境之中描写。在人物描写之余，他还向读者介绍了众多的佛教典故、纪念地，以及遗迹。

《法显西行记》以法显的视角介绍其所历各地之自然地理和社会风情，特别是佛教的发展情况。法显在所历国家主要是寻找并抄录律藏，观瞻佛迹。后来，还描绘佛像。当时，天竺一带所建伽蓝、佛塔甚多，寺内僧侣极众，少者数百，多者数千，可见佛教在这一带的兴盛。从小说的描写来看，天竺之地对华夏的了解不多，但亦有简单的认知。一般知道华夏之地十分遥远，地域广阔，物产丰富。小说写到，法显在摩羯国（或称摩羯陀国）时，住在都城巴连弗邑，结识了宫中官员米提拉。当时正是笈多王朝时期，国王为旃陀罗·笈多二世（即超日王）。米提拉被超日王派往华夏，代表笈多二世向华夏皇帝致意，了解国情，互通友好。国王非常仰慕华夏，认为华夏是"上邦大国，盛产丝绸、茶叶、瓷器，又多有文化古迹"。这应该代表了当时天竺社会对中原的认知，也反映出华夏对天竺等地的影响。

实际上，这也是华夏和天竺诸国加强交流、增进了解的时期。一方面，天竺高僧来华者日多，如天竺僧人摄摩腾、竺法兰、竺佛朔、竺大力等。汉代以后，这些天竺高僧开始进入华夏，传播佛法并翻译佛经。其中，最有影响者为鸠摩罗什。他在长安译经十年，译经约有三百多卷。小说中多处写到天竺僧人往华夏的事例。其中，与法显共同译经的佛驮跋陀罗就是中天竺人，后移居北天竺。他十七岁开始诵经，聪慧异常。在罽宾时遇到中国僧人智严，决定东行来华，从事译经之业。另一方面，自法显开创西行求法之风后，西行求法渐成风气。法显之后，西行求法之潮大盛并持续数百年。

其中，唐时玄奘、义净最具代表性。玄奘行十七年，义净行二十五年。他们从天竺取回大量佛经，并从事翻译之业，对佛教中国化的演变有着极为重要的推动作用。

除了宗教文化上的交流，华夏与西域地区的经济贸易往来也是很重要的交流方式。书中多处描写了来华商队以及华夏之地的各种物产，其中作者特别描写了法显在无畏山僧伽蓝的佛殿看到一把晋地所产供养玉佛的白绢扇，激起了深藏于心的思国之情，不禁潸然泪下的情景。

法显时代，西域地区对佛像的仰拜已较为普遍，而在佛教早期，并没有佛像瞻仰的现象，佛家弟子所拜多为佛迹、佛影。这种变化即反映了欧洲希腊艺术对中亚，以及南亚地区的影响。特别是犍陀罗地区，在大约公元一世纪后出现了深受古希腊艺术影响的表现佛陀形象的石刻。随后，佛像的雕刻塑造成为佛教传播的重要手段。这种现象也对中国佛教的传播产生了重要影响。从艺术创造来看，融古希腊、罗马，以及波斯、古印度艺术元素于一体的造型艺术开始出现，并由石雕向绘画、建筑等领域拓展。在佛教东传的过程中，它也进入中国，由新疆地区向东，至甘肃敦煌、大同云冈、洛阳龙门等地。关于佛像造像艺术以及描绘佛像的内容，小说中也多有描写。

法显一生矢志弘法，历尽艰辛终于带回《摩诃僧祇律》《方等泥洹经》等十余部经律，并翻译出六部七十余卷。这对中国佛教的传播发展，及其后佛教的中国化意义重大。他所著《佛国记》不仅记录了法显西行所历所见所闻，亦在记录笈多时期西域乃至印度历史方面贡献巨大。印度历史学家阿里认为，如果没有法显、玄奘、马欢的著作，重建印度史是完全不可能的。这是学术界对其史学贡献的通识。其《佛国记》也具有极为重要的地理交通与航海价值。特别是对南海航行的详细记录为后来的航海活动提供了极为珍贵的资料。而今天，我们通过《法显西行记》了解当时的社会文化时，更应该体察法显身上表现出来的追求真理、矢志不渝的崇高情怀与伟大精神。

是以为序。

2022年4月23日23:45于晋阳
2022年4月25日21:50改于晋阳

前言

法显西行记

— 袁维学

法显（约公元334年—公元420年），平阳郡武阳（今山西省临汾市）人。是我国东晋时期的一位高僧，中国到天竺（印度）取经并携经而归的第一人，杰出的佛学家、旅行家和翻译家。

法显感慨戒律残缺，决心亲往天竺取经求律，瞻仰佛迹，"欲令戒律流通汉地"。于是，他于公元399年以65岁高龄毅然偕同慧景、道整、慧应、慧嵬等人，从长安（今陕西省西安市）出发前往天竺取经。他途经上无飞鸟、下无走兽、没有路径、唯以死人枯骨为标识的大沙漠，翻越崖岸险绝、壁立千仞、临之目眩的葱岭……备尝艰辛，游览了30余国，历时14载。与他一同西行的先后有十人，或半途折回，或病死异国，或久留不还，只有法显一人，百折不挠、坚韧不拔、孜孜不倦，终于完成夙愿，由海路携经而归。回国后，他抵建康（今江苏省南京市）与外国禅师佛驮跋陀罗直接从梵文译出《大般泥洹经》等经律，开创了把梵文佛教经典直接译成汉文的先河，并把自己在国外的所见所闻撰写成《佛国记》一书，为后人留下了一部珍贵的历史文献。最后圆寂于荆州（今湖北省江陵县）辛寺，春秋八十有六。

法显的足迹所至，不仅汉之张骞、甘英未到，就连西晋之朱士行、东晋之支法领也未涉足。他是海陆并遵、广游西土、留学天竺、携经而返的第一人。中外学者对他的壮举给予了高度的评价。梁启超说："法显横雪山以入天竺，赍佛典多种以归，著《佛国记》。我国人之至印度者，此为第一。"斯里兰卡史学家尼古拉斯·帕拉纳维达在谈到有史以来访问过斯里兰卡的中国人时，也首推法显，誉称他为"伟大的旅行家"。印度尼西亚学者甫榕·沙勒说:"人们知道访问过印度尼西亚的中国人的第一个名字是法显。"他还说,法显的《佛国记》关于耶婆提的描述,"是中国关于印度尼西亚第一次比较详细的记载"。法显的游历,扩大了中国和南亚诸国及东南亚一些国家的文化交流,增进了与这些国家的友谊。南亚诸国在提及与中国的友谊和交往时必谈到法显。法显是我国古代杰出的中外友好使者。

在我国佛教史上,人们常把法显与玄奘并称。而法显比玄奘早去天竺230余年。唐代僧人义净在他所著的《大唐西域求法高僧传》中写道:"观夫自古神州之地,轻生殉法之宾,显法师则创辟荒途,奘法师乃中开正路。"法显与玄奘都是舍身求法并具有卓越贡献的高僧。但对比起来,"创辟荒途"要较"继开中路"更加艰难。玄奘之去印度和从印度归来,都取道陆上,而法显之陆去海还,曾身历鲸波巨浪之险。另外,玄奘在西行中曾得到高昌王麹文泰的大力帮助,归国后又得到唐太宗、唐高宗父子的种种庇护。而法显虽也得到过如张掖王段业、敦煌太守李暠这样一些人的施舍,但基本上他始终是一个寻常的和尚。他因于外力者少,而自身奋发者多,松风山月,似乎更高人一等。

法显坚定不移的信念、救度苍生的慈悲、坚忍不拔的毅力、百折不回的意志、孜孜不倦的进取、深厚真挚的情义、舍死忘生的胸襟、不守成规的创新、积极坦荡的人生,永远值得后人称道和学习。《法显西行记》内容丰富、悬念迭出、扣人心弦。书中丝路风情、迤逦风光、佛踪圣迹、异国情调,描写得丝丝入扣。该书既有严肃文学的缜密构思,又有传记文学的翔实材料,具有浓重的传奇色彩。

目录

001	第 一 章	决计西行
007	第 二 章	誓为沙门
016	第 三 章	长安启程
023	第 四 章	一诺千金
038	第 五 章	丝系四海
046	第 六 章	枯骨为标
057	第 七 章	众僧蒙难
067	第 八 章	命悬一线
078	第 九 章	于阗观像
089	第 十 章	险度葱岭
101	第十一章	规劝恶人
105	第十二章	履亘过河
111	第十三章	智促团聚
121	第十四章	吮血祛毒
133	第十五章	险遭祭天
140	第十六章	智救少女
146	第十七章	学府畅谈
154	第十八章	无妄之灾
161	第十九章	横遭误解

页码	章节	标题
168	第二十章	洒泪葬友
175	第二十一章	诗会畅怀
183	第二十二章	沙漠昏厥
188	第二十三章	拜谒圣迹
199	第二十四章	惨遭劫难
206	第二十五章	施医病童
219	第二十六章	诵经退狮
231	第二十七章	折服外道
239	第二十八章	习文抄经
244	第二十九章	传授汉文
253	第三十章	孤身前行
267	第三十一章	赴狮子国
274	第三十二章	住锡跋提
284	第三十三章	睹扇思乡
290	第三十四章	不贪浮财
296	第三十五章	泛海回国
303	第三十六章	摸头犯忌
310	第三十七章	险葬鱼腹
319	第三十八章	荣归故土
327	第三十九章	艰辛译著
336	第四十章	辛寺归西
345	附录一	法显西行粗略年表
348	附录二	法显西行所经处古今地名对照表
350	附录三	古今中外评说法显

法显西行记

第一章　决计西行

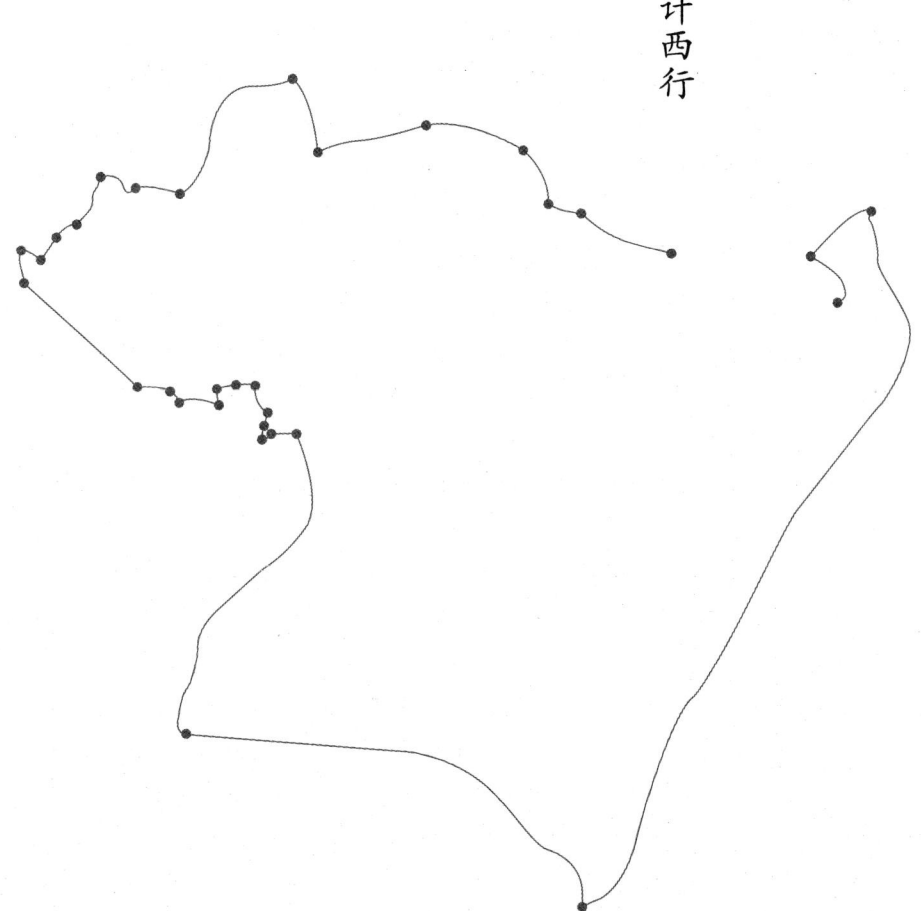

在长安大寺的一间寮房里，一盏小油灯，一闪一闪，忽明忽暗。一缕轻烟，冉冉上升，弥漫到小小的房间里。房间内的摆设十分简朴。一张陈旧的曲足方案，三个圆圆的蒲团。方案上摞着《般若经》《佛本生经》《四十二章经》《般若道行品经》《首楞严经》《般舟三昧经》等各种经卷。方案对面有一土榻，榻上躺着一位老僧。他忽而紧蹙双眉，闭目冥思；忽而睁开双目，凝视屋顶。此时此刻，他心潮起伏，思绪万千。半年前，他到洛阳白马寺访友，昨日刚刚返回寺院，一路上的所见所闻还历历在目。

途中，他曾投宿华清寺。华清寺内的僧众，大都忧郁寡欢，对外来僧人颇为淡漠，似乎有意回避外人，他颇感奇怪。唯有一个老和尚，见他为人坦诚，把寺中的隐秘告诉了他。华清寺寺主慧仁，原是前秦苻坚部下的一名低级军官，在淝水之战中被东晋军队击溃，逃来华清寺，落发为僧。他虽踏入佛门，但并非虔心向佛，仅是为了逃避战祸，有个栖身之所。慧仁为人奸诈，心怀叵测。来寺不久，便欲夺取寺主之位，但恐众僧不服，未敢妄动。有一次，一位良家女子来寺烧香还愿。慧仁见她颇有姿色，顿起淫心，以为她消灾排难为饵，把她诱入禅房，妄图奸污。女子坚决不从，呼人搭救。老寺主普能闻声而至，狠狠地教训了慧仁。慧仁对老寺主怀恨在心，表面上对老寺主极其恭顺，但心里却在盘算如何搬掉他胡作非为道路上的这块绊脚石。一天上午，他约老寺主一同上山采药，趁老寺主不注意时，把老寺主推落山谷。可怜仁慈的老寺主命赴黄泉。慧仁回寺后谎告众僧：老寺主不慎失足，坠落深谷。他窃取了寺主之位。当了寺主后，慧仁肆无忌惮、为所欲为。他强占了寺院周围一顷多土地，招纳了二三十名佃客，还向附近俗人放贷，谋取高利，过着穷奢极欲、花天酒地的生活。他的所作所为激起了僧众和俗人的愤慨。然而，众人却对他无可奈何。因为他手下有一帮为虎作伥的打手。

想到这里，老僧人睁开双目。眼睛里射出两道愤怒的光芒，似乎他要把这锐利的目光变成利剑，刺向恶僧慧仁。随之，他又慢慢地闭上了眼睛。他的思路又转向了另一座寺院。

福隆寺里有二百僧众，由于寺院没有完善的戒律，僧人们犹如一盘散沙。住持虽然过着清苦俭约的生活，但却管束不了手下的僧伽。一个名叫智能的和尚，已出家三载，平素勤恳学修。但有一次，他在俗家的妻子来寺敬佛，她用脉脉含情的眼睛看了看过去的丈夫。这充满柔情的目光使智能难以自控，它像一块石头，在平静的湖面上激起了四溅的浪花。晚上夜深人静时，智能悄悄地溜出寺门，回到阔别三年的俗家，与妻

第一章 决计西行

子温存。天快亮时,他返回寺院,不期被一僧人知晓,这个僧人把此事禀告了住持。住持指责智能道:"你既入佛门,何以又起淫心?"智能回道:"她是我自己的妻子,怎能叫淫?她尚年轻,我不忍让她活守寡,所以回家看望她。佛子以慈悲为怀,我这岂不也是做了一件善事?"住持无言以对,此事不了了之。

还有一个名叫玄安的和尚,有一次醉醺醺地从酒肆出来,东倒西歪地往前走,嘴里还哼着艳曲:"张家小姐年十八,出水芙蓉一枝花。人人看了人人爱,个个见了个个夸。今春踏青扑彩蝶,明年不知到谁家……"突然撞到一位老汉身上,把老汉手中的油罐碰落在地,摔得粉碎。老汉一把拉住他,让他赔偿,他却用力把老汉推倒,口中骂道:"你这老儿,挡住我的去路,还要我赔你的东西!即使是我撞落了你的罐子,又值几何?你好不小气!"说罢,便扬长而去。老汉爬起来,掸了掸衣服,叹了口气,摇了摇头,自认倒霉。目睹者中有一个好事者把此事告诉了寺院住持,但因玄安放肆不羁,住持也奈他不得。

老僧人的眼前又浮现出两个和尚在山上打柴的情景。他们发现了一只受伤的野兔,便把它抓住。一个和尚道:"我们把它的伤包扎好,让它逃命去吧!"另一个和尚道:"嗯。可是,即使把它的伤包扎好,它又能逃到哪里去呢?躲过了猎人,也难以逃脱猛兽。""依你咋办?""依我不如让它早日归西,免得在世间受苦。""你说怎么办?""我说……""你说吧,何必吞吞吐吐。""我听说兔肉很香,可惜我们佛子无此口福。不过,我们肚子已经饿了,也许这是天赐我俩。""那……可我们没有火呀?""古人钻木取火。我们不妨效仿一下。"于是,他们拿来一块木头,用斧头在上面使劲来回磨擦。铁杆磨成针,功到自然成。木头上终于迸出了火星,把草点燃。他们把兔子打死,放到火上烤。烤熟后,建议烤兔子的那个和尚双手合十,说道:"兔儿,兔儿,并非是我等要吃你,只因念你可怜,才让你早离苦海。你充了我俩之饥,做了一桩善事,定会早得正果,速速投生去吧!"说完,撕下一条兔腿递给另一个和尚,自己又撕下另一条腿。两人有滋有味地啃起来。

"哎!佛门不幸。"老僧人叹了口气,睁开了眼睛。油灯一闪一闪,灯光昏黄。老僧人朝油灯瞅了一眼,灯芯上结了一个豆粒大的灯花。他下床走到案边用两根木条夹去灯花,油灯又亮了起来。他朝窗外瞧了瞧,外面一片漆黑。从窗口吹进一阵凉风,老僧人不禁打了个寒战。时值初春,虽不甚冷,但却仍有寒意。老僧人坐到蒲团上,翻了翻案上的经书,想从书中找到改变寺院状况的答案,但却没有一卷经书谈及戒律。他感到茫然，又躺到床上，陷入沉思。

这位老僧人名叫法显，他生活在南北分裂、社会动荡、兵荒马乱的东晋时代。自西晋八王之乱后，天下不宁，战事不绝。黄河流域以北的十六国在无休止的战祸中先后兴起，偏安于江南一隅的东晋朝廷，攘权夺利，内争不已。在这充满着战争和变乱的局势下，达官贵人朝不保夕，前途迷茫；黎民百姓灾难深重，处于水深火热之中。治人者妄图通过宗教享受天国之乐，并祈求神灵保佑其既得的权势；治于人者想借助宗教寻求解脱。这一切，都给佛教以迅速发展的机会，以至它空前兴旺。虽然其时已有不少佛教经典传入晋地，并有一些被译为汉文，却赶不上佛教发展之需要。尤其是戒律经典，极其缺乏，致使广大僧徒无法可依，无规可循。因此，寺院制度颇为混乱。法显，这个虔诚的佛教徒，在寺院里已度过了六十余个春秋，目睹这一切，怎能不痛心？

法显躺在床上想着想着，迷迷糊糊打起盹来。忽然，一位顶结五髻、面容慈善的菩萨从天而降，浑身金光闪耀，照亮了整个房间。他慌忙下榻，顶礼膜拜，口中说道："弟子不知文殊师利菩萨驾到，有失远迎，万乞恕罪。"菩萨道："法显，今日我特来点化于你。虽然西汉时就有我佛门弟子来汉土传教，但未为人所识。东汉时，我佛遣我点化汉明帝。明帝派使者前往西域访求佛法，致使大教东渐。自那时至今已有三百余载。三藏中经藏、论藏已有许多传入汉土，然而律藏传入甚微。你是我佛门虔诚信徒，虽已年逾花甲，但壮心不已，有忧佛法在汉土不能顺利发展之心，整治寺院混乱之志。你谨记，我这里有一偈颂：'佛居极乐国，真经在天竺。历尽千般苦，金光照汉土。'你照偈颂行事，终能成其正果。"菩萨说完，迈步欲行。法显言道："菩萨且慢，弟子尚不明白偈颂之意，恳请菩萨指点一二。"菩萨道："你这个愚僧！"说完，朝法显一甩袖子，腾空而去。法显往后一倒，摔了一跤。他猛然惊醒，原来是南柯一梦。

法显回味梦境，彻夜未眠。

早斋后，法显约道友慧景、道整、慧应、慧嵬在他房间小坐。

法显道："诸位道友，我夜得一梦，梦见文殊菩萨前来点化贫僧，留下一首偈颂：佛居极乐国，真经在天竺。历尽千般苦，金光照汉土。我已悟彻，菩萨指引我到天竺求取经律，光耀我汉土佛子。我对律藏残缺甚感痛心，早有去天竺求经之心，但因旅途遥远，未敢轻举妄动。今经菩萨指点，更加坚定了我的决心。我打算西行取经，诸位以为如何？"

"法显法师，你在我佛子中德高望重，学识广博，在寺中静心修行岂不更好，何

第一章 决计西行

必去寻长途跋涉之苦？"

说话的名叫慧嵬，三十来岁，中等身材，面容俊俏，脸色白皙，像个白面书生。

法显道："慧嵬，学无止境，我虽比你多懂一点儿，然而典籍浩瀚，我也仅触及皮毛。况且戒律贫乏，我汉土佛子无法可循，有碍大教发展，岂不令人痛哉！至于辛苦劳顿，我自入佛门之日起，就把'辛劳'二字弃于九霄云外。"

坐在法显右边的一个四十来岁面容清癯的高个子和尚说道："法显法师，你年事已高，且旅途多难，最好别去冒此危险。"

法显道："慧应，我虽已年老，但尚未龙钟。你们来日方长，而我余日无多，更须惜时如金。当然，西天路上是会遇到许多艰难险阻，这我想象得到。但一个人自出生之日起就会遇到许多艰险。譬如说，孩子学走路，如若他害怕摔倒而不敢挪步，那他就别想学会走路。一个人如果害怕从山上摔下来而不敢上山，那他就不会采到灵芝。何况我要求取的是法宝，比灵芝要宝贵千万倍，当然会遇到更多更大之艰险。但为求法，我生命尚且不惜，何惧艰险！"

道整扫了一眼在座者的面孔，说道："我也早有西行之意。身为佛子，不到佛国聆听高僧说法，游历大千世界，终为憾事。不过，法显法师年岁已大，不若这样，我等去取经，你留在晋地，等我们取来真经，你再广授众僧。你以为如何？"

道整四十五六岁，一双大眼睛的上方挂着两道浓眉，二目明亮有神。他颇机敏。法显看了看道整，正想说什么，坐在他左边的慧景说道："道整，法显法师虽然年事已高，但身体却很硬朗，更重要的是意志坚强，想做之事无有不成。游学焉能代替？窃以为，法显法师可以西行求法，大丈夫立身于世，总不该贪图安逸。何况我等佛子，视磨难如家常便饭，沟沟堑堑无啥可怕。我愿与法显法师同往。"

慧景性情豪爽，身体健壮，年纪与道整相仿，平素爱舞枪弄棒，颇有点儿武功。他很敬重法显，法显也很喜欢他。

慧应平素沉默寡言，他似乎在想什么。忽然，他抬起头说道："如果法显法师决计要去，那我亦愿往。"

"你？你如此清瘦，哪儿经得起奔波？"道整说道。

"你别看我瘦，可骨头硬。我不会成为你们的累赘！"慧应瞅着道整倔强地说道。

慧嵬道："我也去。"

"你文质彬彬,别让山风把你吹跑了。"慧景笑着说道。

"我年纪轻。法显法师偌大年纪尚且能去,我岂不能?你别门缝里瞧人——把人看扁了。途中观赏名山大川,瞻仰禅林宝刹,拜访圣徒高僧,我想一定很有意思。"慧嵬天真地说道。

呆了一会儿,慧嵬又道:"我不懂天竺语言,到那儿不成了哑巴了吗?"

道整说道:"我们学习梵文的时候,你不下功夫。这就叫'书到用时方恨少',不过没有关系,法显法师平素学习梵语很用功,一般的问题难不倒他。我也凑合。我们可以充当翻译。你可以边走边学。说不定,回来后,你可以成为译经师了。"

法显认真地听他们讨论,大家都赞同西行,他心里很高兴,说道:"诸位都愿意西行求法,我很欣慰。至于我的身体,大家不必担忧。为寻法,赴汤蹈火,我在所不辞。即使以身殉法,我也死而无憾。"

法显的决心深深地感染了道友们,他们都愿意与他同行。他们最后决定,简单地收拾一下行囊,不日起程。

离开法显的房间后,慧嵬拉住慧景说道:"慧景,我很景仰法显法师。不过,我刚来不久,对他尚不甚了解。听说你长期与他相处,交往甚密,想必对他知之甚多,能否给我讲一讲。"

慧景道:"好啊!走,到我房间去,我俩二两棉花一张弓——细细弹(谈)。"慧嵬来到慧景的房间,坐到蒲团上。慧景为他沏了一杯茶,然后也坐到蒲团上给他讲述法显的往事。

法显西行记

第二章 誓为沙门

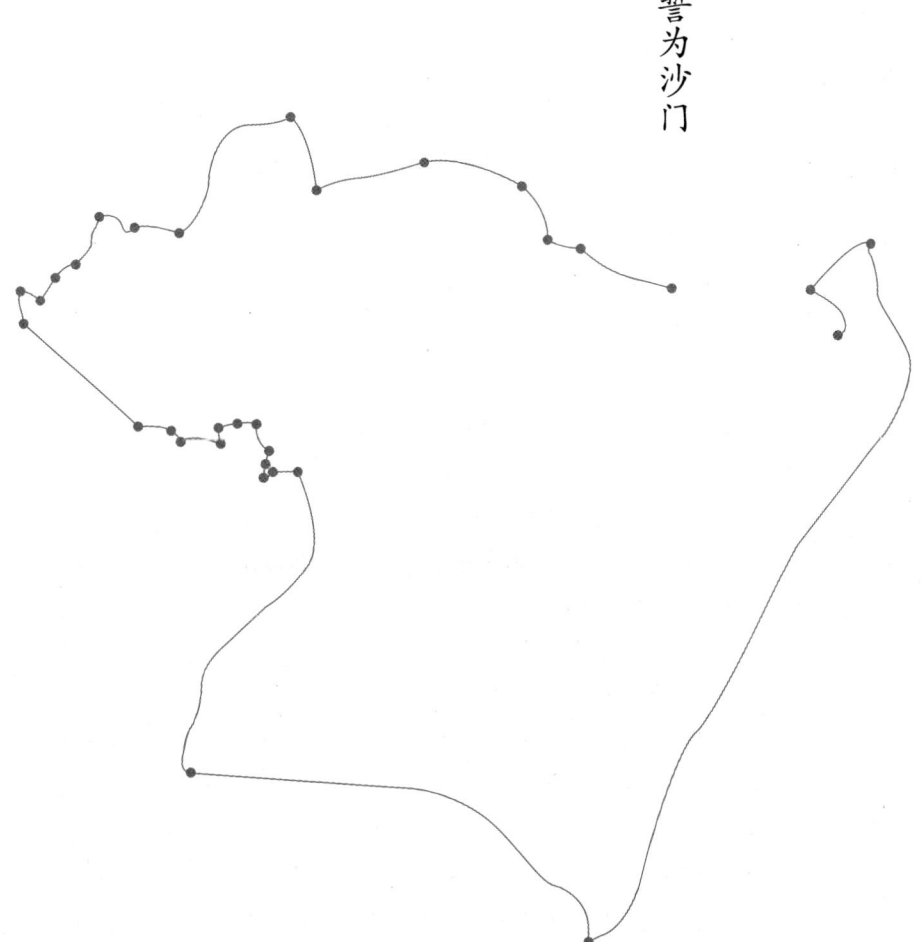

平阳郡武阳县（今山西省临汾市），有一小村庄，十五六户人家，除了两家姓薛一家姓柳之外，余皆姓龚，所以，人们称它为龚村。

村东头第三家姓龚，因为户主排行老大，所以人们称他为龚老大。第二家是他弟弟家，人们叫他龚老二。老大身体瘦弱，为人温厚，乐善好施；老二身材魁梧，性情豪爽，深明大义。兄弟俩虽已分家，但却时常相互照应，不失手足之情。龚老大家道尚殷实，但子息不旺，他颇为此烦恼。妻子心地善良，贤淑温顺，已为他生过三个儿子，然而三个儿子均韶年而亡。夫妻俩十分忧伤，道自己命苦。妻子认为是自己妨了龚老大，再三劝他纳二房，但龚老大坚决不肯，对妻子说道："也许我前生作了什么孽，今世活该如此。你我夫妻，有福同享，有罪同当，我决不再娶。"妻子见他执意不另娶，也就不再勉强他。

三儿子夭折两年后，妻子又怀孕了。夫妻俩忧喜交加。喜的是，苍天有眼，不绝子嗣；忧的是，自己命薄，担心又落不住。一天，龚老大怀着忐忑的心情到大王集请占卜先生算一卦。卦云：

万事前生定，今世枉担忧。
危难临头日，自有高人救。

龚老大请求占卜先生详细解释卦文。占卜先生道："天机不可泄露。"龚老大迷茫地离开了占卜先生。夫妻俩整日忧心忡忡，焦急不安地等待着孩子降生。东晋咸和九年（公元334年）四月十八日寅时，孩子终于来到了人世，是个男孩。第二天，亲戚、朋友、乡邻都来向龚老大道喜。龚老大面部虽也现出喜色，但眉宇间总带有忧愁的痕迹。孩子胖乎乎的，惹人喜爱。五天后，龚老大给孩子起了个名字，叫拴柱，柱与住谐音，意思是要保留住这根苗。

孩子一天天长大，圆圆的脸蛋，大大的眼睛，胖胖的小手。夫妻俩越看越喜欢，视若珍宝。看到孩子很健康，夫妻俩心中的石头才落了地。然而，天有不测风云。拴柱两岁半时得了一场病，浑身发烧，连声咳嗽，呼吸急促，目滞唇干，饮食少进。夫妻俩焦急万分，龚老大四处求医。为了治好孩子的病，不让龚家断香火，他们宁愿倾家荡产。然而孩子的病情却不见好转。一天，龚老大到大王集去抓药，在街上，他碰到了曹家庄的曹贵。曹贵颇有点儿"学问"，人们称他为"万事通"，

第二章 誓为沙门

当地人若有疑难之事,都愿求教于他。龚老大把自己的难处告诉了曹贵。曹贵沉思片刻,说道:"方才我在街东头铁匠铺前见到了法源寺的惠通法师。他不仅道行深,而且精于医道。你若能把他请去,令郎的病定能痊愈。"

龚老大告别曹贵,匆匆往铁匠铺走去。他到了铁匠铺门前,惠通法师已不知去向。他向铁匠铺老板打听,老板道:"我看到他顺着这条路往西去了,想必是回了寺院。"

龚老大顺着老板所指引的方向追赶惠通法师。他追了七里多路,气喘吁吁,汗流浃背,终于赶上了惠通法师。他向法师说明来意,法师道:"施主,我得回寺给徒儿们讲经,明日再到你家去吧!"

龚老大恳求道:"法师,我儿危在旦夕,他是我龚家独苗,万祈救他一命。"说着,便双膝跪地。

法师道:"阿弥陀佛!施主,请起,不必如此。"龚老大哀求道:"法师如不应允,我就一直跪下去。"

法师说道:"施主,请起,佛子以慈悲为怀,方便为门,我随你去就是了。"

龚老大朝法师磕了个头,起身与法师往龚村走去。时值秋季,高粱、黄豆已经收割完毕,田间光秃秃的,有的土地已被翻耕,准备播种小麦。野草枯萎了,树叶变黄了,阳光也显得有气无力,秋风吹拂到身上,使人略感寒意。龚老大的心境比残秋更加凄凉。

龚老大忧伤地走在惠通法师的前面。这位法师能否医好孩子的病,他心中无底,所以他的心情仍很沉重。

到了龚老大家,惠通法师来到孩子床前,用手摸了摸孩子的前额和脉搏,看了看孩子的眼睛,瞅了瞅孩子的面色,然后对龚老大言道:"你家可有香案?"

"有,有!"龚老大把惠通法师带入堂屋。

惠通法师让龚老大点香,自己跪到香案前,闭上双目,双手合十,口中念念有词。隔了一会儿,惠通法师站起身来对龚老大言道:"施主,令郎有灾,贫僧已为他祈祷,这儿有金丹两粒,早晚各服一粒,蜂蜜水送下。贫僧三日后再来。"惠通法师告辞回寺。

龚老大傍晚用蜂蜜水化开金丹,喂小儿服下。拴柱吃了药后昏昏入睡。约莫半夜时分,拴柱忽然啼哭起来,第一次嚷道:"妈妈,妈妈,我渴!"龚夫人端来半盏水喂他。

他喝完水，妈妈用手抚摩了一下他的前额，烧已开始减退，孩子也略有精神。拴柱又哭着嚷道："妈妈，妈妈，我饿！"龚夫人端来小半碗面糊糊，盛出一匙，用嘴吹冷，送到拴柱口中。她很高兴，脸上第一次露出宽慰的笑容。

翌日清晨，龚老大又喂孩子服下一粒金丹。孩子的病势越来越好，热度减退，咳嗽减轻，精神转好。过了一日，拴柱就下床玩耍了。这时，龚老大突然想起占卜先生的卦文："万事前生定，今世枉担忧。危难临头日，自有高人救。"他想，卦中所说的高人，或许就是这位惠通法师。

三日后，惠通法师果真来了。他进门见到拴柱在玩耍，心中很高兴，脱口说道："看来此子与我佛门有缘。""法师，既然有缘，就请你收犬子为徒！"龚老大说道。法师道："此子系你家独苗，你可舍得？"

龚老大认真地说道："法师，拴柱是我龚门独苗，他的三个哥哥均未落住，我担心他也会有三长两短。他若进入佛门，也许能避灾免难，保全性命。就请你收下他吧！"

法师问道："施主不会后悔？"

龚老大道："决不后悔。"

法师说道："既然如此，待他三岁时，我度他为沙弥。"

"多谢法师。这是五两纹银，聊谢法师救我儿性命之恩。"龚老大取出银子对法师说道。

"施主，佛子以行善为本，慈悲为怀，我分文不取。"惠通法师说完便告辞离去。

第二年四月，阳光灿烂，和风习习，各种野花竞相开放，蝴蝶翩翩起舞，蜜蜂孜孜采蜜。小麦灌浆，大麦已黄，微风吹拂，麦浪滚滚。初夏的乡村景致颇令人陶醉。

一天，龚老大带着拴柱去法源寺请惠通法师度拴柱为沙弥。拴柱显得很高兴，时而摘野花，时而扑彩蝶。走走玩玩，玩玩走走，走累了便哭嚷着让爹爹背，龚老大对他无所不依。他就这么一个宝贝，怎能不娇惯？放在手心还怕掉下来摔着。就他的心愿来说，他并不希望儿子出家，永远离开他，但为了保全儿子的性命，他只好割爱，把儿子送往法源寺。

法源寺坐落在山坳里，背靠青山，左有小溪，右有树林，十分幽雅、肃静。

第二章 誓为沙门

龚老大请看门小僧进去禀报惠通法师。须臾，惠通法师出来把龚老大父子接到寮房。落座后，龚老大便说明来意。惠通法师道："贫僧已估计到施主近日会来敝寺。施主，你要三思。若后悔，尚来得及。"

龚老大望着儿子半晌没有言语。显然，他心里七上八下。惠通法师见他有点儿犹豫，说道："施主，你把儿子带回去吧。万事不可勉强。"龚老大抬起眼睛，果断地说道："不！我虽然舍不得他，但不能眼睁睁地看着他与他的哥哥们一样。只有佛门能救他。法师，请你收下他吧！"惠通法师再次郑重地说道："施主，你要考虑清楚。""法师，我已无须再考虑。"龚老大说道。惠通法师看了龚老大一眼，又扫了一眼拴柱，说道："施主既然决心已定，贫僧就了却你的心愿。待贫僧稍事准备，便到大殿去举行皈依仪式。"

惠通法师吩咐小僧在大殿里燃烛焚香。他身着袈裟，携龚老大父子来到大殿。大殿正中有一尊金色的释迦牟尼立像，佛像两侧还有两尊比丘立像，一位是迦叶尊者，一位是阿傩尊者。法师跪在佛像前，口中念念有词。小拴柱目不转睛地看着金光闪闪的佛像，他感到很新鲜。当法师叫他跪到佛像前面时，他的眼睛仍盯着释迦牟尼那慈祥的面孔。他根本不理解大人们的意图，大人们的举动，大人们所要自己做的一切。他又给惠通法师磕头，拜师。就这样，小拴柱皈依了佛、法、僧三宝。惠通法师为他起了个法名，叫法显。皈依仪式完毕后，因法显太小，寺院不便收留，所以他仍由龚老大带回家中。

法显七岁时又得了一场重病，几乎丧命。父母认为，此子只有完全脱离尘世，才能免除灾祸。于是，龚老大把他送回法源寺。法显到了法源寺，病体痊愈，身体越来越好。他在寺里受了十戒，除了玩耍之外，每日还跟师父习字。师父给他讲些简单的教义和佛经故事，他很聪慧，也很用功。师父给他讲的浅显的道理，他常能举一反三。

有一次，他问师父："师父，怎么才能成'佛'？"

惠通法师看了看他，说道："这个道理很深奥，你还小，等你长大些，为师再给你讲。"

法显眨巴着一双水灵灵的眼睛，说道："我知道！""你知道？"惠通法师惊讶地问道。

"嗯。"法显答应道。

"那你说怎么才能成'佛'？"法师问道。

"师父，你看，这个'佛'字是由'人'和'弗'组成。'弗'者，不也。这岂不就是说，人若有所不为便可成'佛'吗？"法显指着"佛"字说道。

惠通法师对他的解释惊叹不已。他朝法显点了点头，笑了笑。惠通法师不愿当面夸奖法显，担心他养成沾沾自喜的毛病，有碍他的进取之心。但惠通法师的心里却十分赞赏他的才智，预感到法显将来能成大器。惠通法师决定把自己平生所学都传授与他。

法显常随师兄们上山打柴、采药。他逐渐熟悉了寺院的生活，对寺院生活产生了兴趣，他享受到了在家中得不到的乐趣，他的身体也越来越结实。他天真活泼，十分可爱。师父、师叔、师兄们都很喜爱他，他也离不开他们。

龚老大听说儿子身体日益健壮，很高兴。在法显九岁那年，一天，龚老大来到法源寺找惠通法师想把儿子接回去。惠通法师说道："施主，汝子既入佛门，怎能再回俗家？"

龚老大道："法师，我就这么一个儿子，他母亲十分思念他。如他不回去，恐他母亲会思念成疾。"

惠通法师说道："既然如此，那就看看法显自己的意愿吧！"

惠通法师唤出法显，问其心愿。

法显挨在师父身边，说道："爹爹，师父每天都给我讲经，教我识字，我想跟师父继续学修。这里就是我的家。"

龚老大见法显不愿回家，怏怏不乐地离开了法源寺。

龚夫人思儿心切，但又不能相见，于是就在门外盖了一间小屋，小屋内存放法显过去用过的什物。她见到这间小屋以及法显用过的东西，似乎如同见到了法显。她每想念儿子或逢年过节就到小屋里看看，流一场眼泪。

法显在法源寺长进颇快，惠通法师对他精心教养，法显自己也勤勉习学，他幼小的心灵里萌发出热爱佛教的情感。虽然他还不完全明白佛教的内涵及其奥秘，但他却多少懂得了佛教可以使人解脱世间形形色色的痛苦和烦恼。这不但可以使自己超脱，而且能解救众生。这些浅显而简朴的道理深深地吸引了他。法显十岁时，龚老大病故。家中仅剩龚夫人一人，无依无靠，孑然一身。龚老二担心一个妇道人家难以支撑门户，所以，来到法源寺劝法显还俗。龚老二对法显说道："你

第二章　誓为沙门

父已殁，你母寡居，孤苦伶仃，看在母子份上，你应还俗，与母分忧。"

法显说道："叔父，我已踏入空门，不愿再返回尘世。"

龚老二悻悻地说道："你全无父子之情。你父在世时，为你操尽了心。现在你父已不在人世，你就该回去担负起他的担子。"

"父母养育之恩，我自当图报，然而我学而无成，若半途而废，恐亦非我父之本愿。我父在与不在，与我出家关系不大。至于老母，我在寺中一定常为她祈祷，祝愿她安泰长寿。她是个明白人，会体谅孩儿的。叔父，我已虔心向佛，决心远离尘俗。你乃明理之人，请勿再逼侄儿。"龚老二看到法显诚心为僧，也就不再勉强他了。

一年后，龚夫人也离开了人世。法显回俗家为母亲送葬。丧事完毕，他又回到寺中。

法显平日勤勤恳恳，刻苦钻研教理，努力修习禅定，学习五停心观：不净观、慈悲观、因缘观、念佛观、数息观；修习四念处观：观身不净、观受是苦、观心无常、观法无我。法显专心致志，持之以恒，颇见功效。他在沙弥中显得比他人聪明、多识、老成。

一天上午，法显与二十多位同契来到田间割稻。蔚蓝的天空万里无云，像水洗过一般。太阳虽不像盛夏那么毒，但也并不温和，晒到身上仍然觉得有点儿火辣辣的。田埂上长满了野草，有的开着紫花，有的开着黄花，有的开着白花……田间一片金黄，饱满的稻穗低垂着脑袋等待着人们收获。馋嘴的小鸟不时飞到田间饱餐一顿。开镰之前，法显开玩笑地说道："今天我们来比试比试，看谁先割到头。捷足先登者，可歇息一次。"说完，大家一齐扑向稻田，人人挥动镰刀，个个奋力向前。除了风吹稻子的飒飒声和镰刀的嚓嚓声之外，听不到别的声音。他们后面一堆堆稻子，犹如一堆堆金条，在阳光的照耀下，闪闪发光。沙弥们挥汗如雨。直裰后襟上先是露出汗迹，继而湿有巴掌大，芭蕉扇大，直到后来全湿透了。法显弯着腰，挥舞镰刀，噌噌噌一往直前。不到半个时辰，他就割到了头。但他没有就地休息，而回头来帮助同契。大家都割到头以后，一个胖乎乎的沙弥道："法显，你在田头休息吧，等我们割完了第二趟，你再与我们一起割。"法显道："哎！此乃戏言，岂能当真。" 说完，他又与大家一起割起来。

约莫又过了一个时辰，从东边上来六、七个手持棍棒和扁担的盗贼。沙弥们见他们来势凶猛，都吓跑了。唯有法显站在那里不动。盗贼们来到田间，取出绳子摆到地上，把沙弥们收割的稻子放到绳子上。法显乜斜着眼睛，看了看他们。个个面黄肌瘦，带有饥色。他们正要把稻子捆起来挑走，这时，法显来到他们面前，厉声说道："别走！你们为何如此放肆，白日行劫？"

一个高个子盗贼恶狠狠地说道："你这个小秃驴，饱汉不知饿汉饥，你整天在寺中有吃有喝，可我们呢，饥肠辘辘。我们不抢，难道等着饿死？"

"你们为何不自食其力？"法显毫不畏惧地问道。

"连年兵荒马乱，豪绅搜刮民财，兼并土地，我们已无地可种。"一个中等身材面容憔悴的人说道。

法显道："你们若需谷子，可任意拿取。但你们从前不愿布施，致使今日遭此饥贫。而今又抢夺他人之物，恐怕来世你们将有更大的苦难。善有善报，恶有恶报。尔等应该改恶从善，不为今生，也应为来世着想。"

法显说完便往寺院走去。盗贼们听了法显的话，心中感到害怕，面面相觑，弃谷而去。

全寺比丘、沙弥对法显无不叹服。

法显不仅向惠通法师学习佛法，而且向他学习医道。有一次，附近村庄的一个村民得了病，病人的亲眷到寺里去请惠通法师看病，但惠通法师不在寺中，只好把十四岁的法显请去。人们都不相信一个孩子能治好病，然而，法显给那个病人扎了几针，按摩了几下，病便好了。人们对法显无不刮目相看，赞不绝口。

法显二十岁受了具足戒，成为比丘。此后，他更加刻苦地攻读经书，研究诸子百家，学习书法绘画，探索医道药理。他知识广博，上知天文，下晓地理，博古通今。他学而不厌，孜孜不倦，寻根究底，不耻下问。

有一次，法显在一位道友处看到西晋画家卫协的巨作《七佛图》，图中之佛飘然洒脱，栩栩如生。他爱不释手，临摹三日方归。

一日，他的弟子圆贤看到师父如此博学，说道："师父，你这般博学，何必还要这样刻苦？"

法显道："你的知识范围犹如此屋，我的知识范围就像此院。屋外有院，院外有广阔的天地。知识无涯，学无止境。"

第二章 誓为沙门

圆贤连连点头称是，自此圆贤也更加刻苦地汲取学识。如今，法显已六十有五，在佛门已生活了六十二个年头，目睹了社会变迁，经历了人间沧桑。他深恶佛门之弊，痛感戒律残缺。他倡导西行求法，而道友们愿与他同行，他喜之不尽。

法显西行记

第三章 长安启程

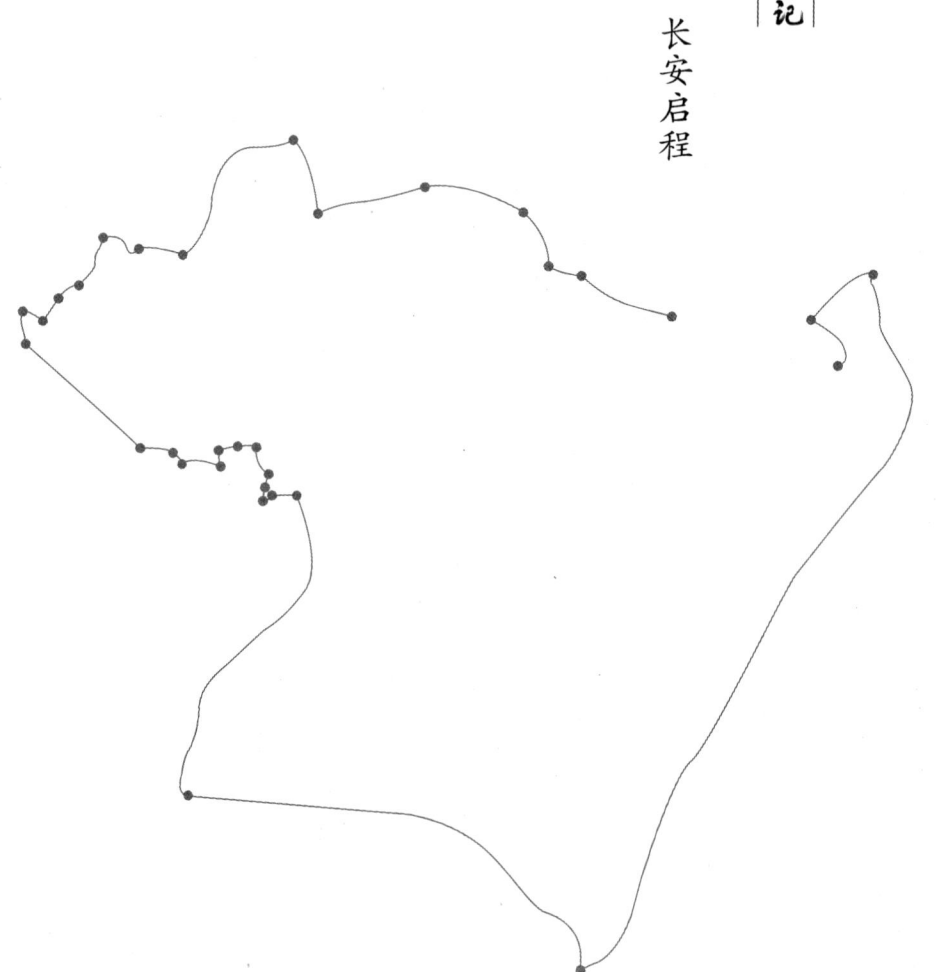

第三章 长安启程

东晋隆安三年（公元 399 年）三月的一天，法显与慧景、道整、慧应、慧嵬出了长安城，沿着一条大道，往西而行。法显身着缁色直裰，脚穿黑色布履，右肩背着一个包裹。包裹内除了换洗衣裳外，还有文房四宝、针灸用物等。他兴致勃勃，多年的愿望，终于付诸实践，没有比这更使他高兴的了。人逢喜事精神爽，他似乎年轻了许多。他感到周围的一切都如此美好，路旁盛开的野花，朝他微笑；田间绿油油的麦苗，在微风的吹拂下，犹如碧波荡漾，似乎在为他送行；天上翱翔的小鸟，犹如在给他做示范，希望他像它们一样展翅高飞；就连村里的狗的叫声，似乎也亲切了些，好像它们不是在叫"汪，汪"，而是在说"好，好"。天气更使人心旷神怡，阳光温煦，惠风和畅。他们五人，一边行走，一边欣赏春光，一会儿说，一会儿笑，一点儿不知疲倦。慧嵬显得格外高兴，路上有一个石子，他踢球一般踢着石子往前走，法显等人远远地落在他后头。他站住等他们。法显赶上他后说道："慧嵬，你悠着点儿，路还远着呢。"他满不在乎地说道："哎，没有关系，我有后劲。不信，你看！"说着，他提溜着包裹跑了起来。

法显一行累了歇息，饥了化缘，白日赶路，晚间或投宿寺院或栖身檐下。

一天中午，他们走得又饥又渴，但远近见不到村庄。又走了一会儿，前面出现一座座小土丘。他们来到一棵大树下，法显说道："慧嵬、慧应，你们去看看是否有人家，化些斋来，我们在此等候。"

二人拿着钵盂，带着皮囊来到一座土丘跟前，土丘上有数十个台阶，他们顺着台阶走上土丘，往下看了看，土丘中央有一个几十丈方圆、两三丈深的天井。天井的四壁有四个房门，每个房门就是一孔窑洞。一位六十来岁的老者在院内带着孙子玩耍。慧应站在土丘上说道："老施主，贫僧这厢有礼了。"

老者抬头一看，见是两位僧人，忙问道："师父客气了。不知老夫能为二位师父做些什么？"

"老施主，我们是往天竺取经的僧人，想化些斋饭充饥，不知老施主可与否？"慧应说道。

老者道："我一向行善好施，今日既然高僧上门，哪有不施舍之理。二位师父请下来。"

慧应、慧嵬顺台阶下来。老者从房中取出十多个馒头，八九块咸萝卜干交给他们俩。他们俩又从井里打了一皮囊水，谢了老者，拿着食物回到树下用斋。

法显等用斋毕又登程赶路。太阳西沉，人影越来越长，法显等都很疲乏，想找个地方落脚。正巧，从右边的小路上走来一位老者，他身体强健，鹤发童颜，两颊上两绺苍髯，下颏上一绺白须，神采奕奕，潇洒飘逸。老者走近时，法显说道："老丈，请问此是何处？"

老者立住脚，看了看问话的僧人。他年逾花甲，身材高大，面容慈祥，神态端庄，浓眉大耳，气宇轩昂。他那刚毅而深邃的目光使人感到他自信、刚强、聪慧、耿直。老者微微点头，说道："此乃陈仓（古县名，治所在今陕西省宝鸡市东）境域。圣僧自何处而来，往何处而去？"

法显道："我等自长安而来，到天竺去求经拜佛。"

"什么？"老者惊奇地问道。

道整把法显刚才说的话又重复了一遍。

"去天竺？可敬，可敬。老朽也曾见过不少僧人，但如你等这般心诚志坚者甚寡。我也颇好佛事，今日在此遇见圣僧实乃有幸。"老者高兴地说道。

"老丈尊姓大名，何方人士？"法显问道。

"敝姓郑，名子奇，家住渭河岸边。在那个方向，距此六七里。"老者指着南方说道。

"渭河？我等离渭河不远了？"道整高兴地问道。

"嗯。"郑子奇点点头说道。

法显见郑子奇气宇非凡，谈吐不俗，说道："渭河流域乃我华夏族之摇篮，老丈一定知道不少有关我们祖先的故事。"

"不敢当，老朽略有所知。倘若高僧不弃，请到寒舍小叙。"老者好客地说道。

"承蒙错爱，不敢打搅。"法显说道。

"哪里，哪里，不必客气，如蒙高僧光临寒舍，当不胜荣幸。"老者又一次诚心邀请他们。

法显见郑子奇诚恳相邀，说道："既然老丈不嫌，我等愿随老丈前去。"

法显等随郑子奇往郑家庄来。一路上，他们谈古论今，聊天说地。法显愈加敬重郑子奇，觉得他广闻；郑子奇更加钦佩法显，认为他博学。夜幕降临后，他们来到了郑家庄。一钩弯月挂在东方夜空，月亮清亮而温柔，把柔光轻轻地送到树梢，一切都很朦胧，像罩上了一层面纱。快到家门口时，郑子奇家的狗"汪，汪"叫了几声，郑子奇咳嗽了两声，狗便立即停止吠叫。郑子奇在当地德高望重，他满腹经纶，因生于

第三章 长安启程

乱世之秋，不愿出仕，隐居故里。他家道殷实，家中六间堂屋，四间东屋，四间西屋，三间前屋，两间厨房，一堵院墙，把房屋围在院中，院子里很是宽敞。厨房门口长着一棵大槐树，枝叶茂盛，夏日可在树下乘凉吃饭。堂屋与东屋、西屋之间有两个花坛，种植着各种花卉。他们进入大门后，郑子奇叫道："永清，来客人了！"

永清是郑子奇的次子。他听到父亲的叫声连忙走出东屋，说道："爹爹，你回来了。""回来了，这位是法显法师。"郑子奇介绍道。"法师，晚生这厢有礼。"尔后，永清又一一与其他僧人见礼。

郑子奇吩咐道："你去准备斋饭，请高僧们用斋。尔后，安排他们在西屋安歇。"

时候不大，客厅里摆下了斋饭，法显等五人入座。桌上摆着蔓菁、黄瓜、萝卜、莴苣等做成的熟菜和一笼馒头。法显合掌诵揭斋之咒，然后进斋。

斋毕，法显等到西屋休息。郑子奇来到西屋："法师，招待不周，请多包涵。"

"我等连日赶路，餐风饮露，食不甘味。今日老施主如此盛情款待，令贫僧诚惶诚恐。"法显说道。

道整道："老丈，再给我们讲讲当地的传说吧。"

"道整，今日已晚，让老丈休息吧。"法显说道。

郑子奇小坐片刻便离开了西屋。

次日，早斋毕，郑子奇与法显等来到渭河边。河面宽阔，河水碧绿。几只小木筏在河面上漂荡。木筏上的渔民向郑子奇挥手致意。阳光照到水面上，碧波粼粼。

一只木筏上的渔民从水中拖上网来，鱼儿在网中活蹦乱跳。慧嵬忧伤地说道："你们看，那些鱼儿多可怜哪。一旦成了落网之鱼，就再也别想活了。"

郑子奇道："靠山吃山，靠水吃水。他们也是不得已而为之。他们就是靠一张网养活一家老小。"

法显颇有感慨地说道："世间万物，总是相生相克，对此有利，必对彼无益。网，给人类带来了谋生之道，但却给鱼、兔等带来了灾难。噢，你们知道网是怎么来的吗？"

慧嵬道："织出来的。"

大家都笑了。道整道："网当然是织出来的，不会是雕出来的。但当初网是怎么产生的，你知道吗？"

慧嵬摇摇头，反问道："你知道吗？"

"我也不知。"道整摇头道。

法显道:"网乃伏羲所发明。在伏羲所生活的时代,人们靠打猎为生,以木矢捕捉野兽,用长竿磨尖作为鱼叉抓鱼。由于工具拙劣,所以所获物寥寥无几,人们常常忍饥挨饿。有一次,伏羲出去打猎,奔波劳碌了一上午,却一无所获。他的肚子饿得咕咕叫,但却无物下肚。正午,他来到一棵树下,把木矢放到一旁躺下休息。他有点儿懊丧,心想,辛苦了半天,却连一只野兔都没有打着,真晦气。倒不是他没有碰到野兽,而是由于工具不济,捕不到它们。怎么才能制造出更好的工具呢?他苦思冥想,计无所出。突然,他发现树上有一只蜘蛛在织网,不一会儿,网织好了,蜘蛛趴到一边,一动不动。一只蝴蝶高高兴兴地飞过来,不小心触到了网上。它扇动着翅膀用力挣扎,但怎么也逃脱不了。这时,蜘蛛爬过来,把蝴蝶一点儿一点儿地吃掉。伏羲猛地一下子站了起来,高呼道:'啊,有办法了!'他兴高采烈地回到本族,教人们用绳子结网。他们把网布在一个地方,然后把野兽往网里轰。这样,猎物大大增多。伏羲还教人们用细绳结成细眼的网到水中捕鱼。自此,他们的食物大增。"

郑子奇道:"伏羲氏的家乡就在渭河流域。"

法显道:"他绝顶聪明。要是没有他的许多创造,或许我们今日仍处于混沌之中。他常能从一物悟出不寻常的道理,而创造出另一物。'八卦'便是他创造的。"

慧嵬迫不及待地问道:"怎么创造的?"

法显道:"当时,黄河里水族众多,千奇百怪。其中有一种水兽,头像龙,身似马,身上长着黑白花纹。一日,伏羲在黄河岸边行走,发现了这一怪物。它身上的花纹陆离斑驳,黑白分明,长长短短,非常奇特。他站在岸上观察良久,忽然,若有所悟。他捡起一根树枝在地上仿画怪兽身上的黑白长短花纹。他想,若用这些不同长短的条纹来象征世间各种现象岂不妙哉?他以'—'为阳,'--'为阴,在地上画呀画,终于画出了'八卦图'。"

慧嵬问道:"法师,八卦图是什么样子?"

法显捡起了一根干树枝在地上画了伏羲的八卦图:

法显又解释道:"这每一卦都有个名称,并且各代表一定的事物:乾代表天;坤代表地;坎代表水;离代表火;震代表雷;艮代表山;巽代表风;兑代表泽。别看就这么一长杠,两小杠,可它变化无穷。后来,周文王根据这八卦演变出六十四卦,三百八十四爻。"

第三章 长安启程

这时,一个渔民提溜着一个鱼篓来到郑子奇跟前,说道:"郑大爷,我知道你家来了客人,所以送几条鱼给你招待他们。"

郑子奇扫了一眼五位僧人,不好意思地说道:"姜老二,谢谢你的美意,不过我的客人不食鱼。你拿到街上去换几文钱吧。"

姜老二道:"那你老拿回去自己吃吧!"说完,便走了。

法显向篓内看了看,一共五条鱼,三条已经死去,两条还在咂着嘴巴,眼睛睁得圆圆的,但眼球已经失去了光泽,显而易见,它们也已奄奄一息。他提着鱼篓来到水边,把两条活鱼取出,放到河里。鱼儿得了水,很快就恢复了生机。它们没有马上离去,在水中游了一会儿,摆了摆头,摇了摇尾,似乎在向法显表示谢意,然后才慢慢消失在水中。法显提着鱼篓回来,向郑子奇抱歉地说道:"对不起,我把两条活鱼放了,你不会介意吧?"

郑子奇笑了笑,说道:"法师说哪里话来,你这是为我积了善德。"

郑子奇让人把鱼篓和三条鱼送还给姜二。他说道:"这个姜二很伶俐。他说他与姜子牙是同宗。哈哈!"他说着说着笑了起来。

"姜子牙?"道整问道。

"嗯。姜子牙曾在此地居住过,并在渭河钓过鱼。姜太公钓鱼台就在前边。"郑子奇说道。

"我们看看去吧!"慧嵬道。

郑子奇道:"好吧!"

他们边走边聊,不觉来到一座土堆旁。郑子奇停住脚步,说道:"据说,姜子牙曾在此处钓鱼。"

大家看了看土堆。它离渭水一丈多远,方圆八九丈,高二尺多,上面长满野草,旁边有一棵挺拔而翠绿的古柏。他们对郑子奇的话半信半疑。

法显道:"姜太公钓鱼,直钩无饵,'宁在直中取,不向曲中求',然当今垂钓者却有钩有饵。钩者,名也,饵者,利也。"郑子奇道:"法师所言极是。追名逐利者如上钩之鱼。"

天已过午。阳光照到身上已有点儿热意。郑子奇道:"法师,时候不早了,我们回去吧。"

法显等五人随郑子奇往回走。回到家,家里人已在桌上摆好了斋饭。饭后,法显稍事休息，便在房间里打坐。

傍晚，郑子奇来到西屋。法显忙请他坐下，说道："我等承蒙老施主热情款待，不胜感激。明日我等将登程赶路。"

郑子奇挽留道："法师能否多住几日，给老朽以事佛之机？"

法显道："天竺路遥，不知何日可至，我等得与日月争时。"

郑子奇顿了一下，说道："既然如此，我不勉强。不过，老朽有一事相求，不知法师可允否？"

夜幕降临，法显在昏暗的灯光下看了看郑子奇，郑子奇的眼里闪着泪光。法显思忖：这位豁达的老人能有何伤心之事？他感到不解。他说道："老施主，有事尽管讲，贫僧一定尽力。"

郑子奇稳定了一下情绪，说道："老朽的长子郑永贵五年前被抓去当兵，至今未归。他母亲思子心切，忧郁成疾，前年故去。老朽也很思念，盼望能在离开人世之前见他一面。前天听人说，他在张掖王段业部下。你去西域，张掖乃必经之路，烦劳你给犬子捎封家书去。"

"区区小事，老施主尽可放心，贫僧一定办到。"法显说道。

"多谢法师。"郑子奇说完便告辞回房。

次日，法显等吃完早斋准备上路。郑子奇把一封书信交给法显，又让永清拿来些馒头给法显等作为干粮。郑子奇、永清夫妇及永清之子把法显等送出庄外。临别时，郑子奇握住法显的手，眼里噙着泪水说道："法师，老夫之事，就拜托你了。"法显用力地握了握他的手，点点头。郑子奇从法显的手劲里感到他承诺的分量，满意地笑了笑。

法显西行记

第四章 一诺千金

法显等过了陈仓,又行三日。太阳西沉时,来到一座山下,他们却怎么也找不到上山的路径。正在万般无奈之际,传来了一阵歌声:

青山刺天兮,我比山高。
风吹日晒兮,老汉伐樵。
鬻柴市井兮,只为温饱。
青柴沉重兮,累弯我腰。
早出晚归兮,谁知辛劳!

他们朝歌声响起的方向望去。须臾,从山中走出一位老樵夫,五十来岁,身背柴捆,手拄树枝,缓缓而来。道整走上前去,深施一礼,说道:"老翁,贫僧有礼了。"

"师父,有何见教?"樵夫说道。

道整问道:"敢问此是何山?"

"陇山,又名陇坂。"樵夫答道。

道整问道:"可有过山之路?"

"过山之路倒是有,不过弯弯曲曲,曲曲弯弯,很难行走。"樵夫说道。道整问道:"此道在何处?"

"你看,往北半里路便是。"樵夫指着北方说道。

道整问道:"我们天黑前能否过得去?"

"啊,天黑前?除非你们会飞,不然,明日天黑前你们也过不去。我劝你们在山下过宿,明日天放亮再走。"樵夫说道。

道整谢道:"多谢老翁指点。"

道整回来把老樵夫之言告诉众人。他们认为老樵夫言之有理,于是,便找了块平坦干燥的地方过夜。大家很疲劳,啃了几口干馍,喝了几口水,太阳刚落山,就都躺下休息了,除了法显。法显有晚上打坐的习惯。他跏趺而坐,闭目入定。山中不时传来狼嚎声。约莫二更天左右,道友们都已睡熟,不知谁发出呼噜呼噜的鼾声。法显睁开眼睛,四周黑漆漆的。他猛然发现离他不远的地方有四个桃核大的东西在射出蓝光,犹如四颗闪闪发光的蓝宝石。他心中明白,这是两只恶狼。正能压邪,他正襟危坐,目不转睛地盯着两只狼的眼睛。隔了一会儿,或许狼害怕他那利剑般的目光,灰溜溜

第四章　一诺千金

地跑了。法显也躺下睡了。

次日清晨，他们起身上山。山路狭窄崎岖，曲折逶迤，这座山却秀丽多姿，但见：

嵯嵯峨峨的山势，突突兀兀的峰峦，苍苍郁郁的松柏，青青翠翠的修竹，跳跳蹦蹦的松鼠，怯怯生生的麋鹿。猿啼鹤唳，虎啸鹿鸣。流水潺潺鸣玉佩，涧泉滴滴奏瑶琴。赏不完的美景，观不尽的山色。

法显看到如此壮丽的景色脱口说道："陇山嵬嵬兮，峰接云天。林木森森兮，禽兽乐园。流水潺潺兮，润我心田。"他只顾观赏景致，不期脚滑了一下，差点儿掉下山涧。慧景一把拉住他，说道："法师，小心！"

山路十分难走，宽处三尺多，窄处仅有一尺许，真可谓羊肠小道。路边有荆棘，道上有石子，盘旋而上，稍一疏忽就有掉下山谷的危险。有的地方需手足并用，手拉着小树，脚踏着岩石，缓缓而行。法显等人刚进山时感到一切都新鲜，不知疲倦，但慢慢地就觉得腰酸腿疼，气力不济，一个个拖着疲惫的身体向前挪动。走着走着，忽然慧应大叫一声。大家问他何事，他说不出话来，口里发出"啊啊"之声，用手指着左前方。大家顺着他手指的方向望去，一条鸡蛋粗的蛇盘在那里，昂着头，吐着信子，盯着他们。他们不敢前进。慧景道："诸位别怕，我让它去见阎王。"

"慧景，别伤害它。"法显说道。

慧景道："你不伤它，它伤你，为之奈何？"

法显道："蛇虫虽小，毕竟也是生灵。我们不招惹它，它不会伤害我们。凡是动物，一般都害怕人。只要你不伤害它，它一般不会伤害你。我们从它旁边悄悄地过去吧。"

慧景道："那你们先行，我保护你们。"

法显道："慧嵬，你先过去吧。"慧嵬战战兢兢地说道："我害怕。"

法显道："不必害怕。它虽是五毒之一，但也并非随便加害于人。你不怕它，它自怕你。那我先过，你跟在我后面。"

法显轻轻地往前走动，到了蛇跟前时，蛇朝他探起头，吐了吐信子。法显从容地从它旁边走过去。

接着，大家一个个怯生生地从蛇旁边经过。经这一惊吓，他们来了精神，加快了脚步。

他们在山中住了一宿，次日下午方越过陇山。一下山，他们顿觉轻松愉快，如释重负。又行四日，他们来到了秦州。秦州，又称天水。相传，这一带地方是秦始皇的祖宗发迹之地。秦始皇姓嬴，名政。其先祖大费因协助大禹治水有功，受到重用。大费有个后裔叫非子，善于养马。周孝王派他到千河、渭河之间的秦地专事养马。因他养马有方，周孝王便把秦地封给他，号称"秦嬴"。战国时，秦日益强盛，成了七雄之一。秦始皇嬴政在此基础上统一了中国，建立了秦朝。又因城西有一湖，湖水夏不增、冬不减、旱不涸、涝不溢，人们传为"天河入池，神奇之水"，故又称天水。

秦州街上，熙熙攘攘，车水马龙。陶瓷店、丝绸店、农具店、粮食店顾客盈门，叫卖声、说笑声混作一团。法显等顾不得观赏市容，顺着一条小巷向城南走去。他们在城南南郭寺住了一宿，次日继续赶路。

四月初，天气越来越热，太阳越来越厉害。田间麦苗已经吐穗，野花上对对蝴蝶在嬉戏，杏树上挂满手指头大小的青果。慧应顺手从一棵野杏树上摘了一个青杏，放到嘴里咬了一口，咧着嘴"啊"了一声，口水顺着嘴角流了出来，引得大家哈哈大笑。道整把直裰脱下来搭在肩上，说道："好热呀，不过路倒也平坦。"

法显顺着路往前看了一眼，说道："此路古已有之，当年张骞通西域走的就是此道。"

"张骞通西域是咋回事？"慧嵬问道。

法显道："汉武帝时，匈奴常侵扰汉室江山。为了联合怨恨匈奴的大月氏（在今阿姆河上游一带）共同抗击匈奴，汉武帝派张骞出使西域。张骞一行，由奴隶出身的匈奴人甘父做向导，从陇西（郡治在今甘肃省临洮南）出发西行。但不久，他们就遇到了匈奴骑兵而全部被俘。匈奴单于对张骞软硬兼施，先是严刑拷打，使他吃尽苦头，后是让他娶妻生子。但这一切都没有动摇他完成使命的坚强意志。他是威武不能屈，富贵不能淫的大丈夫。他在匈奴过了十一年的奴隶生活。后来，张骞一行乘机偷逃，继续西进。沿途餐风饮露，跋山涉水，备尝艰辛，经常缺粮断水，只好靠甘父射猎禽兽充饥。他们经过龟兹（今新疆库车东）、大宛（今苏联费尔干纳盆地）等地到了大月氏。当时大月氏已立新王，征服了大夏（今阿富汗北部），安居乐业，加之同汉距离太远，无意于报复匈奴。张骞没有达到目的就回来了。他在外十三年。去时，一百余人，回来时仅剩张骞和甘父二人。后来，张骞又第二次出使西域。张骞出使西域乃'凿空'之举。无他先导，恐无我辈今日之西行。他那坚韧不拔、坚贞不渝的精神堪值我们后人效法。"

慧嵬道："对，对！我们也应有他那股劲头。"

法显又接着说道："张骞虽然没有完成使命，但他却从西域引入了许多更为宝贵

第四章 一诺千金

的东西，诸如胡瓜（黄瓜）、葡萄、胡桃（核桃）、胡麻（芝麻）、胡豆（蚕豆）、胡蒜（大蒜）、胡萝卜等。哦，还有安石榴（石榴）。因安石榴原产于安息，且果实像赘瘤，瘤与榴谐音，故称为安石榴。"

道整猛不丁地在慧应脑后脖子上捏了一把，鼓起了个大包，"就像你这个'瘤子'一般。"

慧应"啊，啊，"叫了几声。道整松开手。慧应生气地说道："干吗？"

大家都笑了。笑声冲淡了疲劳，他们顿觉腿上有了力气，加快了脚步。

四月十二日，法显一行来到了乾归国的都城金城（今甘肃省兰州市西固城），在妙乐寺落脚。

金城依山临水，风景优美，夏无酷暑，气候温和。法显等决定在此夏坐。夏坐又称雨安居、夏安居或坐夏。此习俗由印度传来。印度佛教徒每年雨季的三个月，不外出，恐外出伤草木小虫，而在寺内安居。中国僧徒则从四月十六日入安居，七月十五日解安居。在夏坐期间，法显在妙乐寺中坐禅修学。

一日，法显正在禅房阅读《汉书·西域传》，院里忽然传来喧闹声。他走出僧房，问一小僧："怎么回事？"小僧答道："智空腹痛，痛得直打滚。"

法显来到智空房间，房间里聚集了不少僧人，他们虽然心急如焚，但却束手无策。法显道："让我看一看！"他来到智空近前。智空躺在铺上，双手捂住腹部，脸色苍白，豆粒大的汗珠从脸上往下流，口里不停"哎哟，哎哟！"地哼哼。

法显问道："何处疼痛？"

智空指了指上腹。

法显又问道："是绞痛还是刺痛？隐痛还是剧痛？"

智空呼吸艰难地说道："是绞痛、剧痛。"

法显号了号他的脉搏，看了看他的舌苔，说道："你受了风寒。等一下，我马上就来。"

法显回到自己房间，打开包袱，取出银针和艾绒，匆匆来到智空房间。"智空，我给你扎几针，你的病很快就会好。"

智空一听说要扎针，连连摆手道："不，不，我怕扎针。我宁愿痛死，也不扎针！"

法显道："既然如此，那灸一下吧！"

智空点了点头。法显把艾绒制成艾炷，置于梁邱、足三里、中院三穴之上，用火刀、火石取火，点燃艾炷。陡然间，房间里青烟缭绕，香气扑鼻。智空的哼哼声慢慢减轻，脸上的痛苦之态慢慢舒展，手慢慢离开了腹部。他长叹了一口气："哎，痛煞我也！"

法显问道："怎么样了？"

智空道："好多了。多谢法师，要不是你，也许我难过今日。"

旁边一位僧人道："法师真乃高人，手到病除。这艾哪会有如此大的神通？"

法显道："艾乃阴中之阳，性温祛寒，主灸百病。"

那位僧人问道："艾可有优劣之分？"

法显道："有。三月三日、五月五日采摘曝干之艾为良，色白者，为上。"

那位僧人又问道："用艾可有讲究？"

法显道："艾须焙燥，灸才有力，火方易燃，若湿润则灸而无功。灸病忌用松、柏、枳、橘、榆、枣、桑、竹八木之火燃艾，以火珠或火镜曜日燃艾为佳。"

那位僧人赞道："法师饱学，可敬可敬。"

法显道："过奖。我仅略知一二。"

众人见智空已好转，便各自回房。

一日，智空来到法显房间。法显正在写字。智空不敢打扰，站在旁边观看。法显用行书写道：胸怀凌云志，游学弥残年。心诚终有报，何日抵西天？书法潇洒苍劲。智空脱口说道："妙哉，妙哉！"

法显抬起头看是智空，说道："你何时来的？坐吧！"

智空道："法师正在专心写字，我不便打搅。上次多亏法师搭救，否则，或许我已在九泉之下了。今日特来致谢。"

法显道："不必客气，言谢就见外了。"

智空道："法师的书法如此漂亮，能否写一幅供我临摹？"

法显摇头道："我的字不值得学。你要学就学王右军。他的书法挥洒自如，千变万化，如龙飞太空，如凤舞旷野，如高山坠石，如万钧雷霆，如阳春之蕾，如千年古柏，如诗，如画，如乐，如舞，奇妙无穷。"法显轻摇着头，挥舞着手，眯缝着眼睛，显然他已领悟了王羲之书法的真谛，而陶醉于王氏的书法艺术之中。

智空道："那我一定找一些王右军的字来学。喔，法师，你的医道是跟谁学的？"

法显道："跟我师父惠通法师学的。不过，后来自己也看了一些医书，走访过几

第四章 一诺千金

位名医。"

智空道:"法师,你怎么学什么精什么,有何门道?"

法显笑了笑,说道:"我所学的东西还谈不上精。不过,只要记住一句话,天下的东西就没有学不会的。这就是:天下无难事,只怕有心人。好了,房间挺闷热,我们出去走走吧!"

他们俩走出山门,信步来到几家农舍跟前。农舍东有几个人在那里忙活,不知在干什么。法显二人好奇地往前凑了凑,原来是鲜卑人。一个面容憔悴的男子躺在一块烧热的大石板上,法显感到莫名其妙,问一位年长的鲜卑人:"老丈,这是做甚?"

年老的鲜卑人道:"这是治病。我侄子腰痛。"

法显问道:"要在灼石上躺多久?"

年老的鲜卑人道:"多则一顿饭工夫,少则一袋烟。"

法显俯下身来问病人:"感觉如何?"

病人道:"舒服。疼痛减轻许多。"

法显双手合十,说道:"我求菩萨保佑你,早日康复。"

病人道:"多谢师父。"

法显在返回的路上对智空说道:"鲜卑人卧灼石医病,不无道理。"

智空道:"鲜卑人医病的方法颇多,除了烧石自熨外,还有祈祷天地山川神灵保佑,卧灼地,于病痛处以刀决脉出血等。"

法显问道:"鲜卑人还有哪些与我们不同之处?"

智空道:"鲜卑原是游牧部落,居无常处。他们所居之地盛产野马、羱羊、端牛、招貂、貂等珍奇动物。他们食畜肉,饮奶酪,以毛毼为衣。现在一些鲜卑人已开始务衣,或半牧半衣,吃穿亦有所改变。他们嫁娶以马牛羊等作为聘币。人死后把死者生前之乘马、服饰、肥犬等财物皆烧以送之……"智空抬头看了看天。头顶上飘来一块乌云,天阴了下来。他对法显说道:"法师,快走,马上就要下雨。"

他们刚进入寺门,就哗哗哗下起了暴雨。一袋烟工夫,雨就停了。智空道:"我们这儿的天气就是如此,不打雷,不闪电,大雨不宣而至,但立等可住。"

法显回寺后学修《安般守意经》。

光阴似箭,不觉夏坐已过。一日上午,法显等辞别妙乐寺众僧,来到金城渡口。

但见黄河：面阔源长，浑黄浩淼，水深流急，波涛澎湃；犹如一条巨龙，扶摇直上，冲破天际；恰似一幅阔练，装点泉皋、凤二山。望黄波，使人生畏，听涛声，令人胆寒。

法显立于岸边，望着华夏族的摇篮——黄河，感慨万千，叹天堑之险阻，赞山川之壮观，评大河之功过，慨流逝之古贤。

水面上漂着两只羊皮筏，一只往彼岸驶去，一只朝此岸划来。羊皮筏是黄河上的重要交通工具，呈长方形，由十多张羊皮制成。造筏者砍去羊头，剁去羊腿，掏出内脏，晾干，给皮袋中吹上气，密封，把它们绑在木框上，并在木框上钉上竹条或木条，羊皮筏即制成了。往此岸来的羊皮筏载着三个客人摇摇晃晃地来到岸边。慧嵬看着羊皮筏用怀疑的口吻对法显说道："法师，这行吗？我有点儿害怕。"

法显安慰他道："慧嵬，不必害怕。山再高，也有人登，河再阔，也有人渡。没有越不过去的山，没有渡不过去的河。心中有佛，万事亨通。你看那三个人不是平安地过来了吗？"

羊皮筏靠岸后，三个客人上岸，朝金城而去。法显对艄公说道："艄公，请渡我等过去。"

艄公道："我这小筏一次仅能渡三人。你们得分两拨。"

法显问大家："你们谁先过去！"

他们相互看了看，谁也没有言语。法显道："我先过去吧！"

慧嵬道："法师，我同你在一起。"

慧景道："我也这一趟过去。我胆子大，也好照应一下你们。"

慧嵬双手合十，默默地祈祷了一番，然后颤抖着爬到羊皮筏上。

艄公把篙撑到岸上，说道："你们坐好，不要乱动，开筏了！"他一用劲，羊皮筏便离开了岸。他把篙换成了桨，往对岸划去。小筏随着波浪一起一伏，颠簸得很厉害。

慧嵬眼看就要落水，慧景眼疾手快，一把拉住他。慧嵬吓得脸色苍白。羊皮筏如瓢一般，在水面上飘荡颠簸，但它晃晃悠悠地终于到达了彼岸。下筏后，法显对艄公说道："施主，歇息一会儿吧！"艄公摆了摆手，疾划小筏，破浪而去。时候不大，道整、慧应也过了河。道整取出几文钱，对艄公说道："出家人身无长物，这几枚小钱请你收下，聊作沽酒之资。"

艄公摆着手认真地说道："师父，小老儿虽斗大字识不了半升，但'慈善'二字还是知道的。东来西往客人，有钱给三文五文，无钱照样过河。师父们到极乐国去，

第四章 一诺千金

我能摆渡你们,已是我的福分了。这钱你们带上,留作盘缠,权当是小老儿供养诸位师父的。"道整只好把钱收起来,双手合十,为艄公祝福。

法显一行离开黄河渡口,继续赶路。一日,他们来到耨檀国。耨檀国乃十六国中之南凉,其时都城在西平(今青海省西宁市)。都城原在乐都(今青海省乐都市),南凉王秃发乌孤是年八月因酒坠马伤肋而亡,其弟利鹿孤即位后便把都城从乐都迁到西平。因刚建都,形势尚不稳定,四面防守甚严。法显等刚接近西平,便被几个士兵抓了起来。他们被带到一位鲜卑将军的营帐,这位将军乃是利鹿孤之弟耨檀。一个士兵禀告道:"大人,我们抓到五个奸细。"

耨檀命令:"把奸细带上来!"

法显等被带进营帐。耨檀见是几个和尚,尤其其中还有一位老和尚,便不以为然地问那个士兵:"怎见得他们是奸细?"

那个士兵道:"大人,前天不是有两个吕纂的奸细,也装扮成和尚,进城刺探军情,被你斩了吗?今日这五个人准保也是吕纂派来的奸细。"

耨檀眨了眨聪慧的眼睛,仔细地看了看法显等人,然后问道:"你们因何事至此?"法显向耨檀深施一礼,说道:"将军,我等并非奸细,乃是去天竺求经的僧人。路过贵处,请将军给予方便。"

耨檀问道:"你怎能证明你等不是奸细?"

法显笑了笑,反问道:"将军又怎能证明我等是奸细?"

"你们……"他本想说,"你们与前天那两个奸细一样都是和尚。"但他又觉得此话并无道理,就把话咽了回去。

法显道:"前天你们抓到了两个扮成和尚的奸细,不能就说所有和尚都成了奸细,而且奸细也未必都装扮成和尚。将军,你说对否?"

耨檀问道:"你能否把包袱打开,让我瞧一瞧?"

法显道:"可以。"他打开了包袱。

耨檀见到包袱里除了经卷、文房四宝、银针、艾绒和衣物外,还有一个小小的布包。他令人打开小布包。原来里面包的是度牒。他看后点了点头。但他还想试探一下他们,慢吞吞地说道:"师父在佛门几十载,必是位满学之僧,想必读过《四十二章经》?"

法显坦然地点了点头,说道:"其中一些章节贫僧尚能背诵。"

耨檀道："但愿领教。"

法显诵道："有沙门问佛，以何缘得道，奈何知宿命？佛言：道无形相，知之无益。要当守志行。譬如磨镜，垢去明存，即自见形。断欲守空，即见道真，知宿命矣……"

耨檀双眉舒展，脸上露出笑容，说道："师父博闻强记，可敬可敬！"他又对士兵说："这几位师父并非奸细，而是虔诚的僧人。你们以后小心行事，不可造次。"

士兵走后，耨檀对法显说道："刚才师父言道，你们去天竺求经。但路途遥远而艰险，你们怎能去得！"

法显道："心中有佛，天下无不可成之事。"

耨檀道："师父，去天竺旅途太艰辛，不如我在此为你们修筑寺院，供养你们，你看如何？"

法显道："多谢将军的美意。我等求经心切，纵有千难万险，也决不半途而废。"

耨檀道："师父心诚志坚，令人钦佩。既然如此，我不强留。来人！"

进来一个士兵。耨檀命令道："把这五位师父送到驿站，并安排好他们的食宿！"

法显等辞别了耨檀，随士兵来到驿站。

次日，两个士兵给法显等送来了五件皮衣。一个士兵对法显说道："王爷说，天气日渐寒冷，由此西行，要经过大斗拔谷（今甘肃省民乐县东南甘、青两省交界处的扁都口隘路），那里天气变化无常，让你们带上这几件皮衣御寒。"

法显等接下皮衣，请士兵向耨檀转达他们的谢意。尔后，他们便登程。

他们越过西平北大通河南的养楼山，继续西行。时值季秋，天高气爽，不冷不热。远路无轻担，他们所带的皮衣显得越来越沉重。慧应烦躁地说："这皮衣太累赘，把它送人得了。"

法显把背在左肩的皮衣换到右肩，慢吞吞地说道："饱时应想到饥馑，热时应想到寒冷。人无远虑，必有近忧。要是把皮衣扔掉，大斗拔谷若很寒冷，那我等如何过去？"

道整道："法显法师说得对。还是吃点儿苦带着吧，以防不测。"

十月的一天，他们来到了祁连山下。祁连山高耸入云，山顶上白雪皑皑。一条峡谷把高山劈为两半，峡谷两侧峭壁陡立。一条清澈的小河弯弯曲曲地从山谷中流出。山中十分寂静，只有潺潺的流水声。法显等沿着河边向山中行进，忽然眼前一峰突立，挡住去路，他们从右边绕行，刚绕过此峰，又一奇峰横在眼前，山峰犬牙交错，嶙峋参差，形态奇特。山路狭窄，崎岖险阻。山石奇形怪状，有的像鱼头，有的似卧虎，

第四章 一诺千金

有的如奔马,有的若骆驼……他们起初感到冷风吹到身上有点儿凉飕飕的,继而感到寒冷。他们赶紧穿上皮衣。

突然,天气晦暝,寒风凛凛,大雪纷扬。

慧应道:"刚才天气还挺好,怎么突然间就刮起了狂风,下起了大雪?十月就下雪,真见鬼!"

慧景道:"当初我们要是听你的话,扔掉皮衣,那今天就都成了冻死鬼。"

慧应不好意思地说道:"你哪壶不开提哪壶!"

慧嵬裹了裹皮衣,说道:"真冷,身上还好,脚和耳朵冷得够呛。"

法显提醒众人:"路滑,小心脚下!"

道路蜿蜒曲折,坎坷不平,狭窄险峻。法显等鱼贯而行。

他们艰辛地走出大斗拔谷,面前横卧着一片开阔的草原。面向万里晴空与无垠大地,眼界豁然开朗,他们遂感心旷神怡。道整感慨地说道:"真是两个天地!"

他们往张掖行进。张掖之名由来已久。汉武帝元狩二年(公元前121年),张骞通西城获得成功,西汉王朝遂于河西置酒泉、武威二郡。汉元鼎六年(公元前111年),又增置张掖、敦煌二郡。张掖乃通往西域之要冲。张掖者,"断匈奴之臂,张中国之掖"之意也。张掖城周围平畴延绵,阡陌交错,泉流映带,芦苇丛生,水草交横,颇有南国风光。然而当时张掖却处于兵荒马乱之中。张掖原属后凉王吕光所辖,去年(即公元398年)六月为段业所取。今年二月,段业于张掖即凉王位。此时,段业东西交困,东则后凉常出兵来攻,西则敦煌太守李暠谋叛。法显等进城后住在觉仁寺。

次日,法显等分头去寻找郑子奇之子郑永贵的下落。但晚上归来,他们却一无所获。第三天,他们又去寻找,然而仍无线索。一连几日,他们都徒劳无功。大家感到希望渺茫。慧嵬道:"我们找了这么多日,腿都要跑断了,连个影子也没找到。我看算了吧,我们还是趁早赶路。"

道整道:"我打听了许多官兵,都说不知。我看,再找也是徒劳。我们找了这许多日也对得起郑老汉了。"

法显的脑子里浮现出郑子奇那忧伤的面孔、祈求的眼睛,他道:"一诺值千金。一个人应该言必信,行必果,何况我等是出家人。我答应过郑子奇,一定不负他的重托。我等虽然没有线索,但不等于没有希望。事情往往如此,最困难的时候,往往就是快要成功的时候。我们再想想办法。"

慧嵬道:"法显法师,你最爱惜光阴,我看还是抓紧时间赶路吧。"

法显看了看大家,说道:"这样吧,你们想走,可先到敦煌等我。我一定要找到他。"

慧景道:"我们谁也别走,都留下来找!"

他们又寻找了数日,但仍无结果。法显很为此事犯愁,如找不到郑永贵就离开这里,他会遗憾终生。一则郑子奇的信还在他手中,他没有尽责;二则他有负郑子奇的托付,失信于人;三则郑子奇父子不能团圆,郑子奇那破碎的心会更加痛苦。他的头脑中老在琢磨此事,但总想不出办法来。

一日下午,法显的头脑中突然闪出一个念头。段业部下那么多军卒,到哪儿去寻找一个无名小卒郑永贵?这岂不是大海捞针?不如直接去找凉王段业,他统辖全军,一定会有办法。

次日,他修了修面,戴一顶皂色僧帽,穿一件较新的袈裟,稳步来到王府。他对守门士兵说道:"烦劳壮士禀报王爷,有一老僧求见。"

士兵瞟了他一眼,轻慢地说道:"你要见王爷?哈哈,王爷也是你能见的吗?"

法显道:"老僧有要事面商王爷。"

士兵轻蔑地说道:"面商?哈哈,你是什么要臣,要与我家王爷面商?"

法显想抢白士兵几句,但又想不可因此而影响大事,便把这口气咽了下去。这时东边有几个人抬着一顶轿子朝王府走来。士兵一见,赶忙把法显往后扒拉,法显差点儿摔倒。轿子进去后,法显冲着士兵说道:"势利小人!"

士兵生气地问道:"你说什么?"

这时,守门官从里面走出来,"你们吵吵嚷嚷干什么?"

士兵说道:"这个老和尚死皮赖脸要见王爷。"

守门官看了看法显,说道:"王爷日理万机,哪有工夫见你!走吧,和尚,别在这儿捣乱了!"

法显想,如不想个办法很难见到王爷。他皱了皱眉头,忽然计上心来。他厉声说道:"好,我走!等下次见到我表弟时,我一定让他'提拔'你们!"说完,转身便走。

守门官马上赶上去,拦住法显道:"哎,老师父,你刚才说什么来着?谁是您老的表弟?"

法显假装生气地说:"段业。你走开!"

第四章 一诺千金

　　守门官满脸赔笑，说道："老师父，请息怒。小的有眼不识泰山，不知你是王爷的表兄，多有得罪。你别走，我为你进去禀报。"

　　法显道："算了，下次见到他时，看他如何向我交代！"

　　"老师父，万望息怒，小的向你赔罪。"守门官说罢，打了自己一记耳光。"您老如若这样走了，王爷知道，小的吃罪不起。"

　　法显道："既然如此，速去禀报王爷！"法显回到门口，守门官进去禀报。他来到王爷大堂，躬身低声说道："王爷，外边一位老和尚求见，说是王爷的表兄。"

　　王爷道："胡说！我哪有做和尚的表兄。哪儿来的疯和尚，把他轰走！"

　　守门官答应："是！"

　　守门官刚走到大堂门口，段业叫道："回来！"

　　守门官返回来。段业道："把他带进来！"

　　守门官来到外边，对法显说道："跟我来！"

　　法显随守门官来到王爷大堂，大堂内十分肃穆。法显扫了一眼段业，他面前的几案上放着一堆文牍，他正在批阅一份公文。他头戴惠文冠，身穿朱袍，腰系革带，革带上佩戴山玄玉，面容慈祥，但带有英气，身材高大，颇有帝王之相。他抬起眼来看了一下法显，法显向他稽首，说道："王爷，请恕贫僧冒昧。"

　　段业慢吞吞地说道："你这个和尚好大胆，竟敢冒认官亲。"

　　法显道："贫僧已超凡脱俗，一不为势，二不为利，'官亲'对我来说亦系无用。斗胆认王爷为亲，也是事出无奈。不如此，我就到不了这里。"

　　段业笑道："喔，那你到了这里，就不怕出不去吗？"

　　法显笑了笑，说道："我已打听过，王爷仁爱宽厚，豁达大度，哪会为难贫僧。"

　　段业微笑着问道："你如何称呼，自何处来？"

　　法显道："贫僧法号法显，自长安来，因慨律藏残缺，前往天竺求经。"

　　段业称赞道："师父偌大年纪尚有此大志，实在难得。你欲见我，有何指教？"

　　法显问道："请问王爷有几位公子？"

　　段业对他的提问感到莫明其妙，答道："三个。"

　　法显又问道："可在身边？"

　　段业道："均在身边。老大、老二帮我操持军务，老三在读书。"

　　法显进一步问道："如若三五年见不到公子，王爷可想念？"

段业道：“做父母的哪有不惦记儿子的。莫说三五年，就是三五个月我也放心不下。”

法显道："我想，天下父母之心都一样。我路过陈仓时，遇到一位老丈，他的儿子在外五年，音信皆无。老伴因思子成疾，已故去。老丈亦思儿心切，希望能在谢世之前见上一面。"

段业同情地说道："唉！实属可怜。那他知道他儿子在何处吗？"

法显道："在王爷军中。"

段业惊愕地说道："啊！在我军中？叫什么名字？"

法显道："郑永贵。"

段业命令道："中军，立即在军中查找郑永贵。查到后速来禀我！"

"多谢王爷，贫僧告辞！"法显起身告辞。

段业问道："师父就是为此事而来？"

法显点头道："嗯。"

段业问道："师父下榻何处？"

法显道："觉仁寺。"

法显走出王府回到觉仁寺，等待段业的回音。三天过去了，但毫无消息。

一日，道整对法显说道："段业答应帮忙，只不过是应景，不可当真。"

法显道："我看段业并非是言而无信之辈。"

道整道："嗨，有些人道貌岸然，其实并非善良之辈。"

法显道："段业并非那种人！"

又过了三天。法显等几乎失望。一日中午，中军领着一个二十六七岁的青年来到觉仁寺。中军见到法显，说道："师父，他就是你要找的郑永贵。他不在张掖城，而在临泽。花了好大气力才找到他。王爷说，可让他回家侍奉高堂。王爷仰慕师父胸怀大志，高风亮节，明日打发人送粮食及日常应用之物给师父受用。"

法显双手合十，说道："阿弥陀佛，有劳将军，代贫僧向王爷致谢。"

中军走后，郑永贵扑通跪到地上，说道："多谢师父。我郑永贵永世不忘师父的大恩大德。"

法显双手把他扶起来，取出一封书信递给他。

郑永贵看完书信失声痛哭，双膝跪下，哭道："娘，你死得好惨！我是个不孝之子！"

法显扶起他说道："永贵，你爹渴望见到你。王爷已允许你回家。你可早日动身，

第四章 一诺千金

回去孝敬老父。"

郑永贵向法显叩头致谢。

次日,段业派人送来了钱财、粮食及日用之物。法显拿出一些钱给郑永贵作盘缠。郑永贵又向法显叩了个头,辞别法显等人,登程回乡。

隔有一顿饭工夫,郑永贵又怏怏不乐地回到觉仁寺。法显等见他回来,无不愕然。

法显看到郑永贵垂头丧气地回来感到很惊异,问道:"永贵,为何回来?"

郑永贵抬起头,说道:"师父,城门口卫兵不让我出去,说我开小差。"

法显道:"喔,是我疏忽,没有想到此事。道整,请你陪他去王府办一张通行文书。"

道整领着郑永贵来到王府,为他办理了通行文书,并把他送出城,然后回到觉仁寺。

第五章　丝系四海

法显西行记

第五章 丝系四海

天气已很寒冷,冰天雪地,且张掖动乱,道路不通,所以法显等只好在张掖过冬。

光阴荏苒,寒往春来。百花争艳,万物更新,张掖的紧张局势亦有所缓和。

一日,慧景对法显说道:"法师,听说凉州(今甘肃省武威)有位高僧,名叫鸠摩罗什,为世人所景仰。百闻不如一见,我想去拜访拜访。"

法显道:"我在长安时就曾听说过此人。很遗憾,这次没有经过凉州,无缘与他会晤。既然你想去见他,那就去吧。不过要早点儿回来,不可耽误行程。"

慧景简单地收拾一下,匆匆登程前往凉州。

一日早斋后,法显到街上去散步。张掖像久病初愈的人一样,现在又复活了,街上熙熙攘攘,兽皮、毛织物、宝石、璧玉、珊瑚、玳瑁、药材、彩缯、香料等琳琅满目。互市者不仅有本地人,而且还有西域商人。法显来到一位深目高鼻多须髯的珠宝商跟前,拿起一块光芒四射的宝石看了看,问道:"老板,你是何方人士?"

老板道:"我是粟特(今乌兹别克斯坦共和国撒马尔罕一带)人。"

法显问道:"粟特千里迢迢,你如何携货物来此?"

老板道:"我们有个商队,现在分散在各地,有的在张掖,有的在凉州,有的在酒泉。"

法显道:"听说粟特人很善于经商。"

老板笑道:"嘻嘻,也未必擅长,不过经商的人多一些罢了。"

法显道:"听说贵国生子后以蜜糖纳其口中,明胶置其掌内,使其长大后口常吐甘言,掌持钱财如胶之粘物,果真如此?"

老板道:"嗯。这只不过是我们那里的习俗。师父,买块宝石?"

法显摇头道:"不,我只是随便看看。"

法显又来到一卖香料的波斯商人跟前。商人问道:"师父,买点儿香料?"

法显道:"不。如果拙眼没看错的话,老板是波斯人?"

商人用生硬的汉语说道:"师父眼力不差,我是波斯人。"

法显道:"我想向你打听一下西域及其路途的情况,可否?"

商人道:"师父,我是个粗人,见识短浅。你稍候,我去把我们的'万事通'请来。"

商人出去工夫不大,带来一位四十来岁的中年人。他面容清瘦,满脸胡须,二目炯炯有神，温文尔雅，看来是位书生。法显见到他，忙表示歉意："有劳先生大驾，贫僧实在冒昧。敢问先生大名？"

那人用流利的汉语说道："我叫伊万斯。请问师父宝号？"

法显道："贫僧名叫法显。先生也是来经商的？"

伊万斯道："我原本是个读书人，无志于经商。不过由于偶然的机会，我见到了贵国的丝绸，便对它产生了兴趣。它不仅是实用之物，而且是观赏之珍品，世上绝无仅有。"

法显问道："先生对丝绸很有研究？"

伊万斯道："谈不上研究，不过有所了解罢了。"

法显道："但愿领教一二。"

伊万斯道："贵国的丝绸名满天下。几百年前，我国商人即运进了贵国丝绸，而且把它转销至希腊、罗马。希腊和罗马人称贵国为'赛里斯国'，意即丝国。罗马大学问家老普林尼在他所著的《博物志》中说：'赛里斯国……其林产丝，驰名宇内。丝生于树叶之上，取出，湿之以水，理之成丝，后织成锦绣纹绮，贩运至罗马。'希腊史学家撒尼亚斯在其著作中写道：'赛里斯人用以织绸缎之丝，则非来自植物……其国有虫，希腊人称之为"赛尔"……虫之大，约两倍于甲虫，皆与树下结网蜘蛛相似。蜘蛛八足，该虫亦八足。赛里斯人冬春两季，多建专舍以畜养之。虫所吐丝，类于细丝，缠绕其足……'他们这些话是在几百年前说的，他们的话引起了我极大的兴趣。于是，我就随贩卖丝绸的商人来到这里，一则了解丝绸究竟是怎么回事，二则做点儿生意聊以为生。"伊万斯停了一下，继续说道："来到贵国后，接触了一些丝绸商人、养蚕者和缫丝者，对丝绸有了进一步的了解。"

法显饶有兴趣地说道："但愿先生详说，以开茅塞。"

伊万斯道："师父乃本国之人，知道的一定多，我怎敢班门弄斧。我倒想请教一下师父呢。"

法显道："贫僧对丝绸知之甚少。我国很早就知道育蚕缫丝，据说，黄帝之后嫘祖乃育蚕取丝之始祖。当然，那时候还是靠野蚕取丝。到了殷周时代，野蚕开始在室内畜养，《诗经》中就有采桑养蚕之诗句：'春日载阳，有鸣仓庚。女执懿筐，遵彼微行，爰求柔桑。'"

伊万斯让法显把诗解释给他听，然后说道："这诗句真美，似乎我眼前浮现出一幅优美的采桑图。我要把它背下来。"

法显问道:"贵国商人除丝绸外还买卖何物?"

伊万斯道:"我国商人从波斯带来珠宝、香料、地毯,而从贵国运回去丝绸、漆器、瓷器。"

法显问道:"先生从哪条路来?"

伊万斯道:"我越过葱岭(今帕米尔高原)后,经疏勒(今新疆喀什)、姑墨(今新疆温宿)、龟兹、乌垒(今新疆轮台东)、焉耆、高昌(今新疆吐鲁番)、敦煌而至此。"

法显问道:"此道好走吗?"

伊万斯道:"不甚好走,虽免受沙漠之苦,但也一路艰辛,'在家千日好,出外一时难'。到这里做生意的人,已把生死置之度外。"

法显听了此话,心中为之一震,生意人为了钱财尚不惜性命,我佛子为了弘扬佛法,更当肝脑涂地。

法显与伊万斯谈得颇投机。他又问了些西域路上的情形,便告辞回寺。

二十天后,慧景从凉州返回张掖。他风尘仆仆,面带倦容,但显得很高兴。与他同来的还有五位僧人。慧景向法显等介绍说:"我路上遇到智严、慧简、僧绍、宝云、僧景五位道友。他们也到天竺去,愿与我等同行。"

法显与智严等见礼毕,说道:"诸位一路辛苦,先请用斋、歇息,以后慢慢叙谈。"

慧景用斋毕,来到法显寮房。法显问道:"慧景,此行如何?"

慧景打了个哈欠,说道:"我见到了鸠摩罗什,与他多次长谈,获益匪浅。而且看到了凉州盛况,开了眼界,不虚此行。"

法显微笑着点了点头。

慧景道:"后凉王吕光已于去岁过世。吕光之庶长子吕纂杀嫡出之弟吕绍自立为王。吕纂荒于酒色,不得人心,凉州人多有怨恨。凉州市井繁华,很是热闹。凉州的当地人,体胖鼻小。男子几乎无须,即使有,也是寥寥几根。女子面目清秀,体态姣好……"

"噢,你讲讲鸠摩罗什吧!"法显打断他的话说道。

慧景虽然疲倦,但说到鸠摩罗什却来了精神,说道:"鸠摩罗什博学多才,通天竺语,晓汉文,知阴阳,聪慧过人,豁达大度。但因吕光父子不太热心于佛事,所以他无法施展才能。"

法显惋惜地说道："良马得遇伯乐，方可驰骋千里，雄才得逢明主，才能施展才智。否则，只能淹没于世。慧景，歇息去吧！"

慧景走后，法显看了一会儿《牟子理惑论》，然后放下书去看望新来的智严。此时，宝云也在智严房中，他们正在商讨西行之事。他们见到法显来，站起身施礼。法显道："二位不必拘礼。有缘千里来相会，无缘对面不相逢。我等有缘才到了一起。二位何方人士？"

智严说道："我二人都是凉州人。宝云今年二十四岁，我二十六岁。我虽比他年长，但他出家却比我早。我等痛感学识浅薄，所以决定到西域游学，不期在此得遇法师。我等年轻，还望法师多教诲。"

法显看了看这位活泼而有朝气的年轻人，又瞧了瞧显得老成的宝云，微笑着说道："二位年轻好学，必成大器。既然有志西行，我们就是伴侣。你们打算何时动身？"

智严看了看宝云，宝云思忖片刻，反问道："法师有何打算？"

法显道："张掖虽逢动乱，但仍是个修学的好地方，且张掖王段业愿为檀越。夏坐之期将至，不若在此夏坐，夏坐完毕再西进。二位意下如何？"

智严、宝云异口同声地说道："好！"

隆安四年（公元400年）四月十六日，法显、智严等十人在张掖开始夏坐。

一日上午，法显正在诵经，一名小僧来对他说，门外有一波斯人要见他。法显来到门口一看，原来是伊万斯。

寒暄后，他把伊万斯带进僧房。伊万斯坐下后说道："师父曾对我说要到西域去，不知何时动身？我后日起程回国。如方便，我们可搭伴而行。"

法显道："感谢先生厚意。不过，贫僧在此夏坐，不能相随。请先生先行。出家人身无长物，我这里有一幅画，聊赠先生留念。"

法显从书画筒里取出一幅画，慢慢打开。画面上画着一个波斯人在与一个老僧亲切交谈，旁边摆着各色丝绸。伊万斯仔细地看了看，突然惊喜地说道："师父，这不是画的我与你吗？"

法显点头道："正是。先生不远万里来此研究丝绸，贫僧深为钦佩，颇受感动，所以与你分手回来后便画了这幅画。"

伊万斯道："师父真能人也，但愿日后我们还能见面。"

第五章 丝系四海

法显道："后会有期。"

伊万斯吞吞吐吐地说道："师父，我……"

法显道："先生有话，但说无妨。"

伊万斯镇定了一下，说道："喔，没有什么，以后见面再说吧。"

伊万斯想把他的秘密告诉法显，他想方设法搞到了一些蚕子，打算把它们放在衣服的夹层内带回波斯，让养蚕、缫丝、织锦技术传到波斯去。因边关禁止蚕子、桑种外流，他怕这个秘密泄露出去，所以他把到了嘴边的话又咽了回去，没把此事告诉法显。

伊万斯走后，法显继续诵经。

夏坐讫，法显、智严等十人一同西进。

天气炎热。一日中午，太阳使出了它所有威风。路边的小草胆怯地低下了头，鸟儿不知躲到何处去了。四周一片沉寂，只有一辆牛车发出"吱哟吱哟"的声音，在法显等人的后面慢慢走来。牛车到他们跟前时，他们看到木轮牛车上装载着满满的货物，一头健壮的黄牛拉着车吃力地迈着步子，身上流着汗珠，嘴里喘着粗气。智严向打着赤膊头戴斗笠的车夫问道："施主，此处离酒泉还有多远？"

车夫道："还有十里地，用不了一个时辰就能到。"

"施主，车上何物？"慧简粗声粗气地问道。

车夫打量了他一下，又看了看其他人，确信他们是行脚僧而非强盗时，方说道："丝绸。"

"拉到何处去？"慧嵬问道。

"敦煌。我的老板在敦煌有个店铺，专营丝绸。我从张掖把丝绸拉到敦煌，然后再把西域的玉器、香料、氍毹等运回张掖。"车夫说道。

"生意如何？"道整问道。"买卖很好。西域人很喜欢丝绸，尤其是波斯人和天竺人。听说他们还把我们的丝绸转销给希腊人和罗马人呐。有一次，一位波斯商人看我们的丝绸好，一下子买了三十匹。"车夫谈起生意津津乐道。

他们边走边聊，似乎忘记了饥渴，不觉来到了酒泉。车夫用手指着左边不远处道："那里有泉水，你们可去饮用。我得赶路，恕不奉陪。"

法显等来到泉边，蹲下身子，掬水解渴。慧简情不自禁地说道："真清凉，胜似一杯美酒。"

喝足了水，他们才仰起头仔细地观看这眼泉。泉水清澈，泉流不断往上翻滚，时有气泡上升，犹如一串串珍珠，蔚为壮观，煞是好看。这就是酒泉。酒泉古称金泉。据说，古时候有一个人欲饮泉中之水，发现水中有金光，于是从泉中舀出一碗水，端着碗，循着碗中金光所来的方向走去，走到了祁连山，在祁连山中发现了金矿，所以称为金泉。西汉时，骠骑将军霍去病率兵西征，大败匈奴。汉武帝为表彰霍去病的赫赫战功，特赐御酒一坛，但酒少人多，霍去病便把御酒倾入金泉，与将士酌泉共饮。从此，金泉便更名为酒泉。

法显等在酒泉住了一宿，次日又继续赶路。一日，法显等来到了安西境界，此处欢迎他们的是呼啸的东北风。好大的风，只刮得：尘土飞扬，黄沙扑面，碎石乱走，枯草漫天。尘土飞扬，日月无光；黄沙扑面，二目难睁；碎石乱走，脚下无根；枯草漫天，心生凄凉。他们往西北走，风自东北而来。虽不是完全逆风，但也是半边呛风。尘土沙石像浪涛一般不断地向他们袭来。他们的脖子里、鞋里、鼻孔里、耳朵里、嘴里尽是沙子。眼睛不敢大睁，只能眯着。有时，只好面向西南，侧着身子向前移动。僧绍取出汗巾想擦一擦眼睛，一阵狂风把他的汗巾吹上了天。慧景、慧应在法显两侧拥着法显缓缓而行。他们走出十多里之后，风才渐渐止息。他们擦了擦眼睛，吐了吐嘴里的沙土，磕了磕鞋子，抖了抖身上的沙子，继续前进。途中，他们遇到一位五十多岁的老人。道整用手向后面指了指，问道："老人家，那里怎么刮那么大的风，好像要把人吹跑似的？"

老人捋着胡须说道："那个地方几乎常年刮风，人们说，'一年一场风，从春刮到冬'。你们遇到的风还算小呐，大风能把碗口粗的树连根拔起。听说那里有个黄风怪，它用大风把人卷走吃掉。"

"啊？！真的？"慧嵬吐着舌头惊愕地问道。

"也许是真的，不过我没见过。但有一年我经过那里时，也差点儿被它卷去。"老人认真地说。

"那我们还算运气。"僧景说道。

"我们是佛门弟子，黄风怪敢把我们怎么样！"慧简拍着胸脯说道。

宝云道："赶路吧！"

他们又继续向前走。

一日，他们来到了长城脚下。作为战争掩体的长城，早已有之。公元前七世纪前

第五章 丝系四海

后，春秋战国时期，诸侯国为了互相防御筑起了长城。公元前四世纪前后，燕、赵、秦三国在它们的北方修筑了防止东胡、匈奴南掠的长城。秦始皇统一六国后，把燕、赵、秦等国的长城连接起来，形成了西起临洮东至辽东长达万余里的秦长城。汉武帝时，国力强盛，为了安定西北边境，修筑了从永登至敦煌，再向西延伸到新疆的罗布泊的汉长城。法显等人所见到的这段长城即为汉代所筑。他们来到长城脚下仔细地看了看长城，它是夯土版筑而成，高丈余，厚五尺许，一层土一层芦苇秆，顺墙远眺，犹如一条飞舞的长龙。不远处，有一座烽燧台。他们来到烽燧台，烽燧台是用土坯、芦苇秆和卵石筑成。台上有一座高架，上挂一个木笼。在回答了士兵的盘问后，僧绍好奇地问士兵："壮士，那个笼子有何用场？"

士兵回答道："笼内装的是干柴枯草。如白天发现敌情，就燃烟当作信号，叫作'燧'；若夜间发现敌情，就放火作为信号，叫作'烽'。别的烽燧台看到信号后再向另外烽燧台通报敌情。这样即可防御敌人的侵扰。"

大家听后点了点头。

法显西行记

第六章　枯骨为标

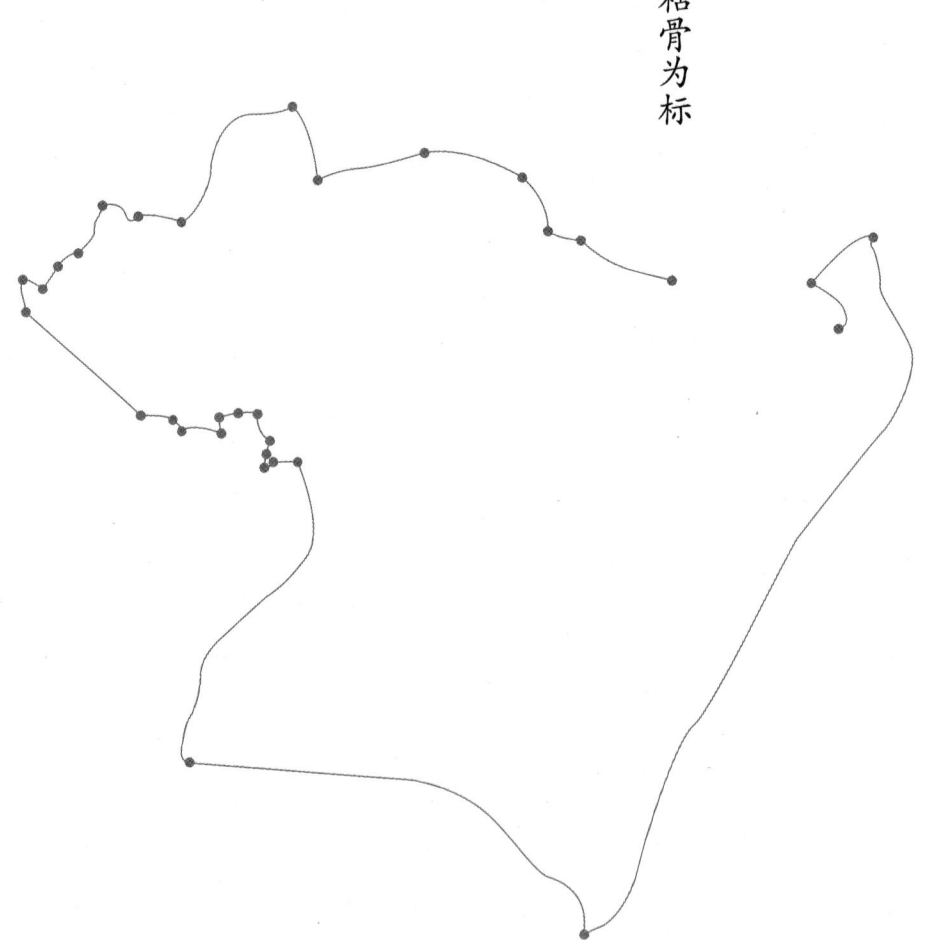

第六章 枯骨为标

法显等人来到了敦煌。敦煌，春秋战国时称为瓜州。公元111年，汉武帝在此置敦煌郡，自此，敦煌这个名字便出现于历史上，敦煌以西称为西域。去西域主要有两条道：出玉门关的谓之北道，出阳关的称为南道。北道经鄯善（今新疆若羌）向北绕道前王庭（在今新疆吐鲁番西），再向西南通焉耆、乌垒、龟兹、姑墨、疏勒等地，越过葱岭，可到大宛，再西北行可达康居（在今巴尔喀什湖和咸海之间）、奄蔡（在今咸海和里海之间），西南与南道汇合，可入大月氏、安息。南道自阳关西行，沿塔克拉玛干大沙漠南缘，经鄯善、且末（今新疆且末西南）、精绝（今新疆民丰）、扜弥（今新疆于田东）、于阗（今新疆和田南）、莎车等地，然后越过葱岭，向西可到大月氏、安息、条支（在今伊拉克境内）、大秦（即罗马帝国），向南可达天竺。南北两道及其分支总辖于敦煌。敦煌是古代丝绸之路的总枢纽，东西方文明的荟萃之地。敦煌城在党河之西，南北长二余里，东西宽一余里，土城墙高二丈余。城虽不大，但却十分繁华。法显等人到达敦煌时正值晚市，人们在太阳的余光中进行交易。车铃声、叫卖声响成一片。美丽的丝绸、晶莹的玉器、明亮的漆器、香甜的瓜果……绮彩缤纷，五光十色，应有尽有，令人目不暇接。法显等人浏览晚市后在佛光寺落脚。一日下午，佛光寺僧人怀净来看望法显。法显放下手中的经卷，问道："怀净，法腊几何？"

怀净道："法师，我刚出家五年。"

法显问道："出家前做何营生？"

怀净叹了口气说道："哎，别提了。五年前，我给广至县令张全生当主簿，这位县令大人不学无术，但却自命清高，而且嫉贤妒能，容不得人。我平素颇爱诗文，虽不精，却也时常命笔。县令对此大为不满，说我不务正业，把我赶出县衙。我愤愤不平，一气之下，便投入了空门。"

法显同情地说道："喔，真是不幸，世上尽有如此不公之事！现在你已跳出三界外，不在五行中，再也无此烦恼。噢，敦煌是块宝地，此处有何名胜可观？"

怀净道："法师，城南鸣沙山、月牙泉堪称一绝，你应该去看一看。另外，一些人正在城东南鸣沙山的断崖上凿窟，立佛像，也值得去瞻仰。"

法显问道："这两处距此多远？"

怀净："鸣沙山、月牙泉距此十里，石窟距此五十里。"

法显道："我一向喜爱游览名胜古迹。观赏自然造化，胜似闭门读书。你明日可否陪我去？"

怀净道："法师不必客气，我明日陪你前往。"

次日早斋后，法显、慧景、道整、慧应、慧嵬、怀净六人一同去游览鸣沙山和月牙泉。这日天朗气清，阳光灿烂。他们来到鸣沙山下。法显举目观看，一座雄伟的大沙山横卧面前，峰峦危峭，犹如刀削一般。一条条沙垄，尖如刀刃，米粒般的沙粒像金子一样灿黄，在阳光下，金光耀眼。怀净介绍道："鸣沙山又名神沙山、沙角山。它东西长八十里，南北宽四十里，最高处五百尺。盛夏，沙山自鸣，殷殷有声，如雷轰响，敦煌城内都可听到。平素，天气晴朗时，人若践之，也会发出响声。因此，此山称为鸣沙山。"

他们从下往上攀登。脚踏到沙上，果真发出响声。没走几步，鞋子里就灌满了沙子。他们干脆把鞋子脱掉，光着脚爬。沙子像绸缎一样柔软，踩到上面颇感舒服。但很滑，进一步，退两步。沙子随着脚的移动，哗哗流下。陡峭处，他们不得不手脚并用。约莫半个时辰，他们才气喘吁吁地爬到山顶。

立于山巅，极目远眺，在群峰环绕的一块绿色小盆地中，一泓碧水，形如弦月，这便是月牙泉。四处山峦起伏，如黄河中的滚滚的波涛，一道道沙脊，像一层层的鱼鳞。沙中闪烁着五颜六色的光芒，使人悦目，令人心旷。他们坐下并排从山顶往下滑，耳边响起了隆隆的响声，如鼓声，似雷鸣。

到了山下，慧嵬问道："怀净，沙山总有人攀登，攀登一次，沙子就落下许多。久而久之，沙山不就越来越小了吗？"

怀净道："不会的。夜里风会把沙子又送到山上，使沙山恢复原样。你们来的不是时候，要是端阳节来，那就热闹多了。端阳节那天，敦煌城里的男女老幼都到这里来。老人和孩子观赏月牙泉，年轻男女攀登鸣沙山。轰隆隆的沙鸣声和欢悦嬉笑之声不绝于耳。快活得很哪！"他们从鸣沙山上滑下来，就到了月牙泉的北岸。月牙泉之形状酷似一弯新月，泉水潆洄涟漪，清凉澄澈，泉内游鱼成群，岸边绿草如茵。慧应走到泉边，捧起泉水喝了几口，赞道："痛快，痛快，好甘美的泉水！"大家一听，都情不自禁地捧起泉水品尝。

怀净道："月牙泉东西长近千尺，南北最宽处近二百尺，深八尺许。据说，泉中产'铁背鱼'和'七星草'，食之，可长生不老，所以此泉又称为'药泉'。"

道整惊奇地说道："是吗？那我们也寻寻看，也许我们运气好，能碰上七星草。"

第六章 枯骨为标

道整、慧嵬、慧应真的顺着泉边寻找起来。兜了一圈回来，却一无所获，不过泉周围的风光却没有使他们扫兴。

慧嵬问怀净："月牙泉四面都是沙垄，风一吹，岂不把沙子都吹到了泉中，怎么泉却安然无恙，没有被填平？"

怀净皱了皱眉头，说道："这是个谜，无人说得清楚。"

慧景道："慧嵬，别老打破砂锅问到底！"

法显若有所思，半晌说道："好一个神奇的去处。五色沙山奏仙乐，一湾水曲映佛天。"

怀净道："法师饱学，出口成章。"

法显谦虚地说道："哪里，有感而发罢了。"

傍晚，他们才回到佛光寺。

第三天一早，法显等五人在怀净的陪同下前去瞻仰石窟。太阳偏西时，他们走进了一条峡谷，东面是霞光四射的三危山，西面是黄沙堆积的鸣沙山。两山之间是一片丰美的绿洲。他们远远就看到一个悬崖。怀净告诉他们，石窟就凿在悬崖上。他们近前看到，有两个石窟已完工。工匠们正在凿第三个石窟。从第一窟走下来一位僧人，合掌道："诸位法师，贫僧有礼了。"

法显还礼道："长老安泰。我等乃是前往天竺求法的僧人，遇寺烧香，见佛膜拜，听说宝寺建于悬崖陡壁之上，特意来此，一则瞻仰宝寺，二则烧香拜佛。"

那位僧人道："法师，请！"

法显等人随他踏上石阶走进石窟。窟内较暗，但仍能看清窟内的一切。中间一尊佛像交脚而坐。法显等取出香，燃着插入香炉内，然后跪下膜拜。起身后，他们瞻仰佛像。这尊佛像高鼻深目，发绺垂肩，与内地佛像略有不同。他们看了看窟壁。左边壁上画着一幅《鹿王本生图》，画的是这样一个故事：佛的前生曾是一只美丽的九色鹿。有一次，他搭救了一个落水猎人。猎人恩将仇报，带领摩因光王捕捉了九色鹿，九色鹿把事情的原委告诉了摩因光王。摩因光王深受感动，宣布以后不许任何人再捕杀鹿。这时，猎人满身生出了斑点。右边壁上画着一幅《西王母驾龙车图》。西王母驾着龙车，神采奕奕，怡然自得，后面簇拥着一群美貌的仙女。下面画着一幅供养人的像。供养人鹤发童颜，颇有仙人风采。佛像后有一根塔柱，塔柱后是禅窟。那位僧人领法显等人进入禅窟。众人坐到蒲团上。

法显问道:"长老,冒昧动问,此寺修于何时?"

长老道:"此乃先师乐僔所修,始凿于前秦建元二年(公元366年)。先师自中原西游至此,当时夕阳西下,他忽然看到山上金光耀眼,似有千万佛在金光中显现。他认为此处是一块圣地,于是便在此悬崖绝壁上开凿一窟,供自己住下修行。"

法显道:"此处有山有水,十分幽静,是修行的好去处。长老福分非浅。"

天色已晚,长老留法显等在窟内住宿。

次日,法显等观看了第二窟,游览了绿洲和悬崖,尔后回佛光寺。路上,慧应向法显问道:"法师,第二窟中的菩萨怎么是裸体?岂不是对菩萨不恭?"

法显道:"大教自天竺传入,听说天竺之菩萨像多为裸体。想必这亦是天竺法。"

慧应虽然心中仍迷惑不解,但也不好再说什么。

来敦煌数日后的一天上午,一个陌生人来到佛光寺拜见法显。寒暄后,那人说道:"太守老爷请法师去一趟。"

法显惊异地问道:"太守老爷?"

那人点了点头,说道:"嗯。"

法显问道:"太守老爷尊姓大名?"

那人道:"姓李,讳暠,字玄盛。"

法显道:"贫僧与他素不相识,他找我何事?"

那人道:"这——我也不太清楚,法师去后便知。"

法显换了件整洁袈裟,心神不定地随陌生人而去。法显随那人来到太守府,敦煌太守李暠在书房已等候多时。法显进入书房,李暠迎上前去,说道:"久闻法师大名,鄙人仰慕已久。得知法师在敦煌,特请来一叙,还望法师恕我冒昧。"

"贫僧不才,道行浅薄,承蒙太守厚爱,实令贫僧诚惶诚恐。"法显把吊起的心放了下来,谦恭地说道。

李暠道:"法师不必拘礼,请坐。"

法显坐下后扫了一眼李暠。李暠五十岁上下,额阔眉浓,面容和善,气宇轩昂,虽是文人,却有武将气质。头戴白帻,身着纹饰锦袍,腰束紫绶,脚穿木屐,手握玉如意。

法显说道:"太守大人唤贫僧来有何指教?"

李暠面有难色,欲说又止。

法显道:"太守有话,但说无妨。"

第六章 枯骨为标

李暠低声说道:"一日夜里,我做了一梦:我独自微服出城,见一只花斑虎立于道旁,吓了我一跳。我欲呼叫,但怎么也喊不出声。我取下弓,抽出箭,箭搭弓上,正要射,老虎忽然变成了一个人。他远远地冲着我说道:'西凉君,且慢!'我弯弓以待。那人不敢近前,又远远地喊道:'我有要事相告,你不要疑虑。'我想,他称我'西凉君',其中定有奥妙。于是,我把弓箭置于地上。他来到我跟前,说道:'敦煌空虚,并非福地。你的子孙,将要作西凉君主。你宜迁徙到酒泉,不可迟疑。'我想问个明白,但他已不知去向。醒后,我翻来覆去回味梦境,然而百思不得其解。此事在我心中闷了多日。法师饱学多识,此梦是凶是吉,还望法师指点一二。"

法显思忖片刻,慢吞吞地说道:"梦乃太虚幻境,虚无缥缈,深邃难测。贫僧以为,梦有三种:思梦、托梦、玄梦。当人专注或凝思某事之时,夜间常梦及此事,此乃常言所说'日有所思,夜有所梦',即思梦;神灵鬼魂于人睡梦之中给人以启示或嘱托,这便谓之托梦;梦见闻所未闻、见所未见、思所未思之异事,此乃玄梦。梦有反、正之说。然正梦者未必正,反梦者未必反。梦中之事,信其有则有,信其无则无。无当有时有亦无,有当无时无亦有。太守大人之梦贫僧不敢妄评,当可自断。"

李暠正在思索法显的话,法显道:"太守大人,贫僧斗胆与大人对弈一局如何?"

李暠勉强笑了笑,说道:"愿领教法师棋艺。"他令仆人取出围棋。仆人把棋盘摆好,棋罐置于几案两端。法显和李暠坐于几案两边对弈。法显执白子,李暠执黑子。他们相互争夺地盘,相差无几。忽然,李暠把手中棋子掷入罐内,说道:"法师的棋艺高我一筹,我输了。"

法显笑道:"太守虽有输势,但尚未输,若在此处置一子,则全盘皆活。"

李暠拍案叫好。

李暠似乎从法显的话以及与他的对弈中领悟到了什么,眉宇间出现了喜色,对法显言道:"多谢法师指点。"李暠后来自立为凉公,迁都酒泉,此乃后话。

他们不再下棋,开始聊天。李暠问法显:"法师几时离开敦煌?"

法显道:"我等打算大后日起程。"

李暠道:"西去旅途艰难,要过漫长的沙漠地带。明后天,我令人给你送去一峰骆驼及途中所需之物。"

法显合掌说道:"多谢太守费心。"

法显与李暠聊得很投机。一个时辰后，他告辞回佛光寺。

在敦煌，宝云等五人住在善化寺。午斋后，法显来到善化寺与宝云等商议继续西行之事。法显对他们说："我等在敦煌已停留一个来月，时间够长了。我们五人打算大后日起程，诸位有何打算？"

宝云道："本寺长老留我们多住几日，帮他抄经。另外，我们也还有些未了之事，大后日恐来不及。"

智严蹙眉思忖片刻，说道："法师，不若这样，你们先行，我们事情办妥后立即动身西行追赶你们。"

法显道："也好。那我们就先行一步。"

法显等开始做继续西行的准备。起程的前一天，李暠派人送来了一峰骆驼、两袋干粮和两个盛水的皮囊。法显请来者向李暠表达他的谢意。

次日清晨，法显等把干粮、皮囊等放到驼背上，牵着骆驼离开敦煌西进。

太阳西斜时，他们进入了沙漠戈壁。翻过几道沙梁，出现一个湖泊，湖边长着青草，这便是渥洼池。汉武帝的天马即得于此。元鼎四年（公元前113年），有个叫暴利长的人，因犯罪遭刑，被罚在敦煌境内屯田。他常看到一群野马至渥洼池饮水，其中有一匹马神异非凡。他便用泥土做了一个假人，手里拿着勒绊立于水边。当野马对泥人习以为常时，暴利长便代替泥人，手持勒绊，趁那匹马饮水之际套住了它。他把它献给汉武帝，并说，此马乃从水中跃出，是匹天马。汉武帝非常高兴，下令赦免暴利长，并作《天马歌》以赞此马。法显等来到池边，饮水解渴，灌满水囊和水葫芦，饮了骆驼，又往前走。行有半个时辰，他们来到了阳关。天色已晚，周围之物已有些朦胧。守关士兵吆喝道："什么人？"

慧景大声答道："前往天竺取经的僧人！"

士兵问道："有'过所'吗？"

慧景反问道："何谓'过所'？"

士兵道："连'过所'都不懂，还想过关！"

道整和气地说道："我们出家人不懂俗事也是有的，烦劳你解释一下何谓'过所'。"

士兵见道整说话客气，便解释道："'过所'就是过关的牌子。有牌则可过关，无牌只好回去。"

道整道："我们没有'过所'，请你行个方便，让我们过去吧。"

第六章 枯骨为标

士兵道:"不行。没有'过所',天王老子地王爷也不让过去,这是我们的规矩。"

法显道:"道整,让我来跟他说。"

道整等站到一旁,法显上前,掏出一块牌子:"军士,你看这可是你说的'过所'?"

"啊?喔,就是这个。你们明明有,怎么说没有,想无理取闹?"士兵看到"过所"生气地说道。

法显解释道:"军士,他们确实不知我有'过所'。我领'过所'之事没有告诉他们。"

士兵站到旁边,说道:"你们过去吧!"

进关后,慧景问法显:"法师,你哪来的'过所'?"

法显道:"在与李嵩太守谈话中,得知出阳关需'过所',便请他办了一下。"

慧嵬高兴地说道:"刚才可把我急坏了,真担心不让我们过去。法师,你想得真周到。"

法显拍着他的肩膀道:"我不是比你多吃几年饭嘛。"

他们在驿站住宿。

次日早晨,他们牵着骆驼踏上了艰难的征途。前面是一片茫茫大漠,这便是渺无人迹的沙河(今库姆塔格沙漠)。一道道沙梁,有的陡峭如刀削,有的蜿蜒似游龙。脚踩到沙子上,往下陷,沙子灌到鞋里,步履维艰。慧景、慧应干脆把鞋子脱下,系好,搭到肩上。但没走多远,他们的脚上便磨出了泡,只好又把鞋子穿上。每走一段距离,他们就停下来磕一磕鞋里的沙子。每过一道沙梁,他们都要站住喘口气。四周尽是沙子,一片荒凉景象。天上没有飞鸟,地上没有走兽。除了他们五人和骆驼之外,没有任何有生命的东西,甚至连一棵草也见不到。傍晚,红通通的晚霞似乎让沙漠也变红了,给静谧得使人害怕的沙漠增添了神秘的色彩。夜幕降临了,法显等在沙子上铺块布,卸下驼背上的干粮、皮囊和衣物等,就地休息。

"啊,啊!我……我怕!"突然,慧嵬神经紧张地叫起来。

法显镇定地问道:"慧嵬,何事惊慌?"

慧嵬用手指着北方,说道:"你看,那,那……"

法显在星光下朝着他手指的方向望去,但什么也没看到。"慧嵬,别大惊小怪,啥也没有。"

隔了一会儿，慧嵬又说道："你看，那……"

法显等又朝那个方向望去，一个蓝色火球，一跳一跳，似乎往这里走来。慧应道："鬼火！"

"鬼？"慧嵬听说"鬼火"，吓得毛骨悚然，不自觉地朝法显跟前靠了靠。

法显道："慧嵬，人不怕鬼，鬼自怕人；人若怕鬼，鬼必伤人。心中有佛，何惧鬼魅？"

慧嵬听了法显的话，看到他坦然自若，也壮起了胆子，挪回到原地。

前半夜他们打了个盹，后半夜温度骤降，他们虽然带了厚衣服，却抵挡不住沙漠里的寒冷。道整、慧应、慧嵬坐到骆驼旁边，吸收骆驼身上的热量。慧景把自己的一件袈裟披到法显身上。法显一再推让，但慧景再三坚持，法显只好披在身上。

天刚拂晓，他们就起来赶路。天气晴朗，沙漠的表面被风刮起的一道道沙纹，宛如大海的波浪。他们艰辛地行进在碧蓝的天空下、金黄的沙漠里，恰似颠簸在一望无际的大海上的孤舟，时而涌出沙峰，时而沉入沙谷。

中午时分，慧应忽然嚷道："你们看，前面有一个大湖。"

法显等往前望去，前面有一大片水，水上有运草船只，船缓缓地向南驶去。他们很高兴，沙漠里最缺少的就是水。有了水，他们和骆驼就可以痛饮一顿，可以洗去满脸的沙子。但他们越往前走，水和船却越显得模糊，到了他们原先认为有水的地方时，却仍然是一片荒沙。他们空欢喜了一场，而心中却留下了莫名其妙的疑团。突然刮起了一阵大风，黄沙飞扬，沙浪翻滚咆哮，似乎要把法显等人淹没在沙漠之中。法显等挤作一团，脸背着风头，手捂着面孔，细细地呼吸，默默地祈祷。隔了好一会儿，风才慢慢止息。他们睁开眼睛，太阳被乌云遮住，沙碛一望无际，没有路径，没有参照物，不知应向何方。他们寻找来时的脚印，但脚印已被沙子填平，毫无痕迹。怎么办？正在万般无奈之际，法显忽然发现几丈远的地方一堆沙子里有一个白色的东西。他让慧景去看看是何物。慧景扒开沙子，取出那个白物，原来是个骷髅。慧景把它拿回来，慧嵬看到白晃晃的头盖骨及骷髅上那两个可怕的眼窝，吓得往旁边躲了躲。法显合掌说道："阿弥陀佛，不知他是一位不畏艰辛的商贾，还是一位以身殉法的僧侣，被这茫茫大漠夺去了性命，我佛慈悲，保佑他早返阳间。"然后，他仰起头来对慧景说道："这个骷髅证明那个地方有人经过。你不妨再往前找一找，看还有没有死人骨头。"

慧景在半里路的地方又发现了几块死人骨头。法显对他们说道："我们就往这个

第六章 枯骨为标

方向走,有死人骨头,就证明那里有人走过。"

他们边走边仔细观察,不时发现死人骨头。他们以死人骨头作为标志缓缓前进。

黄昏时,天空出现了星斗。法显指着一颗大亮星,说道:"你们看,那是'长庚',长庚傍晚亮于西方。我们的方向是对的。"他们这才放下了悬着的心。

次日,法显等人进入了白龙堆。白龙堆的一座座土丘形状奇特,蔚为壮观,有的如楼台亭榭,有的似高车巨舟,有的若人兽鸟鱼,有的宛如蘑菇,有的好像仙女……一条条白色的沙龙,犹如蜿蜒的白龙。法显等人绕过一座土丘又一座土丘,像走入迷宫一般,要没有死人遗骸作为"路标",他们真不知该往哪里去,或许也将在这荒漠中成为后来者的"路标"。

他们在大自然的迷宫里艰难地走了一天又一天。水越来越少,葫芦早已干了,皮囊里也所剩不多。他们只有在极其难忍的情况下才喝一口水润一润嗓子。他们的嘴唇像干枯的树皮,已裂了口子。脸上尽是沙子,黄色的沙面上,被汗水冲出了一条条黑沟。他们同骆驼在一起已生活了多天,熟悉了骆驼的习性。有一次,骆驼突然闭鼻蜷身,伏在沙漠里不走,他们不知是怎么回事,硬拉着骆驼,但骆驼怎么也不起来。不一会儿,刮起了大风,沙子扑面而来,要不是他们挤在一起,风就会把他们吹走。后来,每逢遇见这种情况时,他们就仿效骆驼的样子,伏在沙窝里,躲避了一个又一个的灾难。

水喝光了,皮囊里滴水皆无。法显等人浑身焦躁,喉咙疼痛,嗓子里像要起火一般,后来连呼吸也感到困难了。慧嵬蹲到地上,喘着粗气,说道:"我实在受不了了,走不动啦。"

法显支撑着自己的身躯说道:"慧嵬,一息尚存,就应走下去,蹲在这里,即是坐以待毙。人自出生之日起,就要经历许许多多磨难。苦像影子一样跟随着人们,它无时不有,无处不在。我等虽入佛门,但尚未修得正果,所以仍未超脱'苦'。眼下我等遭受干渴之苦,只要坚持下去,终会苦尽甜来。起来吧!"

慧嵬听了法显这一番言语,咬着牙站了起来,吃力地往前挪动。

其实,法显比谁都难受。他已六十六岁,虽有年轻人之心,然无年轻人之躯,两天滴水未下,他感到腰疼腿酸,口干舌燥,头晕目眩,举步维艰。大家都看在眼里,疼在心中,但爱莫能助。他虽然劝慰慧嵬坚持下去,终会苦尽甜来,但他自己也很茫然,不知如何渡过这一难关,何时走出这无边无际的大沙漠。他在心中默祷大慈大悲的观世音菩萨前来拯救他们。

骆驼虽然善于抗御饥渴，但它也好多天没有喝水了，也显得有些烦躁。忽然，它朝着右前方奔跑起来，大家都不知道是怎么回事，呆呆地望着它。它在不远的地方停了下来。慧景紧走几步，看到那里有几颗芨芨草。骆驼啃了几口以后，便开始用前蹄往下扒。慧景不明白它在扒什么，以为在扒草根。法显等人赶到后，道整道："这里长着草，可能下面有水。骆驼知水脉，所以它想掘土饮水。"

大家顿时高兴起来。慧景、慧应用手顺着草根往下扒。道整找来一块头盖骨递与慧景，慧景用它往下掘。

慧应用手往外扒沙子。一层干燥的沙子被扒出后，下面出现了潮湿的沙子，继而沙子中水分增多，湿漉漉的。道整和慧嵬换慧景和慧应继续往下扒，终于坑里生出了一点点水来。慧嵬用手指在水中蘸了一下抹到舌头上，喜滋滋地说道："好甜啊，如甘露一般。"他们已经筋疲力尽，无力再扒下去。但水只在沙子上面一层，无法舀出来或捧出来。道整想出了个办法，拿来两块较干净的汗巾，一块铺到沙坑里，挡住下面的泥沙，另一块折起来，在水里蘸，然后取出被水浸湿的汗巾，对法显说道："法师，你张开嘴，我把水挤到你口中。"

法显推让道："慧嵬最小，让他先喝吧！"

慧嵬干咽了一口唾沫，说道："法师，你最年长，还是你先喝。"

法显推让不过，只好先受用。就这样，他们依次用水润了润喉咙。又经过了几轮，干渴减轻了许多，他们精神倍增。他们又挤了一些水在骆驼嘴里。骆驼也来了精神。道整用手抚摩着骆驼，说道："谢谢你救了我们大家。我为你祈祷，让你来世托生个人身。"

他们把水挤到葫芦里，虽然挤了半天还不到半葫芦，却已给他们带来希望和动力。他们又登程了。

秋天，虽然他们没有受到热的威胁，但东北风却不时地骚扰他们，吹起黄沙，如同千军万马一般向他们袭来。他们还算运气，如若遇上盛夏的热风，那就别想保全性命了。

几天后，水又光了。他们又开始受干渴的煎熬，度时如年。突然，慧应昏倒了，躺在沙地上一动不动，大家焦急万分。

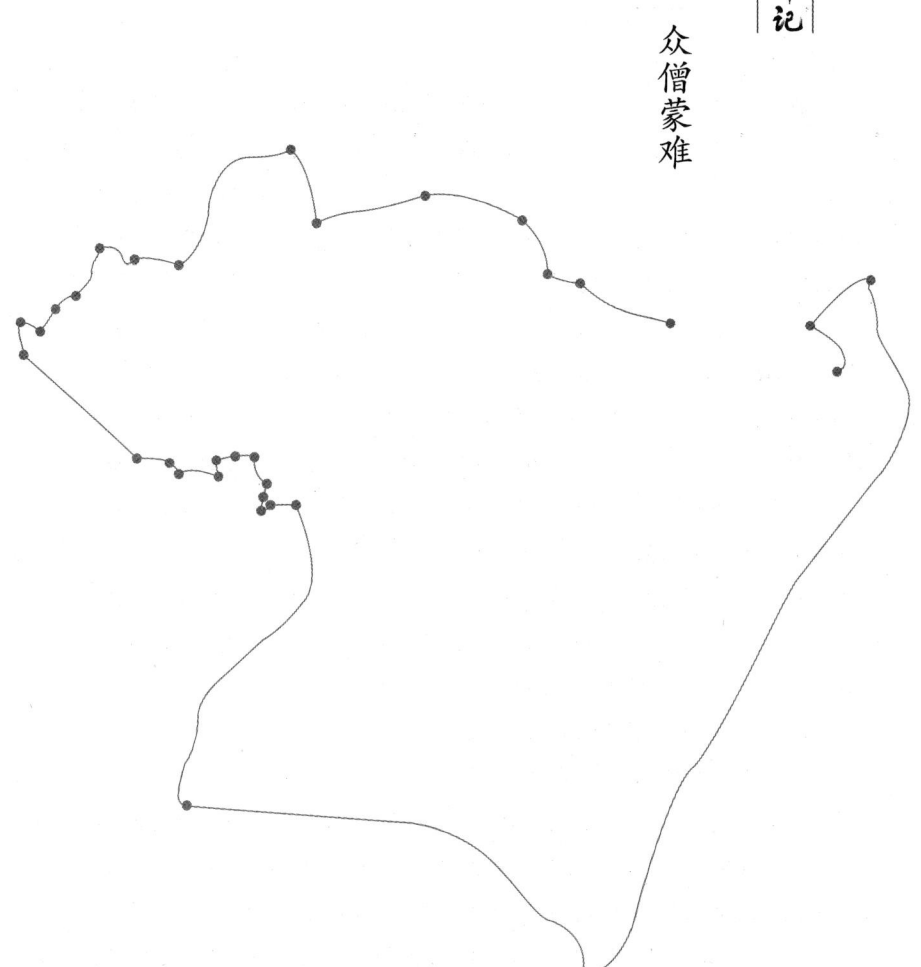

第七章 众僧蒙难

法显西行记

法显见慧应昏倒亦很着急，忙走上前去，左手托起他的头，右手的大拇指掐住他的人中。慧应慢慢苏醒过来，闭着眼睛，用微弱的声音说道："水！"

沙碛茫茫，哪儿有水？没有水，慧应的生命就危在旦夕，大家都束手无策。

慧景急得直搓手，说道："我去找水！"

法显阻止道："你到哪儿去找水？！万一找不到水，也找不到回来的路，怎么办？"

慧景道："难道我们就眼睁睁地看着慧应干死不成？"

法显道："我又何尝不急，然而越在危急的时候越要冷静！"

道整问慧应："你想解小手不？"

慧应轻轻地摇了摇头。

忽然，他们听到了驼铃声。铃声由远而近，越来越清晰。大家喜出望外，慧应有救了。

驼队从前面的沙梁上走下来。十五六峰骆驼驮着沉甸甸的货物，昂着脑袋缓缓而来。它们的神情似乎表明，它们是沙漠的主宰者，根本不把无情的沙漠放在眼里。两个商人骑在驼背上，押着驮队。他们来到近处，看到一堆愁眉苦脸的僧人，从驼背上跳下来，问道："你们为何事犯愁？"

道整道："施主，我们是长安来的僧人，前去天竺取经，水已用尽，干渴难忍。慧应因缺水昏厥过去了。施主能否施舍少许水，救他一命？"

两个商人相互看了看，然后年纪稍大的商人说道："可以。出门在外，谁不会遇到难处？"说着便解下一个水葫芦递给道整。慧景把慧应的身体侧过来，道整把水葫芦的口儿放到慧应的嘴里。慧应喝了几口水，慢慢缓过来，睁开眼睛，坐了起来。

法显指着两个商人道："是这两位施主救了你。"

慧应双手合十，说道："多谢施主救命之恩。"年纪大的商人忙道："算不了什么，师父不必在意。既然师父们都渴，那就请都喝点吧。"

法显道："使不得，我们把你们的水喝了，你们途中会遇到麻烦。"

年纪轻的商人道："我们带的水多，足够我们用的。"

慧景道："那骆驼不是也要喝水吗？"

年纪轻的商人道："喔，它们不喝水，而喝油。油既解渴，又经饿，而且便于携带，所以我们每次出来都为它们准备几皮囊油。"

"那就多谢施主了。"道整说完拿起水葫芦喝了几口。其他人也都喝了水。

年纪大的商人道："你们快到盐泽（今新疆罗布泊）了。从这儿再往西走，约莫

第七章 众僧蒙难

二十来里,有一眼泉。到了那里,你们就可以完全解渴。"

大家听说前面有泉水,陡然来了精神。慧嵬几乎高兴得跳起来。

法显问商人:"施主打何处来?"

年纪大的商人道:"我们是于阗国人,运玉器到敦煌去做买卖。师父们多保重,我们先走了。"

商人走后,法显等往前赶路。他们喝了水,又听说前面有泉,所以腿上增添了几分力气。

法显等自离开敦煌,历尽千辛万苦,十七日后来到了鄯善国。

鄯善国,本名楼兰国。楼兰乃是个城邑小国,因迫于匈奴的压力,常为匈奴提供情报,致使匈奴得以伺机攻击汉使,劫掠商旅。汉武帝对此大为震怒,派将军赵破奴、王恢领兵攻破楼兰,俘虏了楼兰王。楼兰从此附汉,但由于匈奴施反间之计,数次遮杀汉使。为了保证东西交通畅通,汉昭帝元凤四年(前77年),大将军霍光派遣傅介子杀死了楼兰王尝归,立尝归之弟尉屠耆为王,国都从楼兰城迁到扞泥城(今新疆若羌县治卡克里克),更国名为鄯善。

鄯善国沙石遍野,土地贫瘠。因沙漠和盐碱地不利于农耕,所以当地人以畜牧、捕猎为生。

法显等进入扞泥城。扞泥城不大,一里见方,但却很热闹。他们对所见到的一切都感到颇新鲜。这里的人高鼻、深目、黄发,头戴尖顶帽,足穿尖头鞋,身裹毛毡。街上到处挂着皮毛和皮毛制品。他们看到前面围着一堆人,慧嵬好奇地凑过去看看。那里正在演杂耍。一个身体强壮的男子,头顶一根长竿,另一个身体灵巧的人顺竿爬到竿顶,单手倒立。慧嵬为他捏了一把汗,担心他掉下来。那个人忽然手离开了竿子,身子往下降落。慧嵬赶紧用手捂住眼睛,心想,那个可怜人一定掉下来摔成血饼了。但当他睁开眼睛时,那个人正抱着竿子往下滑。这绝妙的表演,使慧嵬惊叹不已。法显拉了拉慧嵬道:"慧嵬,走吧!"但慧嵬看入了迷,说道:"法师,再看一会儿吧。"

这时,表演者在场内竖起了两根大竿,足有四五丈高,大竿之间拴着一根大绳,又用两根大绳固定大竿,一端系于竿顶,一端拴在橛子上。一人双手横握竹竿,从地面上顺着大绳斜着往上走,一直走到竿顶。到了竿顶,他从飞架高空的大绳的这一端往那一端走,其状惊心动魄。他走到绳子中间,停了下来,突然在绳子上翻了个跟斗。法显等除了为他捏一把汗外，还深深地被他的精湛的技艺所折服。

在离开杂耍场后，法显道："西域多奇事，我活了六十多岁，尚未见过如此精彩的杂耍。"

慧景道："我要不是僧人，真想向他们学两招。"

他们来到城北的一座寺院。道整上前叩门，一个中年僧人打开寺门，端详了他们片刻，然后又要把门关上。道整连忙推着门说道："师父，我等是去天竺求经的僧人，想借宿宝寺，请师父行个方便。"

那个僧人又扫了他们一眼，然后淡淡地说道："你们等一会儿，我去禀告一下长老。"

隔了一会儿，从里面走出一位六十来岁的老僧人，面带微笑，施礼说道："诸位师父，远道而来，辛苦，辛苦。敝寺从未来过中原僧人。刚才小徒感到惊异，多有怠慢，还望多包涵。请进！"

法显施礼道："长老客气。我等到宝寺多有打扰，但愿长老见谅。敢问长老法名？"

长老一边把他们往院子里引，一边说道："敝名竺道林。"

院内有一座高大的佛塔，法显等来到佛塔跟前停住了脚步。佛塔由土与芦苇筑成，呈方形，共五层，底层最大，第二层略小，第三层稍大，第四层与第二层一般大，但略高，顶层最小，塔高五丈余。底层有门。这种佛塔与内地大不一样。法显等感到很新奇，观看良久，才又往里走。

竺道林为他们安排了住处和斋饭。

次日上午，法显来找竺道林方丈，向他致谢。竺道林正在阅读经卷。寒暄后，宾主就座。法显瞧了一眼案上的经卷。此乃梵文经卷，他虽学过点儿梵文，但经卷上的字却所识无几。他突然强烈地感到自己所学的梵文远远不够用，如不下苦功学习梵文，即使到了天竺，在语言上也会遇到重重困难。

竺道林看到法显沉思不语：问道："法师，所思何事？"

法显从沉思中惊醒过来："喔，长老诵的是天竺文经卷？"

竺道林道："嗯。我们这里的僧人皆习天竺书，学天竺语，行天竺法。"

法显问道："鄯善国有多少佛门弟子？"

竺道林道："四千余人。国王也信佛，故此我国佛法颇盛行。"

法显问道："长老所诵是何经典？"

竺道林道："《阿含经》。"

第七章 众僧蒙难

《阿含经》乃小乘佛教之基本经典。法显明白，竺道林修的是小乘学，而他修的是大乘学。小乘与大乘之区别，就在于小乘追求"自我解脱"，而大乘则提倡"救度一切众生"，此乃佛教之两大派别。法显对教派之争颇淡漠，他认为，大教分为两大教派有悖教祖之本意，亦是受世俗争名夺利之影响。两派信徒应心平气和地进行探讨，不应水火不容，相互倾轧。然而，作为大乘学者，法显仍认为大乘优于小乘。他怕与竺道林之间引起不快，没有与他谈论佛法，闲聊了一会儿，便告辞回房。

之后，法显刻苦地向竺道林学习梵语。一月后，法显等离开鄯善国，向西北行，前往焉夷国（即焉耆国）。晚秋季节，天气渐渐寒冷。他们牵着驮着水和干粮的骆驼，走在"碛路"上。虽说是"路"，但并非是"路"，只不过有人走过而已。路上沙石遍地，崎岖难行。他们每走一段，就要停下来歇息一会儿。极目四望，尽是黄沙。一阵旋风后，沙柱拔地而起，犹如黄龙一般，飞向天空。沙粒迎面袭来，钻入鼻孔，钻入口内，钻入耳廓。即使罩住面孔，也挡不住疯狂的沙子。

一日中午，他们正往前走，一条大河挡住了去路。岸边长着茂盛的芦苇。有的芦叶已枯黄，芦秆高丈余，粗得像小孩胳臂似的。河面宽阔，没有船只。法显等用疲惫的眼睛望着河面，不知如何是好。正在这时，从芦苇丛中跃出八九条大汉，头戴毡帽，身穿皮袄，手握明晃晃的钢刀，凶神恶煞。为首的一人喝道："把钱财拿出来！"

慧嵬害怕地往后缩了缩。慧景气得咬牙切齿，紧握双拳。法显镇定自若，直视强人。道整、慧应拿眼睛盯着他们。

为首的那个人又往前逼了一步："要想活命，把钱财拿出来！"

法显右掌置于胸前，说道："阿弥陀佛，罪过，罪过！我们出家人哪有钱财！"

那人凶狠地说道："没有钱财就别想活着离开这里！"

慧景早已按捺不住，猛不丁地上前揍了那人一拳。五六条大汉把慧景围了起来。慧景一因长途跋涉已很疲乏，二因寡不敌众，被他们抓住捆了起来。匪首命令手下人把法显等人都捆起来，统统头朝南放倒在地上。匪徒们一一翻看法显等人的行囊，没有发现任何值钱之物。匪首命令道："把他们的骆驼牵走！"

一个匪徒失望地说道："我疑猜他们是些富商大贾，谁知是些穷和尚！"

匪首龇着牙讥笑道："你们等着你们的佛爷来救你们吧！"说完，带领匪徒们扬长而去。

  法显等被捆得结结实实躺在地上，河面上吹来一阵阵冷风，身上觉得寒冷，心中感到凄然。法显闭着双目，心中想到，这伙盗贼图财害命，不知在此杀害了多少无辜商贾，连我等和尚也不放过，甚是可恨。天底下"贪"字最可恶。世人欲跳出苦悔，应知"贪"字是祸根。这帮贪财之徒把我等困在此处，如何是好？我命不足惜，可惜道友们跟着我受难，于心不忍，但愿大慈大悲的观世音菩萨能来搭救我等。

  "法师，我们还有救吗？"慧嵬凄楚的声音打断了法显的思路。

  "慧嵬，危难并不可怕，可怕的是失去信心和勇气。"法显道。

  道整道："当年我在咸阳时，遇到一位奇僧。他能在一丈开外用眼睛开锁。我不信，曾当面试过他。我把我的房门锁上，紧紧地捏住钥匙。那个和尚站在离门一丈来远的地方，目不转睛地盯着锁。过了一会儿，他道：'锁已打开！'我看了看钥匙，钥匙仍在我手里。我半信半疑地走到锁跟前，一看，锁果真已被打开。还有一次，他让人家把他捆起来，绳扣打得很死，他闭上眼睛，默默地站着，口中念念有词。隔了一会儿，他身上的绳子统统落到了地上。唉，悔不该当时没有向他学习解绳之法。"

  慧景半日沉默不语。然而他脸上并无惊慌害怕的神情，似乎他并非被捆绑在地上，而是静静地躺在床上。忽然，他动了动，使劲翻过身来趴在地上，用脚尖顶着地，一点儿一点儿地往慧应跟前移动。到了慧应跟前，他用头把慧应拱翻过来，用牙齿解捆在慧应手上的绳扣。绳扣打得很结实，他咬了半天，纹丝不动。他的牙齿出了血，嘴唇磨破了皮，但他仍不罢休，忍痛继续努力。绳扣被鲜血染红了，终于松动了。成功的曙光跃然而升。一个人在做某件难事而发现有了希望时，他就会更加起劲地去做。希望是胜利的前奏，激励着人们奋发进取。慧景咬住扣眼里的一根绳子，一次、两次……绳扣终于被他解开。慧应高兴异常，他取下身上的绳子，挥动着麻木的双手，看了一眼慧景。慧景由于过分劳累，趴到地上动弹不得。慧应立即给法显解绳索，法显解脱后立即给道整解绳索，慧应解开慧景的绳索，道整解开慧嵬的绳索，他们脸上的悲云瞬息消散，个个露出笑脸。但不一会儿，他们脸上又出现了阴云。无船过河，为之奈何？他们只好坐在岸边犯愁。

  太阳偏西时，他们隐隐约约望见对岸来了一堆人。隔了一会儿，一条大船向此岸驶来。他们喜不自胜。船快到岸时，船上的人发现岸上有人，怀疑是强人，停船不前。道整冲着船大声喊道："船家，我们是等待过河的僧人。快划过来吧！"船夫仔细

第七章 众僧蒙难

地看了看对岸，确信他们并非是歹徒后才把船划靠岸。从船上下来几位客商和两峰骆驼，他们站在岸上等待尚未过来的旅伴。法显等请求船家把他们摆过去。船家自认晦气，碰上几个穷和尚，勉强答应了他们。他们到了对岸，看到岸上还有七八个人，十几峰骆驼，骆驼驮着沉甸甸的货物。这是一支大商队。法显等问明路径，继续赶路。

他们在途中行了十五日，来到了焉夷国。焉夷国方圆四百里，国内多山，道路险隘。水源丰富，土地肥沃。谷有稻粟菽麦，果有枣梨桃柰，畜有驼马牛羊。都城方圆二里。南去十余里，有一大湖，名为西海（今新疆博斯腾湖）。

法显等进入都城，因不知何处有寺院可以落脚，便向一位当地人打听。此人三十余岁，身穿毡服，剪发，头上既未戴帽，也未扎帻。道整向他施礼后问道："施主，敢问何处有寺院？"

那人眨了眨眼睛，走了。道整心想，他是当地人，一定是听不懂自己的话。于是，他追上前去，拉住那个人，指了指自己的脑袋，又把手放在头的左侧，做出睡觉的样子，并说："哪里有僧伽蓝？"

那人似乎明白了道整的意思。他用手指了指前面的那条巷子，然后向左划了一下，向前指了一下，又向右划了一下，然后又划了一个圆圈。道整明白了他的意思，回来后对众人说道："从前面那条巷子进去，向左，向前，再向右，那里有一座僧伽蓝。"

大家随道整朝那个方向走去。到了僧伽蓝门口，道整向守门僧人施礼，说道："请师父禀告一声住持，晋地僧人求见。"

守门僧人进去时候不长，出来冷冷地说道："住持没有空，请晋僧自便。"

法显等不得不离开这座僧伽蓝。但他们感到纳闷：住持为何不接待他们？他们来到了另一座僧伽蓝，同样吃了闭门羹。他们很生气，但不知如何是好。他们正在徘徊，这时对面来了一位行者，五十岁上下，带发修行。他虽然也是当地人装束，但从他的容貌看，他不像是西域人。他来到法显等人跟前，看了看他们，然后往前走去，然而没走几步，停了下来，回头看了看他们。他似乎感到法显等人有为难之处，便往回走了几步，来到法显等人跟前，问道："你们从何处而来？"

法显道："我等从长安来，到天竺去，想在此处投宿，但却被当地寺院拒之门外，不知何故？"

行者笑了笑。慧景不高兴地说道:"我等急得像热锅上的蚂蚁一般,你却还笑!"

"慧景,不可粗鲁。"法显制止慧景道。尔后,他又问行者:"他们与我等同是出家之人,'不看僧面看佛面',为何这般对待我异方僧人?"

"你们如不嫌弃,跟我走吧!"行者没有回答法显的问话而爽朗地说道。

法显道:"多谢行者关照。"

他们随行者来到他的行堂。进入大门,一个宽阔的院落映入眼帘。院子两侧有两排房屋。行者把法显等引入正房。正房墙上挂着一幅观世音像。像前摆着香案。从房内的摆设看,这位行者比较富有。他们坐定后,家人献上茶。法显问道:"请问行者,如何称呼?"

"敝姓苻。师父如何称呼?"

法显将自己及同伴们向苻行者一一作了介绍,然后问道:"苻行者何方人氏?"

苻行者听了这话显得有点儿忧伤,隔了一会儿说道:"我是长安人。前秦世祖宣昭帝苻坚乃是我的伯父,建元十八年九月,我随吕光伐西域。焉夷国降顺,我便留下统辖焉夷国的西部地区。后来,我伯父遇害,吕光自立为王,焉夷国王不愿再俯首帖耳。我预感到,前景不妙,便隐退,但又不想回去,于是当了行者。"

"哦,原来你是皇族。"道整道。

"别提过去了。如今都是佛的信徒。"苻行者摆手说道。

法显问道:"苻行者,此地僧人为何对我等如此淡漠?"

苻行者捋着胡须说道:"焉夷国有四千多僧人,皆习小乘学。他们戒律齐整,与大乘格格不入。你们是大乘学派,所以他们把你们拒之门外。"

法显点点头,叹息道:"唉!虽然所学不同,但都是佛门弟子,何必如此!"

苻行者道:"没有关系,你们就住在我这里,需要什么,言语一声,我供给你们。"

法显道:"多谢行者慷慨相助。"

法显等在苻行者的行堂住了下来。

一日,慧嵬出去化斋,碰巧在路上遇到了宝云等人。他把他们带到苻行者的行堂来。故人相见,格外亲切。法显闪烁着喜悦的目光问道:"你们几时到此?"

智严道:"我等已来半个多月。"

慧简道:"嗐,这个鬼地方……"

宝云打断他的话,说道:"别说了!"

第七章 众僧蒙难

法显看到他们面部那忧伤的表情,明白他们有为难处,忙问道:"宝云,何事如此不快?"

"这里的人待客甚薄,我等无人供给,如何渡过大流沙?"宝云惆怅地说道。

"此处不仅俗人小气,僧人也很吝啬,而且僧人不守教规。我们刚来时,恳求了半天,才住进了一座僧伽蓝。用斋时,给我们五人拿来了四个小馒头,一小盘菜。我仔细一看,原来是一盘荤菜。我真想把它甩出去,但宝云制止我道:'我等不吃就罢了。'隔了一会儿,一个僧人进来收拾餐具,见到那盘菜无人动,说道:'怎么,你们不喜欢吃菜?'说着便拿起一块肉放到嘴里,我连忙闭上眼睛。哎,罪过,罪过!"僧景说道。

法显道:"此处僧人都信小乘教。虽然与我等都是佛门弟子,但却有所不同。他们食三净。"

"法师,何谓三净?"慧嵬问道。

"三净,即三种净肉:不见其为我杀者;不闻为我杀者;无为我杀之疑者。这三种净肉他们皆食。"法显道。

宝云等个个蹙眉摇头。

智严道:"我曾向僧伽蓝的长老谈及供给我等渡大流沙之事,但他却冷冷地说道'我处寺小僧多,自己糊口尚且困难,怎能供给你等!你们还是另寻门路吧!'我们觉得话不投机,便搬出了僧伽蓝。"

"他们真是铁公鸡———一毛不拔!"慧简愤愤地说道。

智严继续说道:"我们找不到住处,只好露宿街头。白日四处化斋,晚间在一起磋商如何渡大流沙,但却一筹莫展。多亏今日遇到了慧嵬。见到了你们,我们心里似乎亮堂多了。"

法显道:"我等在此也遇到了困难,多蒙苻行者慷慨相助,才有落脚之地。你们先在此住下,再作计较。"苻行者像对待法显等人一样欢迎后来者住在他的行堂。

智严发现,苻行者尽管富裕,但毕竟是个行者,无大宗进项,难以供给这么多人过大流沙。他仍在思索怎么办。一日傍晚,他头脑里突然闪出一个念头:既然此处无法解决行资,何不到别处去求资?高昌(故址在今新疆吐鲁番市东南六十余里处)大乘颇盛行,而且富庶,若去那里寻求行资,当不虚行。于是,他决定前往高昌。他把自己的打算告诉了法显等人，法显本希望他能与自己同行，但又想不出更好的办法，只好同意。慧简认为，去高昌求资，未必一帆风顺，他愿意陪伴智严。

智严的决定在慧嵬的脑海里激起了波澜。他回到房间，躺到床上，怎么也睡不着。他原来虽然认为取经不易，但却没有料到会遇到这么多磨难，而每一个磨难都差点儿送命。旅途尚远，前面还有沙漠、雪山、大河……还会有数不清的磨难在等待着自己。回溯来路，不寒而栗；瞻望前程，毛骨悚然。他几次想中途退却，但又怕同伴们耻笑，所以他硬着头皮来到了这里。但他不想再受皮肉之苦，他觉得现在跟智严去高昌最合宜。以后想西行，则可与智严同往；若不愿西行，则可以从高昌辗转内地。

次日清晨，慧嵬早早起床来找法显。法显问道："慧嵬，有事吗？"

"没有。"慧嵬言不由衷地说道。

隔了一会儿，法显道："既然无事，那我开始诵经。"

"我……"慧嵬欲说又止。

"哎，有话直说，怎么吞吞吐吐！"法显道。

慧嵬鼓起勇气说道："我……想跟智严到高昌去。"

法显迟疑了一下，问道："你想去高昌？"

慧嵬道："嗯。我去那里一则可以寻求行资，二则可以目睹佛教盛况。"

法显问道："你不打算去天竺？"

"我……"慧嵬没有把话说完。

法显从他的言语和表情看出了他的心思，但又不想把话说破，于是说道："那也好，你们三人同去，途中也好有个照应。"

慧嵬离开法显，去向其他几位伴侣辞行。早斋后，智严等三人与法显等人依依不舍，洒泪而别。

智严走后，法显等也开始作渡流沙的准备。一日，法显对宝云说道："我等也该起程了，智严他们怎么还不回来？"

宝云道："法师，智严临行时曾对我言道：'我十日内如能回来，我们就同往天竺，否则，你不必等我，可先行。'现已过去半个多月。我们不必再等他们。"

法显点头同意。

法显西行记

第八章 命悬一线

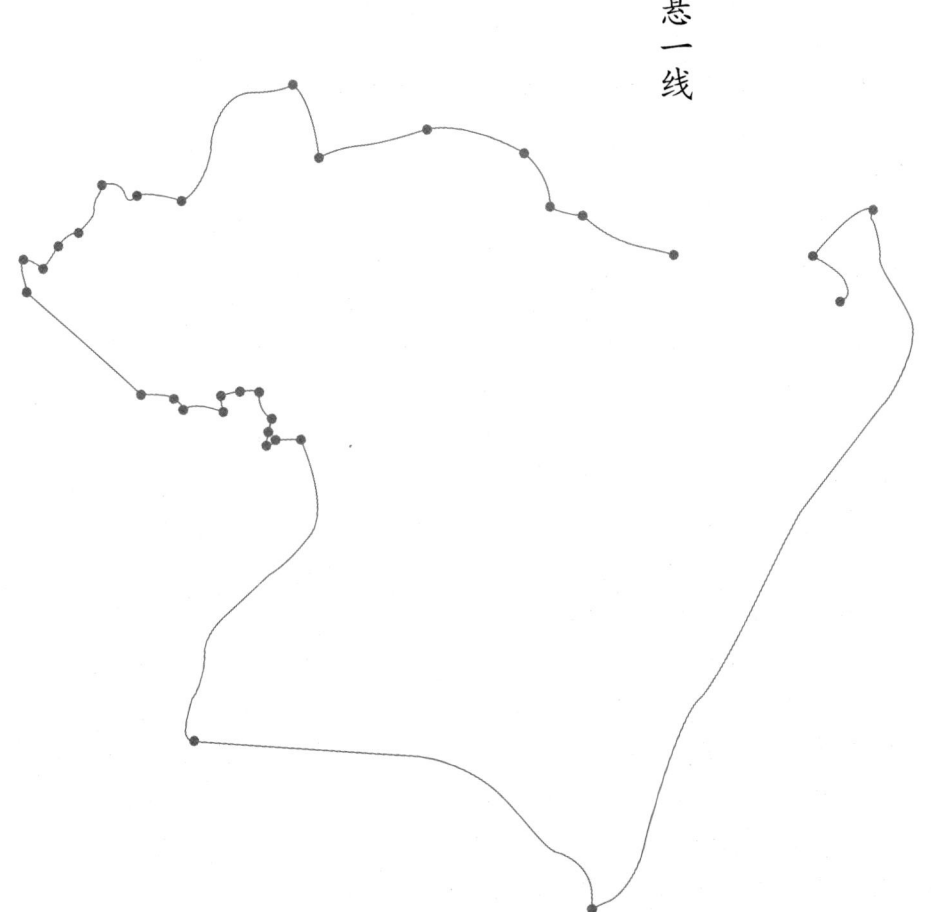

符行者给法显等人一峰骆驼，一块大毡子以及每人一件皮衣服。

法显等把笨重之物和饮水放到骆驼身上，自己携带轻便的东西，走出行堂大门。他们再三向符行者表示谢意，恋恋不舍地离开了他们居住了两个月的行堂。

严冬季节，光秃秃的树木，如干柴一般，好像点火即可烧着似的。一团团干枯的野草，不时从脚边滚过去，寒风从领口、裤脚钻进衣内戏弄行人。天气虽然寒冷，但法显的心里却如一团火，似乎这团火，即使放上一块冰，也不会熄灭。

法显等向西南行。一日，前面出现了一座巍峨峥嵘的大山，他们顺着一条崎岖小路盘旋而上，山路逶迤，欲断还连，似尽还现。他们不知走了多少个弯，方翻过那座山。下了山，前面有一条河，他们沿河往前走，路越走越窄，越走越难，最后进入了一条峡谷。峡谷两侧崖壁如刀削一般，让人不禁感叹大自然的鬼斧神工。这里路倚危石，侧临深涧，湾环曲折，幽邃险阻，此乃铁关谷，又名遮留谷。遮留谷险要非常，民谣云：遮留谷，遮留谷，石如刀，涧似虎。人入难回头，鬼进掩面哭。

法显等进入谷内。路上立着大大小小的怪石，有的尖如剑，有的扁似刀，有的形如龟，有的状似虎，有的大如盘，有的小如卵……往前看，犹如进入一条死胡同；朝上望，只能见到一线白天；往下瞧，涧深数十丈。石头落到涧内的冰上，发出巨大的回声，打破幽谷内的寂静。凛冽的大风沿谷袭来，寒冷刺骨。法显等抗拒着严寒，小心翼翼地向前行走。遇到大石头挡路，他们就把它推入涧里。有一处十分险要的地段，骆驼害怕得不敢举步，慧应在前拉，慧景在后赶，但它依然不动。他们很着急，怎么办？法显想出了个主意，他用一件缁衣蒙住它的眼睛，前拉后推，骆驼一步一步慢悠悠地前进，终于过了险境。一次，僧景被一块尖石扎了一下，打了个趔趄，差点摔入深涧，他吓出了一身冷汗。法显嘱咐大家，宁慢勿急，急中有险。他们相互照应，排除危难，终于越过了三十多里长的铁关谷。出了谷，天空豁然开朗，他们的心情也陡然舒畅，犹如窒息者吸到了新鲜空气一般。

他们又行了两日，来到了茫茫无际、渺无人烟的大沙漠。这便是令人望而生畏的大流沙，现今称为塔克拉玛干。为何称作塔克拉玛干？说来，尚有一段故事。很古很古的时候，这个地方有一座富丽堂皇的城堡。城堡内有金碧辉煌的宫殿，高大威严的城墙；城堡外有流水潺潺的小溪，郁郁葱葱的花草果木，一幢一幢漂亮的房子，到处是一派生机勃勃的景象。有一年，突然刮起了大风，越刮越大，由暴风变成了黄风，继而变成了黑风。风刮倒了房舍，拔起了树木。狂风足足刮了七七四十九天，到处飞

第八章 命悬一线

沙走石，昏天黑地。风停之后，流水干涸，草木无存，四处荒凉，遍地沙丘，城堡、田园、人家化为乌有。但如有人夜间来到此地，仍能见到城堡，听到人喊马嘶，鸡鸣狗叫。他若进入城堡，就会发现许多金银财宝。不过，要是他想把这些金银财宝拿走，那城门就会立即关闭，他休想出去。如若他把财宝放下，那么城门就会自动打开。然而，世间见钱眼开者多矣，他们宁愿舍去性命，却不愿放弃手中的钱财。所以，许多人搂着金银财宝长眠于这座古城堡。缘于此，人们才把此处称之为塔克拉玛干，即"进去出不来"。

法显一行艰难地行进在一片死寂的大漠上。一座座沙丘奇形怪状，有的似新月，有的像坟墓，有的如宝塔，有的若长龙。登高远眺，沙丘犹如一片片硕大的鱼鳞，在阳光的照射下，发出万道金光。刚进入沙漠时，沙丘上尚可见到一两株胡杨树，但越往前走就越见不到植物。光秃秃的沙漠，黄澄澄的，没有一丝杂色。沙丘大大小小，高高低低，有的高二三十丈，有的甚至高达五六十丈。法显等每前进一步都要付出很大的气力。

一日傍晚，天色昏沉沉的，天地浑然一色，成了黄色的世界。道整突然惊叫道："你们看，前面那黑乎乎的，像是一座城堡。"

大家不约而同地往前看去。前面一二百丈远的地方确实有一座城堡。虽然看不甚清，但却可以看出城墙的轮廓。在渺无人迹的沙漠里，这个不寻常的发现使他们很兴奋，他们决定当晚在那城堡里过夜。但突然刮起了大风，黄沙铺天盖地而来，打到脸上，钻进五官，窜入衣内。骆驼趴到了地上，他们也蹲了下来，用自己的随身包裹捂住面孔。远处时而传来鼓乐声，时而传来人呼马嘶声，时而传来鬼哭狼嚎声……这沙暴的声音令人毛骨悚然。

僧绍一向有些胆小，皮肉受苦他尚可忍受，但耳边的怪声却使他非常害怕。他想睁开眼睛看看，但飞沙扑面，眼睛睁不开，想开口说话，但风沙太大，无法开口。他只好趴在包裹上默默地忍受，心中默祷佛祖保佑，这场灾难早点儿过去。然而事与愿违，风越刮越大，沙越扑越猛。约莫过去一个时辰，风慢慢地小了下来，僧绍突然听到宝云在叫他："僧绍，快走啊！"

僧绍眯着眼睛，迷迷糊糊地站了起来。四周一片漆黑，伸手不见五指，他匆匆忙忙地提起包裹，朝着呼唤他的方向走去。他很着急，唯恐掉队，心中抱怨，为何现在走，风还没有完全停息，又是黑夜，何不天明再走。宝云在不断地叫他：

"僧绍，僧绍！"他只好循声追去，但总是赶不上宝云。僧绍心中十分害怕，既怕周围的黑暗，又担心赶不上宝云他们，被沙漠吞没。他往前穷追不舍，摔倒了爬起来，又摔倒，又爬起来。最后，他累得精疲力尽，无力再站起来，只好爬行。风息了，宝云的呼叫声也消失了。僧绍无声可循，不知该往何处爬。他趴在沙子上朝四面八方呼唤宝云，却毫无回声。他叫天天不应，呼地地不灵，不禁落下泪来，心中说道："我僧绍如此命薄，取经不成，却葬身于这荒漠之中。哎！"他叫沙了嗓子，哭干了泪水，无可奈何地躺到了地上，闭上了眼睛。

大风止息后，法显等掸了掸身上的沙子，擦了擦脸。四周黑洞洞的，无法行走，他们只好就地歇息。

天刚破晓，东方出现了鱼肚白，周围的东西依稀可见。法显睁开眼睛，往前看了看，城堡已不复存在，一座高大的沙丘耸立在那里。他心中说道："世事多变，沧海桑田。"他想，风神力大无边，要是它把我等吹到天竺去那该多好啊！他扫了一眼自己的伴侣。突然，他发现少了一个人。他仔细地瞧了瞧。哦，少了僧绍。他看了看四周，周围毫无人影。他拉了拉宝云的衣襟，叫道："宝云，宝云，醒醒！"

宝云睁开了惺忪的睡眼："法师，何事？"

法显焦急地说道："僧绍不知到何处去了！"

宝云看了看，果然僧绍不见了，"兴许被风吹走了？"

法显皱了皱眉头，摇了摇头："风要是吹走了他，岂不把我们全吹走了？"

宝云道："也许是风止息后，他进了城堡？"

法显往古堡的方向努了一下嘴。宝云看了一眼，惊得目瞪口呆，随之镇定下来，说道："看来，风止息后，城堡已不复存在。那他到哪里去了呢？"

他们的谈话吵醒了大家。僧绍失踪，大家都感到奇怪和意外。

怎么办？大家用询问的目光看着法显。

法显思忖片刻，用坚定的口吻说道："我们同道前往西天求经拜佛，是我等的缘分。我们绝不能不明不白地把僧绍丢下，一定要把他找到。"

"偌大沙漠，到哪里去找？"僧景道。

法显果断地说道："我等分头去找。慧景往南，宝云往北，道整往西，我往东，慧应、僧景二人在此等候。不过，你们千万要记住方位，不可迷失，巳时在此聚合。"

慧应道："法师，你年纪大，我去吧，你在此等候。"

第八章 命悬一线

在众人的劝阻下，法显只好让慧应去。

法显又叮咛他们道："不管找到与否，午时前都要回来。"

大家应诺，各奔东西。

僧绍的足迹已被风沙填平，地上毫无痕迹。在茫茫荒漠中寻找一个人，真如大海捞针一般。

巳时已过。慧景、宝云、道整都陆续沮丧地回来了，但慧应却没有返回。这加剧了大家焦急的心绪，他们个个如坐针毡。

约莫又过了半个时辰，仍不见慧应的踪影。法显等人的头脑里罩上了一层阴影，僧绍没有找到，又赔进去一个慧应，他们的心情如铁砧一般的沉重。

话分两头。且说慧应一边往东走，一边用警惕的目光观察着四周，但走了一个时辰，除了沙粒之外，啥也没有发现。他心里很着急，又继续往前找。走了一会儿，感到很累，坐下来小息。他觉得已经没有希望了，打算往回走。他站起来，拿眼睛往东南方扫了一下。突然，远处有个灰色的东西映入他的眼帘。这一意外的发现使他感到惊喜，他拔腿就往那个方向跑去。但沙子拉住他的腿，他趔趄一下摔了一跤。他爬起来往那个方向急走。他越走近那个东西，越看得清楚。当他发现果真是僧绍躺在那里时，心情十分激动。他扑到僧绍身边，在僧绍身上拍了一掌："僧绍，你怎么躲在这里？"

僧绍有气无力地睁开眼睛，突然眼睛亮了起来，随后流出了几滴泪水，胖乎乎的脸上露出了笑容，用微弱的声音抱怨道："你们为何把我丢下？我追赶你们，你们怎么也不等一等我？"

慧应感到莫名其妙："我们原地没动，没有走啊。"

僧绍惊异地说道："我清清楚楚地听到宝云在叫我的名字。我赶紧追赶你们，可紧赶慢赶就是赶不上。"

慧应道："可能是沙漠的妖魔鬼怪在作祟。昨晚我们也听到了奇奇怪怪的声音，像马嘶，似狼嚎，如击鼓，若吹箫，说不清是什么声音。"

僧绍道："我本以为今生休矣，想不到还能见你。"

慧应道："你不该如此大意，我们怎会丢下你先走呢。"

僧绍道："哎，我真糊涂，跟着呼声跑，要是真的死在这里，岂不冤哉！"

慧应道："吃一堑，长一智。我们回去吧。"

慧应把僧绍扶了起来。僧绍无力行走,慧应道:"我背你吧。"

尽管僧绍不让他背,他还是硬把僧绍拉到背上。然而他自己也没有多少力气了,刚走了几步,就气喘吁吁,最后摔倒在地。慧应爬起来,又扶起僧绍,还要背他,但僧绍怎么也不让慧应再背了。他扒开慧应的手,自己往前走,然而没走几步,就摔倒了。慧应赶忙扶起他,扶着他一步一步朝法显他们所在的地方挪动。

又过了一个时辰,太阳已经偏西,仍不见慧应回来,法显等焦急万分。

僧景道:"你们在此等候,我去找他。"

道整道:"我也去找。"

法显道:"你们谁也别去。这样张郎找李郎,找到何时为止?"

"那怎么办?"僧景急切地问道。

法显道:"再等一会儿,如还不回来,我们一同去找。"

突然,慧景指着东南方向惊喜地嚷道:"你们看,那儿有两个黑点儿,会不会是慧应和僧绍?"

还没等大家回答,慧景就急步往那个方向奔去。慧景离慧应、僧绍越来越近。还有一二百丈远,他就高呼慧应和僧绍的名字。听到他们的回声,慧景几乎高兴得跳起来。等到了他们跟前时,慧景紧紧地抱住他们俩,激动地说道:"你们可回来了!"他和慧应一起扶着无力的僧绍往回走。他们离法显等还有几十丈远,法显等迎上前去,向慧应、僧绍问东问西。宝云把水葫芦送到僧绍的嘴边。僧绍虽然很焦渴,但他深知水之贵重,只是抿了几口。然而就是这少许的水,使他感到无比畅快,恰似久旱的禾苗得到了贵如油的春雨一般。

夕阳西沉。他们紧张了一天,都感到很疲劳,就在原地休息。

次日清晨,他们又继续沙行。

他们在荒漠上往西南又走了多日,越走两腿越沉。饮水越来越少,每人每天只能喝上几口水,嘴唇干起了皮。僧景的嘴唇上干裂了两条口子,不时流出血来,他把血舔入口内,并咽下去,似乎两道血口成了他解渴的源泉。

他们多么渴望能获得水啊!一日中午,太阳当空。虽是冬天,他们却感到热烘烘的。突然,宝云指着前方说道:"太好了!你们看,那里有一座城。"

大家朝着他指的方向望去,果真看到一座影影绰绰的城市。一座座楼房隐约可见,有些小物体在移动,它们多半是街道上来来往往的人马车辆。这似乎是一座很热闹的

第八章 命悬一线

城市。众人都很高兴，但法显却不以为然地说道："这是'海市蜃楼'。"

僧景问道："法师，那不明明是座城市，怎么会是'海市蜃楼'？"

法显道："我在焉夷国详细地打听过大流沙的情形。按行程推算，此处不会有城。"

他们都注视着那座城市，不一会儿，那座城市的轮廓渐渐地暗淡了，继而消失了。虽然大家空欢喜一场，但在沙漠里能见到这奇妙的景象也是一种难得的机会。要不是他们疲惫不堪，饥渴难忍，他们定会感到十分兴奋。然而，此时此刻，他们却感到很扫兴。

在沙漠里，水比金子更宝贵，有了水，就有了生命。法显等人的水越来越少，他们每人每天只能喝到三四口，嗓眼儿里干得快要起火。他们不时地咽唾沫，然而哪里还有唾沫，只不过是习惯性的动作。可每做一次这样的动作，嗓子就痛一次。慧景实在渴得难忍，在自己的手肘上咬了一口，鲜血冒了出来，他再用嘴吮吸流出的血滴。法显看到这种情景，心里很难过，然而却爱莫能助。

一日上午，道整看到法显牙齿咬着下唇，脸色苍白，步履艰难，低声问道："法师，哪儿不适？"

法显摇了摇头，说道："没有什么。"

法显虽然这么说，但道整却看得出他在忍受着极大的痛苦。道整知道，法显有非凡的毅力，坚强的意志，他总默默地忍受着对抗着痛苦。道整往他跟前靠了靠。刚走几十步，法显突然昏倒。道整慌忙扑上前去，惊叫道："法师，法师！"他想把法显扶起来。当他接触到法显的手时，发现法显在发烧。他摸了摸法显的前额，前额很烫，他让法显躺到地上，大家都围了过来。慧应忙把水葫芦放到法显的唇边，滴了几滴水在他口中。法显睁开眼睛，扫了大家一眼，又闭上了双目。大家从他那无神的目光和痛苦的表情看得出他病得很厉害。他的脸上似乎写着"痛苦"二字，大家都能清楚地读出。

慧景把包裹放到法显头下，一会儿摸一摸法显的前额，一会儿摸一摸法显的手，一会儿拉一拉法显的袈裟，急得不知所措。

法显感到体内似乎有一团火正在燃烧，烧得他昏昏沉沉，四肢无力，整个身体好像已经不属于自己，不听自己支配了。他的头很痛，就像要爆裂一般。人在生病时总爱胡思乱想，法显也不例外，他似乎觉得阎罗王正在阎王殿里等待着他，来拿他命的小鬼正在途中向他走来。他并不怕死，但总觉得自己在阳间要做的事尚未做完，不甘心就此离去。然而命数有定，虽感遗憾，又怎能违拗？不过，或许如来慈悲，会念自己取经的一片诚心，延长自己的阳寿，使自己实现夙愿。他闭着双目，咬紧牙关，躺着不动，听天由命。

"法师，"慧应叫道，"法师！"

法显微微地睁开眼睛。慧应指着水葫芦示意他喝水。他张开嘴巴，慧应往他口中滴了少许水，法显又闭上了双目。

隔了一会儿，慧应又叫道："法师！"

法显又睁开了双目，慧应又拿着水葫芦想往他嘴里倒水。法显虽然被烧得昏昏沉沉，但神志尚未糊涂。他虽然非常需要水，也非常想喝水，但他更知道水的重要。有了水，他们就会胜利，否则他们都将被干死在这荒漠之中。

他推开了水葫芦，又闭上了眼睛。好几个声音在叫他，他又睁开了眼睛。宝云道："法师，你更需要水，你喝点儿吧。"法显用微弱的目光看了看大家，用低微的声音说道："我可能不行了。水留着你们喝吧。多一口水，你们就多一分生存的希望。你们不要在此耽误工夫了，希望你们能实现取经的宏愿，走吧！"说完，他又闭上了眼睛。

宝云道："法师，你会好的，我们决不离开你。"

众人一齐跪下，请求法显再喝几口水。

法显睁开眼睛，看到这种情景，很感动，也很难过，于是张开嘴又喝了几口。他想，自己死事小，取经事大，况且这么多伴侣在陪伴着自己，自己应该想方设法生存下去。隔了一会儿，他对慧景说道："慧景，把我的针取出来。"

慧景从包裹里取出针，递与法显。

法显强打精神，拿着针在自己的合谷、内关、太冲、上星四穴处各扎了一针，然后说道："你们坐到旁边休息，让我静静地躺一会儿。"

大家离开了法显，坐下歇息，但眼睛仍在盯着法显。法显闭上眼睛，忽又睁开，对慧景说道："慧景，我冷，你把毡子盖到我身上。"

慧景把毡子盖到法显身上，法显又闭上了眼睛。

法显的面部似乎是一幅复杂的图画，有痛苦的表情，有坚毅的神态。大家看到这些，既心疼他，又相信他能够战胜疾病，度过这一险境。

法显昏昏沉沉，恍恍惚惚间似乎腾云驾雾，来到了雷音寺，叩拜佛祖。如来慢启

第八章 命悬一线

金口,问道:"你是何处僧人?"法显答道:"弟子乃晋地僧人法显。因晋地戒律不全,佛法难以弘扬,故弟子不辞辛苦,前往天竺拜佛求经。但途中弟子被病魔缠身。弟子无奈,来求如来解救。我佛慈悲,请乞解救弟子。"如来言道:"取经绝非易事,需经受住种种磨难,始终不渝,方能成就。像你这样,些许小病,就如天塌地陷一般,有何出息!罗汉何在,把这无用之僧轰了出去!"十六罗汉一齐上前,把法显赶出雷音寺。法显吓出了一身冷汗,突然惊醒,原来是梦。

法显一因扎了针,二因出了汗,似乎觉得病轻了些。但身体像散了架一般,四肢酸软无力。

约莫又过去了一个时辰,法显觉得又好了些。慧景道:"法师,我背你走吧。"

法显道:"那怎么成。你们还是先走吧。"

慧景坚持要背法显。法显拗不过,只得随他。他背起法显,一步一步往前走。远路无轻担,空身在沙漠上行走尚且困难,何况背着一个人?不一会儿,慧景就累得满头大汗,上气不接下气。法显实在过意不去,对慧景说道:"慧景,放下我。要不,我就自己挣脱下去。"

慧景也实在没有气力了,只好把法显放下。大家不知如何是好,面面相觑。隔了一会儿,道整道:"我们坐在这里不是办法,继续前进方有生路。我看,不如把骆驼身上不太紧要的东西扔掉,让法显法师骑骆驼。"

大家觉得道整的办法可行,于是一齐动手把骆驼身上不太重要的东西取下来,让法显骑到骆驼上。

水已经喝光,法显等陷入更困厄的境地。但他们仍坚持向前挪动。他们明白,前进一步,就离目标近一步,就离死亡远一步。前进,前进,艰难地前进!突然,法显从骆驼上摔下来。

法显一时失去了知觉。慧景等赶紧来扶他,但他如咽气一般,一动不动,二目紧闭。他们立即把他平放躺到地上。大家都以为他已圆寂,十分悲伤。道整道:"想不到法显法师中途离我等而去,此乃天意。荒漠之中,没有干柴,无法火化,我等可掘一沙坑,掩埋他的尸体。"

道整、僧景、宝云在旁边的一座沙丘上用手扒坑。慧景、慧应守在法显身边。

一阵凉风吹过,忽然法显动了一下胳膊,吸了口气。慧景、慧应高兴异常。慧景嚷道:"你们别扒了,法师还活着。"慧应赶忙取出自己的水葫芦,往法显口中倒水。法显慢慢苏醒过来，咂了几下嘴，微微睁开眼睛。大家都围在他身边。慧景道："法师，是慧应的水救了你。"

法显微微点头，问道："慧应，你还有水？"

慧应道："我没有完全把水喝光，留了一点儿应急。我几次想把它喝掉，但想到可能还有更需要的时候，就一直没有动它。"

法显苦涩地笑了笑。隔了一会儿，他对慧景说道："慧景，把我扶上骆驼。"

慧景道："你太虚弱，等明日再走吧。"

法显低声但却果断地说道："不能因我而连累你们。眼下，止步不前等于坐以待毙。我等只有奋力向前，并寻找水源，方有生路。"

慧景和慧应把法显扶上骆驼。他们在骆驼两旁，一左一右扶着法显缓缓前进。他们都在留心观察周围的一切，寻找水源。

次日下午，道整从脚边捡起几根干草，对众人说道："你们看，这是干草，我想，它并非是从天上掉下来的，准是从附近刮来的。既然有草，那就一定有水源。我们不妨在附近找一找。"

法显道："也好，你们在周围寻找一下。"他从骆驼上下来，坐到沙子上。

众人分头去找，只留下僧绍陪伴法显。

隔有半个时辰，宝云高高兴兴地从西南方向回来，在离法显还有十来丈远的地方就高声嚷道："我找到水了！"

宝云到了法显跟前把水葫芦递给他。法显让僧绍先喝，僧绍谦让再三，只好先喝了几口。法显喝了几口水后问道："你在何处发现了水？"

宝云答道："西南方向距此四五里有一条河。见了河，我高兴得不得了。我喝足了水，灌满了葫芦。我们得救了！"

去寻水的人陆续回来，知道找到了救命之水都高兴得手舞足蹈。他们润了润嗓子，就随宝云朝河的方向走去。

这是一条南北河，河水由南流向北，河面阔二三十丈。在茫茫沙漠中，见到这么一条大河真令人惊喜若狂。法显等喝足了水，饮了骆驼，然后把骆驼放在岸边啃岸上的干草。他们在河岸边住了一宿。

次日，法显觉得身体状况有所好转，坚持让骆驼驮水和其他必需的物品，自己行走。众人拗他不过，只得依他。他们沿着河往南走。他们喝足了水，精神倍增，犹如

第八章 命悬一线

快要熄灭的火增添了干柴，又熊熊地燃烧起来。

又过去了四五天。

一天，他们走着走着，突然慧景说道："你们看，前面又出现了'海市蜃楼'。"

大家抬头望去，果真影影绰绰的有一座城市。他们指手画脚地议论了一番，可这座城市却越来越清晰。宝云道："这可不是海市蜃楼，而是一座真正的城市。"

在沙漠里见到城市实属难得，大家都很兴奋。他们加快了脚步，不知不觉地来到了这座城市。这是一座小城，名叫捍嫲城，位于河东。街道上人来人往，熙熙攘攘。法显等人在城西一座寺内落脚。

法显虽然病情见好，但仍感到头疼，四肢乏力。寺院住持得知法显身体欠安，前来看望他。住持问道："法师，何处不适？"

法显道："略感头疼，四肢乏力。不妨事。"

住持道："法师不必担忧，我佛慈悲，你会完全康复的。城南有一座大寺，寺内有一尊金佛像，凡有疾者，按自己所患处，把金箔贴于佛像的相应部位，祈祷佛爷保佑，即可除去疾病，十分灵验，明日法师不妨去走一趟。我为你预备金箔。"

法显向住持表示谢意。

次日上午，法显携慧景带着金箔、香、花等前往城南寺。

他们来到大寺拜见住持，住持知其来意后命一僧人领法显去拜佛。法显来到佛像前，不敢正视，用余光扫了一眼金佛。佛高一丈五六，面东，仪容端庄而慈祥，周身放射出祥光。法显把香燃着插入香炉，缘梯而上，把金箔贴到金像的头部，然后下来叩首祈祷。说也奇怪，当法显走出佛堂时，他似乎觉得头疼轻了许多。

法显等在捍嫲城休息了三日，法显的病已好转，身体在逐渐康复，他们便过河继续向西南行进。

法显西行记

第九章 于阗观像

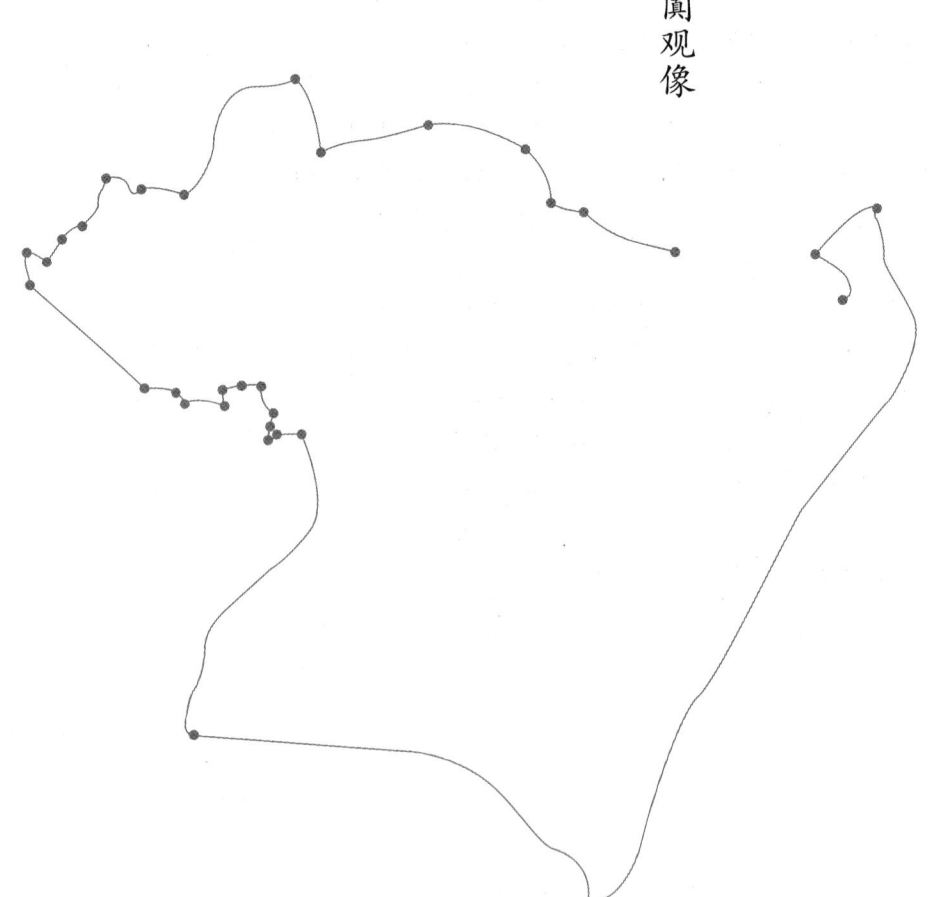

第九章 于阗观像

一日，法显等来到了于阗国。于阗是个富庶之邦，东濒白玉河（今玉龙喀什河），西临墨玉河（今喀什河），气候温和，稻、麦、桑、麻、瓜、果、菜蔬极其丰富。

法显等来到都城。进入西域后，他们所见到的人都是深目高鼻，而此地的人与其他西域人不尽相同，眼睛不那么凹，鼻子不那么高，与他们相貌相仿，但服饰与华夏族及西域其他族均不一样。妇人们蓄着辫子，身着长衫，腰束彩带，骑马射箭，与男子无异。房舍较为分散。国民们都崇尚佛法，家家门前都有一座两三丈或四五丈高的小塔，塔内供养佛像，信徒们常在塔前礼拜。人们看到东土来的僧人颇感新奇，有的注目凝视，有的交头接耳，有的奔走相告。

法显等来到于阗国的消息传到了国王的耳朵里。国王信佛，很尊重东土来的僧人，吩咐手下人把法显等安顿在城南十五里处的瞿摩帝寺。

瞿摩帝寺是一座历史悠久、规模宏大、僧侣众多的大寺。当法显等来到寺院时，寺院长老带领二百多僧人出迎。法显看到年逾古稀的长老率众迎接，甚感不安，双手合十，深表谢意。长老携着法显的手说道："法师一路辛苦。敝寺能再度接待东土沙门，甚感荣幸。"

法显等听了长老的话感到莫名其妙。道整问道："长老，恕我冒昧，敢问在我等之前有东土僧人来过？"

长老点头道："嗯。二百多年前朱士行就在此寺修行过。这是古话，以后再说吧。"

法显知道朱士行西行止于于阗之事，但却不知究竟，想问个明白，但因刚到不好启齿。

长老问道："诸位取道且末？"

法显道："不，我等从焉夷来。"

长老问道："从焉夷至此途中走了几日？"

法显道："一个月零五日。"

长老把法显等接入寺内，命一僧人把他们领到各自房间，并为他们安排斋饭。

当那个僧人送法显到他房间时，法显问道："师父，你们的长老怎么称呼，贵庚？"

那个僧人道："我们的长老名叫求那尼多，今年七十有八。少年在本寺出家，青年曾云游四方，中年又回此长居。他德高望重，学识渊博，对大乘妙典颇有研究，对于阗国的历史及瞿摩帝寺的古今了如指掌。"

那个僧人的话使法显对求那尼多长老平添了几分敬意。

次日早晨，约莫辰时，突然响起了"当，当，当"的钟声。声音洪亮，铿锵有力，整个寺院都能听到。

法显听到钟声忙走出房门，问一过路僧人："今日有何大的法事？"

那个僧人回答道："这是进斋信号。本寺僧人听到钟声都到饭堂去行斋。你是客人，不必去。我去把你的饭端回来，你可在房间里进食。"

法显忙阻止道："不，不，我自己去，谢谢你的好意。"

法显拿着钵盂随着人流朝饭堂走去。进入饭堂，他看到，僧人们井然有序，威仪整齐，肃穆无声。几个僧人在发饭，其他僧人依次把钵盂伸向前去，盛完饭不声不响地依次坐到蒲席上进斋。饭堂很大，用饭者很多，却寂然无声，没有器钵的响声，更无话语声。添饭时，亦无相唤之声，仅用手势示意。

法显看到这里的僧人秩序井然，颇有感触。心想，此处比我内地大不一样，难怪当年朱士行留此修行。

连日来，求那尼多一直忙于寺内事务，法显不便去打扰。一日下午，法显正在诵《大品般若经》，求那尼多来了。法显起身施礼。二人坐定后，求那尼多问道："法师消除了旅途劳顿否？"

法显对求那尼多的好意感谢了一番。

求那尼多道："法师对朱士行是否也有所了解？"

法显道："我对朱士行仅略有所闻。他是三国时魏国人，嘉平年间，他按照天竺僧人昙柯迦罗传来的出家仪规——《僧祇戒本》登坛受戒，成为汉土最早的比丘。他潜心研究经籍，然而译本中讹误太多，于是他于甘露五年（公元260年）自长安西行求取原本。他在于阗得梵本《大品般若经》，遣弟子法饶等送回洛阳，而自己未归。但我不知他在于阗的情况。"

求那尼多道："法师随我来。"

法显随求那尼多来到了一座覆盆式的佛塔跟前。佛塔高七丈余，颇像一个倒扣着的盆。塔色陈旧，一看便知是一座古塔。塔有南北二门，他们二人由南门而入，尔后缘台阶上到第二层。

求那尼多对守塔人说道："打开藏经室。"

守塔僧人打开藏经室的门，点亮灯，他们二人进去。室内放着许多经书，求那尼

第九章 于阗观像

多找出一部贝叶经对法显说道:"这是朱士行读过的经卷。"

法显接过来看了看,这是梵文《小品般若经》首卷,由于诵读遍数过多,有的贝叶已严重磨损,由此可见朱士行之刻苦。

求那尼多又递给法显一本汉字写本,说道:"此乃朱士行所写。"

法显从头读了几行。这是朱士行翻译的《大品般若经》的一部分,仅有十多页。法显问求那尼多:"长老,怎么只有这几页?"

求那尼多惋惜地说道:"可惜他只翻译了这么多。"

法显问道:"怎么没有继续翻译下去?"

求那尼多道:"朱士行在得到梵本《大品般若经》后非常高兴,欣喜若狂,打算立即携经卷回东土,但却遭到了声闻学派的阻挠。他们认为,修学应该口授言传,传抄的经卷多有讹误,不能将经卷带走,以讹传讹,有违佛祖的教诲。有一次,朱士行悄悄地把经卷放到马上准备驮往东土,但被声闻学派的人发现,令他把经卷驮回去,否则,就要制裁他。为了达到目的,他不得不回来。他接连走了三次,但都没有成功。万不得已,他就想在这里把它译成汉文。他开始着手此项工程,但他感到人单力薄,再加上自己也已年迈,担心完不成此项大业。他想,为了在东土弘扬佛法,仍得把梵本运回东土,即使自己回不去,也不枉此次取经之行。因他已引起了声闻学派的注意,所以他把此事委托给他的弟子弗如檀(即法饶)。弗如檀带着八九个人,把《大品般若经》分开携带,终于避开声闻学派的耳目,离开了于阗国,经过千辛万苦终于完成了使命。朱士行想继续收集经卷,带回东土,但年事已高,力不从心。八十岁上病故于此。圆寂时,脸向东方,仍未忘记故土。"

法显听了朱士行的境遇颇有些伤感,然而也为之振奋,说道:"朱士行乃西行者之先驱,堪为楷模。"

他们走出了藏经室,在塔前漫步。求那尼多说道:"法师不若效法朱士行,别再西行,居此修行。"

法显道:"长老的好意,我心领,不过去天竺的意愿已决,不到灵鹫心不死。"

求那尼多道:"西去困难甚多,尚无东土僧人去过,我担心你……"

法显没等求那尼多把话说完便道:"身已事佛,死不足惜。"

求那尼多道:"既然法师如此坚决,我不强留,不过,你们可以在此多住几日,观看行像盛况。"

法显问道:"几时行像?"

求那尼多道:"四月一日。"

法显在心里盘算了一下,眼下是一月,还有两个多月,他犹豫了一下,说道:"此事我一人难以做主,得同道友们商议。"

求那尼多点了点头。

一日下午,僧绍领着一位陌生晋地僧人来到法显房间。僧绍向法显介绍道:"这位是刚从内地来的慧达。"

法显看了看慧达。四十七八岁,身材魁梧,嘴大面阔,两道浓眉,一双大眼。寒暄后,法显问道:"你几时到此?从哪条路而来?"

慧达答道:"我从南路而来,途经鄯善、且末,前天到达于阗。来后,听说你们在此,所以就来找你们,想与你们搭伴前往天竺。"

法显微笑着说道:"甚好!多个人多颗心,多个人多个胆。"

慧达爽朗地说道:"看我这块头,就知胆子不会小。"

听了他的话,法显、僧绍都笑了起来。

隔了一会儿,法显对僧绍说道:"我有一事想与大家商议,你去把他们都请来。"

僧绍把侣伴们都请到了法显的房间。

法显说道:"于阗国每年四月举行行像大会,约半个月。行像大会规模宏大,景象壮观。现在距行像还有两个月。请诸位来是想商量一下,我们在此等候观看行像呢,还是继续西行?"

宝云道:"行像乃是盛会,有幸观看,实属难得。我想待行像以后再走。"

道整道:"观看行像虽然机会难得,但在此等待两个月,我看得不偿失。"

慧应问法显:"法师有何打算?"

法显道:"行像在内地从未见过,在天竺能否见到,尚不可知。我想等待观看。但由于时间太长,所以我不便独自定夺。"

僧绍道:"我看,此事不必强求一致,愿走者走,愿留者留。"

法显扫了大家一眼,问道:"你们认为僧绍的意见如何?"

大家表示赞同。

商量结果是兵分两路:慧景、道整、慧达先往竭叉国(今新疆塔什库尔干塔吉克

第九章 于阗观像

自治县）；法显、慧应、宝云、僧绍、僧景留下观看行像。

冬去春来，万象更新，百花争艳，千鸟鸣啭，到处充满生机。

瞿摩帝寺近来很忙，僧人们都在准备行像。有的在制作佛像，有的在做像车，有的在准备花与香，有的在装点寺院……

一日下午，法显在院中碰到求那尼多。求那尼多道："法师，多日不见，怎么不到方丈坐坐？"法显道："我看长老忙得很，不便打搅。"

求那尼多道："忙而有秩，聊聊无妨。"

法显问道："长老，我常听人说'地乳'二字，但不解其意。何谓'地乳'？"

长老微笑道："喔，'地乳'乃我国开国时的国号，所以我等常称于阗为'地乳'。"

法显道："喔，那为何把于阗称为'地乳'？"

求那尼多道："噢，说来话长。走，到方丈坐下来说。"

法显随求那尼多来到方丈。坐下后，求那尼多说道："为何把于阗称为'地乳'，得从建国说起。古时候，此处旷无人烟，只有天神毗沙门天住在这里。当年阿育王的太子拘那罗被害抉目后，阿育王一怒之下把有关的谋臣豪族赶出国内，驱逐到雪山北面的荒凉的山谷里……"

法显插话道："长老，请你详细说一说拘那罗被害之事。"

求那尼多道："拘那罗乃阿育王的王后钵摩婆底所生，仪表堂堂，文雅仁慈。不幸，王后去世较早。王妃帝舍罗叉骄横淫荡，不顾廉耻，私召太子入室，逼拘那罗与其交合。太子双膝跪下，流着泪求继母开恩，谢罪退出。王妃见他不满足自己的意愿，十分恼怒，心怀不轨。一次，在阿育王闲暇的时候，她对阿育王说道：'竺刹尸罗（今巴基斯坦塔克西拉）是我国要地，不可寄托与人，非亲生儿子镇守不可。太子拘那罗仁慈孝顺，德才兼备，必能胜此大任。妾以为，非他莫属。'阿育王不假思索，欣然应允，立即召见太子，说道：'竺刹尸罗乃国之重地，我派你前去镇守。你要兢兢业业，勤政爱民。若有事召你进宫，以我的齿印为证。牙齿在我口中，不会有讹。'太子领命而去。但继母并没因此而消除怨恨。几年后，她令一个善于模仿阿育王笔迹的亲信仿照阿育王的笔迹给太子写了封信，用紫泥封好，等到阿育王睡熟时，窃取了阿育王的齿印，命忠于她的使者连夜驰马送给太子。辅佐太子的大臣跪在地上，拆开书信，不禁大惊失色，无比悲伤。太子问道：

'何事,如此悲伤?'大臣道:'大王来信责备太子不尽职,命王子抉去双目,并把太子夫妇放逐山谷,任其死活。太子,大王虽有此命令,但未必就此执行。太子不若到大王那里去请大王收回成命。'太子道:'父王赐死,儿臣怎敢推辞?齿印为证,不会有讹。'于是,太子召一个以屠宰为业的旃荼罗人入宫,命他抉去自己的双目。太子双目失明,妻子领着他,以乞讨为生。夫妻俩流离辗转来到父王的都城,他们商议,应该让阿育王知道,由于他的命令,太子今日才成了见不到天日的乞丐。于是,他们悄悄地潜入阿育王的马厩。深夜,太子凄惨地对着清风弹起了箜篌,唱起了悲歌,这凄切的箜篌声和歌声惊醒了睡梦中的阿育王。他自言自语:'这箜篌似是我儿所奏,这歌似是我儿所唱。他何故深夜至此?'遂令人到马厩去把歌手唤来。阿育王见到太子失去双目,十分悲哀,搂着他问道:'我儿何以成了这副模样?是谁所害?告诉我,父王为你做主。'太子痛哭道:'孩儿不孝,受父王责备,奉父王圣旨,抉去双目。'阿育王十分愤怒地说道:'孩儿,父王何曾下过此旨,定是你继母所为。来人,召王妃!'王妃到后,见到太子,吓得魂不附体。阿育王下令:'把王妃推出斩首!'太子双膝跪下,说道:'父王不可如此,若是斩了继母,孩儿将成了罪人。求父王宽恕继母。'阿育王遂不斩王妃,但狠狠地责备了她一番。阿育王下令,处死伪造圣谕者及送信人,黜免辅佐太子不力的大臣,流放一批为非作歹及为富不仁者到雪山北山谷之中。"

求那尼多一口气讲完了太子拘那罗被害之事,停了一会儿,又接着说道:"那些被流放者放牧,渐至于阗国的西界,他们推举有能耐的富豪为王。当时,东土国君的太子也被谴流徙到西域,居住在于阗国的东界,他在手下人的规劝下自立为王。东西两边的人打猎放牧经常碰到一起,但由于风俗习惯不同,形貌各异,语言不通,常因田地狩猎而发生争执,最后,双方兵戎相见。结果西主失利,兵败被杀,东主乘胜追击,占领亡国,抚慰亡国百姓,并在东西界中间的地方,建立都城。"

法显道:"喔,难怪于阗国的人有异于西域其他族,而近乎华夏族,原来他们与华夏族有血缘。长老,那就是说此地人与东土人及雪山之西人都有血缘关系?"

求那尼多点了点头。

法显道:"长老,你接着说。"

求那尼多继续说道:"国王迁都后建立新国,安抚百姓,国泰民安。国王已年迈,但却没有子嗣,他整日为此事忧虑,唯恐后继无人。他常到天神毗沙门天庙去祈祷,希望天神能赐子与他。一天,他正在祈祷,天神像的额头上突然裂开一条缝,从缝中

第九章 于阗观像

蹦出一个婴儿来。国王万分高兴,把婴儿抱回宫。国人无不为之欢欣。但这个小儿不喝奶。国王恐他活不长,又把他抱回神庙,祈祷天神保佑他。忽然,神像前的地隆起一个包,如乳房一般。小儿趴上吸吮。他长大成人后,继承了王位。因他吮地乳长大,所以取国号为'地乳','地乳'也就成了我们于阗的别名。"

法显点头道:"今日又增长了许多见识。长老,贵寺是于阗国最大最华丽的吧?"

求那尼多道:"寺院大者莫过于本寺,然而就华丽而言,则逊于王新寺。"

法显略感惊异地说道:"噢,王新寺在何处?"

求那尼多道:"王新寺在城西七八里处。法师可去一观。"

法显道:"长老所言极是。"

太阳已快落山。僧人们在收拾器物,打扫院子,准备歇工。法显告辞求那尼多回房。次日上午,法显和宝云出瞿帝摩寺朝西北而去,前往王新寺。

王新寺僧众听说东土僧人来寺礼拜都涌出寺门,自动站立两边欢迎。法显、宝云向他们连连施礼。

寺门内有一座金塔,高二十五六丈。塔上雕刻着精美的图案,四周悬挂着小铃和各种金银珠宝。在阳光下,整个塔金光闪闪,光彩夺目。塔后是庄重雄伟的佛堂。法显、宝云向佛像礼拜后观看了一下堂内,梁柱、门窗皆傅以金箔,香炉、烛台乃玉石所做,佛像前放置着各种金银珠宝。地上铺着织有花篮、荷花、天宫、山岳等图案的地毯,置身堂内,真有身临仙境之感。

寺院长老把法显、宝云引入僧房。此处的僧房也与其他寺院的僧房大不一样,装饰得很富丽,房内摆设着各种玉器、宝物。他们坐下后,长老吩咐一僧人上茶,时候不大,僧人用玉杯奉上香茶。

法显心想,佛门乃清贫之地,此寺却如此华贵。贫贱能使人奋勉,富贵会使人丧志。僧人们在如此华贵之处还会勤勉学修?他呷了口茶,说道:"长老,贵寺富丽堂皇,金银宝物数不胜数,供养极丰,可谓寺院中之佼佼者。贵寺为何如此富贵?"

长老略带自豪的神情说道:"敝寺非同一般,乃国王亲建。三代国王,花了八十年时间方建成。"

"喔。"法显点了点头。

宝云问道:"国王为何要亲建此寺?"

长老道:"古时候,从远方来了一位罗汉,居住在眼下这座僧伽蓝东的林中。夜晚,他施展神通,使林中光明通亮。一天夜晚,国王维贾亚加雅立于高楼之上赏月,远远看到林中一片明亮,甚感诧异,便询问左右是何缘故。左右禀告说,有一远方来的沙门坐于林中施展神通,故而通明。国王颇感兴趣,命备车,亲往视察。他看到,罗汉盘腿端坐于地,闭目凝神,安详端庄。头上一片祥光,照得整个树林一片光亮。他感到十分惊异,对罗汉倍加敬重。他请罗汉随他回宫,享受荣华富贵。罗汉道:'物有所宜,人各有志。我喜爱清静,幽林乃我所需,高楼于我不宜。'国王更加景仰他,为他建了这座僧伽蓝和僧伽蓝院内的那座塔。国王请罗汉住进僧伽蓝。后来,一位异邦僧人献给国王数万粒舍利。国王想,得到舍利太晚了,否则则把它置于塔下,他把自己的惋惜告诉了罗汉。罗汉道:'大王不必忧虑,你先把舍利放入金函内,我自有办法。'国王令匠人做大小各不相同的金、银、铜、铁、石五个匣子,让人把舍利放入金匣内,金匣放入银匣内,银匣放入铜匣内,铜匣放入铁匣内,铁匣放入石匣内。然后,派一卫队,奏着鼓乐护送舍利到僧伽蓝,观者数以万计。罗汉运用法力,用右手托起塔,请国王命人掘地置函。石函放妥后,罗汉把塔放下。自此,人们信佛之心愈坚。国王和臣民们都非常敬重这座僧伽蓝和佛塔。后两代国王不断扩建、装饰僧伽蓝,使其渐臻完美。"

宝云道:"长老,能带我们去看一看那舍利吗?"

长老摇摇头道:"这可难为老僧了。石匣被埋在塔下的土内。不能挖,一挖,塔即倒塌。连老僧也没有见过。"

宝云道:"喔,对不起。"

长老道:"不必客气。说来我们还是亲戚呢。"

法显笑着问道:"亲戚?"

长老微笑着说道:"嗯。从前,我国没有桑蚕。维贾亚加雅国王听说东土有,便派使者去索取,但东土国君秘而不赐。因途中关卡很严,使者无法私自带回。维贾亚加雅国王下重礼向东土国君的公主求婚,东土国君愿意同远邦友善,于是应允了这门亲事。维贾亚加雅国王悄悄地告诉迎亲的使者说:'你密告东国公主,我国没有桑蚕,让她秘密地带些桑子和蚕子来。若是这样,我国以后也可制作丝绸。'公主听后,思忖良久,最后,想出了一个办法。她把桑子和蚕子藏到冠内。过关卡时,守关人其他地方都搜查了,但不敢检查公主的凤冠,就这样,桑子和蚕子被带到了于阗国。我们

第九章 于阗观像

这里开始有了桑树和蚕,自己开始制作丝绸。维贾亚加雅国王和东国公主十分恩爱,白头偕老。你看,你们的公主与我们的国王婚配,你我岂不是亲戚?"

法显笑道:"对,对,是亲戚,而且你我都是佛子,该是亲上加亲。"

长老和宝云都笑了。

法显、宝云与长老又聊了一会儿便告辞回瞿摩帝寺。

四月一日来临,一年一度的行像随即开始。这几日全国一片欢腾,到处洋溢着节日的气氛。瞿摩帝寺系大乘学派,且是于阗国最大的寺院,国王很敬重,所以它最先行像。

天刚破晓,僧人们就忙活起来,开始做出发的各种准备。他们穿着洁净的袈裟,个个显得喜气洋洋。早斋后,行像队伍浩浩荡荡地出发了。前面是法乐队,乐僧们手执各种乐器,磬、钹、锣、鼓、长喇叭等。其后是两头骆驼牵引的四轮像车,像车高三丈余,犹如一座行宫,它被金、银、琉璃、砗磲、玛瑙、珍珠、玫瑰七宝装点得富丽堂皇,像车四周悬挂着锦幡,上面罩着丝绸天盖,车子中央立着一尊二丈来高的释迦牟尼佛像,佛像两旁侍立着两尊菩萨像。其间悬挂着各天神像,皆金银作就,形态威严,栩栩如生。求那尼多长老和瞿摩帝寺的其他年高德劭的僧人走在像车右侧,法显、宝云、慧应、僧绍、僧景走在像车左侧,像车后面是浩浩荡荡的僧侣队伍。道路十分干净,路两旁悬挂着旗幡,气氛庄严、肃穆、神圣,路两边还站着许多观像的人。法乐队奏着节奏缓慢但却圆润悦耳的法乐。快到都城时,路两旁观看的人越来越多,人山人海。僧人们远远就看到城门上的大帐篷,帐篷装饰得十分华丽,四周拉着帷幕,帷幕上挂着珠宝。在行像期间,国王、王后和宫女便住在这帷幕内。行像队伍离城门越来越近,慧应低声对法显说道:"国王!"法显仰首观看。国王、王后、宫女们正站在门楼上观看行像,国王头戴金冠,身着簇新王服。像车离城门还有一百来步远的时候,国王摘下金冠、脱去鞋袜,敞头赤脚,手持香、花,走下城楼,带着随从出城迎像。国王来到像车前,以头面叩礼佛足,礼毕,献花焚香,然后在像车前引导像车进城。像车进入城门时,门楼上的王后、宫女撒下鲜花,恰似天女散花。人如潮涌,簇拥着像车,缓缓地行进在宽阔的街道上……

于阗国十四座大僧伽蓝,一座行像一日。每辆像车都不相同,各有特色,别具风采。行像于四月十四日完毕。行像结束后,国王、王后带着宫女、随从回宫。

法显等每日都去观看行像。行像使他们开了眼界，也给他们带来了欢乐。

四月十五日，法显对众人说道："行像已结束，明日起程前往子合国（今新疆叶城县），你们意下如何？"

大家表示赞同。唯独僧绍说道："我不想去！"

大家听僧绍说不想与他们一道去子合国都感到惊愕，不约而同地望向他。宝云问道："僧绍，你有何打算？"

僧绍看了一眼宝云，又看了一眼僧景，然后把目光转向法显，说道："最近我遇到一位高昌僧人。他到罽宾去。他说，罽宾乃是一块福地，山清水秀，绮丽异常，若不去那里，将是终生遗憾。我答应他，与他同往。"

法显心里舍不得僧绍离去，但又觉得僧绍做出这一决定自有他的道理。人各有志，不可强人所难。他道："我等的目的是到天竺瞻仰圣迹，求取经律。我想，不管怎么去，都能达到目的。这可谓异途同归。分而合，合而分，此乃常理。你随高昌僧人去罽宾，或许以后还会相遇。你几时动身？"

"后天。"僧绍道。

宝云道："僧绍，去罽宾途中亦有许多艰险，我们无法关照你，你自己要多保重。"

僧绍的眼睛里涌出了泪水，他轻轻地点了点头。

当天晚上，僧绍离开了瞿摩帝寺，到高昌僧人那里去了。

第十章 险度葱岭

法显西行记

行像后的第三天，法显、慧应、宝云、僧景四人告别求那尼多长老和众僧，继续西行，在道二十五日，来到了子合国。

子合国方圆千余里，山阜连属，砾石遍野，泽润之处盛产瓜果。进入子合国境后，因骆驼不善于爬山，法显等便把它送给了一位施主。

一日傍晚，法显等投宿一座小寺院，住持提出一篮杏子招待他们。住持道："敝寺果树甚多，不过诸位来得不是时候，若是秋天，可用蟠桃、无花果、石榴等款待各位，而现今只好用你们家乡之果招待你们。"

僧景不解地问道："长老，此话怎讲？"

住持微笑着说道："听说杏子是从黄河流域传来，它岂不是你们家乡之果？"

僧景道："喔，原来是这样。"

宝云问道："长老，此处水果丰盛，那么哪种水果最佳？"

住持道："石榴最佳。这里的石榴个大、味美、汁多、皮薄。石榴子白里透红，像玛瑙，似珍珠，清香甜美。"

慧应打趣地对僧景说道："僧景，你怎么流口水了？"僧景不由自主地摸了摸嘴巴。慧应偷偷地笑起来。法显、宝云看到僧景受骗的样子也都笑了起来。

法显等在子合国停留十五日，便向西南行，进入葱岭。四日后，他们到了于阗国（今库拉玛特山口西南一带）。

法显等在于阗国夏坐（此乃法显自长安出发后第三年，即公元401年夏坐）。夏坐结束，他们向竭叉国进发。

一路的地势越来越高，山梁一座连一座。翠绿的小树、欣荣的野草和丰茂的野葱漫山遍野。

一日，一条万丈深谷横在法显等面前。悬崖峭壁如斧砍刀削一般，令人胆寒。两崖相距虽然只有五六丈，但却使人有相隔千里之感。幸亏深谷上有一座"桥"，否则要想过去真比登天还难。两崖之间系着两条粗绳索，绳索上铺着木板，这便是"桥"，桥宽三尺许。

僧景害怕地说道："这桥摇摇晃晃，如何过得去？万一失足，岂不落进深谷！"

法显道："僧景，这些木板倘若铺在平地，你可敢过？"

僧景道："若在平地，再窄一点儿，我也敢过。"

法显道："既然如此，你就把它当成是在平地。目不旁视，心空无物，自然无事。

第十章 险度葱岭

我先过。"

法显说完,便下到板桥上。板桥颤颤悠悠,摇摇晃晃。法显起初也有点儿发怵,但他马上镇定下来,昂起头,一步一步稳稳向前。脚下虽在晃动,但他心理上却保持了平衡,他像入定一般镇定自若,之后平安地到达了彼崖,大家见到他无所畏惧的神色都鼓起了勇气。慧应、宝云相继过去。僧景走上板桥,心中在打鼓,老往脚下瞧,宝云大声嚷道:"向前看,别往下瞧!"僧景听到喊声,头脑里虽想着脚下,但眼睛却注视着前方,他终于也过来了,他的心仍在怦怦地跳,小腿还在发抖。

他们翻过两座山,又遇到一条深涧。两崖之间仅有一条粗大的绳索,绳索上有一个大铁环,铁环下吊着一只大篮子。僧景叹道:"怎么这么多鬼见愁的深涧!"

宝云安慰他道:"既然有索桥,一定有人来往。别人能过,自然我们也能过!"他说完便下到篮子里,用手抓住绳索,一下一下向前挪动。他到了对崖后,慧应抓住拴在篮子上的绳子把篮子拉回来。就这样,他们把行李以及他们自己都渡到了对崖。

他们又走了三日,来到一个山坳。山坳里有十多户人家,山坡上五六头牛和一群羊正在吃草。一个牧人躺在草地上,头枕着手,翘着二郎腿,用眼睛追逐着天上飘动的白云。宝云来到牧人跟前,问道:"施主,我等是东土来的僧人,想在此地投宿,你看何处方便?"

牧人坐起来,端详了一下宝云,又看了看法显等人,然后用手指着山村说道:"从北面数第三户人家,房子宽绰,户主慷慨,你们可到他家去借宿。"

"多谢施主。"宝云说道。

他们往第三户人家走去,一路上的石头墙常有黑乎乎的一大片东西。他们甚感不解,不知此处为何把墙涂成黑色。他们离近才看明白,原来是一块一块牛屎饼。僧景上前叩门,一个七八岁的男孩打开大门,用迷惑而稚气的目光看着他们。僧景道:"小兄弟,家中有大人吗?"

孩子跑进西屋,领出一位五十多岁的老人,指着僧景等人道:"爷爷,就是他们。"

老人来到门口,问道:"师父们是来化缘的?"

僧景摇头道:"不是,是想借宿,不知施主可否予以方便?"老人捋了一下胡须,笑着说道:"师父们请进,如不嫌我家腌臜,就请在此将就。"

老人把他们带进东屋:"你们就在这里歇息吧。"

老人从外边抱来几抱干草放在地上,把它摊平,并在上面铺上三张羊皮。"你们先歇息,我让老伴给你们做饭。"

隔了一会儿,厨房里冒出了炊烟,并散发出一种清香。

宝云走出房间,问正在与孙子玩耍的老人:"施主,你们烧的是什么柴草,散发出此种清香?"

老人笑道:"哦,我们烧的并非柴草,而是牛粪。"

"牛粪?"宝云恍然大悟。墙上贴的那么多牛粪饼,原来是燃料。他扫了一眼院子,西房与正房的拐角处有一个棚子,棚子下堆着一堆牛粪饼。他点了点头,回房去了。

法显等用完斋,老人来陪他们小坐。宝云问老人:"施主,此处距竭叉国还有多远?"

老人道:"还有十二天路程。你们经过毒龙池,翻过不可依山,即可到达竭叉国。"

次日上午,法显等告别老人继续西行。临走时,老人送给他们每人一张羊皮御寒。

八月,山上已很寒冷,众人爬得越来越高,气候也越来越恶劣。不可依山终年覆盖积雪,他们束紧皮袄,戴牢毗卢帽,小心翼翼地向上攀登,但脚底下很滑,经常摔倒。山上光秃秃的,无物可供抓扶,他们艰难地一步一步向上挪动,手脚冻坏了,红一块,紫一块,又疼又痒。他们饿了嚼几口干饼,渴了化几口雪,累了坐在雪上稍息。他们已一天一夜没有合眼,困神不时骚扰他们,但寒冷却不停地驱赶着困神。人,只要不懈地努力,总会达到自己的目标。法显等终于爬到了顶峰。他们举目四望,四处皆白,简直是一个白色的世界。一条条银白色的长龙在眼前舞动。因山顶太冷,不宜久留,他们开始下山。不久,他们来到了毒龙池。毒龙池位于不可依山山腰中的两座小山之间,池深莫测,水是青黑色。毒龙池名为池,实是湖。法显等从池北岸过去,又翻越了许多山岭,终于到达了竭叉国。他们从于麾国到竭叉国共行了二十五日。

竭叉国位于葱岭之中,山岭连属,气候寒冷,树木不盛,花果稀少,除了麦子,不生余谷。麦收后即降霜。

一日傍晚,法显等寻找住处,发现大山岩上有一个洞。

此洞虽然在悬崖上,但却有一条崎岖山路可通。他们顺着山路来到一处洞口,洞内黑黢黢的,伸手不见五指。他们摸了摸,洞内很宽敞,似乎是个石室,于是决定在此过夜。他们在地上铺上羊皮,坐下歇息。僧景想知道这个石室有多大,往后摸去,他摸了三四丈远,脚下有什么东西绊了他一下,差点儿摔倒。他弯下腰去,在地上摸

第十章 险度葱岭

来摸去，他摸到了软乎乎湿润润的东西。他的感官告诉他，这是花。他又摸，摸到了衣服，他顺着衣服往上摸，摸到了一个冷冰冰硬邦邦的东西。他吓了一跳，情不自禁地"啊"了一声。法显等问他怎么回事，但他吓得说不出话来。他们用火石点着火纸，向他走去，他们发现一块石板上躺着一具干尸，这具干尸如睡着了一般，从干尸的面部轮廓可以看出，此人生前是个美男子。虽然尸体已经干枯，但身上的衣服却是新的，周围摆着鲜花，头的前面放着香炉。香炉被僧景踢翻，香灰和断香撒了满地。僧景赶忙扶起香炉，双手合十，祈祷这个不朽之人宽恕自己的冒失。大家对这具干尸都感到迷惑不解，但都认定他是位圣人，但他是谁呢？

法显道："我们先歇息，明日再找人打听。"

僧景道："这里我有点儿害怕，另找个地方吧。"

法显道："我等心地坦荡，走得正，立得直，何怕之有？你若害怕，可睡在中间。"

僧景只好勉强同意。法显睡在最里面，宝云睡在最外面，僧景和慧应睡在中间。法显、宝云、慧应都已入睡，但僧景却半天睡不着。

次日早晨，他们离开石室，恰巧在路上碰到了一位到石室上香的老人。这位老人须发皆白，但容光焕发。宝云上前问道："有劳施主，请问石室内是谁的干尸？"

老人端详了一下他们，反问道："你们是何方人士？"

宝云道："我们是汉土僧人，前往天竺求经。"

老人微笑着说道："喔，你们是汉土人。那么他当是你们的亲戚。"

"亲戚？一路上亲戚倒是不少，但不知这位亲戚是谁？"宝云说道。

法显蹙眉想了一会儿，但也想不出这是哪门亲戚。

老人见他们迷惑不解，说道："他是汉土公主与太阳神的儿子。"

宝云道："施主，我越听越糊涂，请赐教。"

老人便把公主与日天神会的故事讲述了一遍：

古时候，这个地方是一片荒山野岭，渺无人烟。但后来发生了一件事，使这里发生了变化。一位波斯国王听说汉土盛产丝绸，想与汉友善，欲娶汉朝公主为妻，汉朝皇帝同意了这门亲事。于是，波斯国王便派使臣及其随从到汉土迎亲。他们抬着公主往回走，到了此处时，正值兵乱，东西道路不通，前进不得，后退不得，他们担心公主有闪失，不得不把她送到一座陡峻的孤峰上。他们在下面设置防卫，日夜巡逻，兵乱一直持续了三个月。兵乱止息后，他们打算继续赶路，然而公主却已身怀有孕，使臣大惊失色，审问所有随从，看是谁胆大妄为干出这等事来，但审问了两天，终无结果。后来，一个随从道："我见到，每日中午都有一个美貌男子从太阳中乘马来与公主相会。"使臣这才明白，这是太阳神与公主交合的结果。但公主已经怀孕，如何向国王交差？若回去，必然被诛；若留下，国王必派兵来讨伐。他左右为难，不知所措。他召集众人商议，大家认为，与其回去送死，不如在此苟活。于是，他们便在山峰上筑起了一座宫殿，立公主为首领。公主到了产期，生下一个男孩。这个男孩非常漂亮，脸蛋像朝阳一般讨人喜爱，他能腾云驾雾，呼风唤雨，人们立他为国王，其母摄政。他威德兼备，邻国无不向他称臣。从那时起，这里才有了人烟，也才有了国家。后来，这个国家的国王，因其祖是汉朝的公主与日天，所以他们自称为"汉日天神"，意即他们是中国的公主与太阳神的后裔。

老人接着说道："汉土公主与太阳神的儿子，也就是我们的第一代国王，死后尸体停放在这个石室内。他的尸体没有腐烂，而成了一具干尸。我们当地人都非常崇敬他，常到此献花烧香，求他赐福。我们按时令给他更换衣服。我们的国王也每年到此祭祀一次。"

僧景笑道："这样说来，他确实是我们的亲戚。不单是他，就连您老也与我们沾亲带故了。"

老人听了他的话，哈哈大笑起来："哈哈哈，对，对，这位师父说得好，我们都是亲戚。你们在此稍候，我去上香，等一会儿，我请你们到我家去。"

法显道："施主不必客气，我等还要赶路。"

宝云问道："施主，都城离此还有多远？"

"一百余里，在那个方向。"老人指着西北方向说道。

两天后，法显等来到了竭叉国都城。都城在山上，方圆十余里。城周依地势断断续续垒着石头矮墙，屋墙也均由石头砌成。整个都城都是石头所建，真可谓"石头城"。城东有一条河，名为徙多河（今新疆塔什库尔干河）。

法显等来到都城后便打听慧景、道整、慧达的下落。由于以前从未有汉土僧人来过，慧景等颇引人注目，所以法显等很快就打听到他们的住处。他们住在城西密迦寺，法显等来到密迦寺寻找他们。法显、慧景等重新见面，倍感亲切。虽然分别仅四五个月，但却犹如三年五载，他们相互倾吐别后之情。法显等也在密迦寺落脚，寺内还住有不少异地僧人。

第十章 险度葱岭

次日上午，慧景来到法显房间，说道："法师，你们来得正是时候，再过八天，国王将举办五年大会。四方僧人将云集都城。"

法显点头说道："喔，难怪寺中住有不少外来僧人。"

慧景向法显介绍道："这里的俗人性情粗犷，学识浅薄，不知礼义。"

法显道："不妨事。我们不招惹他们就是了。"

慧景又对法显讲了些当地的风土人情，就离开了。

八天后，国王在一个宽大的山谷里举办五年大会。开幕那天，全国各地的僧人以及西域其他国家的一些僧人云集会场。会场四周悬挂着锦幡，会场前端搭着一个高大宽阔的帐篷，帐篷下有一个用石头垒成的高台，台上铺着毛毡。德高望重的僧人坐于台上，面向台下，他们的背后装饰着金银莲花，台下石子地上坐着一千余名僧人。国王进入会场时，台下僧人起身肃立，但台上僧人却坐着不动。国王来到台上，躬身抚摩一位法师的脚，然后坐到旁边的座位上。这时，法乐队奏起法乐。法乐结束后，大法师首先说法。国王全神贯注，似有所悟。会场上寂然无声，台下众僧时而摇晃脑袋以表赞赏，时而点头以示信服。大法师说完后，台上高僧依次说法。

这次大会持续了一个月，在这一个月内，国王供养所有僧众。大会后，群臣们分别供养，一日、两日、三日、五日不等。国王和群臣把自己的金银珍宝布施给僧人。僧人们把需要的东西自己留下，不需要的东西再由国王和大臣们用钱从他们手中赎回。

五年大会后，法显、慧景等带着干粮、铁锹等必需之物向西南行，继续过葱岭。葱岭，即帕米尔高原，乃亚洲万山之宗，素有"世界屋脊"之称。它向四处伸展出最高和最大的山脉：向东北为天山，向南为昆仑山、喀喇昆仑山、喜马拉雅山，向西南为兴都库什山。这里有世界第二高峰——乔戈里峰，有号称"冰山之父"的慕士塔格峰，另外还有公格尔峰和公格尔九别峰。这里地势高峻，群峰接天，冬夏积雪，真可谓"万山堆积雪，积雪压万山"。这里是古代丝绸之路上最难行的一段。古代丝绸之路南道在塔什库尔干境内分为两条：一条取道红其拉甫达坂，经克什米尔，到达印度，此即现今的中巴友谊公路的路线；另一条是经明铁盖达坂，到达阿富汗和伊朗。法显等是取道前者。

法显站在一座小山上极目远眺，眼前是一片奇特、神秘、雄伟、壮丽、庄重的景观。山峦连绵起伏,无尽无休,奇峰迭出,直刺云天。山间烟雾缭绕,莽莽苍苍。由近而远,山色由浓重而变为淡雅,灰褐色、黛绿色、银白色,层次分明。他不禁脱口说道:"壮哉,山川;伟哉,上苍!"

慧景没听清他说什么,忙问:"法师,你说什么?"

法显用手指着前方说道:"你看,多么壮丽的景象!"

慧景道:"不入深山,不见奇景,果真不假。见到如此美景,死也甘心!"

法显看了他一眼,意思是他不该说如此不吉利的话,但慧景没有理会。

僧景道:"多难爬的山哪,法师还有心情欣赏风光!"

法显笑了笑,说道:"心生于目,目赖于物。物美而目悦,物陋而目厌。目悦而心娱,目厌而心烦。心娱而志盛,心烦而气馁。志盛则事成,气馁则事败。"

宝云道:"法师之论甚为精辟。"

崎岖的小道时而被埋在雪下,时而盖上冰层。路上不时看到人或牲口的头骨和骨架,不知有多少过往者连人带畜被雪崩吞没。

天气变化无常,不时刮起雪风。风吹着雪,迎面扑来,刺骨钻心。

最难忍的是夜晚,遍地是冰雪,到处是寒风。他们七个人只好找个稍微宽阔的背风处,在地上铺上毡子,坐在上面,挤在一起,闭住眼睛。雪风呼号,冻得他们直打颤。越坐越冷,能打个盹就算他们福气了。遇到道路宽阔时,他们借着雪光,夜间也行走。有一次夜间行走,慧应由于打瞌睡,摔倒在地,要不是道整拉得快,他就落进了深谷。

他们饿了嚼几口干粮,渴了化几口雪。寒冷冻僵了他们的手足,冻僵了他们的嘴巴。他们说话越来越少,似乎寒冷要封上他们的嘴。他们的脸被冻裂,在一片一片地脱皮。脚上、手上害了冻疮,又痛又痒。

一日,法显等翻过一座山,面前出现了一条几十丈宽的冰川。川内冰块犹如爆裂的岩石,奇形怪状,大大小小,有的像陡壁,有的像高峰,有的像坟墓,有的像宝塔,有的像利剑,有的像石笋……冰块像玉石一样晶莹、像岩石一般坚硬。他们下到冰川,循冰缝前进。脚下很滑,他们经常因立足不稳而摔倒。走了一顿饭工夫,前面出现了一座冰山。左右两边都是冰壁,除了翻过冰山,他们别无他路。幸亏他们在离开竭叉国都城时已有所准备。

慧景取出一把小锤,宝云拿出五根铁钎,道整掏出一根绳子。慧景把绳子结在左腕上,右手握着锤子,左手拿着铁钎,趴在冰坡上,砸下第一根铁钎,然后把绳子一

第十章 险度葱岭

端拴在铁钎上。他登着第一根铁钎，在五六尺远的上方钉下了第二根铁钎，把绳子又拴在第二根钎子上。道整拉着绳子，登上了第一根铁钎，又递给慧景两根铁钎。慧景钉下了第三根铁钎，拴上了绳子，道整拉着绳子登上了第二根铁钎。他们一个接着一个拉着绳子，攀登冰山。宝云在最后。他起下铁钎，通过上面的人传给慧景。就这样，他们终于登上了冰山顶。他们蹲下来，从冰山顶慢慢滑下来。下了冰山，他们又循冰缝前进。

过了冰川的第二天，下起了大雪，鹅毛般的雪花漫天飞舞，狂风劲吹。法显等无法行走，只好躲在一块断岩下面。当他们继续行走时，路上已积了膝盖深的雪，他们一步一步向前挪动。雪越来越深，他们刚走过一段险路，后面就发生了雪崩。他们很庆幸没有被大雪吞没。又走了一段路，前面出现了一个十来丈长二丈多高的大雪堆，他们无法通过。若从上面爬，可能会陷下去，大家都站在雪堆面前犯愁，法显微闭双目想了片刻，然后睁开眼睛，向慧景要了把铁锹。他从上向下铲了一锹，发现雪堆上部的雪是新下的，下部的雪是早下的，他便从雪堆底部开始掏洞，慧景也拿了把铁锹掏起来。僧景道："法师，雪是软的，人钻进去，万一要塌下来怎么办？"

法显道："上面的是新下的雪，比较松软，而下面的雪是早下的，比较坚硬。从底部掏洞不会塌下来，洞两边的雪能支撑住上面的压力。"

于是，他们轮流掏洞。由于用了力气，他们身上有了暖意，他们干巴的破裂的脸上露出了一丝微笑。他们花了两个多时辰在雪堆里掏了一条隧道，从隧道的一端躬身走到了另一端。

前面又有一座陡峭的高山，满山披着银装。山坡很滑，有时爬上去一大截，却又因雪滑了下来，他们费了好大力气才爬到了半山腰。突然，慧应感到头疼，如针刺一般。接着，道整也感到头疼，法显感到心慌，僧景、慧达感到恶心，宝云感到耳鸣。继而大家都感到头疼，个个都抱着脑袋。他们取出毛巾扎在头上，但却无济于事。

慧应实在支撑不住，拿头撞石头，口中喃喃地说道："我实在受不住了，与其这等活受，倒不如死了好！"

法显忍着痛，安慰他道："慧应，不必如此，要坚持住。成功往往在坚持努力之后。我给你扎扎针看。"他用僵硬的手取出针，哆哆嗦嗦地给慧应扎了两针，但疼痛仍无减轻。

僧景呕吐起来。由于腹中缺少食物，吐出来的尽是黄水，苦如鱼胆。

他们在痛苦中煎熬。法显按着自己的太阳穴，说道："我等若止步不前，则如束手待毙，只有奋力向前，才有生路。人应该有忍力、耐力、毅力，何况我等是佛子，更应与常人不同。"说着，他便率先攀登。他忍着痛，咬着牙，一点儿一点儿往前挪动，大家都忍着痛跟着他。走着走着，慧应忽然倒下，众人慌了手脚。宝云抓了一把雪放到他嘴里，又抓了一把雪放在他的太阳穴上搓揉。法显忙掐慧应的人中。慧应慢慢苏醒过来。大家虽然都很难受，但却不愿任何一个人掉队，慧景搀扶着慧应一步一步向前挪动。他们终于爬到了山顶，又从山顶下山，他们越往下走头疼越轻，等到下到半山腰时，疼痛已完全消失。他们回头看了看这座可怕的"头疼山"，个个心有余悸。

法显等刚过"头疼山"的半山腰，正要松口气，忽然左边传来一声吼叫，他们吓了一跳，抬头一看，原来是一只雪豹。这只淡黄色的黑斑雪豹，拖着一条长长的尾巴朝他们奔来。僧景不由自主地往慧景跟前靠了靠。慧景道："你们等着，我去把它打死！"说着，他拿着铁锹就要往雪豹走去。法显忙阻止他道："别去！这是只凶猛的饿豹，你去必被它伤。我等速围成一个小圈，脸向外，背朝内。为防止意外，每人手中拿铁锹或拿铁钎。不过，不到万不得已，不许动手！"大家如法显所言，迅速地做好了准备。法显、慧景面对雪豹。雪豹在离他们四五丈远的地方突然停住，二目眈眈，似乎眼睛里快瞪出了血。它脸上白须扎煞，根根可见。它忽然往前扑来，地上被它蹬出了一个雪坑。一阵冷风带着雪糁子吹到法显和慧景的脸上，但他们一动不动。雪豹见对方没动静，没有再扑，反而后退了几步。它站在那里观察了片刻，忽又扑上前来。它连扑了三次，法显等都不予理睬。不知雪豹是心中生怯，还是感到迷惑，一会便拖着尾巴跑了。它边跑边不时地回头张望，唯恐这些"怪物"危及于它。

法显等下了"头疼山"，来到了一条仅有二三尺宽的窄道。窄道两边的峭壁如刀削一般。道上的乱石形形色色，有的像快刀，有的像戟尖，有的像恶狼，有的像猛虎……个个都露出一副凶相，似乎它们是在守卫这条窄道。法显等把脚放在石头缝里蹑手蹑脚地向前走。两边是万丈陡壁，头上是一线青天。

地势越来越低，他们逐渐下到雪线以下。他们回过头往后看了看，后面一片白色，往脚下瞧了瞧，脚下一片褐色，再往山下望了望，下面一片绿色。道整笑着说道："白、褐、绿，简直是三个世界。"

第十章 险度葱岭

慧应手上的冻疮由红肿开始溃烂，疼痒难忍，不过，他的心情却比过"头疼山"时好多了，脸上出现了笑容。

一个头戴毡帽，身穿皮袄的年轻人在山坡的草地上牧羊。这是法显他们十多天来见到的第一个人，他们很兴奋。宝云来到牧羊人跟前说道："施主，我们从山岭那边来，一路受尽艰辛，想借宝舍歇息歇息，不知可否？"

牧羊人看到他们那种疲惫不堪的样子非常同情他们，说道："好吧。你们跟我来，我的家就在下面。"

他们朝下面看了看，并不见村舍，但又不便多问，只好跟着他走。

牧羊人赶着羊走在前面。僧景指着羊小声地对法显说道："法师，这里的羊怎么这个样子？"

法显这才注意到羊。山羊毛很长，有的拖到了地上；绵羊的颈下长着长长的白胡子。法显笑了笑，说道："这里的羊是不一般。或许只有这样才适合在此生存。"

不一会儿，牧羊人指着左边说道："到了。"

法显等顺着他手指的方向望去，见到几个山洞。牧羊人把羊赶进山洞，然后请客人进去。洞内有一对老人，不说便知，他们是年轻人的父母。他们见来了客人，慌忙把客人让到草铺上。草铺上摞着被褥，洞的左后角是羊圈，右后角是锅灶。洞内挂着几张羊皮，别无其他摆设。

洞内羊屎尿的臭味扑鼻而来。僧人爱洁净，但此时此刻，他们只好入乡随俗了。

老汉不善言辞，他默默地看着法显等人。忽然，他发现他们手上红一块紫一块，尤其是慧应手上的冻疮已经化脓，他很心疼。他走到慧应跟前拿着他的手看了看，然后对儿子说道："杜萨，今天太晚了，明天一早你上山采药，给客人们治冻疮。"

杜萨答应了一声。

法显问道："施主，山上何种药可治冻疮？"

老汉道："雪草。因它长在雪山上，所以我们当地人称它为雪草。正像我们住在雪山附近，别人称我们为雪人一样。"

大家觉得老人言语不多，但却颇有意思。

次日清晨，杜萨拿着工具上山。约莫两个时辰，他回来了。他采回来一把像荠菜一样的带根的药草。

宝云道："施主，辛苦你了。药草为何带着根？"

杜萨道："叶与根都可入药，而根药性更大。"

杜萨把草洗净，放入砂锅里熬。熬好后，取出少许药水放入盆内让法显洗手脚，然后把污水倒掉，换上新的药水让慧应洗。每个人都依次洗了一遍。晚上，他们又洗了一遍。第二天，他们的冻疮明显好转。他们又洗了两次，冻疮已不再痛痒，也不继续溃烂了。

法显等在杜萨家歇息了两日又继续赶路。

第十一章 规劝恶人

法显西行记

法显他们越过红其拉甫达坂，来到一个山谷。突然，有五个人骑着五匹马朝他们奔来。这五个人身上穿着翻毛长袍，头戴毡帽，帽上饰着长缨。他们到了法显等跟前勒住马，他们面皮粗糙，满脸凶相。法显等一看便知来者不善。其中一人朝法显等吼道："你们是干什么的？留下买路钱！"

慧景虽然感到疲乏，但看到来人如此无礼，想教训教训他们，气愤地向前走了一步。法显制止住他，说道："五位壮士，我们是东土往天竺取经的僧人，身无分文。"

那人粗声粗气地说道："没有钱？把皮袄脱下来！"

法显道："壮士，天气寒冷，前面还有高山，脱去皮袄，我等如何忍受！"

另一个人指着法显说道："你这个老家伙，舍命不舍财。脱下！"

法显厉声道："你们如此作孽，我佛决不会饶恕你们！"

第一个人道："我不信什么佛。我让你们活受罪，看佛如何救你们！"

五人跳下马来，一齐动手，扒法显、僧景的皮袄。慧景、慧达向他们还手，但却未能奏效。他们二人及宝云、慧应的皮袄也都被强人扒下。五个强人翻了一下法显等人的行囊，未发现什么贵重之物，扫兴地拿着法显等人的皮袄扬长而去。虽是初冬，山谷内却很寒冷。法显等冷得直哆嗦，他们忍着寒冷往前走。刚走不远，前面来了一队浩浩荡荡的游牧民。他们骑着马、骆驼，赶着牲口，携着家什，带着武器，往山谷里来。他们看到法显等如此凄惨，颇为同情，他们拿出皮衣让法显等穿上。为首一人，似是部落头领，问道："你们怎么落得如此地步？"

法显打了个喷嚏，说道："刚才有五个强人拦路抢劫。我等无钱，他们便扒去我等的皮袄。"

头领道："什么人如此可恶？啥样子？"

法显道："他们身材高大，面容丑陋，其中一人是酒糟鼻子。"

头领道："原来是他们！米哈伊，速带一支人马去把他们抓回来！"

米哈伊领命而去。

法显问道："施主，那帮人是谁？"

头领道："他们是我们部落的败类，拦路抢劫、偷盗财物，作恶多端。我派人到处找他们，却没有找到，想不到今日在此碰上。"

隔有半个时辰，五个人被五花大绑带来。他们跪在头领面前求饶。头领面容严峻，喝道："你们到处偷盗抢劫，该当何罪？"

第十一章 规劝恶人

五个人恳求道："头领饶命。我等罪不容诛，但我们以后再也不敢为非作歹。请头领宽恕我们。"

"米哈伊，把他们推到山下斩首！"头领命令道。

米哈伊和他的部下把那五个人揪起来，推推搡搡，朝山下去。法显阻止道："慢！"

法显认为，那五个人虽然罪该重罚，但却不该处死，况且他们已愿意悔改。他走上前去，说道："头领请息怒。他们虽然犯有重罪，但已有悔改之意，请免他们一死。"

头领道："你这位师父有所不知，根据我们的规矩，偷盗、抢劫当斩，无一赦免。"

法显道："头领，佛经上说……"

头领道："你少啰嗦。我不信佛，管他佛经上怎么说！我们只知道我们的规矩。"

法显道："人生在世，谁能无过，有过思改，尚不失做人的权利。应当允许这五个人悔过自新。"

头领生气地说道："你这个老和尚，他们害你，你反而帮他们说话，是何道理？"

法显道："人死不能复生，脑袋掉了不会再长。还是放他们一条生路，给他们一次机会吧。"

头领果断地说道："你不必说了！米哈伊，把他们推去斩了！"

这时，忽然传来一个女人的声音："等一等！"接着，那个女人来到头领跟前，低声对他说道："夫君，这个和尚似乎还有话说。我们虽不信佛，但听听也无妨。"

头领看了她一眼，说道："好吧。老和尚，你讲一段佛经，若能使我信服，我可破例不斩他们，否则，我定斩不饶。"

法显开始给他们讲经，说道："佛子向来以慈悲为怀，'大慈与一切众生乐，大悲拔一切众生苦'。慈悲乃佛道之根本。世人都应慈悲。发一次慈悲心则行一次善，害一次别人则作一次孽。行善者将有善报，作孽者将有恶报。释迦佛几次轮回，广积善果，方成为佛。梵授王时，我佛修菩萨行，转生为兔，住在山下的一片林中。一日，一位婆罗门经过此林，他饥饿不堪，兔子十分怜悯他。兔子道：'我既无芝麻也无稻米施舍与你。你捡些柴来，把它燃着。我把肉施舍与你。'婆罗门捡了些柴来，点着火。兔子毫不犹豫地跳入火中。说来也怪，火不但不烧它的身，而且它还感到冷。原来那位婆罗门是帝释天所变。他有意下凡考验兔子。他见兔子心诚，于是在月轮上画了一只兔子。诸位夜晚见到月亮上的那只兔即为帝释天所画。兔子因大发慈悲，而受世人世代景仰。此乃行善所得之善果，作恶就会得到恶果。然而，恶人亦非生来就恶，乃'欲'字所致。官欲、色欲、财欲均会诱人作恶。而恶人亦并非不可改变，只要循循善诱，亦可使恶人改邪归正。所以，善良之人应使恶人从邪恶中摆脱出来。若能如此，亦是一大善行……"

  法显越讲，他四周围的人越多。头领起初不以为然，慢慢地开始感兴趣，最后点头称是。其他人也都听得津津有味。那五个强人也在听法显讲经。他们开始对自己以往的行径感到悔恨。法显讲了一个时辰。他讲完后，头领微笑着说道："老师父，我被你折服了。米哈伊，把那五个人带过来！"

  五个人过来后，头领对他们说道："你们可真心悔改？"

  五人道："我们起初只是迫于无奈表示愿意悔改，但听了这位师父讲经后，才真正悔恨自己过去的所作所为。我们今后一定痛改前非。"其中一个人还说道："我若还能活在世上，将到罽宾去学习佛经，做个以慈悲为怀的佛门弟子。"

  头领道："我破例不斩你们。你们不可再犯。如若不然，定斩不饶！"

  五人叩头谢恩。

  头领道："还不谢过这位师父！"

  五人感谢法显救命之恩，并归还法显等人的衣物。头领留法显等在他们的帐篷里歇息一宿。

  次日，法显等辞别头领和众人登程赶路。他们经过一个月的艰难跋涉，终于越过了葱岭。虽然过了峻岭，但道路并不平坦，仍然是弯弯曲曲的山路。自葱岭以西，河水西流。宝云笑道："我在晋地时常有人以河水倒流打赌，今日倒真的见到河水西流了。"

第十二章　履絙过河

法显等已进入了北天竺。一日，他们来到了一个名叫陀历的小国（故址在今克什米尔西北部印度河北岸达地斯坦之达丽尔），此国多山多谷多河，高山上白雪皑皑，终年不化。山谷地带河流纵横，水流不息。繁花似锦，绿草如毯。法显等行进在一个山谷里，山谷内温暖的气候，美丽的鲜花，使他们心旷神怡。鲜红色的郁金香，端庄典雅；嫣红色的玫瑰花，艳丽夺目；雪青色的天鹤花，淡雅喜人；紫红色的倒挂金钟，娇媚可爱……突然，有一只小鸟从慧应脚边飞起，飞到不远处又停了下来。这只鸟的羽毛黑白相间，它还长着一条长尾巴，一张长而尖的喙，头上竖着一撮塔式的羽毛，十分讨人喜爱。慧应快走几步想抓住它，但它扑棱一下飞跑了。

法显等来到都城。街上有许多小店铺，地毯铺、毡子铺、木器家具铺、木刻工艺品铺……大大小小的地毯上织着花鸟、山水等各种图案，色彩鲜艳，织工精细。镂花的家具和工艺品雕刻得十分精致，使人爱不释手。法显等看到有一堆人围在一处观看什么，他们也挤进人群。人群中间坐着一位面色暗褐、满脸络腮胡子的老人，他面前放着一只鸟笼，笼中有一只燕子大小的小鸟，羽毛纯黑，无一丝杂色，叫声清脆悦耳。慧达不以为然地说道："一只破鸟有啥好看！"说完，转身便走。那位老人叫住他："这位师父，你不看便罢，但不可小看我这只鸟。它并非是凡鸟，而是只神鸟。"

慧达哂了一声，说道："哼，啥神鸟！"

那人道："你不信？它可神通广大。把它置于火中，火自散去，它却一毛不损。"

慧达道："吹牛！鸟能灭火，真是太阳从西边出。"

那人站起来道："你若不信，可当场试验。你有钱否？"

慧达道："出家人哪儿来钱！"

那人道："没有钱，请便吧。信不信由你。"

宝云拉了拉慧达的衣襟，低声说道："走吧，别跟这些跑江湖的耍贫嘴。"

慧达甩开宝云的手，说道："我倒想看个究竟。"

宝云道："没有钱，他怎么会试给你看？"

这时，一个二十来岁的青年，看样子是个有钱人家的子弟，取出一串钱，扔至那个老人面前，说道："这钱够吗？"

那个老人赔着笑脸，捡起钱，揣到怀里，连声道："够，够。"

那个青年道："那你就当场给大伙试验一下吧！"

老人道："好，好。"

第十二章 履经过河

他取出一个火盆，在盆内放入木炭，点着火，待火旺时，把小鸟取出，置入火中。鸟儿在火盆内乱扑打，不一会儿，火灭了，木炭变成了死灰，鸟儿一毛不损，依然如故。观者无不惊叹不已。

慧达走上前去，向老人施一礼，说道："老人家，我服了。今日愚僧算是开了眼界。这是什么鸟儿？"

老人道："却火雀。这位师父，你未见过的事情还多着呢，万不可以为自己未见过的事情都是假的。天下之大，无奇不有。"

慧达不好意思地说道："老人家，多有得罪。我一定记住你的话。"

老人笑了笑，说道："虚心方能取得真经。"

法显等离开闹市，投奔一座大僧伽蓝。僧伽蓝内有数百僧人，皆学小乘佛教。虽然他们是小乘学者，但对大乘学者并不忌刻，对法显等人以礼相待。

次日上午，法显等在住持的陪同下到僧伽蓝左侧拜弥勒菩萨像。据说，弥勒菩萨本姓阿逸多，名叫慈氏，生于南天竺婆罗门家庭，曾是佛的弟子，先佛入灭，住在兜率天的内院。他将继承释迦如来的佛位。他四千岁时，即人界之五十六亿七千万岁，将降生人间，普化众生。这尊弥勒菩萨像高八丈，脚长八尺，金光闪耀，栩栩如生。礼拜毕，法显问住持："这尊菩萨像何时所立？"

住持道："已有六七百年了。当年如来在乌苌国降服恶神后到中天竺去，从空中经此国时对阿难说道：'我涅槃后，将有一个名叫末田底迦的罗汉到此地来弘扬我法。'后来，果真有一个名叫末田底迦的罗汉来到了此地。他想修造一尊弥勒菩萨像。他找到一名能工巧匠，让他用木头雕一尊弥勒菩萨像。但匠人说他不知菩萨模样，恐损尊容。于是，末田底迦使神通，让匠人上兜率天亲观菩萨的身材、容貌。匠人下到凡间后，依照亲眼所见的菩萨开始雕像。后来，他又两次上兜率天观看。最后大功告成，所雕之像如真菩萨一般。自那时起，此地佛法日盛。这尊菩萨像斋日常放光明，显神灵。故此，各国国王竞相供养。"

法显听后点头道："喔。明日我得再去膜拜一次。"

晚上，四个当地僧人来到法显住处找他聊天。一个四十来岁，面容清癯、肤色黝黑的僧人说道："法师偌大年纪跋山涉水到天竺来求取经文，瞻仰圣迹，实在难能可贵。敢问贵国有圣人否？"

法显看了看他，觉得这个问题问得肤浅，但他仍耐心地回答道："自盘古开天辟地，三皇五帝造福于民以来，神州大地圣人颇多：周公制礼作乐，礼贤下士；老子思想玄妙，道家之祖；孔子仁爱忠恕，有教无类；庄子安时处顺，逍遥自得；管辂精通占卜，卜筮奇验；左慈身怀神道，能隐身遁形；华佗医道精绝，手到病除……"

一个显得很精明的僧人说道："我听我师父说，孔子是个了不起的圣人，他与释迦佛生于同一时代。是吗，法师？"

法显道："嗯。孔子生于春秋时的鲁国。三岁丧父，十七岁丧母。十五岁立志于学。他精通礼、乐、射、御、书、数六艺。三十岁执教，有弟子三千，七十二得意门生。他乃儒家之祖。"

一个方脸僧人问道："佛法是何时传入贵国的？"

法显道："我听贵寺一位僧人说，自从立了弥勒菩萨像后，便有天竺沙门携经卷渡河越山东去。弥勒菩萨像立于佛涅槃后三百年左右，算来当是我国秦始皇时代。据我所知，在秦始皇时代，曾有天竺沙门室利房等十八人到秦地咸阳。秦始皇与阿育王同一时代。阿育王在举行结集大会后派大德赴各国传教，或许在那时佛法已传入我国。但大规模的传入是汉明帝时代，汉明帝永平七年（公元64年）派使者十二人前往西域访求佛法。永平十年（公元67年），他们同两位天竺沙门迦叶摩腾和竺法兰回到洛阳，他们用一匹白马驮回经书和佛像，并在洛阳建立了我国第一座寺院，因白马驮经书和佛像有功，故此寺取名为白马寺。他们开始把《阿含经》的部分章节译成汉文，取名为《四十二章经》，《四十二章经》乃是我国最早译成汉文的经典。"

四个僧人对法显的博学多识倍加赞赏。

次日，法显等又去朝拜了弥勒菩萨像。

第三日，法显等离开僧伽蓝向西南行进。

他们前面出现了一条大河。此乃印度河之支流，河宽二十余丈。两岸壁立，索相连。索与水面相距二三十丈，令人望而生畏。河上有四根粗大的索，并连在一起，上方四尺多高处还有两根细些儿的细索，是扶手，它们相距不到二尺。绳桥十分危险，过河者需胆大心细，稍有不慎，就会堕入河中，葬身鱼腹。

他们在岸上休息了一会儿，定了定神，然后开始悬渡。慧景对大家说道："这四根索尚不知牢靠与否，你们在此等待，我先试试看。"说着，他便走上索，手牵着上面的索，脚一点儿一点儿往对岸移动。索颤颤悠悠，慧景摇摇晃晃，岸上的人为他捏一把汗。慧景小心翼翼地渡过了河，他在对岸挥舞着汗巾，让旅伴们过去。

第十二章 履舄过河

法显等依次渡过了河,在岸边歇息片刻,便继续赶路。

阳春三月,风和日暖。他们仰望山上白雪皑皑,俯视山下郁郁葱葱。法显等渡过了一道道难关,进入了盼望已久的天竺,心里乐滋滋的。法显脱口说道:"人顺天意兮功可就,天遂人愿兮事必成。"道整拍手叫好,说道:"妙,妙,法师道出了我们的心声。"

他们走着走着看到山脚下的树林里有一间茅屋,他们感到很奇怪,四周没有人家,哪儿来一间孤零零的茅屋?何人住在此处?他们带着一大堆疑问来到茅屋跟前。石头垒起的墙七棱八角,树枝搭起的房顶七拼八凑,茅草遮盖的房顶七零八乱。茅屋前面有一扇树枝编成的门。

慧达来到门口,向屋内吼了一声:"有人吗?"

无人回答。

"有人吗?"慧达又叫了一声。

仍无人回答。

宝云走上前去对慧达说道:"慧达,即使里面有人也被你粗声大气吓得不敢作声了。"宝云叩了叩门,说道:"屋内有人吗?我等是过路僧人,并非歹人。"

门缝里有黑影闪过,显然内里有人在往外张望。

宝云又道:"施主,我等是东土和尚,路过此处,你不必害怕。"

门开了半边,露出一个衣衫褴褛、满脸胡须、披头散发的男人,无法辨认出他的年纪,法显等吓了一跳。

宝云问道:"施主,家中就你一个人?"

此人眨了眨眼睛没吭声。

宝云问道:"你怎么孤零零的一人住在这里?"

又无回答。宝云又问道:"你有……"

"别问了,他啥也没有!"慧达打断宝云的话说道。

僧景道:"他多半是个哑巴。"

法显对宝云和慧达说道:"你们俩休息一会儿,我来同他唠唠。"

宝云等坐到旁边的石头上歇息。法显双手合十对那个人说道:"阿弥陀佛,施主,贫僧有礼了。敢问这是何处?"

那个人眨巴着眼睛一声不吭。

法显心想，此人是个傻子？是个哑巴？是害怕我们？不！他不会是个傻子，若是个傻子就不会先从门缝里向外窥视。他也不是个哑巴，十哑九聋，从他的神态看，他似乎听懂了我们的问话。可能是害怕我们，但我们是赤手空拳、行善济世的僧人，为何要害怕呢？或许他有难言之隐。法显想解除他的顾虑，说道："施主，我等是东土僧人，前来天竺求经，你不必害怕。请你告诉我们，这里是哪一国的疆土？"

慧达按捺不住，站起来，上前说道："法师，别再问他了，他是个哑巴！"

那个人嘴巴动了动，然后用上牙咬住下嘴唇，仍然没有作声。

法显觉得不会再从这个人的嘴里问出什么了，就用温和而同情的目光看了看他，然后对旅伴们说道："我们走吧！"

他们怏怏不乐地离开了那里。太阳已经西沉，晚霞像火一般的红。他们往前方望去，地上一片绿，天空一片红，晚景十分美丽，但他们还在为刚才的事纳闷。

他们约莫走有二三里路，忽然道整说道："你们看，后面似乎有个人在追赶我们。"

大家回头往后看，确实有个人朝他们跑来。隔了一会儿，他们看清楚，这个人就是刚才那个不声不吭的人。

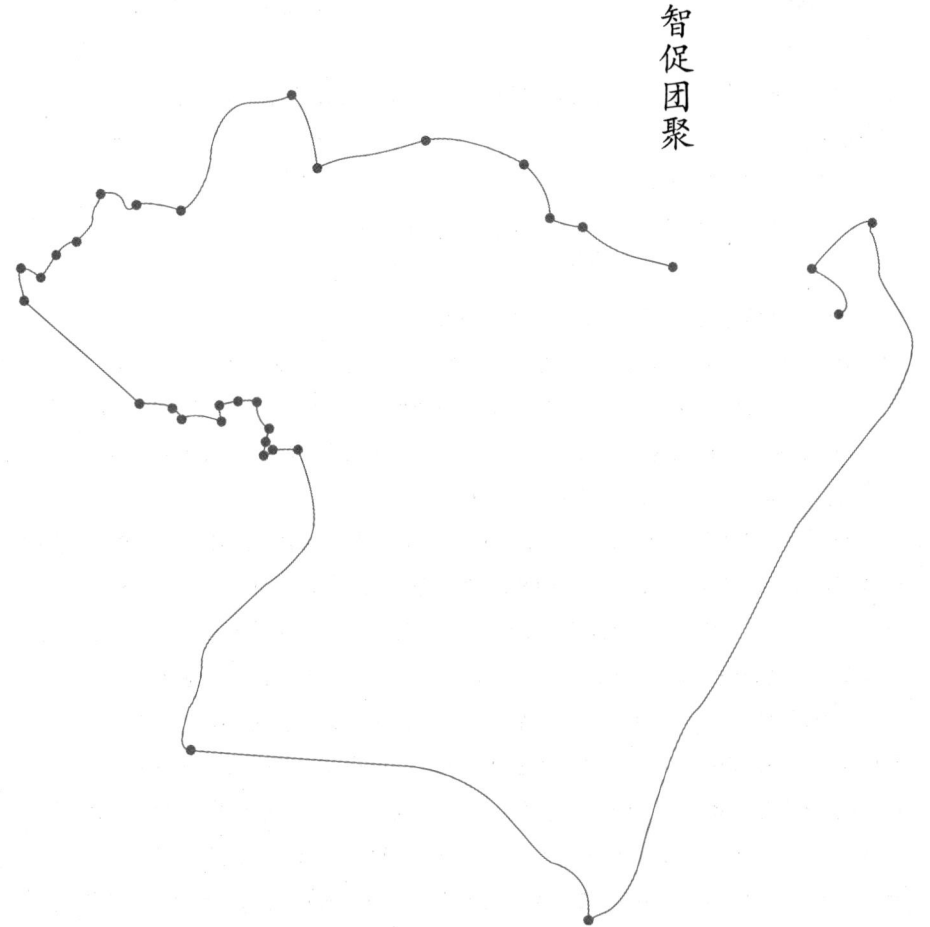

第十三章 智促团聚

法显西行记

那个人跑到法显等跟前已累得上气不接下气,大家都注视着他,他的衣裳破烂不堪,有几处用干草连起来。他光着脚,一尺来长的头发散乱地披在肩上,胡子与头发连成一片,黑脸上白眼球与白牙齿格外显眼。他喘息片刻,然后指着他茅屋的方向拉着法显往回走,法显等不解其意,慧达推开他的手,厉声说道:"你这个哑巴,想干什么?"

那个人急得直跺脚,忽然张开嘴巴说道:"我……我哪里是哑巴!"

大家看到他张口说话,又惊又喜。慧景问道:"刚才你为何不说话?"

那个人摇摇头,叹口气说道:"唉,一言难尽。我本不想睬你们,但看你们都是好人,觉得对不住你们,所以才来追赶你们。请你们跟我回去,我慢慢地告诉你们。"

法显等随那人回到茅屋。那人从屋里端出半椰子壳水请他们喝。法显问道:"如何称呼你?"

他说道:"我叫哈米达。"

法显问道:"哈米达,你为何一人住在这深山老林里?"

"唉,这全是命运对我的捉弄。"哈米达用手抹着胡须说道。

法显同情地说道:"不妨详细地对我等讲一讲。"

哈米达闭了一会儿眼睛,然后睁开,说道:"这里是乌苌国疆土。我家住在都城憷揭厘(在今巴基斯坦西北边境的明科拉附近)北莱亚莉庄。我今年三十一岁,从前以种田为生,家中有父母妻小。当年我家殷实,一家老小平平安安,日子过得蛮不错。想不到,五年前大祸从天降……"

哈米达声音哽咽,说不下去,两行泪水像小溪一般往下流。他用手擦了擦,黑脸变成了花脸。隔了一会儿,他继续说道:"一天晚上,天黑漆漆的,我从舅舅家回家,路过一个村庄。忽然,有一家人叫嚷起来:'巴托被杀了,快抓凶手啊!'然后一群人举着火把到处找凶手。他们看到我,不容分说就把我绑起来,说我是凶手。他们押我到官府,官府把我打进牢房关了一宿,第二天开始问案。从问案中我才知道:那家有两头牛,小偷想偷牛,不巧被家主巴托发现,小偷拿起剁草的刀想吓唬巴托,谁知巴托出声喊叫。小偷一时心急,砍了他一刀,巴托当即毙命。他们把我当成小偷,认定我是凶手。我分辩说,我是过路人,不是小偷。官府难以断案。师父们可能不知,我们这里,若有疑案,则以药试,嫌疑犯服药,有罪者则失常,无罪者则一如往常。

第十三章 智促团聚

审判官命人端来了半碗褐色药水,让我喝下去,我一夜未眠,精神恍惚,腹内又饥,药下肚后,眼前一黑,晕倒在地,判官便断定我是杀人凶手。我国没有杀刑,凡有死罪,都扔到空山里,任野兽吞食。差役蒙上我的头,把我押进这深山。他们回去前用棍把我打蒙,我苏醒后发现自己已经躺在深山老林里了。"

道整问道:"你在这深山里是如何活下来的?"

哈米达长长地叹了口气,说道:"人要生存下去,就得适应环境。深山老林里有四件事最可怕:饥饿、黑夜、寒冷、野兽。我要活下去,就得战胜这四大困难。我到处寻找食物填肚子,我尝过各种野果和野菜,能吃的,我都把它们收集起来。我捡了许多树枝,拔了许多野草搭起了这个窝,并在里面放了许多干草。冬天,我就钻进草里,饿了就吃些收集的干果。为了对付野兽,我注意了解森林里的各种动物的生活习性。有时,我自己也不得不装成野兽。我多次想死,但一想到家人就产生了生的欲望。我能够活下来,也多亏了我的一些朋友,它们减轻了我的孤独感。"

"你的朋友?"僧景不解地问道。

"嗯。"哈米达把食指放到嘴里,吹起了口哨。两只猴子从房后跳了出来。它们坐到地上看了一会儿这几个陌生人。一只猴子忽然跳到哈米达的肩上,用前爪抚摩着他的头,对他十分友好和亲热。哈米达把另一只猴子搂到了怀里,肩上的那只猴子似乎产生了嫉妒心,跳下来,挤到哈米达的怀里。它们俩坐在哈米达的怀里注视着这几位不速之客,样子十分可爱。

隔了片刻,哈米达从茅屋里取出松子、干枣等干果招待法显等。这里的松子约有半寸长,褐色,一头尖一头圆,壳薄,一捏即破,白子,味美。僧景边吃边说:"有此口福,也是今生的造化。"哈米达又拿出一些野菜请法显等食用,法显等也取出自己的干粮请他吃。慧应拿起一棵叶子细长的野菜尝了尝,很涩。他又拿起另一棵叶子宽大的野菜,揪了一片叶子咬了一口,很苦。他张着嘴巴,吐着舌头。隔了一会儿,他说道:"哈米达,你平常就吃这些野菜?"

哈米达苦笑道:"嗯。夏秋日子好过些,山上有各种野果,我以采野果为生,冬春日子更艰难些,除了干果以外,就靠野菜了。"

大家都很同情哈米达,同时也被他的坚强意志感动。

法显等在哈米达的四处透风的茅屋里住了一宿。翌日清晨,他们安慰了哈米达一番就告别赶路了。

乌苌国位于苏婆伐窣堵河（今巴基斯坦斯瓦特河）流域。乌苌，梵文之意为花园。该国确实像个花园，山谷相属，川泽连绵，寒暑和畅，风调雨顺，土地肥沃，物产丰饶，林树常青，花繁果盛。

法显等到达乌苌国时，正值暮春。置身于鸟语花香之中，他们似乎觉得自己到了仙境。

一日，他们来到一座僧伽蓝。比丘们听说他们是从东土来的，对他们十分热情，拿出干果、鲜果款待他们，给他们安排斋饭。饭后，比丘围着他们问东问西，从晋地人的衣着、饮食、婚丧、礼俗，问到他们的旅行。他们有问必答。比丘们听后觉得新奇，似乎是一个新的世界。

晚上，一个五十岁左右名叫贾泰的比丘来找法显聊天。法显问道："贵国有多少僧伽蓝？"

贾泰道："五百来座。"

法显又问道："僧侣们敬信大乘还是小乘？"

贾泰道："皆习小乘学。"

法显问道："贵国有佛迹否？"

贾泰道："当年佛至北天竺，曾到过我国，所以我国佛迹甚多。"

法显问道："有何佛迹？"

贾泰道："有足迹处、晒衣石、度恶龙处、剥皮为纸处等等。不怕师父笑话，除了晒衣处外，其他圣迹，我也没有去过。"

法显问道："晒衣处离此多远？"

贾泰道："离此五十里。师父若想去，我明日可陪同前往。"

法显与他商定，明日清晨出发，去瞻仰晒衣石。

次日清晨，法显等七人在贾泰的陪同下前去瞻仰晒衣石，太阳偏西方到，贾泰指着一块高四丈多宽二丈有余的大石头说道："这便是佛的晒衣石。"

法显等跪到地上向晒衣石叩了三个头，然后起来仔细观看晒衣石。此石一面粗糙，一面平滑，平滑面上有许多细纹。显然，这就是佛晒衣服的痕迹。石旁有一碑，碑文载：当年如来在乌苌国行化，龙王嗔怒，兴狂风暴雨，佛僧伽胝表里通湿。雨止，佛在此石下，面东而坐，晒袈裟。

第十三章 智促团聚

当日天色已晚,法显等就在碑旁歇了一宿。第二天清晨,他们往回走。

约莫走了大半个时辰,他们看见四头驴驮着沉甸甸的布袋顺着山路上山,远近看不到赶驴人。慧达叹息道:"唉,可怜的赶驴人一定是掉到山涧里摔死了。"

贾泰笑道:"不,并无赶驴人。"

慧达惊愕地问道:"没有赶驴人?难道驴会自来自往?"

贾泰道:"正是,驴子自来自往。这座山叫檀特山,山上有座檀特寺,这些驴子是寺中比丘所养。他们用这些驴子从山下驮运粮食,而驴子无须人控御,却自知来往,此寺用驴子自驮粮食已有二三百年历史。据说,当年寺中的比丘赶着驴到山下去驮粮食,回来劳累不堪。有一位新来比丘,说他们太笨,应让驴子自往自来,比丘们都以为他是痴人说梦。一天轮到他赶驴,他把驴放下山,自己却在屋里打坐。长老知道此事很生气,然而他却不动声色,似乎胸有成竹。傍晚时分,驴子果真驮着粮食回来了,大家都很高兴,说他有神力。自此,檀特寺便用驴子自驮粮食。"

法显等对小毛驴自己往来驮运粮食的举动感到新奇,不由自主地站住观看。一头驴掉了队,落到了后面,前面的三头驴自觉地站住等它,等它到了它们跟前后,它们又一起往前走。慧达笑着脱口说道:"它们似乎比某些人还守规矩。"

第四天,僧伽蓝的住持来到法显住处,问道:"法师,你们几时动身?"

法显看了看他,心想,这位住持怎么如此刻薄,下起了逐客令。

住持见他迷惑不解,忙解释道:"我们这里有个规矩,客比丘来寺,供养三日。三日后,则令其自寻安身之处。"

法显点头道:"喔,我们不知贵寺的规矩,请多包涵。我等这就前往都城。"

他们到了都城,住在城北陀罗寺。陀罗寺是座大寺,有三百多僧徒。每年国王都在此寺举行大会,其时,国内沙门皆云集于此。该寺比丘严守戒律,刻苦修行。所以,法显等选择了这座寺院作为落脚之所。

第二天,法显等在寺内参观。寺内有一座高大的窣堵波,窣堵波为圆形,共十三层,每层外围都塑有金色佛像,共六千躯。窣堵波的两侧是僧房,对面是大雄宝殿,殿内有一尊高大的释迦牟尼坐像。寺东有一座小山,寺南有一条小河,寺内绿树成荫,鸟语花香,犹如仙境。

第三天,法显把慧景叫到自己的住处,说道:"你跟我出去一趟,如何?"

慧景问道:"到何处去?"

法显道:"莱亚莉庄。"

慧景问了一句:"莱亚莉庄?"

法显道:"嗯。哈米达的事一直在我脑子里盘旋。我的直觉断定他是被冤枉的。他所以能活下来,就是因为他惦记着家中的亲人,若能使他们骨肉团聚,岂不做了一件大善事!如果放下此事不管,可能我心里永远不得安宁。所以,我想与你到他老家莱亚莉去走一趟。"

慧景道:"行!"

法显、慧景走出僧房。慧景问一个僧人:"师父,请问莱亚莉庄在何处?"

那个僧人道:"对不起,我不太清楚。"

他们又打听了几个人,但都说不知道。

慧景道:"法师,我们不知道地方,到哪儿去找?"

法显道:"别着急,总会找到的。"

法显和慧景离开寺院,走村串户,四处打听,但仍无结果。慧景道:"法师,打听一个小小的村庄,简直如同大海捞针。我看算了吧,反正我们也尽到了心意。"

法显道:"既然有村庄的名字,就必然有人知道。'心诚则灵',只要我们一心一意去寻找,总会找到的。"

慧景不再言语。虽然他跟着法显继续寻找,但他心里总觉得希望很渺茫。

他们又走访了许多人,然而却无人知道莱亚莉庄在何处。后来,他们遇到了一个以禁咒为业的婆罗门。这个婆罗门说道:"算你们打听对了人。周围二三十里,没有我不知道的。莱亚莉庄在此西北五里多路的地方,你们顺着这条路往西,再往北,再往西,然后再往北,有一条东西河,过河后,能见到两个村庄,右边那个村庄就是莱亚莉庄。"

法显、慧景不胜欢喜,致谢后顺着他指的路匆匆而去。

他们到了莱亚莉庄,一个十二三岁的少年把他们领到哈米达家。哈米达家破破烂烂,家什杂乱无章。那个少年到屋里去叫出一个满脸忧伤的老人和一个六七岁的脏乎乎的孩子。老人扶着孩子来到法显面前,睁大眼睛,看着法显和慧景,但似乎啥也看不见。原来他已双目失明了。

法显见到祖孙俩这副凄惨的样子心里发酸,差点儿落下泪来。他摸着老人的手,

第十三章 智促团聚

说道:"老人家,我们是远方来的僧人,特来看望你。"

老人道:"唉,看我何用!我已是快入土的人了。"

法显问道:"家中还有什么人?"

老人伤心地说道:"我家?我家就剩我们祖孙俩了。"

法显问道:"怎么,其他人呢?"

"其他人?"老人的泪水扑簌簌地掉了下来。小孙子拉着他的手,叫道:"爷爷!"老人用手拭去泪水,说道:"我已经家破人亡了。五年前,儿子去走亲戚,一去不回。后来听说他杀了人,被送进深山喂了野兽。儿媳妇无脸见人,寻了短见。老伴想儿心切,去年病死。我悲伤过度,双目失明。要不是为了保护这个小生命,我早就不想活在人世了。"

听了老人一家的悲惨遭遇,法显终于无法控制自己,眼泪顺着面颊流了下来。他擦去泪水,平静了片刻,安慰老人道:"老人家,不要太悲伤。你儿子还活着。"

老人苦笑了笑,说道:"你别骗我这个瞎子。我虽然眼睛看不见,但心里却并不糊涂。"

法显道:"老人家,我没有骗你。你儿子哈米达还活着。"

老人不信,说道:"哈哈……你这和尚,别再敷衍我了。除非你会禁咒,让我儿子死而复生。"

乌苌国的一些婆罗门以禁咒为业,所以老人认为禁咒或许能使儿子死而回生。

法显道:"我不会禁咒。不过,出家人不打诳语,你儿子确实还活着。"

老人问道:"那他在哪里?"

法显道:"在东北的一座山上。我等路过那里时曾见到过他。"

老人的脸上陡然露出了一丝笑容。五年来,他的脸上从未出现过如此笑容,似乎他已只会哭,不会笑了。他忙拉着小孙子与他一起给法显叩头,口里道:"多谢活菩萨!"

法显忙扶起他与小孙子。

慧景把孩子拉到怀里,问道:"想你爹吗?"

孩子道:"不想,我不认识他。我想奶奶。"

孩子的话使老人又伤心起来,阴云又笼罩了他的面孔。

法显握住老人的手说道:"老人家,哈米达身体很好。"

老人的脸上又一次露出了一丝笑容。他道："只要他还活着，我死也可以瞑目了。"

法显道："哈米达已把他的事跟我说了。他是条好汉，硬是活了下来。老人家，他是冤枉的，官府能否把他放回来？"

老人道："不会。官府已认定他有罪，不会让他回来。"

法显问道："你们的官府在何处？"

老人道："我们的县衙在离这儿十五里的蒲黎镇。"

法显对慧景说道："我们到蒲黎镇走一遭。"

慧景欣然答应。

法显安慰了老人一番，就告辞了。

法显和慧景到达蒲黎镇时天色已晚，县衙门已关闭。他们在一家店铺的房檐下歇息了一宿。

次日早晨，他们在镇上化斋。饭后，他们来到县衙，衙役见是两个异国僧人，倒还客气，说道："这是县衙，师父们若要化斋，请到别处去。"

慧景道："我们就是要找县太爷化斋。"

衙役道："走吧，走吧，还从未有过和尚到县衙来化斋。"

慧景道："你去禀告县太爷一声，我们要见他。他若不见，将有大难临头。"

衙役看他们是异国和尚，心想，他们一定神通广大，所以不得不进去禀告。隔了一会儿，衙役出来说道："县太爷有请。"

法显和慧景坦然地随着衙役进入大堂。法显看了一眼县太爷。他长脸，高鼻，皮肤白皙，穿着白衣裤，头戴一顶毡帽，帽上饰一根野鸡翎。

县令打量了一下法显和慧景，然后命令差役："取一串铜钱施舍给这两位异邦师父。"

慧景道："我们不要钱。"

县令又命令："取两升米给这两位师父。"

慧景又道："我们不要粮食。"

县令有点儿不耐烦地说道："你们既不要钱，又不要粮食，那你们要什么？"

慧景道："我们要个公道！"

县令不高兴地说道："我与你素不相识，有何事对你不公？我看，你是在无理取闹。"

慧景大笑两声，说道："哈哈，怎敢到你老爷大堂上来无理取闹！并非是我有不平之事，而是他人。"

第十三章 智促团聚

县令没好气地说道:"他人何不自己来,要你们和尚多管什么闲事!"

慧景并没生气,心平气和地说道:"他被你们投入深山,无法前来。"

县令冷笑一声,说道:"哼,投入深山之人,绝非好人!"

慧景道:"他是冤枉的。"

县令高傲地说道:"在我管辖之内,曲直分明,判处得当,何来冤枉之人!"

慧景笑了笑,说道:"我看,就有那么个人,他并没有杀人,却被你判成是杀人犯,还被发配深山,致使他家破人亡。"

县令怒道:"你满口胡言。要不看你们是异乡和尚,我早把你们轰了出去。你们不懂我地法规,少管闲事!"

法显见县令生气,忙道:"县令大人,我们出家人已跳出三界外,不在五行中,本不该脚踏官府之地,但我等在途中遇到一个蒙冤者……"

县令打断法显的话问道:"他叫什么?"

法显道:"哈米达。五年前,他被误判为杀人犯。"

"乌利,查一查判没判过此人。"县令命令道。

隔了一会儿,乌利回来禀告道:"大人,是有一个名叫哈米达的人,家住莱亚莉庄。五年前的七月十二日夜间,他在德格庄杀死了巴托。"

县令道:"你们俩听到了吧?他杀死了人,有凭有据,怎能说他冤枉?"

法显问道:"有人亲眼见到他杀人?"

县令道:"没有。"

法显问道:"你们可是当场抓住他的?"

县令道:"不是,但是是当时抓住他的。"

法显问道:"他手中有凶器?"

县令道:"没有。"

法显问道:"他身上有血迹?"

县令道:"没有。"

法显问道:"那怎能断定他是杀人犯?"

县令道:"只有他可疑。"

法显道:"单凭可疑,怎能断定他就是凶手?"

县令道:"我们这里,凡有疑案,服之以药,清浊自分,直者无事,曲者发狂或晕厥。哈米达服药后晕厥过去，隔了一会儿，口吐胡言。他是凶手无疑，绝非冤枉。"

法显道："哈米达一夜未眠，药力太大，身体不支，所以晕过去，醒后口呼冤枉，也是人之常情。"

县令道："你们俩不知我国法规，不要在此胡搅蛮缠。此事已成定案，不可更改！"

慧景按捺不住自己的怒气，说道："既然如此，那我就念咒，让你也不得安宁。"

慧景只是戏言，不过想吓唬吓唬县令，谁知县令信以为真。他思忖了片刻，说道："你们说他冤枉，未必是真。这事本身亦是件疑案，那只好用药来验。"

法显道："请吧！"

县令命乌利备药。隔了一会儿，乌利端来大半碗褐色的浓药水，递与法显。稠糊糊的异味扑鼻的药水令人发呕，但为了拯救哈米达及其父亲和儿子，法显顾不了许多，微闭双目，把药碗端向嘴边。他正要喝，慧景抢过碗，咕嘟咕嘟一口气喝了下去。他觉得头发沉，但神智却很清楚。他极力控制住自己，振作了一下，笑着对县令说道："哈哈……县令大人，你看如何？"

县令又观察了他片刻，说道："你们说的是真的。哈米达现在何处？"

法显道："他仍在被放逐的那座山上。他的母亲和妻子已因他而死。现在家中还有双目失明的父亲和一个六七岁的儿子。"

县令道："我立即派人去把他接回来。这等事在我县还是头一回。"

法显道："多谢县令大人，我俩告辞了。"

法显和慧景走出衙门。法显问慧景："慧景，你感觉如何！"

慧景摇摇头，说道："没有什么。"但刚走出一箭地，他就觉得眼前一黑，倒到了地上。

法显看到慧景昏厥过去，摸了摸他的脉搏，掐了掐他的人中、百会、合谷、内关等穴位。慧景苏醒过来，睁开眼睛看了看法显。法显问道："慧景，怎么样？"

慧景道："觉得头晕。不要紧，一会儿药力就会过去。刚才在堂上我就感到有点儿不适，但我极力支撑着。谁知一走出门，就身不由己了。"

法显让他枕在自己的腿上，在地上静静地躺着。约莫过了半个时辰，慧景感到好了些。法显便扶着他慢慢地往回走。他们一路走走歇歇，途中，法显还讨了几次水给慧景喝。他们到了陀罗寺时，天已大黑。

第十四章　吮血祛毒

慧景在寺中休息了一天。第二天，法显来向住持辞行。住持道："法师为何如此匆忙？"

法显道："贵地有个规矩，外地僧人客居三日后即要自寻安身之所。我等已在贵寺缠绕了三日，所以得离去。"

住持笑了笑，说道："你们是东土来的贵客，可以破例。你们就在这里多待几日。我国佛迹甚多，你们应饱览圣迹，方不枉此行。"

法显对住持的慷慨大度、热情好客深表谢意，并说道："此处有何圣迹，请长老略告一二。"

住持道："百闻不如一见。明日我安排一个知识僧陪你们去瞻仰方圆百十里之内的圣迹，你看如何？"

法显道："多谢长老。"

第二天，住持派一位名叫鸠什的比丘来领法显等去瞻仰佛迹。

鸠什四十岁上下，温文尔雅。他不仅是个虔诚的佛教徒，而且对佛教的历史、经典、古迹等都颇有研究。他对法显等人道："今日我们先去瞻仰佛足迹。"

宝云问道："佛足迹在何处？"

鸠什道："在北边，离都城八十里。"

他们巳时出发，走了三十多里，鸠什在途中遇到一位俗家朋友。这位朋友听说法显等是从支那[1]来的，一定要邀他到家中坐坐。他家就在附近，盛情难却，法显等只好顺从。

他叫赫利澳，是当地的"夫子"，因他对什么事都要寻根究底，所以人们称他"问到底"。他的知识颇广博，由于他和鸠什都喜爱学问，所以他们成了至交。

他家除他之外还有四口人：父亲、妻子、儿子、女儿。家中五间房，皆为平顶，三间正房，两间偏房。他的妻子见来了外人，赶忙进正房回避。父亲出来相迎，儿子和女儿站在偏房门旁观望。

法显等进到院里坐到绳床上。赫利澳的妻子罩着头巾，从正房走到厨房。隔了一会儿，赫利澳的儿子来到他跟前嘀咕了几句，赫利澳就随他进了厨房。赫利澳从厨房里端出奶茶招待法显等人。法显单掌置于胸前，说道："施主见谅，我等一向吃素，

---

[1] 支那，古代印度、希腊和罗马的著述中称中国为 Cina、Thin、Sinae；后在佛教经籍和史书中译作支那，至那或脂那等。近代日本曾称中国为支那，古代域外对于中国此称的起源，有"秦""荆""丝""瓷""绮"等说，迄今并无定论。——《辞海》

第十四章 吮血祛毒

不沾荤腥。"

赫利澳突然醒悟,道歉道:"实在抱歉,是我疏忽,罪过,罪过。"

法显道:"施主不必自责,不知者不罪。"

赫利澳到厨房去端来清茶。喝茶期间,法显把同伴一一向赫利澳作了介绍。赫利澳对他们的名字很感兴趣,说道:"慧景、慧应、慧达,名字差不多,怎么都有一个'慧'字?"

法显道:"这是他们的法名。慧者,通达事理、决断疑念之意也。因此字含义深远,故而常取此字为法名。"

赫利澳问道:"何谓法名?"

法显道:"法名,即出家后所起的名字。"

赫利澳问道:"那么你们出家前还有名字?"

法显道:"有。譬如说我吧,法显乃是我的法名。我的俗名即小名,叫龚拴柱。"

赫利澳问道:"你姓柱?"

他的问话引得大家笑了起来。但他却感到莫明其妙。他问道:"怎么,我问错了吗?"

法显道:"我不姓柱而姓龚。"

赫利澳惊异地问道:"姓龚?你们的姓在前面?"

法显点头道:"嗯。"

赫利澳道:"我们的姓在后面。譬如说,我叫赫利澳·卡奇。卡奇是我的姓,而赫利澳则是我的名,一般人称我赫利澳。你们的姓与名有何说头吗?"

法显笑了笑,说道:"我国的姓与名是个颇复杂的问题,而且是一门学问,大有说头。"

赫利澳饶有兴趣地说道:"法师,不妨说一说。"

法显道:"我国称姓为姓氏。然而,秦以前姓氏是两个概念,即姓与氏。'姓'产生于母系氏族,同姓之人表明他们是同一女性祖先的子孙,不能通婚。为了'明血缘'、'别婚姻',所以就产生了姓。一个氏族到了一定时候就产生了女儿氏族和孙女氏族,也就是说产生一些小氏族,即小部落,这样就由姓衍生出了'氏'。尤其是到了父系氏族,氏就更为普遍。当时,女子称姓,男子称氏。后来,氏成了区别贵贱的标志。贵者才称氏,贱者只有姓而无氏。秦以后,姓与氏合而为一,无啥区别，一般都称姓或姓氏。姓氏的由来也颇值得研究，有的以祖先的族号或谥号为姓氏，譬如'唐'乃尧的号，尧的一部分后代便姓'唐'。文王和武王是周代两位帝王的谥号，他们的子孙就分别姓'文'和'武'。有的以封国、采邑为姓氏，譬如，周武王封造父于赵城，造父的子孙就姓'赵'。周王室把天下分成许多国，封赐给有功的诸侯，如齐、楚、燕、鲁、宋等，这些诸侯的子孙就以祖先的封国为姓氏。有的以爵位、官衔或职业为姓氏，譬如，王、侯、公孙都以爵位为姓氏。而相、宰、尉、上官、太史等姓氏则来源于官衔。巫、卜、陶、施等来源于职业……"

赫利澳道："想不到你们的姓里有这么多学问。"

僧景道："法师懂得真多。我虽是汉地人，却不太清楚姓氏是怎么来的。"

赫利澳问道："你们的名字也有讲究？"

法显道："有。晋地俗人不仅有名，而且有字，有的人还有号。"

赫利澳道："法师不妨再讲给我们听一听。"

法显简略地讲述了晋地人如何命名以及名、字、号之间的区别。赫利澳和鸠什虽然似懂非懂，但却听得津津有味。

这时，赫利澳的儿子端来一小筐黄澄澄的水果，大于杏，椭圆形。

慧达问道："这是何物？"

赫利澳道："这是枇杷果。因枇杷果树的叶子似琵琶而得名。师父们尝一尝，看味道如何。"

僧景拿起一个咬了一口，点头道："嗯，好吃，酸甜可口。"

大家都拿起枇杷果吃起来，边吃边聊。赫利澳介绍了当地的风土人情、奇闻逸事，法显等讲述了晋地的物产民俗、途中见闻，他们谈得十分投机。赫利澳还用素食款待了客人。

法显等在赫利澳家住了一宿。

次日早晨，法显等辞别赫利澳一家继续北行。路上，慧应问鸠什："我们说的话明明有道理，赫利澳为何老摇头？"

鸠什笑着说道："摇头表示得意或赞同。"

慧应惊奇地说道："是吗？我们那里是摇头不算点头算，你们这里却是点头不算摇头算，两地的习惯大相径庭。"

鸠什道："习惯不同有时会闹出笑话。憍揭厘城里有一个商人到波斯去做生意，

第十四章 吮血祛毒

有一次，他住在一家客店里，店小二殷勤地来问他要不要吃饭，他摇了摇头。店小二以为他不要，走了。第二天早晨，店小二又来问他要不要吃饭，他又摇了摇头，店小二又以为他不要，又走了。商人很生气，他去找店主，大声责问：'你们干吗不给我饭吃？怕我不给你们钱？'店主道：'客官，你不是不吃吗？店小二两次问你，你都摇头。'商人道：'是呀，我是摇头了。既然他看到我摇头，干吗还不给我送饭？'店主道：'你摇头就是表示你不要。'商人道：'不对，我摇头表明我要。'后来，他们恍然大悟，是由于两地风俗不同造成了误会。"

法显等也都觉得此事好笑。宝云笑着说道："我们也得留心当地的习俗，免得吃不上饭。"

太阳偏西时，法显等来到了佛足迹处。这里有一座僧伽蓝，僧伽蓝里有五十多名僧人。法显等先到僧伽蓝内拜佛，然后去瞻仰佛足迹。佛圣迹处有一座石室，法显等进入石室，一块长三尺多、宽二尺余、厚四尺许的石头横在面前。石头上有一个颇大的足印，法显俯下身子用手指量了量，四拃。慧景也学着法显用手指量了量，三拃。慧应也量了一下，两拃半。他们每个人都用手指量了量，但所量的结果却不尽相同，法显量的最长。

法显等在僧伽蓝内住宿。晚间，法显问鸠什："我们量佛履石之迹，为何结果不同？"

鸠什道："佛足迹乃圣迹，无一人能量出它的准确尺寸，而它却能预示出人的福分。福分大的人，量出的尺寸就长，而福分小的人，量出的尺寸就短。当时我不便说，怕引起他们不快。法师的福分最大，恭喜你。"

法显道："我有啥福分。"他嘴里虽这么说，但心里却乐滋滋的。

次日，法显等往西北行，两日后来到了萨哀杀地僧伽蓝。僧伽蓝旁边有一座八丈多高的窣堵波。

慧达问鸠什："此处有何圣迹？"

鸠什道："这座窣堵波下便是圣迹。昔时如来为帝释时，闹饥荒，饿殍遍野，瘟疫流行，死者不计其数。帝释非常怜悯难民，一心想救济他们，于是变成一条大蟒，僵死在一条山谷里。难民们听到空中有个声音在对他们说快到山谷去啊，那里有一条死蟒，蟒肉可充饥，亦可医疾。人们奔走相告，都到山谷割蟒肉。蟒肉随割随生，总是割不完。食者不仅免除了饥饿，而且也治好了疾病。这座窣堵波所在的位置就是僵死的大蟒所躺的地方。"

大家以崇敬的心情绕着窣堵波转了一圈。

他们离开窣堵波后来到一座山前。山腰上有一水池，鸠什指着水池道："昔时如来为孔雀王时，率领一群孔雀至此，天气十分炎热，他们口渴难忍，但到处找不到水。孔雀王心急如焚，纵身一跃，用喙啄崖。突然，崖中喷出泉水来，孔雀们美美地喝足了水。泉水流出的地方，后来成了水池。"

众人来到水池跟前，池水清澈如镜。

鸠什道："你们看，那里就是孔雀王纵身的痕迹。"

大家来到他所指的地方，观看两个硕大的爪印，每个爪印都有一尺多长，一寸多深。目睹爪迹，人们似乎可以想象出孔雀王当时腾跃的情景。

鸠什道："这池水乃是神水，可治百病。有疾者，饮此水或用此水沐浴，病可痊愈。"

道整道："既然如此，不可不饮。"于是，他们每个人都掬水饮了几口。池水清凉，如饮甘露。

僧景道："真乃神水，似乎冲去了我体内的浊气，顿觉爽快。"

法显等下山后，天已黑。附近没有村庄和僧伽蓝，他们就在山脚下过夜。

圆圆的月亮挂在夜空，犹如一个大玉盘，柔和的月光洒到地上，照得周围万物依稀可见。星星不停地闪烁，似乎在眨巴着眼睛向人间窥视。花儿散发出芳香。天气虽然已经热了，但夜晚却挺凉爽。法显遥望玉兔，忽然说道："玉盘缺又圆，游子何时归？"大家感到法显在触景生情，思念故土。一者他们闲着无事，二者为了排除法显的伤感，大家围坐在一起，各自讲了一些奇闻逸事，直到夜更深，大家都深感困倦，于是躺到草地上歇息了。

拂晓时，慧应突然惨叫一声，大家都被惊醒，原来慧应被蛇咬了。夜间，一条蛇盘在慧应腿旁，慧应翻身时压着了它，它一怒之下在慧应腿上狠狠地咬了一口，尔后逃之夭夭。这是条毒蛇，慧应的伤口在渐渐变紫。慧应疼痛难忍，脸上冒出豆粒大的汗珠，他咬着牙齿，但仍不时地发出呻吟声。大家都很着急，但却不知所措。突然，鸠什说道："诸位别急。我们这里蛇多，经常有人被蛇咬伤。不过，天下万物总是一物降一物。蛇的天敌是食蛇鼠，食蛇鼠能治蛇伤。"

慧达迫不及待地问道："哪儿有食蛇鼠，快去抓一只，来救慧应的性命。"

鸠什道："哪里那么好抓。不过，有的人家养着食蛇鼠。我们快背着慧应到附近

第十四章 吮血祛毒

村庄去找。"

慧应腿上被蛇咬伤的地方一片紫红，犹如茄子一般。

法显半晌不语。他想，远水救不了近火，何处去找食蛇鼠？如不及时抢救，慧应将有生命危险。但怎么办呢？突然，他头脑中冒出了一个办法。他微闭二目，双手合十，口中念念有词，然后睁开眼睛，取出汗巾，扎在慧应伤口上方的腿上，趴到慧应的伤口上，用嘴猛地一下把伤口咬破，用嘴吮血，尔后把毒液吐出来。鲜红的血已变成了紫黑色。他吮一口，吐一口，并用手把毒液往伤口处挤，紫黑色的血渐渐被他吮尽。众僧起初被法显的举动惊呆了，隔了一会儿才醒悟过来，他们无不感动，蛇咬的痛苦并没有使慧应哭泣，而法显的举动却使他流出了泪水，连硬汉子慧景也感动得落下了泪。法显吮出了紫黑色的血液后，离开了慧应，走到一旁，盘腿打坐。可能因为他沾到了污物，在向佛祖忏悔，又或许是因为他沾到了污物心中感到不适，用打坐来稳定一下情绪。隔有一顿饭工夫，他回到了众僧跟前，说道："慧应已无生命危险，但毒液未必全被排出，还需去找鸠什所说的食蛇鼠。"

慧景背起慧应，说道："走吧，快点儿！"

他们匆忙出发去找村庄。除了法显，他们轮流背慧应，走了约莫半个时辰才见到一个村庄，但庄上却没有人家有食蛇鼠。他们又走了几个村庄，但仍一无所获。他们并没死心，终于打听到一个中年人养了一只食蛇鼠。那个中年人靠食蛇鼠为生，一是用它来为人治疗蛇伤，二是给人表演食蛇鼠食蛇，收点儿小钱。

法显等来到那个中年人家里请他给慧应治伤。他是个单身汉，家境贫寒，只有一间房屋，屋内无啥物什。因来的人太多，屋里装不下，他只好请法显等站在外边。他从屋里牵出食蛇鼠，一尺来长，嘴巴尖尖，小耳朵，红尾巴，毛褐色，颇像一只大老鼠。其实，它名为鼠，实则獴。那个中年人看了看慧应的伤口，然后把食蛇鼠放到慧应的腿上，让它在伤口处嗅了嗅。食蛇鼠嗅了嗅以后把尾部转向伤口，在伤口处撒了泡尿，慧应顿觉舒服，肿渐渐消了，不到一顿饭工夫，慧应就恢复了常态。

慧景问那个中年人："此物何以唤作食蛇鼠？它真能食蛇？"

那个中年人答道："正因为它能食蛇，所以才唤作食蛇鼠。我让你们看一看。"他从屋里提溜出一个篓子，内有几条蛇，他取出一条放入一个坑内，然后把食蛇鼠放进去，食蛇鼠扑向蛇。蛇起初跃跃欲试，想与食蛇鼠搏斗一番，然而当食蛇鼠向它进攻了两次后，它便瘫软了，任食蛇鼠摆弄。食蛇鼠并没有一口把它咬死，而是把它当成了玩物。当食蛇鼠玩腻了以后，便一口咬住了蛇头。法显等不忍目睹撕食惨状，离开了那里，而慧景和慧达仍站在那里观看。食蛇鼠把蛇咬死后一边把它撕碎，一边吞食起来。

法显等告别了那个中年人，动身回憎揭厘。路上，法显道："遗憾得很，那位中年人帮了我等大忙，可我等连他的姓名都不知道。"

慧应道："他是我的恩人，我将多多为他祈祷。"

一日上午，法显把鸠什请到他房间，把哈米达之事从头至尾讲了一遍，最后对他说道："县令已答应把哈米达放回来，但我不便再出面过问此事。你是当地人，我想请你到莱亚莉庄去一趟，打听一下哈米达是否已回来。要是回来了，就不要惊动他，更不要谈及我等。"

鸠什道："法师请放心，此事包在我身上。"

鸠什当即动身，晚上回来告诉法显："哈米达已经回来两天。他回来时，他的老父亲惊喜交加，极力睁大眼睛想看看儿子，却看不见，父子俩抱头痛哭，哭了一阵，老父亲又睁大眼睛看一看儿子，说也奇怪，他的眼睛竟复明了，能看到儿子和孙子了，老人高兴得不得。他拉着儿子和孙子朝东方磕了三个头，感谢东土的僧人救了他们。他们到处打听你们，但却打听不到你们的下落。"

法显道："阿弥陀佛，愿我佛保佑他们全家安康。"

四月上旬的一天晚上，法显等在一起商量下一步的去向。最后结果是：慧景、道整、慧达三人先往那揭国（今阿富汗的贾拉拉巴德一带），法显、慧应、宝云、僧景四人留乌苌国夏坐（此乃法显西行后的第四年，即公元402年之夏坐）。

夏坐期间，法显刻苦学习天竺语，即梵语。经过在天竺境内一段时间的游历，他深感自己的梵语不够用。从年龄上来说，他已快到古稀之年，但从求知欲来说，他却仍处于年轻人的心理状态。他把每个人都当成是自己的先生，上至长老，下到打扫寺院的小僧。他曾对僧景说："做学问，就得又学又问。学而不问，无法释疑，问而不学，难以深化。"他常因一个问题问十多个人，直到完全弄懂为止。他的禅房前面有一棵菩提树，他在树下堆了一小堆沙子，常用树枝在沙子上写新学的字，写了擦，擦了写，反反复复，直至完全掌握。有一次，僧景对他说："法师，把你所学的梵文给

第十四章 吮血祛毒

我看一看好吗?"法显指了指自己的脑袋,意思是都装在自己的脑袋里。僧景问:"你没有记下来?"他道:"记在纸上是别人的,只有记在脑子里才是自己的。"他博学强记,陀罗寺的藏经塔是他常去的地方,他如饥似渴地阅览贝叶经,像一名小学生一样虚心向人请教其中的语言问题和玄妙的教义。另外,他还仔细观察当地僧人的戒行,并常与他们促膝谈心。

一日,一个名叫曼陀伽的僧人来找法显聊天。当时,法显正在追记一位僧人所讲的佛本生故事。曼陀伽对法显所用的文具和所写的文字颇感兴趣。他指着法显手中的笔问道:"这是什么笔?"

法显捻着笔,说道:"这是毛笔。因它是毛做成的,故而称之为毛笔。"

曼陀伽问道:"什么毛?"

法显道:"兔毛。"

曼陀伽道:"我试试看,行吗?"

法显把毛笔递给他。他拿起笔在一张废纸上想写一个梵文字,然而笔不听他使唤,在纸上弄了一个大墨疙瘩。他道:"这很不好用,没有我们的铁笔好使,铁笔在贝叶上刻写经文十分自如。"

法显道:"用惯了便好使。"

曼陀伽问道:"你们用的全是毛笔?"

法显点头道:"嗯,我们写字、作画皆用毛笔。"

曼陀伽问道:"你们祖祖辈辈一直用毛笔?"

法显笑了笑,说道:"我们的祖先用的也是铁笔。他们用铁笔把字刻在龟甲兽骨上。后来出现了毛笔。人们便用毛笔蘸红颜料把字先写在骨头上,然后再刻。不过,战国以后,人们便用毛笔把字写在竹简、木简或绢上。而自西汉发明了纸以后,人们便用毛笔把字写在纸上。"

曼陀伽道:"你这纸比我们的贝多罗叶方便得多,也比埃及的草、巴比伦的泥砖、罗马人的蜡方便得多。"

法显不明白他后半句话的意思,显得茫然。他忙解释道:"埃及人把长在尼罗河边的一种草割下来剖成薄片,把字写在薄片上;巴比伦人把楔形文字和线形文字用铁笔刻在黏土上,放在窑内烧成砖;罗马人用铁笔把字写在蜡板上。"

法显微笑着点了点头。

曼陀伽问道:"你们的纸是什么造的?"

法显道:"是用树皮、麻头、破布等物造的。东汉和帝以前纸质低劣,而和帝时蔡伦对造纸术进行了改进,提高了纸质,自此,纸便被广泛应用。"

曼陀伽指着小圆螺形的墨问道:"这是什么?"

法显道:"这是墨。"

曼陀伽问道:"墨是怎么做的?"

法显道:"这是松烟墨,是用松木燃烧后冒出的烟尘加上漆、胶而制成的。从前,人们用石墨,是用石炭和煤炭制成的。关于墨,还有两段故事呢。相传在周宣王(公元前827—前782年在位)时,有个叫邢夷的人。一天,他在小溪边洗手,突然发现水中漂来一块木炭。他用手把它捡起来看了看。他的手被染黑了。他灵机一动,如果要用它来写字该多好啊。于是,他把木炭带回家,捣成细灰,放入了一点儿粥加以搅拌,尔后把它搓成圆饼。那便是我国最早的墨。"

曼陀伽和法显又谈及砚和汉字。他们谈得十分投机。

曼陀伽告辞时说道:"今日受益良多。"

法显等夏坐毕向南进发,走了一百余里,见到一座窣堵波,高十余丈。窣堵波旁有一方石,石上有如来的足迹。窣堵波的底层中央有一块黄白色的大石头,这便是如来在修菩萨行时为了写经而剥皮为纸、折骨为笔、蘸髓为墨处。大石头还显得颇肥腻,似乎还有骨髓的遗迹。

法显等继续南行。他们来到了宿呵多国(今巴基斯坦斯瓦特地区),此国山水相依,花果繁茂,五谷丰登。

一日傍晚,法显等来到一户农家投宿。他们刚到门口,便听到一个声音说道:"客人来了!"法显等看了看,没有发现人。他们正感到奇怪,又听到,"请进!"他们朝着传来声音的方向望去,发现门旁挂着一只鸟笼,笼内有两只鸟,喜鹊那么大,五色羽毛——绿、黄、黑、白、红,十分可爱。他们见到能说话的鸟,感到很新奇。这时屋内走出一个二十来岁的青年。他们讲明来意,青年人进屋去了一会儿,然后出来,表示欢迎他们在他家住宿。

僧景问:"施主,此鸟会说话?"

青年人道:"嗯。这是鹦鹉。"

僧景道:"你们这儿鹦鹉是花的?两只都能说话?"

第十四章 吮血祛毒

青年人道:"只有公的会说话。"

僧景问道:"哪一只是公的?"

青年指着脖子上有红圈的鹦鹉说道:"这只是公的。"

僧景道:"你们为了分清公母,在它脖子上画了一个红圈?"

宝云不禁哑然失笑:"你真呆,那是自己长的。"

僧景趴到笼子上仔细地看了看,公鹦鹉的脖子上确实长了一圈红羽毛。

他们进入房间,房内的地面上涂着牛粪,牛粪的气味硬往鼻子里钻,僧景捂住鼻孔,宝云向他使了个眼色,他忙把手放下。当地人的风俗,牛粪乃干净之物,地上涂牛粪以保持室内清洁。主人拿出梨、桃、橘等招待客人。家主是位老寿星,已一百二十余岁,但鹤发童颜,耳不聋,眼不花,看上去像七八十岁的人。法显问他养生之道,他道:"我无别的窍门,一是少生气,二是多爬山,三是要尽情。我遇事总往好处想,待人宽容,无气可生。我几乎每天都爬一次家后的大山,常动筋骨,其寿自增。想做什么事就做什么事,少克制自己,保持心情舒畅。"

法显点头称是。

宝云一边吃着香甜可口的梨,一边说道:"你们这里的水果跟我们那里差不多。"

那位老寿星道:"我听我爷爷说,梨和桃是贵霜王朝的国王迦腻色伽从支那引进到天竺来的。"

次日清晨,法显等继续南行。路上,他们发现一种蔓生大叶的草,叶厚多汁,青翠喜人。宝云好奇地摘下一片叶子,反过来正过去地看了看。僧景道:"这叶子很水灵,或许可以吃。"

宝云道:"那你尝尝看。"

僧景真的把叶子接过来,咬了一口,咀嚼起来,点着头说道:"甜丝丝的,像蜜一般。"

慧应也摘了一片叶子咬了一口,赞美道:"果真像蜜。"

法显道:"昨天晚上,老寿星曾对我说过,这儿有一种草,可食,味道像蜜,称为'蜜草',想必就是此草。"他也摘了一片叶子尝了尝。

宝云道:"这草可生蜜,省得养蜜蜂了。"

他们经过一个树林,一群乌鸦在林中飞来飞去。慧应突然说道:"谁说天下乌鸦一般黑,那不是白的吗?"

大家顺着他手指的方向望去，确实有四五只白乌鸦在树上嬉戏。

宝云道："它们不是乌鸦，而是乌鸦的亲戚白鸦。"他的话逗得大家哈哈大笑。

一日，他们来到了昔时如来修菩萨行时割肉贸鸽处。此处有一座窣堵波，用金银装饰得十分富丽。一个当地人向他们讲述了这一圣迹的来历：

如来在修菩萨行时曾为尸毗迦王。天帝释和毗首羯摩想试探尸毗迦王的心地，毗首羯摩变作一只鸽子，天帝释变作一只老鹰。鸽子飞向提婆跋提城，老鹰穷追不舍。鸽子飞入王宫，冲入国王的怀中，隐藏起来。老鹰追入王宫，对国王说道："我十分饥饿，为了充饥，我追赶一只鸽子来到这里。现在鸽子的命运已在我手中。请陛下把鸽子交给我。"国王道："我救助一切有生命之物。鸽子因害怕而投靠我，我不能把它交给你。"老鹰道："既然陛下救助一切有生命之物，那也请你拯救一下我的饥饿，也不枉你救助众生的誓愿。"国王道："好吧。我从自身割下与鸽子等量的肉予你充饥。"他拔出利剑，从大腿上割下一块肉，命侍臣称一称，肉比鸽子轻，国王又从大腿上割下一块肉，仍轻，他又割两臂的肉，继而割两肋的肉，最后他昏倒在地。这时，天帝释现出了本相，大加赞赏尸毗迦王的善心，并使他身体恢复原状。后来，菩萨修成了佛，与弟子们云游至此，对弟子们说道："此处乃是我割肉贸鸽处。"人们为了纪念这一善行，在此建造了这座窣堵波。

窣堵波位于山谷，其地山川秀丽，景物宜人。近处山上一片翠绿，远处山上白雪皎洁。谷内奇葩异卉，争媚斗艳。窣堵波左边五十丈的地方有一水池，池水清澈见底。法显等来到水池边，欣赏周围的风光。僧景躬下腰捧水洗了把脸，感到非常清凉舒适。他又坐到岸上，脱下鞋，把脚伸入水中，想洗脚。"水真凉……"他的话还没说完，突然，从山脚下跑来三个人，边跑边喊："你们是哪里来的浑人？如此放肆！"

法显西行记

第十五章　险遭祭天

三个当地人跑到法显等跟前揪住僧景要打。法显忙走上前去，拦住他们道："施主息怒，何事得罪了诸位，请说个明白。"

一个长着络腮胡子的人粗鲁地说道："你们枉为佛子，亵渎圣迹，着实可恶！"

法显道："施主别动气，有话慢慢讲。"

一个长着山羊胡子的人说道："如来曾饮过此池之水，此乃圣水，可除百病。这个和尚却在池里洗脚，岂不玷污了圣水！圣水一旦被玷污，就会失灵。"

法显听了此话，心中不安，双手合十，忏悔道："我佛慈悲，弟子们自东方远道而来，不知此乃圣迹，无意冒犯，愿我佛恕弟子们无知。"然后他对那三个人道："我已向如来忏悔，请施主们宽恕。"

一个蓄着八字胡子的人说道："不行，我们当地人全靠此水医病。若不用这个和尚祭天，就难使圣水恢复灵验。"

法显道："我等自远方而来，不知此乃圣水，不知者无罪，况且我已祈求如来饶恕。请你们不看僧面看佛面，放过他吧。"

络腮胡子道："我们祖祖辈辈相传，若有人沾污圣水，圣水就会失灵。只有将沾污者处死，圣水方可恢复灵验。"

八字胡子道："别跟他们啰嗦，我老婆还等着圣水呢，晚了，她就没救了，快用这个和尚祭天！"

僧景听说自己无意中玷污了圣水，很懊悔，悔恨自己毛躁，然而事已至此，自己无回天之力，只好认罚。他道："法师，我犯了错，应当承担。我甘愿受罚。"

山羊胡子道："好，这才像个佛门弟子。走，跟我们上山去，我等把你捆起来，向如来佛祈祷，然后把你推入山涧。"

僧景与伴侣们洒泪告别，三个人押着他上山，他们走了十多步，法显忽然嚷道："施主，且慢！"

三人站住，山羊胡子回过头来问道："啥事？"

法显指着八字胡子道："施主家不是还有病人等着用此水医病吗？如果晚了，岂不耽误了病人！况且我已向如来诚心忏悔，此水是否已恢复灵验尚不可知。施主不如先取水回家医病，如此水不灵，再用他祭天也为之未晚。施主以为如何？"

八字胡子道："是啊，我老婆病得很厉害，得抓紧时间取水回去给她治病。"他又小声地与其他二人嘀咕了几句。

第十五章 险遭祭天

他们把僧景带回来。络腮胡子道:"老和尚,你们可别诓我们,悄悄地溜了。"

法显双手合十,说道:"阿弥陀佛,施主尽可放心,出家人怎会诓你。"

八字胡子打了一小罐水,领着众人往家走。

当他们到了八字胡子的家中时,屋里一片哭声。八字胡子让法显等人在外面等候,自己提着罐子进到屋里。他妻子肚子痛得在床上直打滚,孩子在床边哇哇啼哭。他从罐中倒出一碗水,端到妻子跟前,说道:"孩子他妈,我来晚了,你快把圣水喝下去,喝下去就会好的。"他扶起妻子半卧着,把水端到她嘴边,妻子喝完水,肚子仍很疼。他安慰妻子道:"别急,等一会儿就会好的。"但妻子痛得越来越厉害,豆粒大的汗珠从脸上滚下来,口中发出刺耳的呻吟声,捂着肚子在床上滚来滚去。八字胡子一看圣水止不住妻子的疼痛,窜出房门,冲着法显等吼道:"你们害了我的妻子,我决不放过你们。"说着就跑到墙角抄起一把铁锨,朝僧景扑来。法显忙拦住道:"施主慢来,施主慢来!"八字胡子吼道:"你又来阻拦!"法显道:"施主,贵夫人什么毛病?贫僧略懂医道,能否让我为她医治?"

八字胡子斜着眼睛看了看他,说道:"我的女人不让外人看,何况你是和尚!"

法显向他解释道:"施主,救人性命要紧,哪能顾得那么许多?"

八字胡子怒道:"你刚才耍了花招,现在又来骗我!"

另外二人劝道:"大哥,嫂子性命要紧,就让他瞧瞧吧,如瞧不好,再找他们算账也不迟。"

八字胡子勉强答应道:"好吧,你等一下!"他进到内室,隔了一会儿出来道:"进来吧!"

法显看到一个妇人躺在床上,双手捂着肚子,脸上罩着布。虽然看不见她的面孔,但却看得出她很痛苦。他问道:"哪里不适?"

妇人答道:"肚子疼得要命,喝下圣水后,疼得更厉害。"

法显道:"我可否号一下你的脉搏?"

妇人道:"你问我的男人。"

八字胡子别无他法,只好应允。

法显号了号她的脉搏,说道:"你着凉了,寒气积于胃脘,导致绞痛。你怕扎针吗?"

"什么叫扎针?我从未见过。"妇人道,"只要能救我的命,我什么都不怕。

我已疼得受不了啦！"

法显取出针隔着妇人的衣服在梁邱、足三里、中脘、内关等穴位扎了几针，妇人顿觉疼痛减轻。法显同八字胡子来到外边，对他说道："你去找少许郁金和苦楝子来。"

八字胡子对法显的怨恨和疑心已消去了大半，并开始对法显产生好感。他马上去找，时候不大，他便拿着郁金和苦楝子回来了。法显让他把这两味药放入罐中，并亲自拿去煎。药煎好后，他把药倒到碗里，让八字胡子拿去给妻子喝。隔有半个时辰，妇人头蒙纱巾从房内出来，向法显致谢道："多谢活菩萨，要不是你救了我，我早被魔王带去了。"

八字胡子见妻子的病已愈，对法显等抱歉地说道："我刚才太粗鲁，妻子一病，我心如火燎，说话不知高低，做事不知轻重，望师父们多宽恕。"说完，他要跪下来向法显磕头。法显慌忙扶起他，说道："施主不必如此。"

络腮胡子和山羊胡子也都向法显等表示歉意，妇人做斋饭款待法显等。饭前，八字胡子把盛水的罐子和煎药的罐子拿出去扔掉。宝云问道："施主为何把罐子扔掉，何不留着下次再用？"

八字胡子道："我们天竺有个习惯，凡用过的瓦木器皿统统扔掉。金银铜铁器皿，磨亮后方可再用。"

饭菜颇简单，拌黄瓜、炖青菜和薄饼，均置于树叶之上。主人和另外两个人陪着法显等用餐。八字胡子对法显等说道："师父们不必客气，请吧。"虽有饭菜，却无箸，法显等不知如何吃法。只见三个天竺人用右手抓了些许菜，放到薄饼上，卷起来吃。入乡随俗，法显等也不得不学着他们的样子，下手抓。

法显等在八字胡子家住了一宿。次日天亮，他们辞别主人继续南行。

一日，法显等进入了犍陀卫国（即犍陀罗国，在今斯瓦特河流入喀布尔河之附近一带。其时，都城为布色羯逻伐底，即今日巴基斯坦之查萨达，位于自沙瓦东北十七英里处）国境。犍陀者，香也，因国内香花遍地，故而得名。

法显等头顶烈日，脚踏热地，感到又累又热，又饥又渴。他们看到一个农民正在田间收甘蔗，一根根又粗又长的甘蔗，令人垂涎。宝云道："法显法师，我去向他讨根甘蔗来解渴，你看如何？"

法显点头道："嗯。"

宝云来到农民跟前，说道："施主辛苦了。我等口渴得很，想讨根甘蔗，可否？"

第十五章 险遭祭天

农民看了他一眼,慷慨地说:"行。有的是甘蔗,你们可吃个够。"

宝云把法显、慧应、僧景招呼来,坐下吃甘蔗。

慧应一边嗑着甘蔗,一边问道:"施主,你种这么多甘蔗有何用?吃不完,不都干了吗?"

农民道:"我们用甘蔗榨石蜜。"

慧应问道:"什么叫石蜜?"

农民道:"石蜜是甜的,可食,由甘蔗汁制成。"

石蜜者,蔗糖也。诸位可能感到奇怪,慧应竟连甘蔗制糖都不知道。这并不奇怪,因当时中国尚不会制糖。唐朝时,太宗才派使者到天竺的摩揭陀国求取熬糖之法,自此,中国才有糖。唐以前所言糖者,皆为糟也。此乃闲话。

慧应又问道:"如何把甘蔗制成石蜜?"

农民道:"先把甘蔗剁成碎块,从碎块中挤压出汁,然后把蔗汁熬干,放在日光下曝晒,就成了石蜜。"

慧应问道:"为何叫作石蜜?"

农民道:"因为形状像石头,而且甜如蜜,所以称它为'石蜜'。你们不妨跟我到家中去尝一尝。"

法显道:"我等吃了你的甘蔗,就很感激你了,不便再打搅你。"但农民十分好客,再三邀请,法显等觉得盛情难却,就答应了。

法显等告别农民继续南行。一日,他们来到了一座僧伽蓝,僧伽蓝内有八九十名僧人,皆学小乘。长老是一位七十多岁的老僧,他听说法显等远道而来,热情地接待他们。虽然所学不同,但却无排斥之意。

长老客气地说道:"老衲叫普觉,你们是远方客人,老衲愿为诸位效力。"

法显道:"长老不必客气,我等多有打搅,请多担待。"

长老道:"今日你们歇息,明日老衲领你们去瞻仰周围的圣迹。"

次日,普觉长老领法显等来到僧伽蓝左边的窣堵波面前,窣堵波高三十余丈,其侧立着一根圆形石柱,柱头由三层组成:顶端雕刻着一对背对背的雄狮的前半身像,雄狮威风凛凛,雄劲有力;中层是线盘和饰带,上面雕刻着一头大象和一头瘤牛,中间用宝轮隔开;下层是倒垂莲花。圆柱上还刻着一段文字。圆柱与窣堵波成为一个庄严、雄伟、华丽的整体。法显等似乎不是在瞻仰圣迹,而是在观赏艺术瑰宝。法显赞美道:"如此精美的窣堵波和石柱,我真疑是出自大自然的神工鬼斧!"

普觉道:"此乃阿育王所建。当年阿育王共建八万四千座窣堵波,这是其中之一。"

僧景道:"长老,我倒想听听有关阿育王的故事。你讲讲行吗?"

普觉道:"行,等回到僧伽蓝后我给你们细细讲。"

宝云问道:"长老,这柱上写的是什么?"法显等不识柱上的文字。

普觉道:"这是阿育王的告文,记述了佛在修菩萨行时以眼施人之事迹。"

慧应道:"长老,请你略告一二。"

普觉道:"佛前世曾为月明王。月明王仪表堂堂,威严端庄,乐善好施。一日,出宫游玩,路上见到一个盲人,衣衫褴褛,面黄肌瘦。盲人听说国王在此,便拄着拐杖朝国王走来。到了国王跟前,他对国王说道:'陛下无比尊贵,享尽荣华富贵,人间欢乐,而我贫穷潦倒,双目失明,痛苦万状。'月明王看到盲人的惨状,心中十分难过,凄然泪下,问道:'何药可以治你的眼疾?'盲人道:'只有陛下的眼睛能治我的病,使我双目复明。'月明王毫不犹豫地挖出自己的两只眼睛,施与盲人,而他十分坦然,毫无悔意。这里即是月明王以眼施人的地方。"

窣堵波的另一侧有一根短一些的粗大的石柱,上面雕着月明王以眼施人的故事。故事感人,雕刻精巧,令人感叹不已。

继而普觉长老又领着他们来到一座山上。一块大岩石上雕刻着一尊释迦牟尼的坐像。释迦牟尼庄严沉静地坐在莲花座上,两腿交叉,脚心向上,右手置于左手之上,袒露右肩,袈裟紧附其身,襞褶鲜明,如刚出水一般。左右两侧各斜立着四尊佛像。右下方一尊半蹲半坐的佛像,手搭凉棚,似乎在观察世间的一切变化。释迦牟尼像顶部的两侧有两尊坐佛像,中间有两个悬空的飞天像。莲花座下面有一宝轮,宝轮下有七尊坐佛像,体态各异,有的盘腿沉思,有的招手示意,有的微笑侧视。七尊坐佛像之间的缝隙内有三尊立像。七尊坐佛像两边各有一尊立佛像。所有佛像,皆神态逼真,栩栩如生。

法显等从未见过如此生动而精美的佛像,他们看了又看,不想离去。普觉告诉他们,这里佛像颇多,还有比这更精美的。他们随普觉来到了另一处,这里有一尊释迦牟尼修苦行像。释迦牟尼曾在尼连禅河附近的树林中单独修苦行六年。这是一尊坐像,活灵活现地再现了修苦行时的释迦。脸部只剩下皮和骨头,额骨突起,眼睛内陷,满脸胡须，肋骨根根可数，青筋清晰可见，肘瘦如柴，腹中空空如也。这尊雕像使人想象得到，当年释迦为了悟道花费了多少心血，忍受了多少苦楚。法显跪到地上，五体投地向这尊佛像拜了拜。

这时，僧景从前面不远的地方摇着头，捂着脸跑了过来，大家不知何事，吃了一惊。

宝云问道："僧景何事惊慌？"

僧景摇头不语。

宝云又问了一句。

僧景不好意思似的说道："你们别去看了！简直不堪入目。"

宝云问道："何物不堪入目？"

僧景道："前面有一些赤身露体的雕像，有男的，也有女的，还有男女亲昵的雕像，甚至有一尊裸体佛像……"他摇了摇头，不说了。

普觉长老不以为然地说道："裸露之体有何大惊小怪，躯体人皆有之，罪恶之源并非躯体，而是灵魂。人，有罪恶之举，亦有罪恶之感，故而为了遮饰而罩上衣物，而神，无邪恶之念，亦无羞愧之感，故而无须遮盖。身直不怕影斜，心正不怕鬼迷。我等佛子，近色而无邪念，近财而不贪婪，何惧目睹实体真情？"

法显等觉得普觉长老看得透彻说得在理，便随他去观看那些裸体和半裸体的雕像。

太阳偏西，法显等回到僧伽蓝。之后，众人继续东行。

法显西行记

第十六章　智救少女

第十六章 智救少女

九月中旬，天气已渐凉爽，但中午时分，气温仍很高，相当于晋地之夏日。一日中午，法显等又渴又累，正巧前面大树下有口井。一位十七八岁的姑娘正在汲水，她长得很漂亮，白净而标致的面容，又圆又大的眼睛，一根又长又粗的辫子，不胖不瘦不高不矮的身材。她见到法显等向她走来，忙用纱巾罩住面孔，罐子尚未打满就想离去。宝云、慧应、僧景三人不好意思开口向姑娘讨水喝。法显说道："姑娘，我们行路口渴，请给我们些许水喝，好吗？"

姑娘没有言语，用手指了指水罐，自己便躲到另一棵树下。美好的东西人人喜爱，美丽的姑娘总是吸引人们多看几眼，这并非出于淫欲，而是美感的驱使。俗人如此，僧人何尝不是这样，不过，僧人具有更大的自控力罢了。僧景看了姑娘一眼又一眼，尽管姑娘已罩上了面纱，但他似乎觉得仍能看到那漂亮的脸蛋和明亮的眼睛。慧应用胳膊肘儿捣了他一下，他才若有所失似的移开了目光，走向水罐。

法显等喝完水，坐在树下歇息。姑娘站在离井十来丈远的树下没有过来取水罐。他们感到奇怪，法显叫了一声："姑娘，我们喝完了，并帮你汲满了水罐，你拿走吧。"

姑娘仍没有动。宝云道："法师，也许是我们坐在这里她不好意思过来。"

法显点了点头，他们站起身，提溜着行李往前走，坐到离井三十来丈远的地方歇息。他们看到姑娘头上顶着水罐往左边的村庄走去。她没有扶，但水罐在头上却十分稳当，不摇不晃。僧景担心地说道："她的头支得住那么沉的东西吗？别把脖子扭了。"

慧应朝僧景做了个鬼脸，说道："用你操这个心！"他们都哈哈大笑起来。他们休息片刻，继续东行。在一个名叫拉巴的村庄的西头，他们看到一堆人在那里指手画脚，吵吵嚷嚷。到了近前，他们从人缝里看到一个十七八岁的女子，披头散发坐在地上，手上流着血，眼泪不停地往下流，但却默不作声。一些人在一个六七十岁的老头的指挥下向她投石块，可怜的女子被打得遍体鳞伤。法显实在看不下去，挤进人群，双手合十，冲着投石块的人们说道："阿弥陀佛，诸位何必如此对待一个弱女子。她也是人，有何过错，教训教训也就是了，怎忍心如此惩罚她。"

那个老头以藐视的目光瞟了他一眼，说道："你这个和尚，狗逮耗子多管闲事。我打老婆干你何事？"

法显反问道:"你的老婆?"

老头道:"嗯,那还有假!"

"即使是你的老婆也不该如此折磨她!况且她……"法显本想说,况且她给你做闺女还嫌太小呢,但话到嘴边又咽了下去,改口道,"还是小姑娘。"

老头道:"小姑娘?她已嫁给我六年了。"

法显道:"你偌大年纪,为何娶这么小的姑娘为妻?"老头从鼻孔里哼了一声:"哼!你一辈子没娶过媳妇,哪里明白!你想知道我怎么娶的她吗?"

法显觉得老头的话是对他的莫大侮辱,想回敬他几句,但想到自己是个佛门弟子,且在异国他乡,就压住了气,仅说了声:"你……"

老头道:"我告诉你吧,她父亲打死了我的儿子,村长问我要什么赔偿。我说:'他的老婆正在怀孕,若生了女儿就嫁给我为妻。'村长道:'要不是女儿呢?'我说:'那就等下一胎。'村长应允了。她父亲也答应了。她妈生的第一个孩子是个男孩,第二胎仍是个男孩,第三个孩子,也就是她,才是个女孩。我一直等了十年她才出世。因为她小,不便成婚,又等了十年,她十一岁时,我才把她娶过来。我从四十岁开始等,一直等到六十岁才娶了她。可是,这个不要脸的东西,嫌我不够她受用,招了野汉。我早就听人说,她与人私通,但我不信。我想看一看是真是假,昨天晚上,我假托去走亲戚,夜里不回来。我躲在草堆后面窥探,果真夜里一个男人窜入她的房间,我推门闯入。那个野汉一见事情不妙,起身就跑,还推了我一把。按照我们当地的规矩,与人私通的女人,要用乱石击死。我们打她,你觉得她不该打?"

法显心里七上八下,这个老头已经六七十岁,而他的小老婆才十七八岁,年龄悬殊太大,这个女子嫌弃他似乎情有可原。但女子毕竟是有夫之妇,与人私通,情理难容。然而,人都是皮肉之躯,如此残忍地折磨她,天理不容,法显感到左右为难。僧景在法显耳边低声说道:"法师,别管了,我们走吧。别再像上次想救那个首陀罗一样,讨个没趣。"法显没有理他,心想,自己行善是件不易之事,劝人行善就更加不易。但越是不易之事,越该努力去做,方显出佛子本色。成功,往往取决于一个人的恒心和毅力,也往往在坚持一下的努力之后。他舒展眉头,说道:"老施主,消消气,不要因这个女子而伤神。我无意于破坏当地的规矩,不过作为一个佛子,我觉得这样对待一个女子未免太残忍。你们别再打她了。"

老头道:"你这个老和尚,不知是从哪儿冒出来的,你去念你的经,拜你的佛,

第十六章 智救少女

别在这儿多嘴多舌！"

法显道："她有错，你教训她就是了，何必一定要把她打死。放出去的水收不回来，死去的人不会再复活。"

老头没好气地说道："那么她被别人坏了身，能恢复原状吗？"

老头又接着说道："我不打死她，我这老脸往哪儿放？我不打死她，留着让她跟人胡来？"

法显道："她未必不改过。再者，你若实在不放心，可不必把她留在家中，放她一条生路也就是了。"

老头道："什么生路？难道她跟你去？"

法显正在思索如何才能让这个女子活下去，老头的损话倒提醒了他。他道："你们此地可有尼庵？"

老头道："你想让她当尼姑？白白放她走，没有那么便宜！"

人群中有一个人道："大爷，这个和尚苦口婆心地说了半天，你就让他们把她带走吧。"

老头道："不行！不能破坏我们祖宗的规矩。"

人群中又有一个人道："让他们带走吧。让她永远别回来。"

又有一个人道："她不回来，也就等于她死了。"

又有一个人道："让他们把她带走吧，我们捏一个泥人代替她，把泥人打碎，也就等于把她打死。这样既没有破坏祖宗规矩，也满足了老和尚的心愿。"

老头见许多人赞成放她，觉得自己再坚持下去也没趣，于是答应让法显把她带走。

法显道："何处有庵堂？"

一个人道："竺刹尸罗国的都城竺刹尸罗（竺刹尸罗又译作呾叉始罗，即今巴基斯坦的塔克西拉）附近有一座尼庵。"

法显道："我等带她去那里。"

他们临行时，老头往女子身上唾了一口。女子没有理他，低着头跟着法显而去。

他们没走多远，遇到一条小河。法显让女子把身上的血迹洗掉。

宝云悄悄地在法显耳边道："法师，我们带个异乡女子，颇不方便，万一有人说我们拐骗妇女，那如何是好？"

143

法显道:"如来当年修菩萨行时能抉目剜肉施舍于人,我等岂怕担点儿风险?况且我等立得正走得直,何惧之有!"

宝云心中暗赞法显胆识过人。

法显问那女子:"姑娘,你可愿意出家为尼?"

女子道:"多谢大师给了我一条生路。小女子永世不忘你的救命之恩。我已受够了人世的痛苦,愿意远离尘世,遁入空门。"

终于,法显等来到了竺刹尸罗国的都城竺刹尸罗。这是一座古老而神圣的城市,它位于二十五里长的山谷内,东、南、北三面临山,西边是一片开阔地带。此处春、夏、秋、冬四季分明,夏天炎热,冬天温寒,土地肥沃,河流纵横,花果繁茂,粟谷喷香。

法显等没有进城,而是先去给姑娘寻找安身之所。他们打听到城南三里处有座尼庵,便径直地往那里去。法显在离尼庵二十丈的地方站住,对姑娘说道:"姑娘,我们近前多有不便,你自己去吧。"

姑娘犹犹豫豫,想去而又不敢去。法显道:"姑娘,大胆些,去吧!"

姑娘向法显等施了个礼,怯生生地往尼庵走去,她敲开门进去,法显等站在那里观察了片刻,觉得姑娘已无事,就往都城走去,他们刚走不远,女子就追了来,边跑边喊:"大师,站住!"

法显等听到女子的叫声,立住脚,回头观看。女子跑到法显跟前,气喘吁吁地说道:"大……大师,她……她们,不……不要……我。"

法显安慰她道:"姑娘,别急,慢慢说。"

女子喘了口气,说道:"她们说,我浑身是伤,显然是从家里逃出来的,家里人可能正在追赶我,她们不敢收留我。"

法显道:"这……"

女子道:"师父们去给我作个证,证明我不是偷跑出来的,后面也无人追赶我,让她们放心,并说服她们收留我。"

法显道:"我们比丘怎好踏入比丘尼的尼庵?这使不得。"

宝云道:"法师,我们既然已把姑娘带到了这里,也只好把她安顿好了才好离开。我看,不如去给她说一说。"

僧景拉着法显的衣襟:"法师,走一趟吧。"僧景的表情颇滑稽,他似乎既想解决女子的问题,又想见识见识尼庵和比丘尼。

第十六章 智救少女

　　法显想不出更好的办法，只好领着他们往回走。到了尼庵门口，宝云上前敲门，一个比丘尼打开门，一看是个比丘，慌忙把门关上。

　　宝云又敲门，这次无人开门，他连敲数次，均无人搭理。他不停地敲门，里边的人被敲得不耐烦，砰的一声打开门，没好气地说道："你这个比丘，怎么如此不知好歹，乱敲庵门？"

　　宝云道："我等有事，实出无奈。这位姑娘想削发为尼，你们收下她吧。"

　　那个尼姑道："她刚才来过，被我们住持赶走，怎么又来了？"说完，她又要把门关上。这时，尼庵住持从里面走来，问道："曼娜，怎么回事？"

　　那个名叫曼娜的守门尼姑道："这个比丘不懂规矩，再三敲我们庵门，说是送那个女子来当尼姑。"

　　住持看了看宝云，又望了望离她三四丈远的法显等三人，法显等往前走了走。这位住持已有六十多岁，但她的面容却比她的实际年龄显得年轻，白净的皮肤，红润的面庞，饱满的额头上点缀着几道皱纹，看得出，她年轻时是位漂亮的姑娘。法显向她施礼后说道："师父，我等本不该打搅宝庵，只因这位姑娘身世凄惨，她愿削发为尼，所以才不得不叨扰。"

　　住持道："没有她的家人发话，我怎好收她，万一她的家人找来，那将如何是好？"

　　法显便把这个女子的遭遇向住持讲述了一遍，住持也很同情她，问她："你是真心愿意当尼姑，还是想暂时在此避风头？"

　　那个女子毫不犹豫地说道："我是真心真意想当尼姑。"

　　住持道："庵内生活清苦，你可受得了？"

　　女子道："我已饱尝人间辛酸，什么痛苦我都可忍受。"

　　住持道："既然如此，那你进来吧！"

　　法显等见住持收留了女子，向住持表示了谢意，离开尼庵，前往都城。

法显西行记

第十七章 学府畅谈

第十七章 学府畅谈

法显等投宿城南一座名叫詹迪亚的僧伽蓝。僧伽蓝内有一百七十余名僧人，住持诃跋婆是位德高望重的老僧，他热情地接待法显等人，他道："老衲接待过许多国家的僧人，但曾未见过支那的僧人。你们是开拓荒途者，能有机会接待你们，也是老衲的荣幸。本伽蓝尚有十余个国家的僧人，他们来此求学，你们就与他们住在一起吧！"

法显听说还有别国僧人也到此求学心中甚喜，说道："能与别国僧人相聚也是一件幸事。"

诃跋婆让一个比丘给法显等安排住处。这个比丘领着法显等来到一个小院子，说道："这是外国僧侣的住所。"由于天黑，法显等啥也看不到。当天晚上，他们就歇息了。

次日早晨，法显在院内溜达。一排排石块垒起来的房子显得颇整齐。三层平顶楼房，底层放杂物，二、三层住人。院内竹树葱茏，花草繁茂。他深深地吸了口新鲜空气，正在呼气，一个外国僧人向他走来："师父是刚来的吧？"

法显看了他一眼，他四十来岁，中等身材，略胖，脸色红润，精神饱满。法显点头道："对，昨晚刚到，你是……"

那人答道："我是波斯人，已来此一年。我打算再待一年，尔后东游。你是何方人士？"

法显道："我乃支那人。"

那人惊喜道："支那？那正是我所要去的地方。"

法显问道："你要去支那？"

那人答道："嗯。"

法显道："旅途艰辛，你不畏惧？"

那人笑了笑，爽朗地说道："畏惧？你们不是来了吗？况且两百多年前我国王子安世高就去了你们国家。我就是受了他的影响才出外游学的。"

法显高兴地说道："喔，安世高？他可是位聪明多识、才华出众之人。"

那人问道："他在支那有何建树？"

法显道："他是东汉桓帝建和二年（公元148年）经西域到达东汉都城洛阳的。在那里，他译出了《安般守意经》等三十余部经书，为佛教在我国的弘扬做出了极大的贡献。我国佛子都很感激他。"

波斯僧人道:"他深深地感染着我。我便踏着他的足迹,游览了许多地方,去年来到了这里。竺刹尸罗是座古老而文明的城市,古迹甚多,我在此学到了不少东西。"

法显问道:"这里还有哪些国家的佛子?"

波斯僧人道:"有罽宾国、狮子国、乌苌国、摩头罗国……"

法显道:"用完早斋,我们上街走走如何?"

波斯僧人道:"可以。不过,你最好请诃跋婆长老陪你去,他对竺刹尸罗了如指掌。"

法显等四人用完早斋在诃跋婆长老的陪同下上街观光。诃跋婆长老边走边告诉他们:"竺刹尸罗城几经变迁,它原来叫贤石城,后来因为月光王在此自截其头施舍给恶眼婆罗门,故而改名为'竺刹尸罗',意即'截头'。"

法显等看到,竺刹尸罗确实是座繁华而美丽的城市:依山靠水。山上松竹青翠,山下溪流萦绕。路旁树木成荫,园内花草争芳。街道宽阔齐整,房舍井井有条。商贾行人熙熙攘攘,奇货异物琳琅满目。外域人来自东西南北,商旅队散向四面八方。诃跋婆长老道:"这是座新城,叫西尔苏克,意思是'欢欣'。说是新城,其实并不新,是贵霜王朝国王迦腻色伽所建,距今已有二百来年历史。之所以说它新,是与另外两座古城相比而言。第一座古城,名叫比尔,意思是'石堆'。它始建于阿基尼德时代(公元前六世纪)。马其顿国王亚历山大(公元前 356—公元前 323,马其顿国王于公元前 327 年侵入旁遮普等地,次年在塔克西拉停留了三个月)曾在这座杂乱无章的城里逗留了三个月,竺刹尸罗国王阿姆比设盛宴款待过他。王子阿育统治该城达三十余年,在他登上王位以后仍喜爱这座城市。在孔雀王朝时期,竺刹尸罗遐迩闻名,学子云集,十分繁华。不过,那个地方现在已成了废墟。第二座城市位于西尔苏克和比尔之间,名叫希尔卡布,意思是'割头'。这座城市是巴克特里亚人所建,已有近六百年历史,虽然它也已衰落,不过,那里仍有不少商店和房舍,尚可看出当年的风貌。你们有空可以去看一看。"

法显道:"刚才长老谈到亚历山大曾在此逗留过,亚历山大是如何打到这里来的?"

诃跋婆谦虚地说道:"我对历史知之甚少,你们若对历史感兴趣,我可给你们介绍一位历史学家,他在竺刹尸罗学府教授历史,他对竺刹尸罗以及北天竺的历史颇有研究,而且造诣很深。"

法显欣喜地说道:"这样更好,我们不仅可以聆听他讲历史,而且可以顺便参观一下学府。"法显等游览了一会儿市容就回詹迪亚僧伽蓝了。他们在僧伽蓝内转了一

第十七章 学府畅谈

圈,这座僧伽蓝规模宏大,坐北朝南。大门内有两个小殿,殿后是一块宽阔的广场,广场后是两个窣堵波,窣堵波后是前中殿,前中殿后是中殿,中殿后是后殿,后殿后是僧房。四周是列柱廊,柱上雕刻着各种佛本生故事。各殿内皆雕刻着各种神像,中殿内有一尊释迦牟尼的立式金像,脑后有一大金轮,这尊佛像的容貌与别的佛像不同,脸平、鼻高、面带微笑、双目微眍。法显等在金像前焚香膜拜。僧伽蓝内到处是香花、芳草、绿树,许多树上都开着红、黄、白、紫等各种颜色的花。他们感到很新奇,法显感叹地说道:"竺刹尸罗果然是个圣地,无树不开花。"

次日,法显等去瞻仰城北十三里处的舍头窣堵波,城东南山北面的阿育王太子拘那罗为继母所诬抉目的地方。

晚上,诃跋婆长老来到法显房间,高兴地对他说:"法师,我告诉你一个好消息。你听后准会高兴。"

好消息人人爱听,坏消息个个怕闻。法显听说诃跋婆长老要告诉他好消息,心中已有三分高兴,但并未表露出来,问道:"不知长老所指何事?"

诃跋婆道:"今日上午,我去竺刹尸罗学府会晤斯陶利先生。当我说到支那客人想拜访他时,他很高兴,说道:'支那乃古老之国,文明之邦,然而只闻其名,未见其民。我想了解支那久矣,但所恨无门。既然今有支那客人在此,我当可当面求教。'他希望你们明日上午就去。"

法显微笑道:"斯陶利先生倒也是个急性之人。不过,我等想见他的心情更为迫切。那就明日上午去吧。"

诃跋婆道:"明日我有事不能奉陪,我差别人陪你们去。"

法显道:"长老请便,不必客气。"

诃跋婆走后,法显将此事通知了慧应、宝云、僧景。

次日早斋后,法显等随着詹迪亚僧伽蓝的一位僧人前往竺刹尸罗学府。法显身着一件大半新的整洁的木兰色袈裟,兴致勃勃地紧跟在那位僧人后面,不时地询问一些有关竺刹尸罗的事情。

竺刹尸罗学府位于城东南山脚下,它偎依于青山之怀,遮掩于绿林之中,逍遥于小河之侧,青山、绿水、灰房相互掩映生辉。

法显等过了一座桥,来到了竺刹尸罗学府的门口。门旁立着两根粗大的石柱,柱边站着一位六十多岁的老人和三位年轻人。那位当地僧人向那位老人打了声招呼,他马上迎上前来向法显等表示欢迎。他就是斯陶利,其余三人乃是他的学生。法显仔细打量了一下斯陶利,他身量魁梧,上着深蓝色长袍,下穿白色肥裤,四方脸,须发皆白,面色红润,两道银眉又浓又长,一双大眼犀利深邃。他举止大方,谈吐文雅,一派学者风度。法显把慧应、宝云、僧景一一介绍给他。他们又寒暄了几句,便步入学府。

斯陶利道:"我们学府已有二百余年历史,培养文、武、农、医、商各类人才,教授天文学、法学、算学、绘画、医术、兵法等十八种技艺。现有学生五百余名,先生一百多名。你们看,这是学兵法的学生。"他指着正在广场上习武的学生说。

四五十名学生正在依次练习射箭。广场上竖着一根竹竿,竿上悬着一颗橘子,学生们在十五六丈远的地方用箭射,但无一人射中。教师从学生手中拿过弓箭,给学生们讲了些什么,然后搭箭在弓,嗖的一声,箭飞了出去,不偏不倚,正中橘子,学生们拍手叫好。教师把弓交给学生,学生们又开始练习。

树荫下,花圃旁,一堆一堆的学生正在上课,有的二三十人,有的十余人,有的则几个人。

斯陶利指着一堆学生道:"他们正在学算学。"

法显看到,学生们围成扇形,席地而坐,正聚精会神地听老师授课。教师坐在学生们中间,手中既无教材,又无教具,只是有时用手比画。学生们既无课本,也无笔记,全凭耳闻心记。

这所学府很大、很美丽,像座大花园,大花园内有许多小花园,小花园内有石头与砖头垒砌的房舍,这些房舍大多是师生们的宿舍。学生们一般都在室外树荫下和花丛中上课。

法显等在斯陶利的陪同下走过了一座座花园,最后来到了斯陶利授课的地方,一棵粗大的枝叶茂盛的菩提树下站着三四十名学生在欢迎他们。法显双手合十,躬身向学生们表示谢意。

斯陶利对学生们说道:"我曾给你们讲过孔夫子,这四位师父就是来自孔夫子的故乡,他们都是有志有识之僧。你们曾问过一些有关孔夫子的问题,当时我也回答不出,等会儿,你们可以请教这几位师父。"

学生们情绪激昂,拍手叫好。

法显打着手势说道:"虽然你们年轻,而我已年近七旬,但却都在学习,就这个意义上来说，我们都是学生。"

斯陶利请法显等坐到树下的石凳上，并用茶招待他们。他递给法显等每人一杯茶水，说道："听说茶原产于你们支那，后来才传到了我们这里。"

法显道："茶是否是从支那传来，我不得而知。不过，饮茶之习，我国早已有之。"

一个学生问道："支那人为何嗜茶？"

法显道："茶可提神、除倦、解毒、医病。古人云：'茶茗久服，令人有力悦志。'因茶带有苦涩之味，所以茶又称为'苦茶'。神医华佗道：'苦荼久食益意思'。"

又一个学生问道："你们在茶中加石蜜和奶吗？"

法显摇头道："不。不过，有的地方在茶中加姜，加盐或加橘汁。"

学生们笑了起来，一个学生俏皮地问道："加橘汁？"

斯陶利道："这有何可笑，加橘汁与我们这里有人在茶中加柠檬汁有何两样？加柠檬汁，味道虽然又苦又酸，但却很爽口，可谓耐人寻味。加橘汁，我想也是如此。"

喝完茶，斯陶利对学生们说道："你们先自便，我请这四位师父到家中坐一会儿。"

法显等随斯陶利来到他家中，书房里摆设着许多古董，陶鸟、陶俑、陶犬、陶玺、雕像、铜镜、金币、银壶、石斧、枪、剑……

法显笑着说道："先生的书房简直成了文物陈列室。"

斯陶利道："我喜爱收集古董，平生就这么点儿爱好。"

斯陶利向法显等介绍了这些古董的来龙去脉及其艺术价值。

宝云道："先生博古通今，似乎整个世界都装在你的胸中。"

斯陶利谦虚地说道："我才疏学浅，仅知皮毛。整个世界犹如浩瀚的大海，而我的知识还不到一滴水珠。"

法显道："先生过谦了。"

斯陶利请众人坐下，然后说道："我有一事想请教诸位。我有一件心爱之物，一般不让人看。据说，此物来自支那，我拿出来你们瞧瞧，看看是否出自贵国。"他从一只木箱内取出一个小匣子。他打开匣子，匣中立着一条玉龙，晶莹透明，伸首曲体，颈上长鬣飘动，头上两角弯曲，下部四足着地。龙头，蛇身，鳄足，鹿角，牛眼，这是一件珍奇之物。

法显等看后赞不绝口。法显道："我可否拿起一观。"

斯陶利爽快地说道："当然可以。"

法显把玉龙拿在手中翻过来正过去地看了又看，发现龙腹上刻有"飞龙"两个篆字。他惊讶地问斯陶利："先生，这条玉龙得自何处？"

斯陶利道："我们这儿是巨商大贾汇集之地。一日，我在集市上发现一个商人在卖玉器。我喜爱古董玩物，在那里看了看。我一眼便爱上了这条玉龙，想把它买下来。我问商人：'这是何处所制？需多少钱？'他道：'这是支那所雕。价值两匹马。'我当时没有那么多钱，告诉他次日再来买。第二天，我拿着变卖其他家当的钱去买下了这条玉龙。怎么，师父为何惊讶？"

法显道："此乃稀世珍宝，乃我国周代所制，距今已近千年。"

斯陶利问道："何以见得？"

法显道："玉龙腹部有两个籀文。这种字体殷商尚无，而秦汉不用。因此，愚僧推断它为周代晚期之物。"

宝云等听说是周代宝物都拿起玉龙仔细观赏，他们都赞同法显的见解。

斯陶利十分兴奋，说道："我本来仅觉得它好看，所以把它买下，想不到还是件稀世珍宝。"他一边说着一边把玉龙置入匣中，放到木箱里锁起来。虽说出家人不贪财，但从法显的眼神中可以看出，他挺留恋这件珍品，可能是他认为这是件珍宝不忍释手，或许是他认为这是华夏的瑰宝不该落入外人之手。斯陶利并非小气，而是他了解到了这条玉龙的真正价值，才匆忙地把它收起来。

斯陶利坐下后，宝云问道："斯陶利先生，我看到此地的某些雕像与别的地方不同。这里的雕像面阔且白，而且还有某些裸体，是何原故？"

斯陶利道："这是因为此地的雕塑不仅有自己的风格，而且受希腊雕塑术的影响。"

法显道："我们正想请教有关亚历山大的事情，先生不妨给我们讲一讲。"

斯陶利道："七百多年前，马其顿国王亚历山大曾率军远征至此，他在竺刹尸罗受到当时的国王阿姆比的欢迎。阿姆比嫉妒波罗斯国的国王波罗斯的势力，想借助亚历山大之手消灭波罗斯，所以他把入侵者奉为上宾，并把新头河南的一部分土地割让给亚历山大，由亚历山大派人管辖。亚历山大在阿姆比的帮助下进攻波罗斯。亚历山大在攻打阿里加伊昂城时遭到市民们的坚决抵抗，市民们在强大攻势下实在难以守护城池，于是便放火焚毁了城市，然后在山中据险抵抗。他们奋战到底，最后有四万余人被俘。不过，亚历山大也在战斗中负伤，他在一户人家养伤，这户人家只有母女二人，她们对亚历山大精心护理。亚历山大对她们母女很感激，为了报答

第十七章 学府畅谈

她们，他娶姑娘为妻。一天夜里，当亚历山大呼呼入睡时，姑娘突然取出匕首，刺向亚历山大的胸口。一方面由于她害怕，另一方面毕竟她已成了亚历山大的妻子，所以手发颤，没有刺中，仅划破了亚历山大的胳膊。亚历山大被惊醒，逼问她为何刺杀他。姑娘说，她父亲在一次战役中被马其顿军队打死，她要为父报仇，亚历山大没有深究她，而放她回家。亚历山大与波罗斯之间的战斗十分激烈，最后波罗斯被打败，他九处负伤，战斗到最后而被俘。当他被押到亚历山大面前时，傲然挺立，亚历山大很钦佩他的英勇，不但没有杀他，而且还把他的王国还给了他，并且扩大了他的疆域。由于气候不适，士兵厌战，当地人民的抵抗，亚历山大被迫兵分两路撤退，一路由尼阿库斯率舰队从海路，一路由亚历山大率领陆军经德罗西亚沙漠从陆路。亚历山大在经过沙漠时，天气炎热，四处无水，他口渴难忍，命令士兵去找水，若取不来水，将把他们杀掉。茫茫大漠，哪儿有水！一个士兵急中生智，等了泡马尿来复命。亚历山大端起就喝，如饮甘露。一个士兵揭发那个士兵对国王不恭，让他喝马尿。亚历山大抬起疲惫的眼睛看了看等马尿的士兵，然后哈哈大笑地说道：'他效忠本王，记头功一次。'亚历山大继续西进，他返回到了巴比伦，后在巴比伦病逝，年仅三十三岁。一些随亚历山大远征的人便留在了竺刹尸罗。后来，又有一些希腊居民移居天竺。他们带来了自己的习俗和文化，那些习俗和文化在当地产生了影响，这也就是你们所看到的痕迹。"

法显请斯陶利讲一讲天竺的历史，斯陶利便从印度河文明讲到吠陀雅利安人的时代，从吠陀雅利安人的时代讲到了阿基梅尼德时代，从阿基梅尼德时代讲到了孔雀王朝，从孔雀王朝讲到了贵霜王朝。法显等听得津津有味。

斯陶利请法显到室外向他的学生们讲一讲支那的历史。法显等走出书房，来到树下，学生们围成半圆形，席地而坐。法显从三皇五帝一直讲到西晋，他特别讲述了孔夫子其人其事。斯陶利及其学生们听得入神。听完后，斯陶利道："法师对历史如此精通，连我这个专攻历史的人也自愧不如。"

法显道："先生言过了。我仅知皮毛，还望先生多指教。"

法显回答了学生们提出来的一些问题，尔后他们告辞回僧伽蓝。

法显等四人在竺刹尸罗瞻仰了圣迹后又向西行，他们渡过了新头河，进入了弗楼沙国。一日来到了弗楼沙国的都城弗楼沙城（今巴基斯坦之白沙瓦），这里是部落地区，当地人骁勇好斗，信佛法者少，信外道者多。法显等在城东的一个村庄住下。

第十八章　无妄之灾

法显西行记

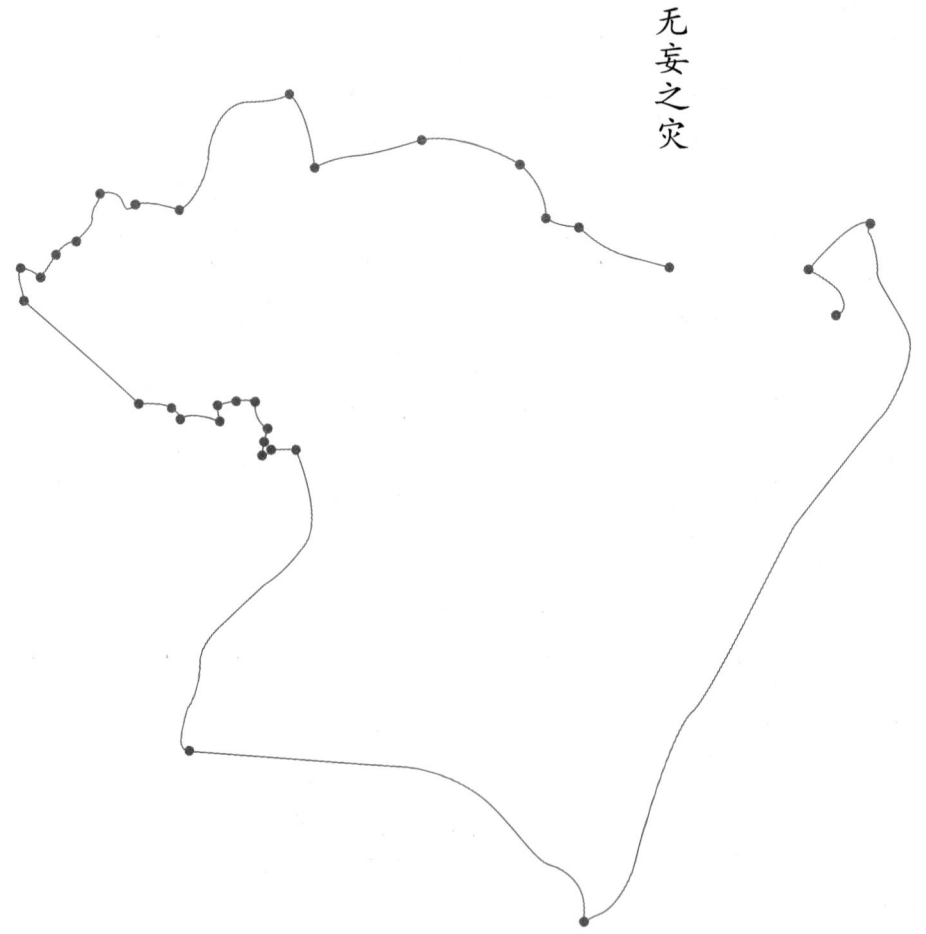

第十八章 无妄之灾

初冬季节，早晚已有点儿寒冷，当地居民已戴上毡帽，穿上羊皮坎肩。法显等也添上了稍厚的内衣。

一日，慧应对法显说道："我听说弗楼沙是个古老而繁华的城市，我想去看一看。"

法显道："好吧。不过，我们在这里人地生疏，最好找个人与你同去。"

慧应道："不用了。我自己会注意的。"

慧应离开村庄朝弗楼沙城走去。他心里很高兴，边走边哼着小曲。他平素寡言，甚至有时还有点儿腼腆，从未在众人面前哼过小曲，今日因他单个外出，所以大着胆子哼起来。他一是想看看弗楼沙城，二是想做件好事。他计划着先到城里找个落脚之处，走着走着，发现前面村头的一棵大树下有一口井，井边有一只水罐，水罐上罩着一块头巾，井跟前没有一个人。他感到口渴，想喝水，他站在水罐旁边叫道："施主，施主！"但无人答应。他揭起头巾角看了看，又把它放下，又叫道："施主，施主！"仍无人答应。他便揭下头巾，抱起罐子，咕噜咕噜喝起来，喝足后，放下罐子，罩上头巾。正想走，突然从旁边小树丛里走出四个人，一个老头对慧应说道："贤婿，跟我回家吧！"慧应感到莫明其妙，眨巴着眼睛看了看。老头又道："贤婿，走吧！"

慧应道："施主，你认错人了。我是东土来的僧人，并非是你的贤婿。"

一个蓄着小胡子的人道："我们这里有个风俗，凡是找倒站门女婿或者闺女难以出嫁，就在水罐上罩上一块头巾，若有人揭了头巾，就等于揭了姑娘的盖头，他就成了姑娘的丈夫。"

慧应一听吓出了一身冷汗，满脸通红，双手合十，说道："诸位施主，我乃是外地僧人，不晓贵地风俗，还望多多担待。"

老头道："你说得轻巧，你既然揭了头巾，那就是我的女婿，走吧！"

慧应恳求道："施主，我是个和尚，和尚怎能成亲？"

老头道："和尚怕什么？和尚可以还俗嘛。"

慧应哀求道："施主，请你高抬贵手，饶过我吧！"

老头道："饶了你？饶了你我的女儿怎么办？她不嫁给你就得守寡！"

慧应急得用手直搓大腿的外侧，但却毫无办法。

老头逼着他道："走吧！"

慧应还想求情，但老头对另外三个人道："把他架走！"

慧应被架到一个院子里。老头朝屋里喊了一声："莎布娜姆，出来，见见你的丈夫！"一个右手残缺、斜眼塌鼻的丑姑娘从房里出来。老头问她："你看，你这丈夫怎么样，满意吗？"

姑娘摇晃了一下脑袋，笑着说道："满意，谢谢爹爹。"

她用眼睛盯着慧应。慧应从井边到这里一直闭着眼睛，心里在默默祈祷，希望菩萨保佑他平安无事。

老头道："你们现在就拜堂，免得夜长梦多。"

慧应一听要让他拜堂，赶忙恳求道："施主，别这样。一个姑娘贵在名节，一个和尚贵在持戒。请你看在佛面上，放了我吧！"

老头道："我不信佛，也不看什么佛面。你给我做女婿，也是你这辈子修的。成了亲以后，这家就是你的了。有吃有喝有用，不比你整日东奔西跑强得多！"

慧应道："我要取得经文回国去，国内还有许多道友在等我。请你成全我吧！"

老头道："那你先成全我的女儿吧！"

慧应睁开眼睛看了一眼他的女儿，吓得差点摔倒，她简直丑得可怕。慧应心中说道："我如此苦命，遭此大难！"他又闭上了眼睛。

这时，一个人来到老头跟前低声说道："一切准备就绪。"

他们把慧应架到一个房间里，按着慧应的头与姑娘拜了天地。慧应的眼里流出了泪水。

拜完天地，老头等把慧应和丑姑娘锁在房间里。姑娘坐在床上等着慧应，她为自己找到了丈夫而高兴，慧应坐在一旁草垫上，叹息落泪。夜已深了，姑娘等了半天，但慧应仍不上床，她便自己先睡了。

第二天早晨，老头把姑娘放出来。隔了一会儿，姑娘用左手给慧应端来了饭，说道："相公，吃饭吧。别傻了，好日子不过，干吗要去当和尚，我伺候你一辈子。你要想拜佛还可以拜，我们家南面三里路远的地方就有一座僧伽蓝，名叫佛钵僧伽蓝，以后你可常到那里去拜佛。"

慧应既没有看食物，也没有瞅姑娘，闭着眼睛，沉默不语。

姑娘把饭放在那里出去了。隔有一个时辰，她进来把饭端走，尔后又回来守在慧应身边。

第十八章 无妄之灾

法显见慧应出去了一天没有回来，心中很焦急，宝云安慰他道："法师，没有事，慧应虽然平素说话不多，但他还是很聪明的，他不会出什么事的。"

第二天仍不见慧应回来，法显更加着急，叹息道："唉，我不该让他单个儿出去！"

僧景道："法师，现在后悔又有什么用呢，我们分头去找吧。"

法显道："也好。不过，找到与否，你们晚上都得回来。"

宝云、僧景点头答应。

他们分三路去寻找慧应。晚上，他们都低着脑袋回到了寓所。

他们连找了三天，也不见慧应的踪影。

话说慧应在姑娘家三天三夜不吃不喝不眠，姑娘看到他这副样子十分心疼，整日陪着他，同他说话，但慧应只言不发。姑娘最后跪在他面前流着泪说道："相公，我知道我丑，配不上你，但我们已经有了夫妻名分，你有什么话就该跟我说。我明白，我对不起你，但已经到了这一步又能怎么办呢？不如我死了，你还是去当你的和尚吧！"她说着便拿头朝墙上撞。慧应担心出人命，忙睁开眼睛阻拦她。

姑娘哭着说道："身体是父母生的，不由我选择。我虽然手残废，但我的心并没残废；我虽然模样丑，但是灵魂并不丑。相公，你走吧，我宁愿守寡或死去！"

慧应听了她这一番言语，反而可怜起这个姑娘来了。他开口说道："姑娘，形体乃是天意，不由自主，你千万不可寻短见。然而，我是个和尚，我的终身已许给佛，矢志不渝。请姑娘见谅。"

姑娘道："你走吧！"

慧应道："即使你放我走，你爹也不会同意。"

姑娘的父亲固执、粗暴、心狠，姑娘也感到为难。

慧应道："姑娘若有心救我，可帮我做一件事。"姑娘满口答应。

慧应从腰间抽出一条汗巾，说道："我有三个伴侣在东面瓦合村，他们尚不知我的下落，一定很着急。你把这条汗巾托人送给支那和尚法显，让他们先走，不要等我。"

姑娘把汗巾藏在衣袖内走出房间。隔了一会儿，她进来道："我已托人送去，相公尽可放心。这回你该吃点儿东西了吧！"

慧应道："不！我将就此了却一生。"

姑娘惊讶地"啊"了一声，劝他道："你可不能这样。要是这样，岂不是我害了你？我爹真不该逼你与我成亲。"

慧应道："万事都是命中注定，在劫难逃。"

慧应一直不吃不喝不眠，面容憔悴，满眼红丝，精神恍惚。

下午，门口传来了吵吵嚷嚷的声音。慧应听得出，这是法显、宝云、僧景的声音。他们要进来找人，老头说不在他家。这时，姑娘从房间里出来对她的父亲说道："爹，爹，那个和尚不是在我的房间里吗？"

老头气得咬牙切齿，骂道："你这个孽种！我都是为了你好，可你却胳膊肘往外拐！"

慧应从房间里跟跟跄跄地走出来，宝云和僧景一见慧应，忙跑上去扶着他。僧景问道："慧应，你怎么成了这个样子？"

慧应摇了摇头，叹了口气。

宝云道："别问了，找个地方再说吧！"

宝云和僧景扶着慧应往外走。老头拦住道："你们不能把他带走。他是我女婿。他若走了，我女儿就得终身守寡。"

法显道："老施主差矣。他是个和尚怎能做你的女婿。"

老头道："我不管和尚不和尚。只要他是男人，就能做我的女婿！"

法显道："世上哪有强迫别人做女婿之理！"

老头道："我没有强迫他，而是他自愿做我的女婿，揭去罐上的头巾。"

法显道："我等是外地人，不知当地风俗，才会误揭罐上的头巾。"

老头道："我管不了那么多！"

这时，姑娘来到父亲跟前说道："爹，我宁愿一辈子守寡。你让他走吧！"

老头气得脸上暴起青筋，狠狠地打了姑娘一记耳光，骂道："你这孽种！你们走吧！"

慧应有气无力，已经走不动了，宝云把他背到身上。他们往佛钵寺，即佛钵僧伽蓝走去。

佛钵寺因寺中有佛钵而得名。当年迦腻色伽打败了华氏城（今印度比哈尔邦的巴特那）邦的国王，华氏城邦的国王以九十万金币求和，迦腻色伽答应了。但后来华氏城邦的国王无法筹集这笔巨款，于是便把佛陀缘钵、著名作家马鸣和一只灵异的雄鸡

第十八章 无妄之灾

奉献给迦腻色伽，迦腻色伽便建了这座寺院供养佛钵。

法显等在佛钵寺住下后，慧应忧郁成疾，卧床不起。法显等三人忧愁万分。

一日，太阳快到正午时，法显到寺院前院去瞻仰佛钵。佛钵只有快到中午时才会被从专门的地方取出来，人们供养后回去吃中饭。法显看到许多僧侣和俗人都在供养佛钵。佛钵颇大，能盛两升粮食，钵体杂色二分厚，四层边沿分明可见，光芒四射。一个身穿旧白布衣衫的穷人往钵内投入五枝花，满钵里尽是花，他高兴地离开了那里。一个身穿丝绸衣裳的富人向钵内投入一把花，但却看不见花，他又扔进去一把花，仍看不见花，他多次让手下人去买花，扔进去足有十把花，但却仍不见花，最后他怏怏而去。

法显觉得颇奇怪，问身边的一个人这是何故。那人道："这只钵很神奇，家贫而心善者投入少许花即满，而富豪心狠者投入千万枝花也不满。从前，有位信佛的国王想取走此钵，兴兵攻打我国。他攻克了我国后，用珠宝鲜花装点了一头大象，把钵置于大象身上，想让大象把钵驮回他的国家，但大象伏在地上起不来。他便把钵放到一辆四轮车上，用八头象牵引，但却拉不动。国王这才知道自己与钵无缘，十分惭愧，把钵放回了原处。"

法显点了点头，也去买了三束花供养佛，他默默地祈祷了一番，然后把花投入钵内，满钵显得都是花，他心中甚喜。

供养完佛钵，法显回到住处，正要进入慧应房间时，听到慧应正在吼叫："菩萨救我，菩萨救我！"法显来到他跟前，抚摸着他说道："慧应，慧应，不要怕，我在此。"

慧应从噩梦中摆脱出来，拉住法显的手说道："法师，我梦见两个恶鬼用锁链套住了我的脖子，把我带去鬼判官那里。鬼判官厉声说道：'你这个和尚，既修不成正果，也不会做个善良俗人？你为何招亲？为何误那个姑娘终身？讲！'众鬼一齐吼叫，鬼法庭阴森可怕。我……"他说着"哎"了一声，泪如雨下。

法显安慰他道："慧应，不要胡思乱想。此事并不怪你，只是那个老头干事荒唐。事情既然过去，就让它过去吧。你休息几日，病就会好的。"法显号了号慧应的脉搏，脉细而缓，时有间歇，他觉得这并非是好兆头，他给慧应扎针，但无效。

慧应的病势越来越重。

一日，慧应把法显、宝云、僧景叫到跟前，用微弱的声音说道："我不行了，我不能生还本土，但愿我死后你们能把我的骨灰带点儿回去。我的灵魂会随它回东土，拜托了……"话还没说完，他就咽气了。法显、宝云、僧景十分悲痛。他们给慧应沐浴，尔后给他穿上一件新袈裟，抬去火葬，宝云抓了一把骨灰包起来。

法显西行记

第十九章　横遭误解

慧应圆寂后的第三天，慧达从那竭国回来。道友重逢本应是件高兴之事，但因慧应圆寂，他们都很伤心，而且慧达还带来一个令人更加不快的消息，慧景在那竭国佛影寺患重病。慧达道："道整在护理慧景。我已供养了佛影、佛齿和佛顶骨，打算就此回国。"

大家沉默了片刻。

宝云道："最近几天，我头脑中也萌生了回去的想法。我也已供养了佛钵，打算返回晋地。"

僧景沉思了一会儿，说道："我也瞻仰了不少佛迹，不想再往前走了。你们要是回去，我与你们同行。"

法显道："也好，那你们就一起回去吧。我是想研究一下戒律，现在目的尚未达到，我得继续前进。你们走时，请把慧应的骨灰带回去。"

宝云道："法师请放心，此事包在我身上。"

两天后，慧达、宝云、僧景依依不舍地告别法显回国。法显独自一人前往那竭国。

一日黄昏，法显投宿一户人家。当他第二次叩门时，一位中年妇女打开大门。法显道："施主，贫僧游历至此，天色已晚，想借宿一宿，不知可否？"妇人道："请高僧另寻别处。"她说完便关上了门。法显思量，可能这里人见了异域人感到害怕，若是这样，就不便再打扰他们。于是，他在外面草堆旁的碎草上躺了下来，虽然这里冬天不见冰霜，但夜晚仍比较寒冷，法显和衣而卧，却仍感到冷，不能入睡。他干脆起来打坐。

那位妇人因自己把和尚拒之门外，心里总觉得过意不去，约莫二更时分，她开门看了看，借着清寒的月色，她发现和尚坐在草堆旁没有走。于是，她来到法显跟前，略带歉意地说道："师父，外边冷，还是请你到屋里歇息吧。"

法显道："施主家中恐有不便，贫僧就在此歇息吧。我已习惯于餐风饮露。"

妇人又道："天气寒冷，你又上了年纪，别冻坏了身子，还是进来吧。"

法显见妇人诚心相请，就随她进院。妇人把他领进西屋，点亮灯，让他在一张绳床上休息。她道："师父，不是我有意不让你在我家住宿，只因我丈夫病卧在床，我心乱如麻。实在对不住师父，请你多担待。"

法显道："施主不必介意。不知你家先生得的是什么病？"

妇人叹口气道："他右边小腹疼痛，恶心呕吐，四肢无力。"

第十九章 横遭误解

法显问道:"请医生瞧过没有?"

妇人道:"没有。"

法显又问道:"为何不求医?"

妇人道:"我们此地有个习俗,生病不求医。凡有病的人,绝食七日,七日之内,粒米不进,滴水不喝。在此期间,病常有好了的,要是不好,那就是命该如此。"

法显道:"病乃外感所至,或因气候不适,或因饮食不宜,病因诸多,哪能统统以绝食来医,还是得请医生瞧瞧。贫僧也略懂医道,要是不弃,我可去给他看看。"

妇人道:"不行啊,师父。他已绝食五日,再有两日就满数。你若去了,就把以前的冲了。感谢师父的美意。"

法显问道:"绝食五日可见好?"

妇人道:"没有,越来越重。不但疼痛不减,而且他连呻吟的力气也没有了,面黄肌瘦,躺在床上动弹不得。我很为他担心。唉——"

法显已无啥言语安慰她。她走后,他也就歇息了。

第二天上午,法显随人流去赶庙会。庙会上,鼓乐之声不绝于耳,杂耍斗畜之景到处可见……

法显挤进一堆人中,看到一个二十多岁的青年人正在耍蛇。他身上缠着一条大蟒,两丈多长,碗口粗细。此蟒背部褐色,带有黑白斑点,腹部白色,一道道条纹清晰可见,口中吐着半尺长的信子,样子十分可怖。但耍蛇人把蛇在腰间缠了一圈,脖子上缠了两圈,又在肩上挂了两圈。大蟒在他身上任其摆布,犹如面捏的一般。他耍完蟒把它放入笼内,然后从一个筐里取出一条一尺多长的小蛇,他用双手拉住蛇的头尾,用牙齿噬开蛇腹,先吮蛇血,后啖蛇肉。法显说声"罪过,罪过!"拔腿离开那里。他一想到那个耍蛇人吃蛇的情景就感到恶心,匆匆地离开了庙会。

当法显回到昨夜住宿的那户人家时,院子里站着许多人,那位女主人哭得死去活来,法显打听到,她的丈夫已经咽气。他本想上去劝女主人几句,但劝说又有什么用呢?人在极度伤心或痛苦的时候,劝说是最容易的办法,也是最无用的办法。他取消了劝说的念头,而来到女主人跟前,说道:"施主,贫僧别的帮不了什么忙,请让我为你先生的亡魂超度吧。"

女主人一见法显，胡乱擦去泪水，愤怒地说道："你这个倒霉的和尚，妨死了我丈夫，还来做啥？"

众人听说是法显妨死了她的丈夫，都你一言我一语地指责法显，有人甚至驱逐他。

法显想辩白几句，刚说"我……"就被几个人推出了院门。他摇了摇头，叹了口气，离开了那里。他心里很难过，倒不是认为自己妨死了女主人的丈夫，而是后悔昨夜没有说服女主人让他给她丈夫医病，要是让他扎上几针或按摩几下，或许她的丈夫不至于死。但他又想，生死在天，这也是命数。然而他头脑里总排除不掉女主人对自己的热情接待和她那伤心的情景。

法显继续西行。一日，一座大山挡住了他的去路。他在山脚下盘旋了半天才找到了一个山口，这个山口就是现今的开伯尔山口。当时，它只有一条羊肠小道通到山那边。山上光秃秃的，没有树木。法显顺着崎岖小道缓缓而进。突然从右边的山谷里窜出六个人来，他们身穿翻羊皮袄，头戴毡帽，手提钢刀，冲着法显喊道："站住！"

法显吓了一跳，但他马上镇定下来，问道："诸位施主，拦住贫僧有何贵干？"

一个满脸横肉的人厉声说道："留下买路钱，否则你别想过这个山口！"

法显道："我是个僧人。僧人除了身上穿的，一无所有，哪里有钱？"

一个人道："呸！真扫兴，是个穷和尚！"

满脸横肉的人说道："大王喜欢用人心就酒，剜去他的心给大王下酒！"

法显正色道："你们这伙歹徒，作恶多端，死后将下地狱，来生将变鸡犬！"

满脸横肉的人狞笑道："哈哈，我们只顾今世，不管来生。你这个傻瓜，只顾来生，不管今世。其实，我们和你们和尚是一家，我们抢人家钱花，你们讨人家钱花，都不是靠自己劳力所挣。你说对吗？"

法显气得青筋暴起："呸！谁与你们强盗是一家！我等以行善为本，而汝等却以作孽为业。正如水火，互不相容！"

一个歹徒道："当年我误杀了一个抢民女的恶少，摆在我面前只有两条路，一条是出家当和尚，一条是上山做强盗。这样看来，和尚和强盗不是有亲缘关系吗？"

法显怒道："满口胡言！出家人时时都在修行，使自己从过失和罪孽中摆脱出来，而你们却处处在加重自己的罪孽。一善一恶，绝无共同之处！"

满脸横肉的人道："别同他啰唆了，把他带走！"

他们正要把法显带走，突然一个歹徒嚷道："快走！巡境的人来了！"他们丢下

第十九章 横遭误解

法显逃之夭夭。

法显看到前边有一小队身着戎装的人在往这里走，法显迎上前去，施礼道："多谢勇士们。要不是你们来了，我险些丧命。"

领队军官说道："师父受惊了。这条山谷是两国的分界线，那边属弗楼沙国，这边属我们那竭国。强盗常出没于此。你再往前走就太平了。"

法显进入了那竭国。路上，法显遇到一个满头长发不修边幅的人。他见法显是从东边来的，问道："师父，你从哪儿来？"

法显看了他一眼，反问道："你是问我本来从哪儿来，还是现在从哪儿来？"

那个人以玩世不恭的神情斜着眼睛看了看法显，说道："你这个和尚怎么如此啰唆。什么本来，现在！那你都说说吧！"

法显道："我本来从支那来。"

那人道："什么支——那——？"

法显道："喔，我本来是从东方的一个遥远的国家——晋国来。我已出来三年多了。"

那人问道："现在呢？"

法显道："现在我从弗楼沙来。"

那人高兴地说道："是吗？我想你是从弗楼沙来的，我就是弗楼沙人。今年，弗楼沙的年景如何？"

法显道："今年秋天，弗楼沙有些干旱，歉收。"

那人叹口气道："哎！我已离家四年了，无时不在惦记着家乡。不知何时才能回去看看！"

法显问道："你为何不回去？"

那人眨巴着眼睛看了看法显："一言难尽。"

法显道："不妨慢慢讲与贫僧。"

那人道："你是个远方人，又是个善人，我想不会坏我的事，就对你说一说吧。四年前，我母亲患疟疾，大夏天，她一会儿冷得要盖棉被，一会儿热得满头大汗，她难受得捶胸击首。我很心疼她，但又不能代替她，急得我乱蹦。这时，有一个人告诉我，有一种药可医我母亲的病，不过很难得到。我说，只要能医我母亲的病，就是赴汤蹈火，我也在所不辞。他说，这种药在王宫内，那里戒备森严，你取不到，弄不好还会丧命。我说，你告诉我是什么药，就是刀山我也要去一趟。他说，很久很久以前，尸毗王的仓库失火，大火铺天盖地，把仓库烧个精光。库内粳米被烧焦，那烧焦的粳米可以防治疟子。服一粒，可永不患疟，也可医治疟疾。现在，这种焦米仍藏在王宫的仓库内，只有王公大臣方能受用，而平民百姓却没有这种福分。我到王宫附近观察了一下，发现送牛奶的老头可以进入王宫。我送些钱给老头，请他带我进去，老头让我装扮成他的孙子帮他送牛奶。当卫兵盘问他时，他说，我今日不太舒服，所以让孙子帮我把牛奶送来。进了王宫，我打听仓库在什么地方。尔后，我躲到马厩里。夜间，我悄悄地溜到仓库后面，在后墙上挖了个洞，钻进去，终于找到了烧焦的粳米。这种米只有一升了，我不管三七二十一，抓了一把就走，用绳子登上王宫的院墙。不巧，下来时，被卫兵发现，他们紧紧地追赶我。我逃到家里，急急忙忙让我母亲吞下一粒，又交给她几粒，就离家而逃。卫兵们追到我家，没有搜到我，就悬赏捉拿我。我在家乡待不下去了，只好逃到这里。此案尚未结束，所以至今我不敢回去。"

法显问道："你母亲吃了那焦米，病好了没有？"

那人道："我听一个老乡说，她的病好了，但由于她担心我，忧郁成疾，去年离开了人世。我是个罪人，既不忠又不孝。"

法显道："为了医治母亲的病，你不顾生命危险去找药，岂不是孝子？"

那人道："哎，要不是我干了这当事，她怎会故世呢！不过，我感到欣慰的是，我拿那些烧焦的粳米做了些善事，使许多人免于疟疾之苦。"

法显微笑着说道："我还没问你的大名呢？"

那人眯缝着眼睛，问道："怎么，你想告密？"

法显道："嗳，你怎么如此小心眼。我只是想与你交个朋友。"

那人微笑着说道："我看你是个好人，就告诉你吧，我叫扎比尔。既然你是我的朋友，我也给你一粒焦粳米。"说着，他便从裤带上解下一个小包，从中取出一粒黑色的粳米。米粒短而粗，像黑炭一般。

法显道："你还是留着送给别人吧，我不用。"

扎比尔道："你要是不要就是见外了。我们这儿蚊子多，人们常患疟疾。你万里迢迢到此取经，万一得了疟疾，回不去，多遗憾哪。"

法显道："谢谢你的一番美意，那我就愧领了。"

法显接过焦米，放入口里，咽了下去，对扎比尔说道："多谢你了。你知道到醯

第十九章 横遭误解

罗城(在今阿富汗贾拉拉巴德南约五英里处)还有多远?"

扎比尔道:"还有七里。我陪你去吧。"

法显道:"不用了,谢谢你。"

法显告别了扎比尔往醯罗城走去。醯罗城方圆五里,花草树木繁盛,池沼水澄如镜,是座美丽的城市。

法显来到佛顶骨寺,欲瞻仰佛顶骨。寺中僧人告诉他,今日佛顶骨已展示过,明日清晨再出示。法显便在寺里住下。

次日清晨,法显早早来到存放佛顶骨的阁前,佛顶骨放在阁的第二层上,在用七宝装饰的小窣堵波内。国王非常敬重佛顶骨,他担心被人窃去,便在国内选择了八个德高望重之人,每人持一印,每天展示完毕,八人一起盖印封门。第二天早晨,八人到齐后,看视自己的印记,然后起封。今日不巧,一人身体不适,没有来。法显只好再等次日。

次日,法显又早早来到阁前。隔有半个时辰,持印的八个人才陆续到齐。他们先验印记,确认无误后才起封开门。开门后,八人用香水洗手,尔后托出罩在琉璃钟内、置于七宝装饰的圆砧上的佛顶骨,放于阁外的高台上。几个僧人登到阁顶击鼓、吹螺、敲钹。不一会儿,高台前聚集了许多人。阁前有一些卖花和卖香的人,来供养佛顶骨的人都去买花购香。法显也去买了一束花和一扎香,他来到高台前奉上鲜花,点燃香,膜拜叩头,然后举目观看佛顶骨。佛顶骨黄白色,方圆四寸,发孔清晰可见。后面有人等着供养,法显不便观看太细,便离开了那里。

第二十章　洒泪葬友

法显西行记

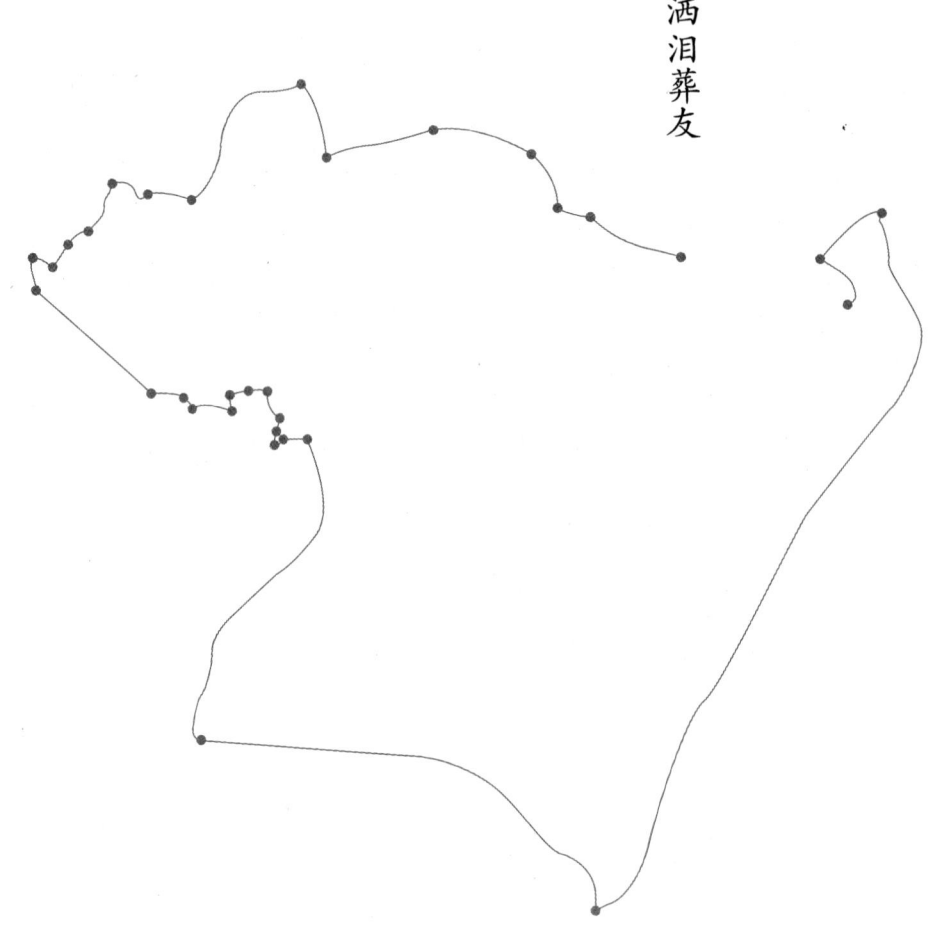

第二十章 洒泪葬友

法显回到住处拿着行囊走出西城门。南行二十里左右到了那竭城。他没有在那竭城停留，又继续南行，走有十里，来到了佛影寺。他急于要见到慧景，一到便打听两位支那僧人的下落。由于寺院太大，问了好几个人都不知道。最后，一个人带他到慧景和道整的住处。

法显进门见到慧景瘦了许多，心里很难过。慧景见到法显，眼泪扑簌簌地流了下来，紧紧地握住他的手，说道："法师，你可来了，我真担心今世再也见不到你。"说着，眼泪像断了线的珍珠一般往下落。

法显心里也发酸。一个身强体壮的硬汉如今变成了一个面黄肌瘦的弱夫。他心疼地问道："慧景，你怎么了？"

慧景道："我到佛影寺不久，就发低烧，心口不舒服，有时还咳嗽，后来越来越厉害，最后卧床不起，最近好了些。法师，你看我还回得去吗？"

法显道："慧景，你怎么说这样的话？人食五谷，谁会没病？做人最要紧的是要有信心和意志，只要有信心和意志就能战胜三分疾病。你得了一场病，瘦了几斤肉，我不希望把你的豪气也病掉了。你回得去，不单回得去，而且我们还要一起在华夏弘扬佛法呢。我佛也会保佑你平安回去的，你别胡思乱想，要安心养病。"

慧景点头道："你来了，我的病又好了两分。"

法显问道："道整到哪里去了？"

慧景道："这段时间也难为道整了，他整日服侍我，我真有点儿过意不去。今天，他去瞻仰佛锡杖了，他临走时嘱咐一个本寺僧人照看我。其实，我已经能走动了，不用人再照看了。"

晚上，道整回来了，他见到法显很高兴，他告诉法显："我去瞻仰佛锡杖了。佛锡杖旃檀所作，白铁为环，一丈六七尺长，用木筒盛之。有缘者，一人即可拿起，无缘者，千百人莫能举。"

法显问道："你举了没有？"

道整摇头道："没有。我怕自己福分浅举不起来。"

法显问道："这附近还有什么圣迹？"

道整道："那竭国是如来修菩萨行时用银钱买五茎花供养燃灯佛的地方。城中有佛齿塔，本寺西边有佛发塔，西南有佛洗衣处……"

法显问道："你瞻仰过佛影了吗？"

道整道:"嗯。佛影在本寺西南,那里有一条深涧,两面是绝壁,瀑布飞流而下。东岸石壁内有一个大龙潭,是瞿波罗龙居住的地方。此龙原来是个牧牛人,他为国王提供奶酪。有一次,他送迟了,受到国王的谴责。他怀恨在心,发誓愿变成一条恶龙,扰乱国家,害死国王。他到石壁前,坠涧身亡。他果真成了龙王,居住在洞穴里,他想走出洞,完其恶愿。此事被如来察觉,如来怜悯此国之人,便从中天竺至此。龙王见到如来,愿意改邪归正,受不杀戒。如来道:'我将涅槃,我为你在此留影,你若起歹心,就看一看我的影子,歹心即可消除。'于是,那地方便有了佛影。离十多步远观之,佛影犹如佛的真容,然而越近看越不清晰,若有若无。附近一些国家的国王常派画师来摹写,但无一人能画得像的。"

法显又问道:"此寺有多少僧人?"

道整道:"这座寺很大,有七百余名僧人。此地佛塔亦多,有上千座。其中一座乃佛与弟子所造,高七八丈,佛想以此塔作为造塔之楷模。"

法显道:"道整,你跑了一天,太累了,歇息去吧。"

道整走后,法显对慧景说道:"慧景,你躺着,我去打点儿水来给你洗脚。"

慧景连声阻止道:"法师,使不得,使不得……"

法显道:"有何使不得?要是我病了,你可会打水给我洗脚?"

慧景道:"我想我会的。"

法显道:"那么你病了,为何我不能打水给你洗脚?"

慧景道:"你年长,我……"

法显道:"年长,只是年龄上的差别,并说明不了什么。其实,年长者更应该照顾年轻人,你说对吗?"

慧景还想说什么,法显已经走出房间。他从伙房里端来了半盆热水,放到地上,帮着慧景脱掉鞋袜,要给慧景洗脚,慧景怎么也不让。法显道:"慧景,你我相处日久,情同手足,何必如此客气?"慧景争执不过,只得让法显给他洗脚。法显倒了洗脚水,回来就睡在慧景的房间里。他们聊了一会儿别后之情就休息了。

法显精心调理慧景,慧景的病日益好转。

当慧景能独自行动时,法显去瞻仰了佛影、佛发、佛袈裟、佛齿、佛锡杖等圣迹和圣物。他们又在佛影寺住了三个月,待到慧景的病好后,他们三人才起程南行。

三月,天气已渐热,早晚凉爽,中午太阳已有点灼人。茉莉花、紫罗兰、一串红、

第二十章 洒泪葬友

香石竹、金盏花、罂粟花、香豌豆、倒挂金钟、蝴蝶花等色彩斑斓，争奇斗妍。一户人家的院墙边有一棵开着红白两色花的花树，慧景疑是两棵花树摆在一起，但当他仔细观察后发现，原来是一棵树。树上开着红色和白色的蝴蝶花，鲜艳悦目。慧景颇感奇异，但却琢磨不透一棵树上如何能开着两种花。他观看良久，不愿离去，法显催促道："慧景，走吧，前面还会有更好看的花。"

一日，法显、道整和慧景来到一座山前。他们在山下遇到了一个牧羊人，这位牧羊人四十来岁，看样子是个憨厚老实之人，他看到两个外地人要上山，便问道："你们要上山？"

法显等听不懂当地话，但从他的表情理解了他话的意思。法显道："施主，我们要到山那边去。"

同样，那个牧羊人也听不懂他的话，法显只好用手势告诉他要过山。那个人用手指了指他身上的衣服，又指了指山上，摆了摆手。法显明白，他的意思是山上寒冷，需要多穿衣服。法显摊开手，表示无可奈何的样子。牧羊人明白，他没有衣服，牧羊人打手势让他们跟他去。他们三人没有别的办法，只好跟他走。

他们到了一个不太大的村庄，但村上谁也听不懂他们的话。他们仨着急，当地居民也着急。最后，那个牧羊人到另外一个村子去请来了一位"秀才"，他懂梵语，给他们充当翻译。

当地居民告诉法显三人，前面的山十分险峻，地势高寒，终年积雪。山顶上有一个山口，乃必经之路，那里风雪无常，十分危险。

法显双手合十，向牧羊人致以谢意，说道："多亏施主指点，否则我俩将葬身于冰雪之中。"

牧羊人道："俗话说：近海习水性，近山知石声。我们久住这里，熟悉这里的一切，应该告诉你们。你们在我这里待两天，我明日给你们准备些干粮和御寒的衣裳。"

法显道："烦劳施主费心。请问这叫什么山？"

"秀才"道："小雪山（指塞费德科山脉），所以称之为'小雪山'，是对'大雪山（指兴都库什山脉）'而言。

"慧景问道："'大雪山'在何处？"

"秀才"道："'大雪山'在北边。山上白雪皑皑，真可谓大矣！"

牧羊人问法显："你们到这么远的地方来，你们的妻子儿女不惦记你们吗？"

法显道："我们是僧人，终身不娶。"

　　牧羊人惊异地问道："终身不娶？那不绝种了吗？"

　　法显道："阿弥陀佛。我们僧人有家，寺院就是我们的家。我们僧人有子，徒弟就是我们的儿子。我们代代相传，香火不息。"

　　牧羊人道："喔，干吗要当和尚？"

　　慧景觉得牧羊人不知趣，问了一些不该问的问题，想顶撞他几句，但又想，他并非出于恶意，只是出于无知，就没有发作。

　　法显道："这个问题一言难尽。简言之，当和尚就是为了求得解脱，使自己和他人从各种各样的苦难中解脱出来。"

　　牧羊人还想问什么，"秀才"站起身来说道："天已不早，我该回去了。"

　　"秀才"一走，他们便成了哑巴。

　　第三天，牧羊人给法显、道整和慧景每人一件皮袄，并给了他们一些干粮。法显、道整和慧景辞别牧羊人向小雪山进发。

　　山势越来越高，风越来越大，气温越来越低。他们穿上了皮袄。他们爬到了雪线，开始在雪上攀登。雪很滑。常常进两步，退一步。

　　慧景久病新愈，身体很虚弱。他感到寒冷。他知道法显、道整一定也很寒冷，所以他一声不吭。他咬着牙继续往上爬。北面吹来阵阵寒风，冷得慧景直打寒战，心里感到恶心。法显发现慧景不太舒服，问道："慧景，怎么样？冷吧？我把皮袄脱给你。"说着，他便要脱。慧景一把拉住他的手，"法师，你绝不能脱！我很好。"他们又继续前进。一阵阵大风卷着雪向他们袭来。慧景突然摔倒在地。法显赶忙拉他，问道："慧景，慧景，你怎么了？"

　　慧景躺在雪地上，脸色苍白，呼吸微弱，口吐白沫。他拉着法显的手，用微弱的声音说道："法师，我……我不行了。你……你走吧，别……别……死……在……一起……"话还没有完，便断了气。法显抚尸痛哭："慧景啊，慧景，我们的目的尚未达到，你怎么就舍我而去？你好命苦！"法显和道整流着泪把慧景的尸体往旁边挪了挪，用雪把慧景掩埋了。他们哭着依依不舍地离开了自己亲密的伴侣。法显很悲痛，但心中暗想，我们一起离开长安五人，

　　途中又遇六人，共十一人。十一人中回的回，离去的离去，死的死，现在仅剩下我和道整。我一定要坚持到底。不管旅途多么艰险，我也要达到目的，圆满回国。他

第二十章 洒泪葬友

擦干了眼泪，振作精神，奋力向前。他们终于爬过了山顶。当他们下到雪线以下时，已精疲力竭。又走了半个时辰，法显只觉得腿一软，眼一黑，从山坡上滑了下来，幸巧被一块大石头挡住。可是，他已不省人事。等到他醒来时，他已躺在一个游牧部落的帐篷里。他周围坐着好几个人。他问道："这是什么地方，我怎么会在这里？"

一位方脸型白面庞长胡须的老牧民高兴地说道："师父，你终于醒了。你从山坡上摔了下来，昏迷过去。我和几个人赶着牲口路过那里，把你救了回来。你已昏迷一天一宿了。我们这里是罗夷国（在今苏纳曼山脉一带，阿富汗与巴基斯坦接壤处）。"

法显感激地说道："多谢施主救命之恩。"

老牧民道："师父，这都是你福大命大造化大。"

法显问道："我的一位同伴在哪里？"

老牧民道："没有见到！"

法显意识到与道整失散了，心里很难过。

老牧民让一个年轻人去给法显拿来了食物和水。法显喝了几口水，吃了几口饼。老牧民道："你好好休养吧，等你恢复了健康，我们再唠。"

老牧民走了。法显怎么也睡不着。一闭上眼睛，慧景就站到他面前。他越加怀念慧景。他干脆起来，点着香，面向小雪山，祭奠慧景，口中言道：

    天黄黄，夜苍苍，旅途茫茫。
    风萧萧，雪皑皑，挚友命丧。
    想当初，发长安，意气奔放。
    菩萨心，英雄胆，勇斗强梁。
    过大漠，越高岭，蹈火赴汤。
    饮朝露，餐夕风，艰苦备尝。
    实指望，求经律，光耀晋邦。
    哪知道，业未果，中途身亡。
    哭慧景，怨苍天，何太匆忙！
    愿幽灵，早投生，重返世上。

法显祭奠罢慧景，又躺到床上，半晌，才入睡。

　　法显在这里休息了几日，尔后告别牧民们南行。

　　罗夷国因地处山区，夏季气候较为凉爽。法显便在罗夷国的一座小寺院里夏坐（此乃法显西行后的第五年即公元403年之夏坐）。

　　夏坐结束，法显继续南行。他走了十日，到了跋那国（今巴基斯坦北部的班努地区）。他由此东行，过了新头河，到了毗荼国（即今旁遮普，其主要部分在巴基斯坦东北部，小部分在印度北部）。毗荼乃"五河"之意。五河者乃新头河（印度河）、维塔斯塔河（杰卢姆河）、阿西克尼河（奇纳布河）、帕鲁希尼河（拉维河）、苏土德里河（萨特累季河）。此五河养育了这里的人民，并使这里产生了古老的文明和发达的文化。

第二十一章　诗会畅怀

法显西行记

一天中午，法显路过一个村庄。这个村庄很大，有七八十户人家。村东头有一大片芒果园，芒果园的西边有一棵大乌桕树，乌桕树下有一口井，井旁围着十多个人。天气炎热，一切都散发出热气，似乎一个火星，就会把空气燃着。苍蝇、蚊子都被热死，一条小狗伸着舌头急促地呼吸。法显来到井边讨水喝，顺便张了一眼，看他们在干什么。他们在掷骰子赌博，赌注不大，带有很大的娱乐色彩。法显觉得奇怪，天竺也有骰子。不过，华夏的骰子是瓷的，而这里的骰子是象牙的。法显问他旁边的一个人："你们这里怎么玩法？"

那人看了看他，说道："喔，这位师父也想掷？"

法显道："不，我只是好奇而已。"

那人道："三个骰子同点最佳。另外，四五六为大，一二三为小，若两个骰子同点，则另一个骰子点数大者为胜。"

法显问道："你们这里早就有骰子？"

那人道："我们祖祖辈辈都在玩。"

一个年纪在五十岁上下的人说道："我们毗荼人玩骰子已有三千年历史了，《梨俱吠陀》里就有记载。"

法显问："何谓《梨俱吠陀》？"

那个五十岁上下的人道："噢，你有兴趣吗？若有兴趣，晚上天气凉爽没有事时，我给你讲讲。"

法显道："贫僧愿意领教。"

法显站在旁边观看他们掷骰子。太阳偏西，他们散了。那个五十岁上下的人发现法显还没走，惊异地说道："你真的在等着听？"

法显道："先生愿意赐教，贫僧当然乐意聆听，处处皆学问，我是为了学问才不远万里来到贵国的。"

那人问道："你打哪儿来？"

法显道："我从支那来。"

那人惊愕地问道："你从支那来？是从孔夫子的故乡来？"

法显道："先生真是博学之士。请问先生大名？"

那人道："我叫尤素夫，大伙都叫我'书痴'。"

法显道："先生爱书如痴，可见先生读书之多。"

第二十一章 诗会畅怀

尤素夫道:"谈不上,只是爱好而已。"

法显道:"先生刚才说骰子在贵国已有三千年历史。我在国内听说,骰子是老子发明的,而老子距今仅有一千来年。这样看来,你们有骰子的历史比我们要早两千年。"

尤素夫笑着说道:"骰子由我们这里传到你们那里也未可知。"

法显点了点头。

尤素夫道:"我看我们谈得颇投机,不如你到我家住几日,我们好好聊聊。"

法显道:"打搅府上,恐有不便。"

尤素夫挽着他的胳臂道:"走吧,不必客气。"

法显随尤素夫来到他家。他家一共六口人,尤素夫的母亲、老伴及三个孩子。家道尚殷实,七间房屋,其中一间是尤素夫的书房。尤素夫把法显带到书房,对法显说道:"师父请坐。我去让内人给你做饭。"

尤素夫出去后,法显仔细看了一眼书房。屋内码着一摞一摞的贝叶书,桌上放着尤索夫自己的诗稿,桌头还摆设着铜器和陶器等古玩。这时,尤素夫进来了,他拿起一沓贝叶书,说道:"这就是《梨俱吠陀》。"法显接过来看了看,是诗歌,他大多不甚明白。

尤素夫道:"《梨俱吠陀》是《吠陀经》之一部分。《吠陀经》共有四部分,其他三部分是:《娑摩吠陀》《耶柔吠陀》《阿闼婆吠陀》。'吠陀'乃'知识'之意。《吠陀经》当是知识之宝库。它里面包含着各种各样的知识,大抵都是颂扬神祇的诗歌。《梨俱吠陀》记载了阿利雅人同达塞人之间的战争以及诸神如何帮助阿利雅人攻打达塞人,它一共有一千零二十八首圣歌。"

法显问道:"《吠陀经》产生于何时?"

尤素夫道:"它产生于雅利安人时代,距今大约有两千五百年。开始时,并无文字记载,只是口传,后来才被人们记录成文。它是部圣书,是我们生活之准则,其中记载着我们出生、婚姻、丧葬、家庭、宗教等各种习俗和仪式。"

法显拿起一沓翻了翻。尤素夫又从另一摞上拿起一沓说道:"这是《森林书》。"他又指着另一摞道:"那是《奥义书》。这两部书产生的时代稍晚些。不过,它们里面蕴藏着极大的奥妙和深刻的道理。"

法显想问什么,这时尤素夫的二儿子进来说道:"爹,饭好了。"

尤素夫道:"师父请用斋。"

尤素夫把法显领到另一个房间,桌上已摆好了素菜和薄饼。尤素夫道:"师父请放心,这都是素菜。我母亲信佛,她吃素,她有专门的饮具和餐具,从未沾过荤。这是豆角,这是黄瓜,这是美人指……"

法显一惊:"啊?"

尤素夫笑了笑,说道:"喔,这是一种菜,其形状如女子之指,故名美人指。只是名字而已,我想无妨,师父你说对吗?"

法显也笑了笑,点头道:"对,对,对。"

吃完饭,尤素夫的二儿子拿来两根一尺来长小指粗细的树枝。尤素夫递给法显一根,说道:"师父,用否?"

法显接过树枝,但不知有何用处。他正要问,尤素夫道:"这是齿木。"

法显问道:"有何用处?"

尤素夫道:"饭后净齿。"

法显问道:"这是什么树枝?"

尤素夫道:"这是杨树枝。用作齿木的有多种树枝,主要是杨树枝和刺槐树枝。"

法显学着尤素夫的样子把杨枝的一端放入口内咀嚼。嚼出了树汁,一股苦味。他说道:"请你再说一遍梵语的说法。"

尤素夫道:"惮哆家瑟诧。'惮哆'牙齿之意,'家瑟诧'树木之意,合在一起即为齿木。"

法显点头道:"对,对。"

他们净完齿,坐到院内乘凉聊天,之后便休息了。

次日早晨,法显到村外闲走,他一出村就被一个奇特的景象吸引住了。一个十三四岁的小姑娘,头上顶着一只水罐,水罐上放着一只筐,筐上摞着一个大盘子,大盘子上反扣着一只碗,她在给田间劳动的大人送饭。水罐内是奶清,筐里是薄饼,大盘内是菜,三层加起来足有二尺高,犹如杂耍演员在表演顶技一般。她甩动着胳膊,走起来十分自如。法显感叹地说道:"这也是一种功夫!"他本想近前看看,但又怕姑娘受惊而打坏水罐,他只好离远张望。姑娘走后,村里又出来六七个青年妇女,头上都顶着水罐和小筐,往田间走去。她们有说有笑,甚至时不时地还动手打闹,好像她们头上没有东西似的。一个女子不知何事使她如此高兴,边走边舞。她一会儿前进,

第二十一章 诗会畅怀

一会儿后退,一会儿下蹲,一会儿站起,一会儿左转,一会儿右拐。水罐在她头上犹如生了根一般。法显正看得出神,突然尤素夫的大儿子来到他跟前,对他说道:"师父,我爹请你去一下。"

法显随尤素夫的大儿子回到他家中。尤素夫见到法显回来,笑着对他说道:"师父喜欢早上出去散步?"

法显道:"我刚到这里,感到一切都很新鲜,所以想出去多看一看。我们华夏有句俗话:遍地皆学问。喔,不知先生找我有何事?"

尤素夫道:"刚才几位朋友来约我早饭后到村东头乌桕树下吟诗。不知师父感兴趣否?"

法显高兴地说道:"既有这个机会,贫僧怎能错过。"

早饭后,法显和尤素夫来到乌桕树下。树下已先来了三人,他们站起来迎接法显和尤素夫。其中一人笑着说道:"尤素夫先生,你把这位师父请来,不怕他见笑?"

法显摆手道:"我对诗是外行,尤其是对梵文诗,语言尚且不精,哪儿还谈得上诗!"

隔了一会儿,又来了两人,加上法显,一共七人。法显问道:"你们常在一起吟诗?"

尤素夫道:"嗯。我们别无乐趣,仅靠吟诗取乐。一个月也有那么三四次。"

一个人道:"吟诗在我们这里相当普遍。一般人都能背诵《吠陀经》《摩诃婆罗多》和《罗摩衍那》中的一些诗句或者自己诌几句诗。这样说吧,诗离不开我们,我们也离不开诗。"

法显问道:"你们吟诗有何规矩?"

尤素夫道"没啥规矩。不限韵,不限题,任其发挥。"

另一个人道:"我们说是吟诗,也未必像诗。随感而发,胡诌几句消遣而已。"

尤素夫道:"今日你们谁先来?"

一个人道:"我先献丑。"他吟道:

> 天气像蒸笼一般闷热,
> 饥饿的鸟儿畏缩在窝内吐舌。

它们在期待凉风细雨，
　　等候用啼鸣打破村庄的沉默。
　　然而福音何时来临，
　　鸟儿你可晓得？

大家"哇，哇"叫好。
另一个人吟道：

　　欲乘火龙飞雪山，
　　又恐身单不胜寒。
　　何时冷暖随心愿，
　　去却愁容换笑颜？

尤素夫吟道：

　　四野半枯焦，
　　犹有花儿俏。
　　勿怨天无情，
　　心高自逍遥。

其他三个毗荼人也依次即兴抒怀。尔后，尤素夫对法显说道："师父，你也吟一首，如何？"

法显道："我刚才已说过，梵语尚且不精，怎能吟诗？"

尤素夫道："你用支那语吟，之后用梵语给我们解释一下即可。"

法显思忖片刻，说道："好吧。我国有句俗话，叫'诗言志'。我就顺口诌几句表达一下此时此刻的心情吧。"他吟道：

　　新头水长入大海，
　　毗荼诗多出胸怀。

第二十一章 诗会畅怀

春蚕吐丝终有尽，

诗情如潮去复来。

他们又谈论了一会儿诗，就各自回家了。

太阳快落山时，法显听到鼓声，问尤素夫的二儿子："敲鼓做什么？"

尤素夫的二儿子道："有人在跳舞。"

法显道："请你告诉你爹一声，我去瞧瞧。"

法显追随着鼓声来到一块草地上，那里大人和孩子们围成一个半圆形。左前方坐着三个人，一人敲鼓，一人敲水罐，一人吹笛子。一位六十多岁的老人在中央踩着鼓点翩翩起舞，他赤着脚，身着肥大的衣裤，轻快的舞步，滑稽的手语使老汉显得年轻活泼。隔了一会儿，上来几个年轻人，老汉站到一旁休息。他们边跳边唱，观众击掌附和。鼓点时而慢如漏滴，时而快如骤雨。舞步也随之忽慢忽快，慢犹如闲庭漫步，快宛如风驰电掣。他们的动作虽然并不化一，但却给人轻松愉快优美洒脱之感。法显从未见过这样的舞蹈，似乎他看了这些年轻人的舞蹈，自己也显得年轻了，他的头也随着鼓点在不停地摇晃。

法显回到尤素夫家里，对尤素夫说道："你们这里的人能歌善舞，实在难得。"

尤素夫道："我们乡下人没有什么别的娱乐，喜庆节日或农闲丰收之时常唱一唱，跳一跳，抒发自己的情怀。"法显问道："你们大多跳些什么舞？"尤素夫道："舞蹈种类并不多。一种叫击掌舞：跳舞者先围成一个圈，鼓声响起，开始起舞，鼓声越来越急，舞圈也越来越大。这时，三四个青年到圈中央跳，他们边跳边唱，当他们唱完每段的最后一句时，所有跳舞者都一齐拍手重复唱一遍，他们边唱边击掌边跳。另一种舞蹈叫潘戈拉舞：人们围着鼓手起舞。鼓点越来越急，舞步越来越快。尔后，鼓点和舞步逐渐减慢。一人手捂左耳，歌唱，他唱完最后一句时，大家又像开头那样跳起来。还有一种舞叫丘莫尔舞，此舞也是众人围成圈在鼓声的伴奏下，击掌、旋转。"

法显问道："先生，你也会跳吧？"

尤素夫道："年轻时跳得多，现在上了年纪，很少跳。喔，师父，你喜欢下棋吗？"

法显道："喜欢。我们俩对弈一局，如何？"

尤素夫道："好。小二，在书房内掌灯，并把棋摆好。"

隔了一会儿，尤素夫的二儿子从书房出来，告诉尤素夫棋已摆好。

尤素夫对法显说道："师父，请。"

法显和尤素夫起身来到书房。法显看到摆好的棋一愣，说道："我们下的并非此棋，而是围棋。"

尤素夫道："何谓围棋？"

法显道："围棋有一个棋盘，横竖各十七道，交错成二百八十九位，黑白棋子各一百五十枚。下棋者各掷黑白二子，互相围攻，吃去对方棋子，以占据位数多者为胜。"

尤素夫问道："围棋在你们国家有多少年历史了？"

法显道："两千多年了。你这叫什么棋？"

尤素夫道："这叫象棋。你看，棋子上有骑象的人物。中间这个乘象者是国王，国王两边是宰相，宰相两边是军师，军师两边是骑兵，骑兵两边是战船，这前边一列是八个步兵。这也是黑白两种子，每边十六子，共三十二子。棋盘上有六十四格。双方对垒，把对方吃光或逼得对方走投无路者为胜。我教教你。"

法显道："这样吧，哪一天你同别人下时我在旁观看，那样可能学起来更快。"

尤素夫道："行。那你休息吧。"

法显同尤素夫相处甚密，言语投机，成了密友。当法显向尤素夫告辞时，

尤素夫依依不舍，一直送了他五里路。最后，法显道："你要是不回去，我就不走了。"他这才止步。

法显西行记

第二十二章 沙漠昏厥

法显由此东南行。天气炎热，热流触到身上火辣辣的，汗刚流出来就蒸发了。地面很烫，穿着鞋也觉得烫得慌。法显走不多久就得找树荫歇息一会儿，或向施主们讨水喝。

一日，法显进入了一片大沙漠。茫茫大漠，无花草树木，无河流池塘，只有灿灿黄沙。白天，酷阳如火炉一般，毒焰四射，似乎要把人烤熟，法显热得透不过气来。他虽扔掉了一些笨重的东西，但仍觉得身上如压着一座大山似的。人在十分难受的情况下，就是一根羽毛也会感到重似千斤。然而有些东西，诸如经卷、笔记等，他视为至宝，无论怎么艰难，也不愿把它们扔掉。他喘着粗气，拖着沉重的脚步，一步一步向前迈进。他的黄皮肤被晒成了褐色，并起了皮，脚上打了泡。他十分口渴，但他却舍不得多喝一口水，他深知，在沙漠里，有水就有生命，然而他的水已剩得不多了。他虽然累，但却不敢坐下休息，担心再也起不来。闷热、口渴、疲劳像三个敌人一般一齐向他袭来。他对待它们唯一的武器就是坚定的信念、坚强的意志和坚韧的毅力。一步、一步、一步……毕竟他年纪太大，体力不济，突然眼前一黑，晕倒在地。隔了一会儿，他苏醒过来，揉了揉眼睛，敲了敲脑袋，咬了咬舌头，觉得自己确实还活着，就又挣扎着爬起来，向前迈步。沙地像被火烤过的钢板一样烫。法显一次又一次被热晕过去，但一次又一次爬了起来。在他的生活字典里，有"失败"二字，但却没有"屈服"二字，有"苦恼"二字，但却没有"失望"二字。一步、一步……太阳终于落山了。虽然没有太阳的毒焰了，但沙子散发出来的热量却仍很蒸人。下半夜天气凉爽了些，法显感到舒服许多，但他没有歇息，而是抓紧时间赶路。人，在某一特定的情况下，靠着某种精神力量所产生的爆发力，可以做出平常难以想象的事情，此时的法显或许就是处于这种状况。尽管他年迈，尽管他疲劳，尽管他饥渴，为了达到自己的目标，顽强地向前，向前，再向前。经过三天的艰苦跋涉，他终于走出了令人望而生畏的沙漠。刚走出沙漠，他便再也支撑不住，昏倒在地。当他苏醒时，一个人正在喂他水，旁边还站着两个人，牵着几匹马，马上驮着货物。喂水的那个人见到法显苏醒过来高兴地说道："师父，你终于苏醒过来了。"

法显感激地说道："多谢施主救命之恩。请问你是？"

那个人道："我是商人。你可真了不起，一人横穿沙漠。要不是我亲眼看见，我真不敢相信有这等事。你身体太弱，骑到我的马上吧。我送你到前面的寺院去。"

法显问道："这附近有寺院？"

第二十二章 沙漠昏厥

那个人道:"离这七八里路的地方有一座不太大的寺院。"

法显道:"实在感谢。这是什么地方?"

那个人道:"这是摩头罗国(今印度北方之邦马土腊附近一带)的境域。"

法显道:"这样说来,我已到了中天竺了,是吗?"

那个人道:"嗯。"

他们来到一座寺院。寺中僧人听说来了客僧,尤其是从支那来的客僧,都很高兴,出来迎接。法显已恢复了些精神,下马与众僧寒暄。这寺院的僧人待客很热情,他们帮法显提行囊等物,与他一见如故,犹如多年不见的老朋友。那几位商人把法显送到寺院后就告辞了,法显一再向他们表示谢意。法显被接到寺中,一个僧人立即端来刚从井中打上来的凉水请他饮用。他刚喝完水,又一个僧人打来洗脸水请他洗脸。洗脸水倒后,那个僧人又给他打来了洗脚水。法显洗完脚,那个僧人又拿来了涂足油。他们的殷勤使法显十分感动,法显说道:"诸位如此热情,我很过意不去。"

住持道:"师父不必客气。客人至此,我们都这般对待,何况你是远方来的客人。"

住持刚说完话,一个僧人便端来了果汁。法显喝了两口,问道:"这是什么果汁?"

住持道:"这是庵没罗果汁。"

庵没罗果即芒果,味道又甜又香。法显赞道:"美味,喝上此种果汁也是老僧的福分。"

住持问法显:"师父,腊数几何?"

所谓腊数,即指僧人历年安居之次数,亦即僧龄。

法显道:"我三岁度为沙弥,至今已六十六载矣。"

住持略感惊异地说道:"比我的年纪还大得多。"他吩咐一个僧人为法显准备上好的房舍和卧具。

法显道:"长老,不必费心,一般房舍和卧具足矣。"

住持道:"师父有所不知,客僧至此均按腊数次第提供房舍、卧具。你为长者,腊数又大,受之当然。"

法显被带进一间面积较大、卧具较新的房间,室内还放着一些经卷。此房两侧都是僧房,在僧房的前面有三座塔,一个僧人告诉法显,一座是舍利弗塔,一座是目连塔,一座是三藏塔。每年的一、五、九三个长斋月和每月的六、十四、十五、二十三、二十九、三十这六天持斋日,僧众都竞相供养这三座塔,是日香烟如云,花散如雨,甚为壮观。

摩头罗国土地膏腴,五谷丰登,盛产芒果。此地芒果有两种:一种个儿小,生时为青色,熟时为黄色,这种芒果甜而多汁,但肉少;一种个儿大,生时为青色,熟时仍为青色,这种芒果香而少汁,但肉多。这两种芒果皆为佳品。此国暑热长,终年无霜雪,人民安居乐业,无户籍,愿去便去,愿留便留。国内无刑罚,对犯罪者,根据罪情轻重罚钱,最重的罪莫过于叛逆,也仅断其右手。

法显在这里,每日都有僧人给他送饭送水,他甚觉过意不去,一再让他们别送,自己去取,但他们却仍然送来。一个僧人对他说:"我国僧人待人都极热情,这已成了我们的传统。国王、长者、居士等供养我们精舍、田宅、园圃、民户、牛犊等。我们吃、穿、住、用无一缺少,唯以作功德、诵经、坐禅为业,殷勤待客也是功德之举。"

法显在此住了三日,身体已基本恢复,便告别住持及众僧登程。

住持问他:"你要到何处去?"

法显道:"我到都城摩头罗(今印度北方之邦马土腊西南五英里处的马霍里)去。"

住持道:"喔。摩头罗城南有一寺,名叫那萨迦寺,该寺的住持瞿波跋摩是我的好友,我写封书信给你带去,若有事可请他帮助。"

法显道:"多谢长老。"住持立即去写信,写好后把它交给了法显。

法显继续向东南行。

一日下午,法显来到了那萨迦寺,这座寺院的僧人也像前一座寺院一样的好客。法显把信交给了瞿波跋摩长老,瞿波跋摩长老待他更是热情。

法显在那萨迦寺住了几日就辞别瞿波跋摩长老及众僧继续东南行。他来到遥捕那河(今朱木拿河)岸边,遥捕那河乃恒河西部的头一大支流,发源于喜马拉雅山的卡梅特峰下,切削山谷,穿过湿婆里克山脉,然后流入北印度平原,向南与恒河平行奔流,在阿拉哈巴德与恒河汇合。一个老汉把法显渡过河,法显把瞿波跋摩长老送给他的齿贝取出一枚与老汉,但老汉拒绝接受,说道:"我在此摆渡已三十来年,从未收过僧人的渡河钱。"

法显道:"老施主,我祝福你长命百岁!"

法显过河后来到一个村庄,在离村庄半里路的一块宽阔的场地上围着许多人。法

第二十二章 沙漠昏厥

显不知何事,便去看个究竟。一个结实的木桩上拴着一头肥壮的公水牛,一个中年人拿着一根木棍站在水牛旁边,他严肃地对众人说道:"今天,我们用我们传统的方法——斗水牛来选拔青年人的首领,谁能用自己的力气、勇敢和智慧制服这头力气大脾气犟的水牛,谁就是村里青年人的首领。小伙子们,准备好!"隔了一会儿,他用木棍猛抽牛背,打得牛乱叫乱跳,脾气大发。这时,一个青年人想上去解牛绳,他刚走到牛跟前,就被牛一头顶得老远。又上去一个青年人,他尚未接近柱子,就被牛踢了一蹶子。一连上去五个青年人都没有解下牛绳。场上很静,人们都为斗牛者捏一把汗,也都希望他们能够成功,然而个个都败下阵来。隔了半天,无人再上去。那个中年人高声问道:"还有人敢试一试吗?"

场内无人回答。

那个中年人又问:"没有人敢试了?"

"我来试试看!"一个中等身材体形略瘦的青年人不慌不忙地走了出来。看到他那瘦弱的样子,有人嘲笑,有人担忧,大多数人认为他不该逞这个能。他没有直接奔去解牛绳,而先引逗牛。当牛冲向他时,他闪开了它,而迅速地去解开牛绳。牛像发了疯似的横冲直撞,青年们跟在牛后面大喊大叫,但都不敢靠近它。那个解开牛绳的青年人,冲到牛头前面,敏捷地一跃而起,两手抓住牛的双角,牛左甩右甩想把他甩掉,但他死死地抓住牛角不放。牛把他往地上摔,昂头把他高高举起,他顺着牛头的动势一下一上,毫无紧张和胆怯的神情,他那黝黑的皮肤上豆粒大的汗珠在阳光下闪着晶莹的亮光。牛甩来甩去,终于气力耗尽,青年人顺势按下牛头。牛前腿双膝跪下,犹如求饶一般。青年人右脚踩到牛脖上,蹬来蹬去,牛躺到地上任其摆布。青年人治服了烈牛,人群中响起了一片欢呼声,那个中年人宣布这个青年人为全村青年人的首领。

法显看完斗牛继续前行。十二月,天气凉爽,太阳显得温和。道路也很平坦。法显心境舒畅,走起路来颇有劲。

法显西行记

第二十三章 拜谒圣迹

第二十三章 拜谒圣迹

一日,法显来到了僧伽施国(在今印度北方邦西部法鲁哈巴德地区)。法显听说都城东二十里处有三道宝阶遗迹,便前往那里。那里有一座僧伽蓝和一座尼姑庵,僧、尼共一千余人。僧伽蓝的院内有三道宝阶,南北排列,梯面向东,上饰珍宝。中阶上有石雕立佛像,左右二阶上有天帝释和梵天王的雕像。三道宝阶旁有一石柱,高七十余尺,石柱底部是莲花形的仰拱,上面是栩栩如生的狮子,狮子蹲踞向阶。四面均有佛像,柱子光润细密,犹如琉璃。此柱乃阿育王所建。法显从一个僧人那里了解到三道宝阶和石柱的来历。

昔时如来从胜林上忉利天善法堂为母说法。忉利天,即三十三天,在须弥山之巅。中央为帝释天,乃天帝释所居。善法堂乃天帝释之讲堂。如来说法三个月欲下到凡间。天帝释运用神力建宝阶,中阶为黄金阶,左阶为水晶阶,右阶为白银阶。如来从中阶而下;梵天王从白银阶而下,手执白拂在右边侍候;天帝释持七宝盖从水晶阶而下,在左边侍候。如来下来后,三道宝阶都消逝于地下,仅剩七级台阶。后来,阿育王想知道宝阶的根基究竟有多深,便令人挖掘,直挖到黄泉,根基仍未尽。阿育王信服之至,于是他命人在此建精舍,雕佛像,立石柱。柱上石狮常显灵。有一次,耆那教的一个能言善辩者与一个沙门争吵起来,说此处是他的住所。沙门讲不过他,立誓道:"此处若是我沙门的住所当有灵验。"他的话音刚落,柱头狮子便大吼三声,耆那教徒十分恐惧,遂溜之大吉。

此处有许多窣堵波。佛剪发处、佛剪爪处、佛坐处、佛经行处,皆有窣堵波,法显都一一瞻仰。

法显听说北面距此八百多里远的地方有一圣迹,想去瞻仰。一僧人劝他道:"路途太远,单程就得走十多天时间,太辛苦,趁早别去。"法显坚定地说道:"谢谢你的好意。不过,我还是要去一趟,我万里迢迢到此,就是为了饱览圣迹,求取经律,怕辛苦我就不来了。况且,我们僧人是不怕吃苦的,在某种程度上,僧人就是要找苦吃,不能吃苦,就当不了和尚。你说对吗?"那个僧人连声称是。

一日,他来到了圣迹,此处是佛变化为恶鬼处。这里有一寺,名为火境寺,火境乃恶鬼的名字。这座寺院是后人为布施阿罗汉所建。阿罗汉用水洗手,水滴到地上,至今地上仍有痕迹。寺旁有一佛塔,善鬼神经常洒扫,保持整洁。曾有一信奉左道邪说的国王,听说常有鬼神打扫佛塔,心中便生了歹意,说道:"我派大批兵将驻扎这里,让他们拉屎撒尿,看鬼神还能打扫干净否?"于是他派五万兵将住在这里。一夜间，到处都是粪便。黎明前，鬼神刮起了一阵大风，下起了一场大雨。屎被刮走了，尿被冲掉了。风雨交加，国王的兵将无处藏身，个个抱头鼠窜。

此处有一百来座小塔，但谁也不知道确切的数目。有一次，一个人不相信数不清，他从早上一直数到晚上，不是多一个便是少一个，或者中途数错，到底还是没有数清。有一位将军决心要把塔的数目搞清楚，他命令，一个塔旁站一个士兵，等到所有塔旁都站着士兵后，他集合士兵，点人头，但每次数的人数都不一样，不是多一个就是少一个，最终还是没有把塔的数目搞清楚。

辟支佛涅槃处，是一块只有车轮大小的地方。别处都生草，唯独此处寸草不生。

法显瞻仰圣迹后便往回走，回到他住过的龙精舍。据说，龙精舍有一条白耳龙，此龙护祐国内风调雨顺，五谷丰登，农人安居乐业，僧人平安事佛。人们感谢白耳龙的恩惠，为它建了一座龙舍，用食物供养它。僧人们每日派三人到龙舍中吃饭，以陪伴白耳龙。法显听说，每年夏坐完毕，白耳龙便显灵一次，于是，他决定在此夏坐，以观白耳龙显灵。

法显在龙精舍夏坐（此乃法显西行后第六年，即公元404年之夏坐）。

夏坐结束后的第二天，龙精舍的所有僧人都集中于精舍院内。一个僧人端着一个铜盂跟在住持的后面，从每个僧人面前经过，让所有人观看。他们到了法显面前时，法显看到，铜盂内放着奶酪，中间有一条小蛇，蛇的两耳边呈白色，他还未来得及细看，那个僧人就过去了。旁边的一个僧人告诉法显："这就是白耳龙变的，它每年都变成小蛇，等大家都看完，它就变成龙离去。"

翌日，法显离开龙精舍东南行，走了两天，来到了罽饶夷城。罽饶夷城又名曲女城，即今日之卡瑙季城。

曲女城位于恒河边。一日上午，法显到恒河边游览，他看到岸边有许多人，水中也有不少人。岸上的人有的在看水中的人沐浴，有的用手掬水喝。水中的人有的在沐浴，有的在张着嘴让波浪冲入嘴中，并把水咽下去。他看到一个人张口啜波，身体逐渐下沉，招着手，似在呼救。法显想下去救他，怎奈自己不习水性，心有余而力不足，他对旁边一个人说道："快去救他！"那人置若罔闻。他又大声嚷道："快救人哪，那人快被淹死了！"但却无人去救，法显对他们的见死不救十分气愤。他来不及脱去袈裟就往水边跑，刚要跳到河里，却被旁边一人一把拉住。法显生气地说道："你们见死不救，为何还挡住我？"

第二十三章 拜谒圣迹

那人笑道:"他有福气。"

法显气愤地说道:"你这个人心太狠。他快被淹死了,你却说他有福气,何其毒也!"他又朝水中看了看,已见不到那个呛水的人招手了,那个人已沉入水中。

旁边那个人松开法显道:"你到这里多久了?"

法显没好气地说道:"两天!"

那个人道:"难怪你不知本地风俗。"

法显问道:"什么风俗?"

那个人道:"恒河乃圣河,恒河之水乃福德之水。在恒河水中沐浴,可消除一切罪孽。饮恒河之水,可消灾免祸。轻命自沉,可升天受福。刚才那个人自愿沉于恒河之中,他已升入天堂,你说,他是不是有福气?"

法显仍对刚才那个人的死感到遗憾,说道:"阿弥陀佛,愿他早日升天。"

他想,既然恒河之水乃圣水,我已到了恒河,何不也饮上几口?于是,他蹲下身子,掬水饮了几口。水味甘美,喝到嘴里甜滋滋的,咽到腹中凉丝丝的。他果然觉得心中爽快许多。

法显到城西六七里的地方瞻仰了佛为弟子说法处,然后,渡过恒河,到呵梨村瞻仰了佛说法处、经行处、坐处等圣迹。

法显继续东南行。天气炎热,他汗流浃背。夜晚蚊子多,咬得他身上到处是疙瘩,痛痒难忍。尽管如此,他仍然不开"杀戒",把蚊子从身上轻轻地拂去,从不打死它们。

一日,法显来到了沙祇大国的都城沙祇城(今印度北方邦的阿约底城)。次日,法显到城南瞻仰佛嚼杨枝处。

距南门三里道东,有株古杨树,七尺多高,枝叶繁茂,这便是法显要看的圣树。当年如来用杨枝净齿,无意中把剩余的杨枝插入土中,后来,杨枝生根发芽,长成了一株大树。但寒来暑往,夏秋递代,此树却不增不减。一些外道婆罗门非常嫉妒,有的把它砍断,有的把它拔掉,但其处仍续生如故。杨树旁不远的地方,有过去四佛即拘楼秦佛、拘那含牟尼佛、迦叶佛、释迦牟尼佛经行处与坐处等遗迹。这些地方均有窣堵波。

法显由此向北行了五日,来到拘萨罗国舍卫城(今印度北方邦北部沙赫特、马赫特二村)。拘萨罗是印度古代的十六大国之一,舍卫城乃其都城。不过,当法显游历时，舍卫城已衰微，城内人民稀旷，仅有二百余户。然而在佛陀时代，此城却非常繁华，它是北天竺的商业中心之一，各类货物的集散地，市场繁荣，人口众多，商旅如云。王孙公子、贵胄将相，彼来此往，络绎不绝。佛陀在此度过了二十五年，宣扬过许多重要的教义。耆那教的两位著名师尊——生主和月光主亦诞生于此。耆那教的教主大雄也常来此，并在此度过一个雨安居。舍卫城同时盛行婆罗门教，是研习《吠陀经》等经典的重要地方。

法显住在城内的萨迦寺，他在寺内结识了僧人勒那流支。勒那流支聪明好学，待人诚恳，他们谈得很投契，成了朋友。

一日上午，勒那流支陪法显出去游览。舍卫城虽然现已荒凉，但仍能看出当年的风姿。原来的街道平直，城分三重：王城和内、外城。到了王城，勒那流支告诉法显，这是波斯匿王的王宫，他指着东边不远处的一座小窣堵波说道："这座小窣堵波所在的地方原先是波斯匿王为如来建的大法堂，后人在大法堂的故基上建了这座小窣堵波。"

法显问道："波斯匿王何许人也？"

勒那流支道："他是拘萨罗国的一位国王，与释迦牟尼同时代。当时，拘萨罗国是北天竺的一个强国。波斯匿王赞助佛教，敬慕释迦牟尼，与释迦牟尼交往甚密。在他最后一次在劫比罗伐窣堵国与释迦牟尼会见时，留在国内总摄政事的大臣宣布废除他的王位，立其子毗卢择迦为王。波斯匿王闻讯后立即前往王舍城向摩揭陀国阿阇世王求助，打算夺回王位，但刚走到王舍城外，就因劳累过度，含恨而死。"

法显气愤地说道："子篡父位，大逆不道！"

勒那流支继续说道："毗卢择迦残忍暴虐。他嗣位后，便追怨前辱，大举兴兵，消灭释迦族。"

法显问道："他为何要消灭释迦族？"

勒那流支叹息道："唉，说来话长。波斯匿王继位后，就向释迦族求婚。释迦族鄙视他，认为他与自己不是一个种族，不愿把本族的女儿嫁给他，而把佣人的女儿嫁给他。波斯匿王以重礼相聘。佣人的女儿嫁入王宫后，波斯匿王把她立为王后，她生了一个儿子，便是毗卢择迦。毗卢择迦想到舅父家学些本领，当他快到释迦族的住所时，他见到一所讲堂，便进去歇息。释迦族的人们听说波斯匿王的儿子在讲堂内歇息，十分恼火，一边驱逐他，一边骂道：'你这个卑贱的家婢之子，胆敢在此休息！此室

第二十三章 拜谒圣迹

乃是我们释迦族人所建,供佛居住。你快滚蛋!'毗卢择迦觉得自己受了侮辱,决心报复。他一即位,便举兵消灭释迦族,他俘虏了九千九百九十万释迦族人,统统杀戮,尸积如山,血流成河。惨得很哪!"

法显从牙缝里挤出两个字:"凶残!"

勒那流支接着说道:"恶人不得好报,他最终入了地狱。这里有几处与毗卢择迦有关的古迹,有空我带你去看一看。"

法显指着法堂旁边不远的一座窣堵波,问道:"这座窣堵波有何来历?"

勒那流支道:"走,等到跟前我再告诉你。"

他们来到窣堵波跟前。勒那流支道:"这是佛姨母摩诃波阇波提比丘尼的精舍。她是释迦牟尼的生母摩耶夫人的胞妹。正如你所知,释迦牟尼出生后七天,生母病卒,由姨母摩诃波阇波提抚养成人。后来,她成为释迦牟尼之父净饭王的妃子。释迦牟尼成道后,她皈依佛教,曾三次向佛要求出家,因她是女人,佛不许。她又向阿难要求,阿难向佛求情,佛最后答应她出家,这是女人出家之始,摩诃波阇波提是第一个比丘尼,这座精舍是波斯匿王为她建的。"

法显在周围看了看,精舍已变成了废墟,但窣堵波尚完好。

勒那流支看了看太阳,说道:"此处古迹甚多。我们先回去用斋,改日再来吧!"

法显虽然还想看,但担心勒那流支挨饿,就与他回萨迦寺了。

第二天一早,法显就来找勒那流支,勒那流支正在打坐,等他打坐完毕,法显对他说道:"今日上午我们再去吧。说句心里话,我真想一下子把这里的圣迹都看完。"

勒那流支道:"你不累?"

法显摇了摇头道:"不累!"

勒那流支笑着说道:"师父虽到古稀之年,却具有童子之心。"

法显也笑着说道:"我自己也觉得人老心未老。人老心亦老,方谓之老也!"

勒那流支打趣地说道:"师父是越活越年轻!"

法显摇头道:"这只是开玩笑而已。实际上,我已力不从心。要是我年轻二十岁,那我不仅要周游天竺,还想周游世界!"

勒那流支竖起大拇指称赞道:"师父的雄心亦属可敬!"

法显关切地问道:"你累了吧?"

勒那流支道:"不累!师父求知心切,我甘愿奉陪。"

早斋后,法显和勒那流支来到昨天参观过的摩诃波阇波提比丘尼精舍东边的一座窣堵波。勒那流支告诉法显道:"此处是须达长者的故宅。"

法显问道:"须达长者是不是就是那位'给孤独'?"

勒那流支道:"正是。他家富有,他经常给贫穷孤独者施舍,所以人们送他一个美称,叫'给孤独'。你知道'逝多林给孤独园'吧?"

法显道:"知道。那个园是他花钱建的,对吗?"

勒那流支道:"嗯。待一会儿,我带你去看一看。"

法显指着旁边不远处的一座大窣堵波问道:"那是什么地方?"

勒那流支道:"那是鸯窭利摩罗改邪归正处。"

法显问道:"鸯窭利摩罗是什么人?"

勒那流支道:"他是波斯匿王的宰相奇角之子,他的父母望子成才,把他托付给一个婆罗门教养。一日,婆罗门外出,妻子趁他不在家,勾引鸯窭利摩罗与她苟合,遭到鸯窭利摩罗的拒绝。她见软的不行,就来硬的,说道:'你要不从,我就告诉你师父,让他惩罚你。'鸯窭利摩罗正色道:'你身为师娘,应该自重!'婆罗门的妻子恼羞成怒。婆罗门回来后,她哭着对婆罗门说道:'你的学生趁你不在家,妄图欺侮我,要不是我坚决反抗,就遭了他的毒手。你得想法除去他!'婆罗门信以为真,说道:'他对你无理,我一定要惩罚他,但他的父亲是当今宰相,我能怎么办?'妻子道:'你平常足智多谋,怎么人家欺侮你的妻子你倒没有主意了?'婆罗门皱了皱眉头,突然心生一计。次日,他对鸯窭利摩罗说道:'你想生于梵天上吗?'鸯窭利摩罗高兴地说道:'当然想啦!'婆罗门道:'我教一个密法。你若能杀死一千个人,以他们的手指为鬘,死后即可升天;若能杀死生母和沙门瞿昙(即释迦牟尼),即可生于梵天上。'鸯窭利摩罗听信婆罗门的话,见人就杀,把他们的手指割下来,饰于头上为鬘。他正欲害他母亲,被如来发觉,如来悲悯,前来教化他。鸯窭利摩罗见到如来,心中暗自高兴:'我今日定可升天。'对他母亲说道:'我先不杀你,先杀那个沙门。'说完,便放开母亲,握剑冲如来疾奔而去。如来见他奔来,慢慢后退,鸯窭利摩罗仍然向前飞奔,如来朝他一指,喝声'定!',他便动弹不得。如来对他说道:'你为何屠杀生灵,舍去善本,作此冤孽?'鸯窭利摩罗把婆罗门的话说了一遍。如来道:'他是唆使你作恶,加重你的罪孽。你何不改邪归正,以求正果?'鸯窭利婆

第二十三章 拜谒圣迹

罗听了如来的教诲,悔恨自己的过失,皈依了佛门,他精勤不怠,终于证得罗汉果。"

法显道:"喔,原来是这样。"

勒那流支又陪法显到城南五六里的地方去瞻仰逝多林给孤独园,即祇洹精舍,此乃须达长者为佛所建的精舍。精舍院落有二门,一门朝东,一门朝北。东向的大门两旁有两根石柱,高七十余尺,左边石柱的上端雕刻着一个车轮,右边石柱的上端雕刻着牛形,这两根石柱乃阿育王所建。法显进到园内,只见林木茂盛,花草满目,小溪萦绕,池水清澈。有的室宇已倾塌,但有的房屋尚完好。

勒那流支对法显说道:"当年须达长者在地上布满了金子才买下了这块园林。"

法显感慨地说道:"须达长者真乃疏财善施者也。"

勒那流支道:"他听说佛的功德,十分敬重佛,愿为佛建立精舍。他察看了许多地方都不太合适,只有太子逝多的园地广阔、幽雅,最为合适。须达长者把自己的意图告诉了太子,太子开玩笑地说道:'一寸土地一寸金,你若能在地上布满金子,我便把园地卖给你。'须达长者毫不迟疑地说道:'好吧!'于是,他把家中所藏的金子统统拿了出来,布满了整个园地。太子道:'这块园地卖给你了,园中的林树奉送与你。'须达长者在园地中央建立了精舍。如来住进精舍后,对阿难说道:'园地是须达长者所买,林树乃逝多所施,二人同心建此功业,此园可命名为"逝多林给孤独园"。佛在此居住时间最长,达二十五年之久。"

法显二人正在说话,从旁边走来六七个本精舍僧人。他们见到法显颇惊异,一个僧人上前问道:"这位师父来自何地?"

法显道:"老僧来自汉地。"

那个僧人问道:"汉地在何处?"

勒那流支解释道:"汉地即支那。"

另一个僧人道:"只听说过支那之名,却从未见过支那之人。"

一个年纪稍大的僧人道:"师父远道而来,快请室内叙话。"

他们把法显请入僧房,用茶水和本园所产的劫比他果(状似苹果的一种水果)、阿末罗果(山楂)、那利前罗果(椰子)等招待他。

一个僧人问法显:"师父,你孤身一人到此?"

法显伤心地说道:"旅伴十人,有的已回去,有的已无常,有的已奔他处,仅剩我一人。"他差点儿落下泪来。

那个僧人又问道:"你是专程来瞻仰佛迹的?"

法显道:"我们汉地戒律残缺,我是特来求法的。"

那个僧人对另一个僧人说道:"我们师徒代代相承,还从未听说过或见过支那僧人至此。"

法显伤感地说道:"你们有福分,居住于佛曾居住过二十五年的地方,而我这个边远之人,今日才有缘见到逝多林给孤独园,却无缘见到佛面。"

那个年纪稍大的僧人劝法显道:"师父不必伤感。我们带你去见一尊佛像,你见后会感到欣慰的。"

他们领法显来到一座二层小楼,一层的大厅里坐落着一尊佛像。法显上前焚香叩头,然后起身细察。这尊佛像紫铜色,雕刻精致,惟妙惟肖,如真佛一般。

那个年纪稍大的僧人告诉法显:"佛上忉利天为母说法九十日,波斯匿王想念佛,就用牛头旃檀刻了这尊佛像,放置在佛平常所坐的地方。后来,佛回到精舍,像即离开座位出来迎佛。佛道:'你仍回原处去。我涅槃后,你可为四部众作模式。'像又回到原来的地方。此像乃众像之始,雕像之楷模。佛移到南边距像二十步远的小精舍。祇洹精舍原先是七层。各国国王和人民竞相供养,悬挂缯幡,散花烧香,燃灯续明,日夜不绝。一日,一只老鼠衔走了灯芯,燃着了缯幡,大火四起,大精舍化为灰烬。各国国王和人民都很悲伤,以为旃檀像已被烧毁,过了四五天,人们打开小精舍,忽然发现像在那里,无不高兴。大家齐心协力重建精舍,盖了两层楼,把像移回原处。"

法显听了这尊佛像的经历后又五体投地膜拜了一次。

次日,八月十日,是当地俗人的佩镯节。佩镯节颇有来历。

因陀罗是位为民除害的英雄,他全身茶褐色,善于变化,嗜饮苏摩酒。蛇妖弗栗多危害百姓,作恶多端。因陀罗决心除掉他,但在与蛇妖的战斗中,常吃败仗。有一次,他几乎丧命,他回家后,闷闷不乐。妻子问他何故,他把战不过蛇妖之事告诉了妻子。妻子毫不犹豫地说道:"你不必忧虑,我自有办法。"第二天早晨,妻子在丈夫的手腕上套了一个保护圈,因陀罗又去战蛇妖,他越战越勇,最后蛇妖抱头鼠窜。因陀罗乘胜追击,杀死了蛇妖,占领了他九十九座城堡,取得了彻底的胜利。人们认为,妇女给男子戴上手镯,就会保护男子平安,因此,产生了佩镯节。在佩镯节期间,姊妹们都要给兄弟们佩戴手镯,使他们平安无事,兄弟们回赠姊妹们鲜花,祝愿她们永远像鲜花一样的艳美。

第二十三章 拜谒圣迹

这日下午，法显进城去看热闹。一处围着许多人，他凑近瞧了瞧，圈内人们正在表演舞剧"因陀罗大战蛇妖"。全身茶褐色身材高大的因陀罗手持金刚杵正在与身体细长而柔软的"蛇妖"搏斗，因陀罗敌不过蛇妖，蛇妖正要咬死因陀罗，这时，他的妻子飞步而来，迅速地在他手腕上套了个手镯，他力量倍增，转败为胜，最后打败了蛇跃。在场观众热烈鼓掌。舞蹈时而急促紧张，时而缓慢轻松。最后的结局，使人产生了一种快感，法显从未看过如此动人的男女混合舞蹈，心理上感到了某种满足。

佩镯节后的第三天，法显在勒那流支的陪同下去参观祇洹精舍东边的影覆天祠。影覆天祠距祇洹精舍六七十步，高六十尺，它是外道天祠，位于道东。道西有一座精舍，亦高六十尺，佛曾在这座精舍里与外道论议。日将落时，佛精舍的影子映到外道天祠上。旭日东升时，外道天祠的影子则北映，而映不到精舍上，所以，人们称天祠为"影覆天祠"。有一个这样的传说：外道常常遣人守卫天祠，洒扫、焚香、燃灯，但到天明，天祠内的灯均不胫而走，到了佛精舍里。一个婆罗门怨恨道："沙门真可恶，拿我们的灯去供养佛！"于是，他夜间亲自守夜。他见到他所供养的天神自己拿着灯绕着佛精舍转三圈，尔后把灯放在佛精舍里供养佛，他方知佛神通广大，便放弃外道，皈依佛门。

法显又到道西观看佛精舍，佛曾在这座精舍里与九十六种外道论议。何谓九十六种外道？原本只有六种外道，即富兰那迦叶、末伽梨拘舍利子、阿耆多翅舍钦婆罗、迦鸠驮迦旃延、删阇耶毗罗胝子、尼乾陀若提子，这六种外道称之为"六师外道"，而六师又各有十五种流派，合为九十种外道，再加之六师，共九十六种外道。佛与九十六种外道论议时，国王、大臣及平民百姓都来聆听。当时，有一个名叫旃柘摩那的外道女子，她遥见众人对释迦牟尼非常恭敬，十分嫉妒，遂起歹心，欲败坏释迦牟尼的名声。她做了手脚后腆着大肚子，姗姗而来。她到了论议处，在众人中嚷道："这个说法之人并非慈善之辈，而是道貌岸然的伪君子。他满嘴仁义道德，内心却男盗女娼。你们看，我腹中的孩子就是他的，他与我私通！"众人为之愕然。虔诚的佛子认为她是在诬蔑佛，而外道则信以为真，即使不信，也感到畅快。九十六种外道起哄道："瞿昙沙门，自己不正，还讲什么法！"论议场上一片乱哄哄。

旃柘摩那洋洋得意。为了解除众人的疑团，揭穿旃柘摩那的阴谋，天帝释化作一只白鼠，啮断旃柘摩那的腰带。腰带的断声，惊动了众人，众人看到，从旃柘摩那的怀中掉下一堆衣服。许多人指责旃柘摩那卑鄙，一个人捡起衣服，诙谐地对旃柘摩那说道："这是你的儿子！"他的话引得哄堂大笑。旃柘摩那羞惭满面，正欲逃走，突然大地崩裂，她陷进地下，活活地入了地狱。

法显来到旃柘摩那陷入地狱的地方，一个两间屋大的深坑，一眼见不到底。勒那流支告诉法显："夏秋霖雨之际，其他沟池都泛溢，唯独这个深坑见不到水。"

法显和勒那流支来到祇洹精舍西北四里远处的得眼林。这里木林茂盛，法显在林中遇到祇洹精舍的一些僧人，他们在此坐禅。一个僧人告诉他此林的来历：

佛陀时期，拘萨罗国有五百个群盗，他们拦路抢劫，横行霸道。波斯匿王非常气愤，把他们捕获，抉去眼睛，弃于深林。五百盲人痛苦万状，哀求佛拯救他们。当时，如来在祇洹精舍，听到哀求声，大发慈悲，前来为他们说法。他们悔恨过去，愿意改邪归正。如来使他们重新得到了眼睛，见到了光明。他们无比高兴，把手杖刺入地中，向佛顶礼膜拜。手杖生根发芽，逐渐长大，成了林子，人们称之为得眼林。

法显西行记

第二十四章 惨遭劫难

法显瞻仰了舍卫城的圣迹,辞别勒那流支,往东行进。五日后,旷野越来越荒凉,人烟越来越少。后来,他走进了深山老林,山虽不高,但连绵不断;林虽不密,但古木参天。法显正在行走,忽然听到一种如唱歌一般的鸟鸣。他抬头望去,看到树上立着一只怪鸟,此鸟鸽子一般大,腹背黑白两色相杂,两个头,一个头顶部棕色,一个头顶部褐色,爪子黄色。棕色的头低着下看,褐色的头扭向一边旁视。低头的嘴巴在叫,扭向一边的嘴巴却紧闭不语。小鸟似乎看到了法显,然而它却并不飞走,另一个头也低了下来,两只嘴巴开始一起叫,但却是两个声音,好像它们在争论。法显心想,可惜我没有公冶长的本领,懂得鸟语,否则,我也能知道它们在说什么,是在说与我有关的事,还是在说些它们自己世界的事情。

九月,这里的气候已不太热,尤其是在山林中行走,更觉风凉。法显走了半天也没有走出树林,尽管他无所畏惧,但也觉得有点阴森可怕。林中雾气太重,法显走了半天时间似乎一直在原地打转,终于等到雾气散去,他靠着北斗星辨认了方向,一路往东行,他爬过了一座小山,天已亮了。他一天一夜没吃没喝,又行走了一宿,已累得精疲力尽。

此时,如果他从精神上垮了下来,不想再继续前进,那或许他会就此倒下,再也别想爬起来。但他咬紧牙关,拖着沉重的步子一步一步前进。他暗下决心:"我爬也要爬出这个没有人烟的地方!"他在心中不断地说:"坚持,坚持,再坚持!"

他终于发现了一条小河,来到河边掬水痛饮。尔后,又捧水洗了洗脸。他感到爽快了些,又继续前进,终于来到了一个村庄。他向村民们乞讨了斋饭,并打听到,他已快到目的地了,前面七里就是迦维罗卫城(在今尼泊尔南部提罗拉科特附近)。这一好消息为他疲惫的身躯注入了新的动力,他的脚步不觉轻快了许多。迦维罗卫城是释迦牟尼的故乡,法显就是要到迦维罗卫城瞻仰圣迹的。在佛陀时代,这里是一座十分繁华的城市,到处是园林、街衢、市场。法显以为现今它仍然会是一座热闹的城市,然而,他到那里一看,它已不再是城市,而成了荒丘,到处是废墟、杂草、落叶,人烟稀少,仅有几十户人家和三四座寺院,法显在净饭王故宫旁边的一座寺院里落脚。净饭王乃释迦牟尼之父,迦维罗卫国的国王,他一直没有儿子,非常渴望得到个子嗣。他的王后天臂国善觉王之女摩诃摩耶于四十五岁时怀了孕,按照当时的习俗,女子需回娘家临产,摩诃摩耶在回娘家的途中于蓝毗尼花园(今尼泊尔的鲁明台)生下了悉达多。净饭王为了使儿子能够成为贤明君王,对他进行严格教育,生活上安排得

第二十四章 惨遭劫难

十分舒适,不让他见到任何悲伤的情景。悉达多十六岁时与耶输陀罗公主结了婚,二十九岁时生了儿子罗睺罗。悉达多拥有人生幸福所需的一切。但有一次,他命驭者车匿驱车游览御苑,途中他相继看到了一个弯腰弓背的老人,一个遍体脓疮、烧得发抖的病人,一具死尸,一个游方行乞者,这一切使得他瞥见这个充满悲伤和人生痛苦的世界。他对宫廷生活失去了一切兴趣。一天夜里,当妻儿都在酣睡的时候,他悄悄地骑上爱马犍陟和驭者车匿离开了宫廷。他卸下了穿戴,抽出利剑,斩断头发,穿上袈裟,与尘世断绝了关系,开始了苦行生活。他曾与拜他为师的五人一起苦行了六年,但没有在苦行中摆脱欲念的羁绊。接着,他开始行乞,而五个门徒以为他放弃了苦行而离开了他。但悉达多一直在寻找解脱之路,有一天,他来到伽耶城郊,农夫的女儿难陀婆罗给了他一碗乳糜,他喝了后便坐在一棵菩提树下沉思。他终于在一个夜里,战胜了最后的烦恼魔障,获得了彻底觉悟而成了佛陀,时年三十五岁。他成佛后,便开始传教活动,先到波罗奈城鹿野苑向离弃他的五个门徒说法,后一直在北天竺和中天竺传教,并组织僧团。他有五百弟子,其中著名者十人,称为十大弟子。佛陀于八十岁时在拘尸那迦城仙逝。迦维罗卫城是释迦牟尼为太子时生活的地方,此处圣迹甚多。

次日,法显去游净饭王故宫。往日的宫殿,今日已不复存在,只有后人在故基上盖起来的纪念性的房舍。正殿故基上的房子里雕刻着净饭王的像,他右手执宝剑,傲然挺立,威风凛凛。旁边摩诃摩耶夫人的寝殿故基上的房舍里有夫人的像,夫人正在酣睡,太子从兜率天乘六牙白象而至,从夫人右肋即将降入母胎。法显来到摩诃摩耶夫人寝殿的东北阿夷相太子处。释迦牟尼诞生后由蓝毗尼花园还宫,净饭王的占卜者阿夷前来给太子看相,这位年老的占卜者道:"此子在家将作转轮王,舍家则将成为世界师尊。"阿夷的这番话即在此处所说。法显来到城南门,南门外道左有太子与其弟难陀斗技射铁鼓处。传说太子搭箭拉弓,箭射穿铁鼓,飞出三十余里方落地,箭落地处,泉水涌出,水清如镜,后人称此泉为箭泉,并把它变成一口井,供行人饮用。

法显参观城附近的毗卢择迦王诛九千九百九十万释迦族人处、释迦牟尼得道归见父王处、五百释子出家处、太子树下观耕者处。一日,他到城东五十里处参观太子诞生地蓝毗尼花园。蓝毗尼花园当年乃御花园,园内曾经林木茂盛,百花竞开,园内有一大池,供释迦族沐浴。摩诃摩耶夫人回娘家走到了这里感到很倦乏,决定在此歇息。她脱下衣服到池中沐浴，沐浴后上了北岸。离岸二十步远有一棵大树，名为无忧树，枝叶茂盛，花香扑鼻。她来到树下，面向东，举右手扶树。这时，太子从她的右肋渐渐而出。太子落地后，站立起来，走了七步。这时，从地下窜出两条龙，腾空而起，二龙同时喷水，一冷一热，为太子沐浴。法显观看了沐池，池很大，水清如镜，岸边长着各种杂花，那棵无忧树已年迈，有的枝条已经干枯。二龙为太子沐浴的地方，现已成了一口井，几个僧人正在取水。树旁不远有一根石柱，此柱乃阿育王所立。柱头雕着一匹骏马，柱身刻着一段铭文：天爱善见王，即位二十年，因释迦牟尼佛诞生于是地，亲来敬礼。王命刻石，上作一马，是为世尊诞生地，故免蓝毗尼村之一切租税，以示惠泽。

　　法显从佛生处东行。因路上荒凉，常有狮、狼出没，所以他夜间不敢行走，昼行夜歇。四天后，他到了蓝莫国（在今尼泊尔南部达磨乌里附近），此国十分荒凉，仅有少许民户和僧侣，但这里却有几处遗迹。法显首先去观看佛舍利窣堵波，佛舍利窣堵波是蓝莫国先王所建。当年，佛涅槃后，拘尸国、波婆国、遮罗颇国、罗摩伽国、毗留提国、迦维罗卫国、毗舍离国、摩揭陀国八国国王在拘夷那竭城各分得一份舍利，回国后各建一窣堵波以存放舍利。八国中的罗摩伽国即蓝莫国，罗摩伽国国王在一水池边建了一座窣堵波，名为蓝莫窣堵波。池中有龙，龙常守护此窣堵波。野象也常采花来供养它。后来，阿育王想把八个窣堵波毁掉，重建八万四千个窣堵波，而把八个窣堵波中的舍利分给八万四千个窣堵波。他已把七个国家的舍利窣堵波毁掉，最后，他率众前来毁坏蓝莫窣堵波。龙王很不高兴，它化作一个婆罗门，请阿育王到他家小息，阿育王问他是谁，他说他是池中的龙王，阿育王随他来到龙宫，龙王请阿育王观看供养佛舍利的器皿，并对他说道："陛下的供养若比我的强，你可以毁坏窣堵波，取走舍利，我不与你争。"阿育王道："你的物品非世间所有，我改变主意，不毁此座窣堵波。"龙王大喜，把他送出水池。这座佛舍利窣堵波便保存下来。法显看到，这座窣堵波高百余尺，雄伟壮观。由于年久，有的地方已损坏。水池边立着一块石碑，上写此乃阿育王出池处，并记叙了保留这座窣堵波的经过。这里四处荒芜，法显正在观看碑文，这时六七头象从西边走向窣堵波，每头象的鼻子上都卷着一束花，它们把花放在窣堵波前，尔后往水池走来。法显忙躲到石碑后面，象到池边用鼻子吸水，然后又回到窣堵波，把水喷到地上。法显看到此情此景颇有感触地想："象尚且能如此虔诚地供养佛，我辈应更加勤勉！"象走后，他也从草地里摘了些野花，放到窣堵波

第二十四章 惨遭劫难

前,供养窣堵波,表达自己虔诚之心。

法显到离窣堵波不远处的一座小寺院找水喝,一个瘦高个儿僧人见他是外地僧人,十分热情,赶忙去禀告寺主。不一会儿,从寺内出来一个十六七岁的沙弥,瘦高个儿僧人向法显介绍道:"这位便是本寺的住持。"法显看到住持是个小和尚,感到十分惊异,仔细地看了看他,觉得他并无什么特殊之处。不过,他想,或许这位少年住持有啥特殊能耐。住持把法显引入方丈,请他饮茶,法显一边喝茶一边道:"住持年轻有为,可敬可贺。"

住持道:"师父见笑了。我年轻无知,全仗老僧扶持。师父有所不知,我们这座伽蓝,向来是沙弥作住持。一二百年前,两位僧人来礼拜蓝莫窣堵波,他看到只有大象用鼻子衔花供养,而无僧人供养,便放弃具足戒,充当沙弥,留在此地,盖了间茅屋,供养佛舍利窣堵波,洒扫、采花,整日辛苦劳碌。后来,国王听说了这件事,深受感动,就盖了这座伽蓝,那位沙弥当了住持。自那时至今,这座伽蓝就一直由沙弥担当住持,所以,我也就愧领了此职。"

法显点头道:"我刚才也曾看到大象在衔花喷水供养佛舍利窣堵波。"

住持道:"虽然我们经常洒扫窣堵波,但大象似乎也是代代相传,仍常来供养。"

法显在沙弥伽蓝住了一宿,次日一早便告辞众僧继续东行。

数日后,法显来到了拘夷那竭城(在今尼泊尔南境巴伐沙格特附近),此城很荒凉,人烟稀旷,只有少许几户人家。法显在城中一座僧伽蓝里落脚。

次日早斋后,法显去瞻仰释迦牟尼涅槃处。他出城往北,走了三四里,渡过希连河,来到双树间。当年释迦牟尼从毗舍离城往王舍城,途中得病,食用铁匠纯陀供献的食物后,病势加剧,最后走到了希连河畔,沐浴后,在两棵婆罗树间安置了绳床,头朝北,枕右手侧身卧下而仙逝。法显看到,这里有一个婆罗林,婆罗树高大挺拔,青白色的树皮,光润的树叶,给人一种圣洁之感。林中有四棵婆罗树特别高大,高一百五十余尺,粗两围。树旁有一窣堵波,高二百余尺,乃阿育王所建。窣堵波前有一石柱,上记如来涅槃之事。法显采了些野花供养窣堵波,并向窣堵波膜拜。

法显离开婆罗林仍向东南行。十一月,天气已有点儿凉意,但对一个行路人来说,这是一个大好时光,不冷也不热。法显背着行囊,大步行走在空旷的荒野上。

一日中午,他走累了,坐到树林里的一棵树下歇息。他拿出干粮正想吃几口,忽然，从林中冲出十多个婆罗门教徒，他们不问青红皂白就把法显绑起来。法显愤愤地问道："你们想干什么？"但他们什么也不回答，仅说道："到地点你就知道了。"

法显被带到林中一个稍宽阔的地方，那里坐着一个年老的婆罗门教徒。一看便知，他是头领，他两旁立着四个人，前面不远处有一个用木头搭起的高台。法显被带到那头领面前，一个人说道："师父，今年没有找到一个貌美的年轻人，仅抓到一个外域的老和尚。"那个老婆罗门教徒瞟了法显一眼，众人吆喝法显跪下，法显哼了一声，说道："我一跪如来，二跪师尊，三跪父母，从来不跪外道！"

一个人上前打了法显两记耳光，老婆罗门教徒歪着脑袋说道："你这个和尚死到临头还嘴硬，你知道为什么把你带到这儿来吗？"

法显藐视地说道："你们这些外道，都是歪门邪道，能打出什么好主意！"

老婆罗门教徒道："我告诉你，我们要拿你祭神。往年的今天中午，总能抓到一个年轻貌美的男子祭神。今年算我们倒霉，仅抓到你这个老和尚。不过，你既然到天竺来拜佛，自然希望死在圣地，了却心愿。我们送你早上天国，这也是你的造化。"

法显愤怒地说道："你们这些人面兽心之徒，早该灭绝于世！"

"你这个和尚，我让你死个明白。你知道我是谁？"

"你是狼！"

"谁是狼？"

"狼是你！"

"你是谁？"

"我是人！"

"人是谁？"

"人是我！"

"我是谁？"

"你是狼！"

旁边一个人按捺不住，说道："师父，别跟他啰嗦，送他升天吧！"

其他人异口同声地嚷道："对，师父，送他升天吧！"

老婆罗门教徒道："好吧！"

四个人押着法显登上祭坛。一个人拔出刀，在法显面前晃了晃。法显眼都没眨，瞪了他一眼。两个人站在法显两边，提刀的那个人站到法显的背后，紧挨着法显。

第二十四章 惨遭劫难

那个老婆罗门教徒也登上了祭坛，他口中念念有词，不知说了些什么，最后说道："本想像往年一样用一个年轻貌美的男子祭祀神灵，怎奈今日不巧，仅找到一个老和尚，万望我神宽恕弟子们轻慢之罪。"说完，他挥了一下手，正想说："开刀！"这时，传来了狼嚎声，接着一群恶狼朝这个方向奔来。下面的婆罗门教徒四处奔跑，坛上的婆罗门教徒仓皇跳下祭坛逃命，老婆罗门教徒吓得不知所措，颤抖着下了祭坛。法显见到十多只凶狠的恶狼跑来，毛骨悚然，但他的手被绑住，行动不便，自知难以逃脱，索性闭上眼睛，一动不动，口中不断念道："南无阿弥陀佛，南无阿弥陀佛……"老婆罗门教徒刚走到坛下，狼群就赶到了。他拼命奔跑，两只狼瞬间便扑了上去，先是咬住了他的衣服，衣服被撕成碎片，之后，咬住了他的腿，老婆罗门教徒的腿被狼咬住，他倒到地上嗷嗷乱叫，声音渐渐变弱，继而完全消失，他已被狼咬死。除了几个跑得快的人以外，其余的人都被狼死死咬住，他们与狼争斗，但最终成了狼的败将，成了它们的美餐。狼围着祭坛转了几圈，坐下来往坛上看了一会儿，或许它们认为上面不是个人，或许它们等得不耐烦了，或许它们已经填饱了肚子，或许它们发了善心，离去了。隔了半个时辰，法显确信狼群已经走远，从坛上下来。他看到地上有一把刀，用被绑在背后的手捡起刀，使劲把刀头插进地里，然后摸索着割断了手腕上的绳索。揉了揉红紫的手腕，他找到了自己的行囊。他在经过老婆罗门教徒的残骸时，不禁感叹道："真是恶有恶报呀！"

法显继续东南行。一天，他经过一条河，河面颇宽，水流和缓。河内有三个异道在苦修，每人站在一根高柱上，面向太阳，伸着脖子，睁着眼睛，一动不动。法显知道这些旁门左道不好惹，便避而远之。他找一条渡船渡他过河，他指着那三个外道问船夫："他们要在木桩上站多久？"船夫道："他们日出上桩，日落下桩，脸随太阳转，全天都在桩上。中间那个人已站了二十五年了。"法显虽觉得这种苦修的办法不可取，但却非常钦佩他们的毅力，为他们锲而不舍的精神所感动。

法显西行记

第二十五章 施医病童

第二十五章 施医病童

一日，法显来到毗舍离国的都城毗舍离城（今印度比哈尔邦北部的巴莎尔）。次日，他到城南三里处去参观庵婆罗女园。庵婆罗女曾是毗舍离城的美貌的妓女，后来，她把这座园囿施舍给佛，作为佛的住处。佛为她说法，她皈依了佛教，成为比丘尼。园囿已不复存在，仅剩故址而已。

法显旅游印度时，正值笈多王朝时期，笈多王朝的都城也是巴连弗邑。笈多王朝是贵霜王朝之后的又一大王朝，当时的国王是旃陀罗·笈多二世，即超日王。

法显来到巴连弗邑城的北门。城墙外有一条三十多丈宽的护城濠，濠内有水，濠上有桥，濠后有一堵一丈五六尺高的坚固的城墙，城墙上每隔七八丈远就有一座箭楼。法显过桥后来到城门，城门口有四个士兵把守。法显看到进城的人们都交一些小钱给一个守门官。他不知何意，向一个人打听才知道，进城得交税。他身无分文，不敢向前。守门官看出他在为难，向他打了个手势让他进去。他双手合十，向守门官致了谢意，尔后进入城门。他沿着一条宽阔的马路来到了城里，城内绿树成荫，鲜花飘香。房舍齐整有致，货物琳琅满目。人来人往，车水马龙。法显觉得，巴连弗邑是他到天竺后所见到的最繁华、最宏大的城市。他只顾观看街景，没打听路径，顺着一条大道走下去，不想这条大道通到王宫。法显见到金碧辉煌的王宫，观赏良久，感叹不已。宫墙都是整齐的大石块垒成，石块上雕刻着各种图案，有花草树木，有飞禽走兽，有战斗场面，也有田园小景，有山上风光，也有水中秀色，简直像个艺术画廊。两扇黄澄澄的大宫门上嵌着宝石，光芒耀眼。宫内房屋由于宫墙遮挡，只能见到上部，建得十分精致。四周珠宝装饰，四角或雕着狮子，或雕着大象，或雕着马，或雕着牛。法显感慨地说道："真乃巧夺天工！"

法显正在观看，从宫门里走出一位官员，五十岁上下，蓄着八字胡，穿着一身白服，外套一件褐色坎肩，颈上戴着璎珞，两只耳朵上戴着两个大金钏，举止文静、潇洒。他端详了一会儿法显，尔后朝他走来。法显一怕带来麻烦，二不愿结交官府之人，想避开，但已来不及。那个官员来到他跟前，施礼后问道："这位师父，敢问你是何方人士？"

法显看了看他，觉得他不像歹人，并无恶意，说道："我乃支那僧人，信步至此，我这就走！"

那个官员一听法显是从支那来的，脸上放出了光彩，高兴地说道："师父是支那人，真是小官有幸。昨日朝中议事，还谈及支那。听说贵国丝绸、瓷器皆为上品。

波斯国、狮子国（今斯里兰卡）、耶婆提国（今印度尼西亚的爪哇）都与支那有往来，交换货物，互通有无。我们国王也想与支那交往，怎奈对支那茫然无知，可喜今日得遇师父。请师父到寒舍叙一叙，如何？"

法显犹豫了一下，说道："贫僧是个和尚，你是位官员，恐有不便，不如就在此聊一聊。"

那位官员道："我虽不信佛，但却很尊重僧人。你到敝舍无啥不便之处，请不必多虑。"

法显道："恭敬不如从命，那就叨扰了。"宫门左边，四个人抬着一顶轿子过来，那位官员对他们摆摆手，说道："今日不用了。你们先走，我与这位师父步行回去。"四个人抬着空轿子走了。他与法显并肩往前走。

路上，法显问道："请问先生尊姓大名？"

那位官员道："我叫米提拉·卡尔纳特，是国王的谋臣。请问师父如何称呼？"

法显道："贫僧法显。"

米提拉问："你在路上走了几年？"

法显思忖片刻，说道："按我国历法，现在已是正月。算今年已经七个年头了。不算今年，也已六年了。"

米提拉惊讶地问道："支那到此需走这么长时间？"

法显笑着说道："不，不。我并非径直至此，途中常因瞻仰佛迹而逗留。"

米提拉与法显边走边聊，不觉到了家门口，守门人恭恭敬敬地立于门旁。米提拉请法显先进，法显进入大门，见到一个很大的院落。他们沿着花圃间的小道往前走，进入了第二道门。对面一幢高大的房屋，两边还有两幢房屋，皆平顶砖墙，汉白玉为柱，柱上雕刻着各种花纹图案，游廊上画着各种花草鸟兽彩画。

法显还未来得及细看就被米提拉让进了客厅，佣人们也跟着进来，一个佣人从法显手中接下行李。米提拉请法显坐到绳床上，法显请他一起坐下。他们俩坐下后，一个佣人给米提拉脱去鞋子，另一个佣人来给法显脱鞋，法显摆了摆手不让他脱。还有一个佣人给米提拉拿来了水烟袋，米提拉把水烟袋递给法显，法显道："贫僧不抽烟，先生请用。"米提拉把烟管放到嘴里，佣人马上给他上火。弯弯的烟管足有三尺长。米提拉抽了几口，把它推到一边。佣人端来了茶，米提拉和法显一边饮茶一边聊天。法显原本觉得米提拉是位朝廷官员，有些拘谨，但他们越谈越投机，也越来越坦然。

最后，他无拘无束，就像在一般人的家里一样。吃饭了，米提拉破例在客厅里陪法显吃一顿素餐。六盘素菜，一盘米饭，米粒有黑豆那么大，散发出清香。法显从未见过这么大的米粒，惊叹不已，不禁问道："这种米我从未见过，叫什么米？"

米提拉笑着说道："这种米只有我们摩竭提国才有。它叫'供大人米'。"

法显笑道："喔，顾名思义，只有'大人'才能吃得上。"

米提拉道："也不尽然。不过，因为这种米比较稀少，一般供王公大臣及大贤大德者食用。师父尝尝看味道如何？"

法显尝了一口，又香又鲜，称赞道："真乃世上稀有之物！"

米提拉问道："贵国人喜欢吃米还是喜欢吃面食？"

法显道："我国人的口味，由于地区、气候的差异，不尽相同。南方较炎热，产稻，那里的人喜欢吃米；北方较寒冷，产麦，那里的人喜欢吃面食。就口味来说，各地也不相同，南甜北咸东辣西酸。"

米提拉问道："你们的烹调方法与我们的是否一样？"

法显摇头道："不，我们以炒为主，你们以煮为主。在我国，吃也是一门学问。做菜讲究色、香、味、形、器。俗人做菜的方法很多，诸如，煮、蒸、焖、拌、爆、炒、煎、炸、烩、炖、扒等，但我们僧人就不那么讲究。我们在生活上遵循'简朴'二字。"

米提拉给法显夹了些菜，又问道："你们的米和面如何吃法？"

法显道："米一般做成米饭或粥。面的做法多些，可做成蒸饼、馒头、夹馅馒头（包子）、汤饼（面条）、馄饨、炉饼（烧饼）、蝎饼（油饼）等。我国俗人的饮食习惯大体有四大特点：一是以谷为主，辅以菜蔬，加少量肉食；二是以热食、熟食为主；三是全家聚食；四是使用筷子。"

吃完饭，佣人收走残汤剩饭。米提拉和法显又继续聊天。

米提拉问道："贵国最大的节日是什么？"

法显道："我国最大最热闹的节日莫过于'春节'，它是夏历一年的第一天，这个节日也称之为'过年'。'年'原是太古时候的一种怪兽，头上长有触角，凶猛异常，每到冬去春来之际，就出来掠食噬人。人们为了防御它，一到这时便聚在一起，燃起篝火，投入竹子使它发出噼噼啪啪的爆裂声，把'年'吓跑。次日，人们便相互庆祝平安。天长日久，这一天便成了欢乐的节日。过年时，家家户户的大门上都挂着桃符。桃符就是把符咒或神像画在桃板上，以驱凶辟邪。一年的最后一天晚上谓之'除夕'。除夕，人们达旦不眠，谓之'守岁'。因为到了第二天，人们就都长了一岁。过年时，人们都放爆竹，以驱邪。另外，人们都穿着最好的衣裳，烹调最好的饭菜，相互串亲访友，十分热闹。"

佣人端来了茶。米提拉和法显一边喝茶一边说话。米提拉问道："还有什么比较大的节日？"

法显道："还有元宵节、清明节、端午节、中秋节等。过年后的第一个月圆之夜，称为'元宵节'，也叫作'灯节'。这天夜里，人们除了吃'元宵'之外，还燃灯和观灯。放灯之俗则与我们佛教有关。汉明帝永平十年，蔡愔从西域求得佛法。汉明帝为了弘扬佛法，敕令在元宵节燃灯祭佛。此后，京城和民间便有了放灯之俗。清明节在夏历二三月间，在寒食节的后一天。春秋时代，晋献公之子重耳为避后母骊姬的迫害，流亡国外十九载。他的贤臣介子推为复国立下了汗马功劳。重耳即晋文公复国后，对辅佐他的大臣都加封晋爵，唯独没有加封救过他性命的介子推。介子推并不争名夺利，他与母亲逃到山中隐居起来。晋文公醒悟后请他出山，但他拒绝。晋文公纵火烧山逼他出来，不料他执意不出，竟与母亲一起被烧死在山上。后人为了纪念介子推，每逢他死的那一天，不忍举火，只吃冷饭。这样便形成了寒食节。清明节这一天，人们在门上挂柳枝，到坟墓上去扫墓，以祭奠死者。端午节在每年夏历五月五日，它是为了纪念我国伟大爱国诗人屈原的。屈原，战国时楚国人，他不满楚国政治腐败，多次向楚王进谏，但却遭奸人诬陷，被楚王流放。后来，楚城被秦兵攻陷。屈原不忍目睹故国人民遭受敌兵蹂躏，于这一年的五月五日投江自尽。屈原死后，人们怀着十分悲痛的心情纷纷驾舟打捞他的尸体。后来每到这一天，人们都要在江河之上划龙舟，以示悼念。屈原投江后，人们还用竹筒装米投入江中祭祀他。汉代建武年间，有一个叫欧回的人，一天在江畔见到了'屈原'。'屈原'对他说：'你们每年给我的食物很好，可惜我吃不上，都被龙抢去了。以后，你们用艾叶塞筒，再用五色彩线捆牢，因为龙最怕这两样东西。'于是，后来人们便用听说艾叶汁泡米，"艾叶裹米"未之闻也。做成粽子。中秋节在夏历八月十五日。因八月十五日居秋季之中，故名中秋。这天夜晚，月亮特别明亮，人们在皎洁的月光下，拜月、祭月、赏月。"

米提拉对法显说道："师父奔波了一天，很累了，休息吧，明日再聊。"他让佣人带法显去安歇。

第二十五章 施医病童

一夜无话。次日清晨，法显起身后走出小院子。小院子东北的大院子内有一座花园。园内长着各种花草树木，还有一座假山，山下有一个小水池，池内长着水花，十几尾鱼儿在自由自在地游来游去。法显在假山旁的一块空地上锻炼身体。隔了一会儿，米提拉也来到了外面。他看到法显在花园内锻炼，没有去打扰，而是站在稍远的地方观看。只见法显时而吸气，时而吐气，时而伸伸胳膊，时而踢踢腿，时而像鸟儿飞翔，时而如猛虎下山，时而像蛇一样柔软，时而像鹰一样刚健。法显锻炼结束，米提拉来到他跟前，寒暄后说道："师父年逾古稀，身体还如此硬朗。我想或许锻炼是你健壮的奥秘？"

法显道："可能你说得对。人活在世上，全凭气、血。气血流通，则生命继续；气血滞留，则生命终止。伸伸胳膊，踢踢腿，吸吸气，弯弯腰，这都可促进气血循环，吐故纳新，达到延年益寿之目的。锻炼是我身体硬朗的因素之一，当然不是全部。"

米提拉问道："还有什么因素？"

法显道："别的因素那就与我做和尚有关了。"

米提拉道："师父不妨说一说。"

法显道："这……"

米提拉道："没有关系，师父但说无妨。"

法显道："一独身，二吃素，三与世无争。"

米提拉苦笑道："这我就难为了。不过，锻炼我倒可以试一试。你刚才……"

法显说道："刚才那是我根据'导引'和'五禽戏'自编的一套健身拳。"

米提拉道："师父，能不能教一教我？"

法显道："你如乐意，不妨试一试。"

米提拉道："请师父赐教。"

法显先给米提拉解说了学习这套拳的要旨，并为他做了示范，然后一招一式地教他。但米提拉刚学了三五个动作就感到腰累腿酸，让法显教快一点儿，简单一点儿。法显道："学习健身之术急不得，需有耐心、韧性和毅力，当然学习任何东西都得如此，而这一点，对于学习健身之道尤为重要。"米提拉开始静下心来模仿他。

早饭后，米提拉上朝去了。临行时，他吩咐佣人好生伺候法显。法显在米提拉府上成了上宾，一个佣人跟着他，随时准备侍候他。法显在花园内观赏了一会儿花草，又在院内随便走走。当他走到一幢房屋的门前时，听到屋内传来喧闹声："我还不如死了好，我不想活了！"法显问佣人："这是谁在叫嚷？"佣人告诉他道："少爷。他十二岁时患病，起不来床，已经三年了。老爷请了许多医生给他治疗，都不见效。老爷为此事十分忧伤。他虽然同你有说有笑，但他内心很痛苦。少爷更是痛不欲生。"

法显离开了那里，但没走多远又站住了，似乎在想什么，忽而他又往回走，走到那幢房子门前站住，似乎又在想什么，又转过身来往前走，忽而又站住。佣人跟在他后面感到莫名其妙。突然，法显问道："我可以进去看看他吗？"

佣人道："老爷吩咐过，不许人随便进去，怕打扰少爷。"

法显道："我是你老爷的客人，进去看看没有关系吧？"

佣人道："那……"

法显道："老爷要是责备你，你就说是我坚持要进的。"

佣人不好再阻拦他，只好陪他进去。少爷躺在一张绳床上，见到他们进来，叫嚷道："你们来做什么？我讨厌你们，嫉妒你们！我还算人吗？整天躺在床上动弹不得，像块石头。你们来干吗？来看我的笑话？"他说着哭了起来，哭得很伤心。法显很理解他，一个十五六岁的孩子，正是活蹦乱跳的时候，现在却卧床不起，怎能不伤心，怎能不烦躁？

法显仔细地观察了一下孩子。他面黄肌瘦，满脸忧伤，面颊上挂着泪水。他温柔地对孩子说道："孩子，我给你看看病，好吗？"

孩子听说他要给自己看病，用手擦去眼泪，眼睛里闪烁着希望的光芒，说道："你是我爹请来的外国医生？"

法显道："我不是医生，是僧人。"

孩子失望地说道："唉，医生都治不好我的病，你看看有什么用？"

法显道："孩子，话不能这么说。医生未必能医好所有的病，病也未必只有医生才能医好。"

孩子道："照这样说，你可以医好我的病？"

法显道："我是个僧人，并非是占卜先生。"

孩子道："那你给我看看吧！"

法显看了看他的面色、眼神、舌苔，切了切他的脉搏，按了按他的肢体，然后开始给他医病。

第二十五章 施医病童

法显用望、闻、问、切之法诊察了孩子的病情，然后对佣人说道："劳烦你到我住处去把我包袱内的一个小包裹取来。"不一会儿，佣人取来了小包裹，法显打开后取出银针。孩子见到两三寸长的银针害怕地问道："你拿这么长的针干什么？"

法显温和地说道："我给你扎几针。一点儿也不疼，不用害怕。"

孩子胆怯地说道："我怕，你走吧！"

法显思忖片刻，说道："我不用针，你怕吗？"

孩子问道："那你用什么？"

法显道："用手。"

孩子道："用手？手有啥好怕，你又不会打我。"

法显把针放入包裹里，用手给孩子松筋活骨，从头到脚，时而捏一捏，时而揉一揉，尔后用拇指或食指按压孩子身上的合谷、太冲、曲池、百合等穴位，他脸上冒出豆粒大的汗珠，孩子心疼地说道："你歇一歇吧！"

法显微笑道："只要能把你医好，我累点儿也高兴。"

孩子沮丧地说道："我恐怕好不了啦。"

法显说道："别这样丧气，会好的。你还会跟以前一样到处玩耍。"

孩子用略带高兴的口吻说道："真的吗？"

法显点头道："嗯。我按你下肢时，你有感觉吗？"

孩子顿了一下，说道："起初无感觉，刚才你按的这一下，感到有点儿麻。"

法显的脸上泛起了喜色。约莫一个时辰后，他停下来，喘口气，对孩子说道："孩子，你坐起来！"

孩子道："我已三年坐不起来了，师父别开我的玩笑！"

法显认真地说道："坐起来！"

孩子半信半疑，用双手支撑着床，上身一点儿一点儿在上抬。法显用手示意，说道："再起，再起，再起……"孩子果真坐了起来，他那昏暗的眼睛突然闪出了明亮的光芒，一颗快要死去的心陡然复活，犹如一株快要干枯的禾苗得到了甘露，一条奄奄一息的鱼得到了水。他一头扑到站在床边的法显的怀里。尔后，他抱住法显，昂起头，闪烁着高兴的泪花的眼睛里隐藏着千言万语，但他却一句也说不出。

法显拭去他的泪水，松开他的手，把他的腿挪到床边。孩子坐在床沿上，脚耷拉到地上。法显对孩子说道:"我扶着你,你站到地上。"

孩子没有信心地说道:"不行,我想我站不起来。"

法显安慰道:"不要紧张,试试看。头脑中不要老想着你不能,而要认为你能。这样,就会增强你的胆量和信心,疾病也会怕你三分。"

孩子把脚在地上踏实后,扶着法显,慢慢地立起来。他浑身都在哆嗦,紧紧地抓住法显,显得很害怕。法显鼓励他道:"不要怕,我扶着你,倒不了,你慢慢地向前走。"法显轻轻地握着孩子的手,拉着他,让他向前迈步。孩子颤颤巍巍地挪动着脚,一步、两步、三步……他果真能走动了,但腿有些不听使唤,不过,这对他来说已经是莫大的幸福了。他又一次扑到法显的怀里,流着喜悦的泪水激动地说道:"师父,你是我的再生父母!"

法显抚摩着孩子的脑袋亲切地说:"孩子,这是你的福分。"他把孩子扶到床上。

佣人飞也似的去把这一喜讯告诉夫人,夫人又惊又喜。本来妇人一般不见男客,尤其是生人。但她顾不了这许多,三步并作两步赶到孩子的房间。她看到孩子坐在床上,一下子扑到儿子跟前,紧紧地搂住儿子。热泪像断了线的珍珠落到孩子的身上。她用手抚摩着儿子,但一句话也说不出。隔了好大一会儿,儿子抬起头,问道:"妈妈,我这不是在做梦吧?"

夫人道:"不,孩子,这是真的。"

法显看到母子俩高兴的样子,心里感到乐滋滋的。

夫人突然想起了救命恩人。她转向法显,向他深施一礼,说道:"师父,你是我们家的救星。你不仅治好了我儿子的病,也医好了我和老爷的心病。我们整日为孩子忧伤。"

法显道:"老僧托你们的福荫才医好了公子的病。"

夫人高兴地说道:"儿啊,你下来走两步我看看。"

夫人把孩子扶下床,孩子在她的搀扶下慢慢地摇摇晃晃地走起来。

这时米提拉匆匆忙忙地从外面进来,一进门便嚷道:"我儿在哪里,我儿在哪里?"当他看到儿子确实能走动的时候,哈哈大笑起来,紧紧地握住法显的手,说道:"师父,你真是位活菩萨,你的大恩大德,小官没齿不忘。"

他看着儿子走了一会儿,问道:"师父用何妙法医好了我儿的病?"

法显道:"公子瘫痪多年,我本想用针给他医治,但他害怕。我只好用点穴疗法。"

第二十五章 施医病童

米提拉问道："何谓点穴疗法？"

法显道："人体有四百多个穴位。譬如说，这是合谷。"法显指着虎口的上方说。他又指着鼻子与上唇之间的地方说道："这是人中。"他又接着说道："按照不同的病情，按压不同的穴位，使经络调和、气血通畅，这便是点穴疗法。"

米提拉道："我儿吃了那么多药都没见效，你按按压压便使他病除，真是一双妙手。"

法显谦虚地说道："此乃雕虫小技，不足挂齿。"

米提拉吩咐佣人道："明日请师父乘象挂花游街，今晚设宴款待师父。你等速去筹备！"

法显忙阻拦道："使不得。让我挂花游街，实难从命。宴席亦可免去。我是个佛子，所做之事，一不图名，二不为利，三不需报答。"

米提拉道："既然师父如此谦让，那我就不免为其难了。"

法显对孩子说道："你要多活动活动，但不要太累。明日早晨，我再来给你治一次。"说完，他便离开了孩子的房间。

午饭后，米提拉又去上朝。法显在佣人的陪同下到街上去观赏市容。

米提拉散朝回来，先到儿子的房间。他看到儿子比上午又好了许多，上午他得扶着人才能走动，现在不扶东西也可慢慢行走。米提拉笑在脸上，乐在心里。他去找法显，法显不在。他又去找夫人，夫人道："这位支那帅父对我们恩重如山。我看，别让他走了，永远住在我们家，我们伺候他终身。"米提拉笑着说道："夫人之见甚佳，但他是位有抱负的求法僧，多半不会留下。不过，我可以试探一下。"

工夫不大，法显也回来了。他听说米提拉找过他，便来到米提拉的书房。米提拉正在看《往世书》。《往世书》是个知识的宝库，它虽流传颇久，但在笈多王朝才定形。米提拉见法显来了，忙起身施礼，让座。法显扫了一眼书房，书架上放着一堆一堆的贝叶书，橱子里放着许多古玩，钱币、酒具、石雕、玉器、武器……墙上还挂着一幅毗湿湿奴降魔图。两个佣人坐在米提拉背后给他扇扇子。扇子乃羽毛做成，四尺长，二尺宽，悬于架上。两个佣人在后面一拉一松，凉风飕飕。法显想，刚二月，天气还不算热，何至于此？

米提拉的问话打断了他的思路："师父，这里还住得惯吗？"

法显直率地说道："先生这里虽然舒适，应有尽有，但我却住惯了清静简朴之所。"

米提拉道:"我夫人想为师父修一座精舍,留你常住,长期供养你。师父以为如何?"

法显双手合十,说道:"感谢先生和夫人的美意,但我难以从命。我还有许多事要做,打算明日就离开贵府。"

米提拉说道:"那可不成。一则我儿的病还未根除,二则我要向师父学健身之法,三则我还有许多问题要向师父请教。"

法显道:"那我就再住三日,第四日清晨我即离开这里。"

米提拉无可奈何地说道:"既然师父去意已决,小官也不便勉强。"他又说道:"国王对支那也很感兴趣。听说师父来了,他很高兴,说道:'以前还未有支那人来过。既然这位师父不远万里,历尽艰辛来到我国,就是我们的上宾,应好生招待,不可怠慢,还应向他多了解些支那的地理、风情、物产等情况。或许有一天我们会派人到支那去。'"

法显问道:"你们的国王就是那位超日王吧?"

米提拉道:"正是。"

法显道:"听说他是位贤王。"

米提拉眉飞色舞地说道:"我们国王旃陀罗·笈多二世,能征善战,多才多艺,宽宏大量,知识广博。我们尊称他为'超日王'。在他的统帅下,我们战胜了塞种人,洗雪了以前失败的耻辱,扩大了疆域,开辟了同东、西方进行海上贸易的新时代。在他的倡导下,我们整理了《往世书》。他很爱才,宫廷内有'九宝',即九位奇才。诗人迦梨陀娑便是其中之一,你知道迦梨陀娑吗?"

法显点头道:"听说过。"

米提拉道:"他的诗和剧本在当朝无人可与媲美。他的史诗《罗怙家族》是一部英雄赞美诗,《云使》是一部精美而优雅的抒情诗,《沙恭达罗》是一部绝世少有的剧本。你若有兴趣,我这里有,可拿去浏览一下。"

法显道:"好,等我有工夫,一定读一读。不过,还得请你帮忙,我的梵文还不到这个程度。"

米提拉道:"师父过谦了。师父,当代贵国的诗人,谁为魁首?"

法显不假思索地说道:"陶渊明。他比我小三十余岁,但才华出众,闻名遐迩。"

米提拉问道:"贵国朝廷如何管理全国?"

第二十五章 施医病童

法显道:"朝廷下设州、郡、县,逐级管理。"

米提拉问道:"全国有多少个州?"

法显道:"二十一个:司隶州、冀州、并州、幽州、平州、凉州、雍州、秦州、益州、梁州、宁州、交州、广州、荆州、扬州、青州、徐州、兖州、豫州、江州、湘州。"

米提拉道:"我们笈多帝国治下有许多小王国,你们的州是否相当于我们的小王国?"

法显笑道:"或许吧。"

法显转过脸指着橱内的一个瓷碗说道:"如果我没有说错的话,这个瓷碗产自我国?"

米提拉佩服地说道:"师父好眼力。这只碗是我从多摩梨帝国(今印度西孟加拉邦加尔各答西南之坦姆拉克,为古印度东北部之著名海口)购得。卖主说,此碗乃支那所产。师父何以识得?"

法显道:"这种瓷器在我国内颇为常见。此属青瓷,质地细腻,釉色均匀,多半为汉代之物。"

法显又小坐一会儿便告辞回房。

次日清晨,米提拉又向法显学习健身之法。尔后,法显又去给孩子点穴治病。米提拉散朝回来,他们又继续畅谈。

第四日早晨,法显执意要走,米提拉一家难以挽留。临行时,米提拉拿出一包东西送给他。

法显没有接,问道:"里面何物?"

米提拉道:"少许金银珠宝,不成敬意。"

法显严肃地说道:"我们可是朋友?"

米提拉不解地说道:"这还用说!"

法显道:"既是朋友,你就不该如此小看我!"

米提拉忙解释道:"绝无此意,绝无此意,只是想给你点儿盘缠供你路上花费。"

法显觉得自己有点儿太严肃,缓和一下说道:"我国有句俗话:'出家人不贪财。'你们的心意我领了,但请把钱财收起来。"

米提拉无奈,只好让佣人把金银珠宝送回去。米提拉对儿子说道:"儿啊,过来给恩人叩头。"

米提拉的儿子跪下给法显磕了一个头，又要磕时，法显连忙扶起了他。

米提拉问法显："师父欲往何处？"

法显道："四海为家。我先到附近的僧伽蓝去。"

米提拉道："我让佣人带你到城东南的摩诃衍僧伽蓝去，如何？"

法显问道："有多远？"

米提拉道："离城三里。"

法显点头道："好！"

第二十六章 诵经退狮

法显西行记

米提拉派一佣人送法显到摩诃衍僧伽蓝，摩诃衍僧伽蓝的僧侣们热烈欢迎他。米提拉的佣人把法显送到后便回去复命。住持达玛拉杰把法显接入方丈，令人安排他的住处，为他准备斋饭，并简单地给他介绍僧伽蓝的情况。达玛拉杰道："这是座古伽蓝，为阿育王所建。当年阿育王初信佛法，想多行善事，以弥补自己的过失，于是建了这座伽蓝，召集一千多名僧侣，为其供养什物，眼下伽蓝内有三百多僧人。附近有些圣迹，明日我派人陪你去看一看。最近，我们比较忙，在准备行像。"

法显问道："何时行像？"

达玛拉杰道："二月八日。"

法显屈指算了一下，说道："还有五天。"

达玛拉杰摇了一下头，说道："嗯。"

次日，法显在一位僧人的陪同下去瞻仰摩诃衍僧伽蓝附近的佛迹。他们先来到阿育王塔，此塔乃阿育王所建的八万四千个塔之一，内藏如来舍利一升。塔前有一精舍，门向北朝塔。精舍内有一大石，石上有如来足迹。两个脚印各长一尺八寸，宽六寸。两只足下有千辐轮相，十趾端有万字花纹，清晰可见。塔南有一石柱，周长一丈四五，高三丈余，上有铭文：阿育王信仰坚贞，三次以赡部州施舍四方僧人，又三次以珍宝赎回。塔北三四百步，乃阿育王作地狱处，中央有一石柱，亦高三丈余，顶部卧着一只威风凛凛的石狮。柱上有铭文，记述阿育王作地狱的前因后果及其年代。法显看完铭文后感慨地说道："愿天下恶人都能改邪归正！"

第三日，法显在昨日那位僧人的陪同下去参观阿育王故宫北面的大石室。一座小山，怪石参差，犹如一座假山。那位僧人告诉法显，这座山乃阿育王为他的出家的弟弟摩醯因陀罗役使鬼神所建。摩醯因陀罗自恃出身高贵，目无王法，骄纵暴虐，老百姓无不怨恨。辅国老臣进谏阿育王道："为政清明，国家方可安定；君臣百姓和睦，国家才会太平。现今御弟作威作福，欺压百姓。长此以往，恐人心不服。古人云：'王子犯法，与民同罪。'御弟亦应绳之以法，以取信于民。"阿育王把弟弟召来，流着泪对他说道："我身为一国之主，执法应当严明，否则难以服众。你是我的胞弟，岂无爱怜之心。但你为非作歹，激起民愤。然而，我若不事先劝导你，则上惧先灵见责，下恐百姓议论。"摩醯因陀罗稽首谢道："感谢兄王惠爱。我行为放肆，违犯国法，应该严惩，但请兄王开恩，宽限我七日！"阿育王应允，把他置于僻静的房间，令人严加守卫，供他珍馐佳馔。一日后，看守喊道："已过一日，尚有六日。"摩醯

第二十六章 诵经退狮

因陀罗在室内静思前过,到了第六日,他获得正果,脱离尘俗,升入虚空,远栖耆阇崛山山谷。阿育王知道后,亲往耆阇崛山请他回城,言道:"过去因你破坏国家法典,所以想惩罚你。现今你已获得正果,与前事无牵,你可以回城。"摩醯因陀罗道:"我喜欢山中的幽静,愿意远离尘世,常居丘壑。"阿育王道:"志乐闲静,何必在幽岩,我为你在城里作一大山。"阿育王召来鬼神,对他们说道:"我明日设宴款待诸位,请各带大石一块,作为坐具。"次日,鬼神们各带一块一丈见方的大石头前来赴宴。宴毕,阿育王对鬼神说道:"石块纵横,多有不雅。请诸位把石块堆成山,并于山底作一石室。"不一会儿,鬼神便垒起了一座山,并在底部砌起了一间石室。法显进入石室,一束光线斜射进来。他在室内步量了一下,室长三丈,宽二丈。他又用身体比量了一下,室高丈余。看完石室,法显二人便返回僧伽蓝。

二月八日清晨,法显随摩诃衍僧伽蓝的行像车缓缓进城。行像车,四轮,三丈多长,一丈七八尺宽,四丈多高,五层,竹竿为横梁,木头做立柱,形状似塔。车身遍裹白布,布上彩画缤纷。持国天、增长天、广目天、多闻天、忉利天、夜摩天、兜率天、乐变化天、他化自在天、梵众天、梵辅天、大梵天等诸天形像形神肖似。车上装饰着金、银、琉璃饰物,悬挂着缯幡,四面神龛内供着佛坐像和菩萨立像。两头佩珠饰宝的大象牵引着行像车。行像车快到城门时停住。已有四辆车先至,后面还有车辆陆续而来。路两边聚集着许多僧侣、俗人。半个时辰后,车子聚齐,共二十辆。彩画斑斓,珍宝夺目。人们以鲜花和香供养行像车。隔了片刻,一位五十多岁的婆罗门从城内走出,请佛入城。法乐队奏起了法乐,佛车缓缓入城。法显向旁边的一位僧人打听那位婆罗门是谁。那人告诉法显:"他叫罗沃私婆迷,极其聪慧,多识多智,事无不达,喜爱清净。国王非常尊敬他,常请教于他。国王到他那里,不敢与他并坐。国王出于爱敬之心,见面时常执他的手。执手毕,他便马上去洗手。全国上下无人不景仰他。他与外道论议,无不得胜。外道不敢欺凌僧众,全赖此一人。"法显听了他的话心中油然而生仰慕之情,心里说道:"一定得拜访拜访这位高人。"街道两旁人山人海,沿街房屋的门窗里探出许多脑袋。有的人向佛车献一束花,有的人供一炷香。佛车来到城内的一个大广场上。僧俗皆聚于此。法乐和民间乐曲回肠荡气。音乐停止,各寺高僧依次诵经。天黑燃灯,广场上灯火辉煌,一片灯的海洋。诵经声响彻夜空,犹如是天启,使神秘的气氛更加神秘。灯光彻夜明亮，直至迎来晨曦。

次日上午，法显来到达玛拉杰的方丈。达玛拉杰热情地接待他。寒暄后，法显道："长老，我想明日离开这里。"

达玛拉杰问道："师父要到何处去？"

法显道："王舍新城（在今比哈尔城西南约十五英里处的腊季吉尔）。"

达玛拉杰道："不能在此多住几日？"

法显叹口气道："唉，我主要是到天竺来求取戒律，但已离国七载，却至今两手空空。我处处留心，然而却没有找到我所需的经籍。"

达玛拉杰道："法师又何必为此事犯愁？本伽蓝历史悠久，经典甚丰。虽不敢说全，但大部分经典都有。我带你到藏经院去看一看，或许有你所需的经籍。"

法显脸上的愁云顿消。他高兴地说道："我们现在就去，行否？"

达玛拉杰看到法显迫不及待的样子，说道："好吧！"

达玛拉杰和法显来到藏经院。藏经院内除了几幢平房外还有一幢二层小楼。经籍被分门别类地藏于各个室内。藏经院日夜有人看守，防止被盗窃或破坏。每个房门上都有两把锁，钥匙由二人保管，二人同时在场方可打开房门。有些经典可以借出室外，但有些珍本经典则只能在室内阅览。达玛拉杰盼咐两个管钥匙的人打开房门。

法显连看了三个房间，都没有找到自己所需的经籍。他心中嘀咕自己的希望又要落空。管钥匙的两位僧人把他带到小楼的二层，打开一个房间。室内戒律的经典颇多。法显从一堆贝叶经中拿起一本看了看，忽然欣喜地说道："妙哉，妙哉！"

正是：踏破铁鞋无觅处，得来全不费工夫。

法显在藏经院发现了一部经典，欣喜若狂，这部经典乃是《摩诃僧祇律》。它是佛陀在世时大众所行的律典，由祇洹精舍传来。别说晋地没有，就是在天竺也极难得到。法显爱不释手，对住持说道："我可否借回住处一阅？"

达玛拉杰为难地说道："此乃珍本。根据藏经院的规定，仅能在此阅读或抄写，不能带走。抱歉得很。"

法显感到十分遗憾，快快不乐地离开了藏经院。达玛拉杰虽然看出他不太高兴，但这是寺院的规矩，不好破例。他对法显说道："法师不必为此事生气，这……"

法显笑着说道："长老误会了。藏经院的规矩我岂能破坏？我只是因此律不能在晋地传播而感到遗憾。若以后有机会，我一定把它抄下来带回去。"

第二十六章　诵经退狮

达玛拉杰道："那你何不在此多住几日？"

法显道："这是一项浩大的工程，无一两年工夫恐难以成就。"

次日，法显向东南行。二月，天气不太热。路边黄色的迎春花散发出芳香。法显在路上行了四日，来到一座大山前。山谷幽邃，怪石嶙峋，石峰林立，古树郁苍，修竹青翠。一座高峰陡然突起，直刺穹苍。观此峰令人浮想联翩，担心它刺破青天，刺落玉皇大帝的琼楼玉宇。若能登上峰顶，便可摘下一颗星斗，夜晚挂在房里作明灯，此山唤作小孤石山，即因此峰而得名。峰南岩中有一佛迹，法显即来瞻仰此迹。他小心翼翼地攀登，攀登，攀登……两个时辰后，终于爬到了佛迹处。一间石室，宽广但不高，门向南，两道白光从室顶射入室内，室内颇明亮。法显顺着白光望去，可见室顶上的蔚蓝的天空和朵朵白云。石室中间有一尊佛坐像。法显五体投地，顶礼膜拜，佛像旁有一块大石，石上有指迹。当年天帝释带着乐神般遮来此请教佛，般遮为佛弹琴，天帝释向佛请教四十二道难题，佛用指在石上比画，解释天帝释所提的问题。石上的指迹乃佛所画的痕迹。法显瞧了又瞧，看了又看，似乎他想从这画迹中得到启示或参透天机一般。

他看了半天，忽然想起一件事，匆匆走出石室，爬到石室顶，想弄明白光线是如何射入室内的。但他左找右找，始终没有发现小洞。太阳已西沉，他不得不快快地下山。俗话说，上山容易，下山难，法显上山就不容易，所以下山就更难，有几次差点儿掉下山谷。到了山下时，天已大黑，隐约中他发现东面有一处灯光，便往那里去。那是一座僧伽蓝，他在僧伽蓝里住了一宿。

次日清晨，法显向西南行，前往那罗聚落——舍利弗本生村。他瞻仰了舍利弗涅槃处的窣堵波后向西行，傍晚到了王舍新城。

王舍新城是与王舍城相对而言。王舍城乃是频毗娑罗王的都城。一日，一户以编织业为生的人家不慎失火，资产房舍全部烧毁，而且殃及四邻，受灾者无家可归，怨声载道。频毗娑罗王道："我无德，以致百姓受难。"大臣们道："大王宏德齐天，天民共察。此难完全是下民不慎所致。为防止以后再次发生此事，需严明法纪。若再发生火灾，先惩首犯，把他迁入墓地——寒林。人们害怕迁到那里，自然谨慎。"频毗娑罗王道："就照你们说的办，通告全国上下。"没隔几日，王宫失火。频毗娑罗王道："我既然违犯法纪，当首先迁徙。"他让太子留守京城，自己迁到了寒林。太子阿阇世王即位后，为了防御伏舍厘人的进攻，便在他父王居住的地方增筑城池，并把都城移来。这样，这里便成了王舍新城。新城在旧城的北面，距旧城四里。在阿阇世王时期，新城十分繁荣，规模宏大，城池坚固。全城有三十二个城门，六十四座望楼。阿育王时期，阿育王把都城迁到华氏城，而把这座城市施舍与婆罗门。自此，这座城市便逐渐衰微。在法显游览此城时，新城不但不新，而且已经毁坏。全城仅有两三千户婆罗门，两座僧伽蓝。城中虽有居民和店铺，但已很不景气。法显站在破旧的墙垣前，想象当年此城的雄姿，也为它的衰落而叹息。他到城西瞻仰佛舍利塔。如来涅槃后，诸王分舍利，阿阇世王持舍利而归，建塔以供养，塔高大而宏伟，塔身饰有珠宝，阿育王取走大部分舍利置于别塔内供养，所以塔内仅有少许舍利。夜晚，这里烛光通明。

次日，法显去城南参观旧城。旧城周围有五座大山：城西北的鞞婆罗跋恕山（今鞞婆罗山），城西南的萨多般那求诃山（今索那山），城东的因陀罗势罗求诃山（今吉里也克山），城东北的萨簸恕嵓底迦山（今费普拉山），城东偏北的耆阇崛山（今阇塔吉利山）。法显沿一条山谷前往旧城，一路山清水秀，花奇草异，林茂竹盛，观不尽的美景，赏不完的野趣。然而城市的废墟却显得一片荒凉，昔日繁华的街道，如今却渺无人迹。只有众多的羯尼迦树在欢迎这位远方来的客人，金色的树叶在阳光的照射下闪着金光，犹如一座座金山。树上的花朵散发出馥郁的芳香，法显从地上摘了一片草叶在鼻子上嗅了嗅，香气扑鼻。他心里说："这可能就是当地人所说的吉祥草——香茅。"眼前的景致不禁让他想起同行的道友，他们一起翻雪山、过沙漠、历生死，而此时只有他独自一人欣赏美景，心里泛起了一丝酸楚。转而想到自己西行的初心，他更坚定了信念，这条路定要走到底。

法显观看了尼犍子外道门徒室利毱多以火坑、毒饭欲害佛处。关于这两处佛迹，有这样的典故：当时国人非常尊敬释迦牟尼，致使外道门徒无法立足，室利毱多非常妒恨释迦牟尼，他于是欲设毒计害释迦牟尼。他在门内挖一大坑，坑上铺朽木，朽木上撒一层浮土，尔后请释迦牟尼来赴宴。如释迦牟尼应邀，他就在坑中放火，万一释迦牟尼幸免，就在饭中放毒药。城中人都知道室利毱多想借此机会除掉释迦牟尼，劝他不要去，但释迦牟尼临危不惧，毅然接受邀请。当他的脚踏上门阃时，室利毱多便令人在火坑里点火，然而火坑变成了水池，池水清澈，水中莲花烂漫，释迦牟尼踏莲花而过。室利毱多见一招不成就施另一招，席中端上了毒饭，释迦牟尼吃完后，安然无事。释迦牟尼为室利毱多及其弟子说法，他们听完法，一齐跪下谢罪，并皈依了佛

第二十六章 诵经退狮

教。如今水池尚在，但莲花已无，仅有几尾小鱼在水中游动。

法显出旧城北行三百余步，来到迦兰陀竹园。迦兰陀竹园在释迦牟尼在世时，是一个幽美秀丽的园林，翠竹万株，极其雅致，乃是城中豪贵者迦兰陀施与释迦牟尼的。迦兰陀原把它送给了尼犍子外道，但当他听了如来说法后，深信佛法，遂把它要回来奉送给佛作为僧园，并在园中建了一座精舍。然而，此时已无竹林，仅存精舍，精舍石基砖室，门向东。如来在世时大多住在这座精舍里，为僧俗说法，指破迷津，拯救众生。现今在如来经常说法的地方立着一尊佛像，与如来等量，法显在佛像前焚香礼拜。

法显又向北行了二三里，来到鞞婆罗跋恕山，南面山脚下有许多温泉。据说，古时候有五百眼温泉，而现今仅有几十眼。泉源来自雪山之南的无热恼池，潜流至此。每眼泉口都雕有狮子或大象的头像。法显在一眼泉边用手掬水喝了几口，水温乎乎的，味道甜美。他脱下衣服到泉里沐浴。泉已被前人修成了池，下面和四周都是石头，很平整。他沐浴后上来，觉得浑身很舒服，犹如疲劳后酣睡了一觉一般。

温泉西有一石室，叫作宾波罗窟。释迦牟尼在世时饭后常在这个室里坐禅。

法显又往西行五六里。山北有一石室，名叫车帝石室，因石室前面有许多七叶树，所以又叫作七叶窟。此乃佛子第一次结集之所，在释迦牟尼在世时，均口头"说法"，而无文字记载的经书。释迦牟尼涅槃的当年，在大弟子大迦叶的主持下五百比丘在七叶窟对口述佛经进行会诵、甄别、审定，系统地把它们确立下来，诵出经、律二藏。当然，后来还有三次大结集。在释迦牟尼涅槃一百年后，因僧侣们对戒律问题发生争论，长老耶舍在毗舍离城召集七百比丘审定律藏，这是第二次结集。第三次结集是在阿育王的倡导下于华氏城由目犍连子帝须主持，一千比丘参加，批驳外道"邪说"，并确立了上座部为"正宗"。第四次结集由迦腻色伽召集五百比丘在迦湿弥罗（今克什米尔）由世友主持论释三藏。此乃闲话。

且说法显进入车帝石室，看到石室虽不高，但空间很大，足能容纳六七百人。石室最里面有三尊石像，大迦叶居中，舍利弗在左，目连在右。法显向三尊像叩首礼拜，心想：我法显若早来几百年，或许能当面聆听三位尊者的教诲，怎奈我生不逢时！

法显离开车帝石室，返回新城。

次日，他到新城中买了香、花、灯、油，准备第二天上耆阇崛山，但僧伽蓝的僧人们都劝他别去。一个僧人对他说道："上耆阇崛山的道路十分艰险，若摔下来，必将粉身碎骨。"另一个僧人道："山中常有黑狮出来伤人。人若遇上黑狮子必死无疑。"第三个僧人道："山上多有凶鹫，见人便啄目。到那里去凶多吉少。"法显道："我远涉数万里来到天竺，就是要瞻仰佛迹，求取戒律。我发过誓：不到耆阇崛山心不死。既然已经到了这里，怎能不上而回？"

一个僧人道："师父已年高，何必去冒这个风险？"

法显道："我自出了长安，就把生死置之度外。多年的诚心，焉能因此而废！虽有艰险，但我不怕！"

另一个僧人道："师父，即使你不怕，最好也别一人独往。"

法显道："既然危险，我怎忍心连累他人？"

另一个僧人道："都是佛门弟子，何必客气？"

法显道："请你陪我去一遭，如何？"

那个人摆手道："我？我——不行。我明日还有事。"说完，他便离开了那里。

一个人道："我没有去过，不认得路径。"说完也走了。

接着，又走了三四个人。

法显道："诸位不必为难，我自去。"

一位老僧道："法师，我陪你去。"

另一位老僧道："瞿波，你要是陪他去，我也去。"

瞿波："阿利迦，那我们一同去吧。"

法显感激地说道："多谢二位师父。"

两位老僧道："法师是位远道来的客人，为你提供方便，理所当然。"

次日早斋后，法显、瞿波、阿利迦三人前往耆阇崛山。耆阇崛山，因山上栖息着鹫鸟，故而又称之为灵鹫山。

二月下旬，野花烂漫，气候宜人。瞿波、阿利迦二人虽然过去来过，但已隔多年，现在见到翠绿的松竹、鲜艳的野花、快活的小鸟仍觉得新鲜，心里感到很舒畅。

太阳偏西，他们来到耆阇崛山下。耆阇崛山是五山中最高的一座山，山上一片翠绿，与灰色的天空相连，灰翠相映，浓淡分明，十分秀丽。法显等三人开始登山，山路崎岖陡峭，四周一片寂静，突然一只鹫"嗖"的一声扇着翅膀从他们头顶上擦过去。

第二十六章 诵经退狮

阿利迦吓了一跳，他用颤抖的声音说道："瞿波，鹫会不会啄我们？"

瞿波道："不会。我们不招惹它，它不会伤害我们的。"他虽然这么说，但看得出他也有点儿紧张。

法显道："二位不必害怕。人乃万物之灵，人若自己看重自己，他物自会害怕人；人若自己胆怯，他物自然乘虚而入，侵犯于人。我等行善济世，扶救众生，一身正气，有啥可怕？"

他们二人跟着法显继续上山，但眼睛总是东张西望，唯恐从林中窜出猛兽，啖食他们。忽然，有一个"白球"从他们面前滚过去，瞿波害怕地问道："什么东西？"

法显笑道："是只兔子。"

越往上攀登，越难行走。天越来越暗，夜幕即将降临。

瞿波道："法师，我们回去在山下找个地方住一宿，明日再来，如何？"

法显道："请二位将就一点儿，我们就在山上过宿吧。"

阿利迦惊讶地说道："啊，在山上过宿？不行，不行！要是在山上过宿，你我都活不到明天早晨。"

瞿波也害怕地说道："法师，不能在山上过宿。阴森森多么可怕。"

法显道："我们既然已经到了这里，怎能半途而废！"

阿利迦想了一下，说道："既然你不愿回去，那我俩回去！"

瞿波赞同地说道："对！你若执意要在山上过宿，那法师就自己留下吧！"

法显爽快地说道："也好，你们二位回去吧。多谢相陪一段路程。"

瞿波、阿利迦二人转身匆忙往回走。走出十来丈远，阿利迦对瞿波说道："这个傻和尚，木头脑袋，活腻了。"

瞿波道："可能我们还没到山下，他就会被黑狮子吃掉。"

法显独自一人继续往山上攀登。暮色苍茫，一棵棵树木就像披头散发张牙舞爪的魔怪一般令人毛骨悚然。寒风一阵一阵地向他袭来，他感到有点儿冷，但他仍坚持往上爬，终于爬到了佛陀曾住过的石窟。他在石窟内燃亮灯，点着香炷，把花置于石台上，尔后向石窟内壁叩头礼拜。他慨然长叹，不禁泪下。他拭去泪水，说道："昔时佛曾于此说《首楞严经》，而我法显生不逢时，见不到佛面，听不到说法，仅能目睹遗迹而已。"说着，又落下泪来。他从包裹里取出一件袈裟，穿到身上，走出石窟，坐到石窟前的一块石头上，诵《首楞严经》。半夜，三只黑狮子来到他面前，站着看了一会儿，然后蹲下来，舔着嘴唇，摇着尾巴，盯着法显。法显诵经不止，一心念佛。狮子低下头，垂下尾巴，伏于法显脚前。法显用手抚摩着狮子，口中说道："你们若想伤害我，就等我诵完经。若是来试探我，就请你们退去。"狮子伏在那里不动，既不伤害他，也不离去。法显继续诵经，他专心致志，泰然自若，似乎他面前并非是狮子，而是前来听他诵经的佛子。三只狮子在他面前伏了大约一个时辰，然后悄然离去。法显诵罢经倚到石头上歇息。

次日拂晓，法显被冻醒。他开始打坐。天亮了，他看了看周围，想起游历天竺的经历，心潮起伏，感慨万千，口占小诗一首：

想，伤。
神州远，思断肠。
鹫峰寒风紧，龙河水荡漾。
生不值佛览遗迹，奉花焚香泪双行。
历尽千辛万苦游天竺，终望持经振锡返故乡。

法显不再往上攀登，而顺着一条山道朝西北挪动，约走了八九丈远，又见一石窟。窟前有一大磐石，这是阿难被恶魔恐吓之处。一天夜里，四处一片漆黑，阿难在窟内坐禅，天魔波旬化作雕鹫，立于大磐石上，振翼惊鸣，恐吓阿难。当时，阿难惊惧无措。佛以神足力，伸手穿过石壁抚摩阿难肩膀，恐怖立即消逝，所以此窟名曰雕鹫窟。法显看到，窟前的大磐石上，有两寸深鸟爪的痕迹。窟内石壁上有一个斗大的洞，这便是佛手所捅的洞穴。此窟旁边还有数百个石窟，乃舍利弗等诸罗汉坐禅之处。佛常在石室前东西经行。

法显来不及遍观石窟，看了几个就下山了。下山后，他仍回新城那个僧伽蓝。

僧人们听说法显平安回来都感到很惊异，送他上山的那两个僧人觉得无脸见他。傍晚，法显来到瞿波的房间看望他，正巧阿利迦也在那里。他们俩见到法显来，感到很不好意思，脸上有点儿发烧，站起身来不说话。法显微笑着说道："昨天多亏你们二位师父。黑灯瞎火，回来时还顺利吗？"

他们见法显无责怪之意，心里坦然了些。瞿波道歉地说道："昨天我们俩不该自己回来，而把你一人留在山上。这是我俩的罪过。"

第二十六章 诵经退狮

法显安慰道:"二位不必自责。那里黑夜着实有些可怕,还有黑狮子。你们害怕也是人之常情。"

阿利迦问道:"夜里没有猛兽伤害你?"

法显便把夜间的经历讲了一遍,他们大为惊讶。瞿波赞赏道:"法师胆大、命大、功德大,非我等可比。"

法显道:"过奖了。不过,我想,心诚则可以感动人、鬼、神,甚至兽类。"

瞿波、阿利迦二人连连称是。

法显离开王舍新城西行一天半到了伽耶城(今印度比哈尔邦加雅城),又南行二十里到了释迦牟尼苦行六年处,又西行三里,到了释迦牟尼入池沐浴攀树枝出池处,又北行二里到了少女供奉释迦牟尼乳糜处,又东北行九里到了一石窟。释迦牟尼曾在窟中面西结跏趺坐,心中念道:"若我成道,当有神验。"石壁上立即出现佛影,而且地动山摇。净居天在空中说道:"此地非如来正觉处,西南十五里,有贝多树,树下有金刚座,乃过去、将来诸佛成道处。"法显看到窟中现在仍有佛影,长三尺许,清晰可见。

法显西南行,来到释迦牟尼成道处。这里有砖头垒成的围墙,高十余尺,东西长,南北狭,方圆五百余步。围墙内繁花似锦,林木葱茏,绿草如茵。正门向东,对着尼连禅河。围墙中央有金刚座,方圆百余步,相传贤劫千佛坐于座上入金刚定,故而名曰金刚座。金刚座旁有一棵粗大的贝多树,相传释迦牟尼于这棵树下成道,所以又称为菩提树。法显把香与花置于金刚座上,燃着香,面向贝多树和金刚座,跪到地上,微闭双目,双手合十,口中祈祷道:"我法显为求法拜佛跋涉数万里,自长安登程,已历七载,本愿尚未实现。圣树有灵,保佑我实现夙愿,平安返回晋地。"这时,从树上掉下一片树叶,落到他的右胳膊上。他非常高兴,认为这是贝多树显灵,立即把那片叶子放入包裹。

法显离开释迦牟尼得道处,南行三里,到了鸡足山。山上有三座山峰,向三方延伸,形如鸡足,故有此名。他前来瞻仰大迦叶寂灭处。天色尚早,还不到中午,他决定当日上山当日下山。山峦陡峭,壑深不见底,榛木茂盛,野草横生。三峰奇拔,峰间云雾缭绕。

经过一番辛苦跋涉,终于来到了大迦叶寂灭的地方。险峻的山峰上有一条缝,如刀削一般。当年大迦叶到鸡足山中寂灭,遇到山峰险阻,他抡起锡杖往下一劈,劈出了这条缝。随后，他从缝中过来，在缝旁的洞中寂灭。

　　法显内心赞叹不已，观瞻完此处，法显从地上掬一抔土放进自己的腰包，向山下走去，继而南行，回巴连弗邑。

法显西行记

第二十七章　折服外道

不日，法显返回了巴连弗邑，并在巴连弗邑休息了两日。第三天早上，他沿恒河南岸西行。四日后，他渡过恒河，来到旷野精舍。佛陀曾住过此精舍。精舍侧不远有一高大窣堵波，亦是阿育王所建。窣堵波前有一石柱，二丈多高，柱顶坐一石狮，柱上铭刻着佛陀伏鬼之事。从前，这里有旷野鬼，噉人血肉，危害生灵。如来怜悯众生，以神足力，诱化诸鬼，授以不杀之戒。诸鬼搬石请如来坐，听如来说法，愿意改邪归正，不再害人。法显在观看鬼搬来的这块石头时，旷野精舍的僧人告诉他，人们从这块石头旁经过时总有些害怕。曾有不信佛者想搬开此石，但数百人不能移。

法显顺恒河北岸继续西行。恒河岸边极其富庶，五谷丰登，花果繁盛。一日傍晚，法显找地方投宿，但途中既无寺院，又无村庄，只是不远处有一座天祠。他迫不得已，只好在天祠的屋檐下过夜。天祠乃涂灰外道供奉大自在天湿婆之所。法显来到天祠东面的屋檐下，放下行囊取出干饼，坐下食用。这时，五个涂灰外道从外回来，经过这里，其中一人怒冲冲地冲着法显说道："你这个异道，好大胆，胆敢沾污我们的圣地，快滚！"

法显瞟了瞟他们，他们浑身赤裸，从上到下涂着灰，在昏暗的暮色下显得黑乎乎的。法显把饼收起来，正想说话，一个年老的外道说道："陀湿多，不可粗鲁！看样子，他是外地人。我们与他，虽道不同，但却都是出家人。出家人出门在外，谁无难处？就让他待在这里吧！"

法显拿起行囊，准备离开。

年老的外道阻止法显道："这位和尚，请你不要与我这个徒弟计较。他一向言语粗鲁。你就在此歇息吧，或者你觉得方便，也可以到天祠内找个地方休息。"

法显见他们并无恶意，又放下行囊。因他们身上一丝不挂，法显不好意思看他们，垂着目光，说了声"谢谢！"

五个外道离开法显，进入天祠。法显心想，他们虽然说得好听，但不知是真心还是假意。佛教与外道向来严重对立，或许他们想先把我稳住，深更半夜加害于我。但他又想，我法显狮、虎、狼尚且不惧，还怕什么外道？我若离开这里，他们会认为佛子软弱可欺，害怕他们。我就在此，看他们会把我怎样！

隔了一会儿，那个老外道带着两个徒弟又来了。月光下，他们身上发出暗淡的光。法显正想问他们意欲何为，老外道说道："看来你是远道而来，肯定饿了，你权且用这点儿饼和水果充饥。"

第二十七章 折服外道

法显还摸不透他们是出于好心还是歹意,没有接。

那个老外道又道:"我和你虽然信仰不同,但毕竟不是仇敌。我绝无歹意,你大可不必有戒心。"

法显看他确实诚心诚意,说道:"并非是我有意怠慢三位,实在因我途中曾受到外道欺凌,所以才留有戒心。"

老外道说道:"我等不欺负异教徒。人的口味各不相同,有人喜甜,有人爱辣。信仰也如人的口味一般,不能强求一致。你信你的佛教,我信我的婆罗门教。大千世界,哪能只容一教存在?我以为,教虽不同,但同生一根。这个根就是'善',与己为善,与人为善。"

法显点头道:"所言极是。天、地、人三者中隐藏着无穷的奥秘,诸教各有妙理。我也认为,各教间可互相切磋,互相辩论,但不应相互为敌,更不可加害对方。"

老外道说道:"对!你是何方人士?"

法显道:"支那。"

老外道问道:"支那到此多远?"

法显道:"数万里。"

三个外道不约而同地"啊"了一声。

老外道又问道:"你们那里除了佛教还有何教?"

法显道:"还有道教。"

老外道又问道:"何谓道教?"法显道:"道教源于我国古代的巫术及秦汉时的神仙方术,它形成于东汉晚期,奉春秋时道家老子为教祖。信徒们把得道成仙作为修炼之目标。"

老外道问道:"如何修炼才能得道成仙?"

法显道:"其法有二:一是'弃欲守静',在自身形体内修炼'精、气、神'而成仙,称为'内丹';二是冶炼'金丹',服食后而成仙,称为'外丹'。"

老外道颇感兴趣地又问道:"哪一种方法为好?"

法显摇了摇头,笑了笑。

他们谈得越来越投机。老外道递给法显一块薄饼,说道:"吃点儿吧。"

法显接下薄饼吃起来。三位外道请法显到天祠内休息,但法显觉得不妥,谢绝了,在屋檐下将就了一宿。

第二天早晨，法显觉得那位老外道待他热情，若不辞而别，则失礼，于是，他来到天祠门口，想告别一声，但门还没开，他就在门口踱来踱去。隔了一会儿，门开了，法显让开门人转告昨晚那位老外道一声，说他要走。开门人进去后，他从大门向后望了一眼。后面大堂内有一尊神像，这尊神像五个头，三只眼，四只手，手中分别拿着三股叉、水罐、螺、鼓，头上盘着发辫，发辫上有一弯月，颈上缠着一条蛇，座下骑着一头大白牛。他正在看，那个老外道出来了，法显道："承蒙关照，不胜感谢。我急于赶路，就此告辞。"

老外道说道："时间太短，要不，我们可以进一步探讨修身之妙法，宇宙之奥秘。"

法显辞别后道："若下次我经过这里，我们可好生聊聊。"

法显继续沿恒河西行。一日，他来到迦尸国的都城波罗奈（今印度北方邦的贝拿勒斯）。波罗奈城是北天竺重镇，位于水陆交通中心，十分繁华。佛陀一生中在此度过了相当多的时日。

法显到波罗奈城的第二天便去城东北十里外瞻仰鹿野苑，鹿野苑乃佛陀初转法轮之地。

佛陀在修菩萨行时曾为鹿王，住在此处的大森林中，统摄五百余只鹿。另有一群五百余只鹿以提婆达多为鹿王。当时，国王到林中打猎，猎取了许多鹿，但仍穷追不舍。菩萨鹿王来到国王面前，恳求道："大王大量猎取我类，若打光了，以后还打什么？不如我每天差一只鹿献给你，这样大王每日都能食到新鲜的鹿肉。"国王答应，驱驾回宫。两群鹿每天轮流向国王献一只鹿。提婆达多鹿群中有一怀孕母鹿，明日该它送死，它到鹿王跟前说道："我虽该死，但我腹中的孩子却不该死。是否能等我生下孩子再去送死？"鹿王道："谁不惜命！"母鹿愤愤地说道："鹿王无道，死无日也！"它匆忙去找菩萨鹿王。菩萨鹿王道："可怜你的慈母之心，我去替你死！"第二天，菩萨鹿王前往王宫。路上看热闹的人竞相传说："大鹿王进城来了！"国王也有耳闻，但他不信。当门卫向他禀告大鹿王求见时，他方才相信。他把菩萨鹿王召进宫，问道："鹿王至此何事？"菩萨鹿王道："有一雌鹿当死，但它怀孕未产。我不忍心她腹中孩子死于非命，所以我来替它死。"国王颇为慷慨地说道："你是兽，却有怜悯之心，而我是人，却怀有兽心，真乃惭愧！"他下令不准再捕捉鹿，也不再让鹿轮流来送死。自此，这个森林便称之为鹿野苑。又因辟支佛住此苑时，听诸天说净饭王之子出家学道七日后当成佛，遂当即涅槃，所以此苑又称为仙人鹿野苑。

第二十七章　折服外道

法显来到鹿野苑，茂密的森林一望无际，林边有一僧伽蓝，名为鹿野伽蓝。伽蓝四周筑有高大的围墙，围墙内有一精舍，高二十余丈，层轩重阁，庄严华丽，顶上饰一巨大的金芒果。石基砖墙，四周筑有一百余个神龛，神龛内皆有金佛像。精舍内有一尊佛转法轮石像。这座伽蓝里有两千余僧人。他们见到法显，非常高兴，问长问短，端茶送饭，十分热情。他们道："这里来过许多异邦僧人，但从未来过支那僧人。法师是支那到鹿野苑来的第一人。"他们对法显很尊敬，争相给他讲述鹿野苑的奇闻逸事。

次日，一个僧人主动带领法显去瞻仰鹿野苑周围的遗迹，他首先领着法显来到侨陈如等五人迎佛处。他对法显说道："侨陈如等五人以为释迦牟尼放弃了修行，他们离开释迦牟尼来到鹿野苑继续苦行，释迦牟尼得道后首先想度侨陈如等五人，五人遥见释迦牟尼走来互相说道：'乔答摩苦行六年尚未得道，现在放纵于人间还能得道！他一定是心灰意懒才来找我们。我们都不要理他，也不起身迎接他。'释迦牟尼越走越近，威仪安详，神光晃曜，身放玉彩，五人忘记了自己的话，起身拜迎。他们就是在这里迎接如来的。"他又带着法显向北走了六十余步，说道："当年如来在此处面东而坐，为侨陈如等五人说法。夏坐后，五人皆修成正果。"

法显看到从森林中走出一群鹿，它们站在森林边上朝他们张望，个个活泼可爱，它们不怕人，似乎是这里的主人。法显对陪他的僧人说道："这群鹿胆子很大，不怕人。"

那个僧人说道："它们已经习惯了。有时也会到我们伽蓝来，甚至到人身边挨挨蹭蹭，讨人喜欢。这里无人伤害它们，所以它们犹如家养的一般。不过，它们毕竟是野的，跑得很快，人们抓不到它们。"

法显问道："它们现在还有王吗？"

那个僧人道："说不清。不过，它们总是成群结队，很少单独行动，或许还有王。"

他说完笑了笑，法显也笑了。

法显离开鹿野苑，向西北行三百多里来到拘睒弥国的都城拘睒弥城（今印度北方邦南部阿拉哈巴德西南三十英里处的柯桑村）。他到城东南瞻仰瞿师罗园精舍。释迦牟尼在世时，拘睒弥城有一富翁，名叫瞿师罗，他皈依佛教后将园林献给僧众作为精舍，故此称为瞿师罗园精舍。释迦牟尼曾在这座精舍住过。现在园林已不复存在，仅仅精舍院内还有少许花草树木。精舍内有三四百僧人，皆系小乘学。

法显与他们聊了几句，不很投机，便离开了那里。

法显在游览拘睒弥城的市容时，一个僧人来到他面前，施礼后问道："师父，你是何方人士？"

法显看了看他。他四十来岁，圆脸，大眼，浓眉，身着皂色袈裟。二目炯炯有神，似乎他的眼睛里蕴藏着无穷的智慧。法显道："我是支那人。"

他惊异地说道："你是支那人？我只听说过支那，但从未见过支那人。我从《考铁利亚》一书中知道，支那产丝，其丝货贩至天竺。自从读了那部书，我就很向往支那，希望有朝一日能到支那去游览一番。师父如何称呼？"

法显道："我叫法显。你呢？"

那人道："我叫昙摩跋澄。达嚫国人。"

法显问道："达嚫国在何处？"

昙摩跋澄道："达嚫国在南面，距此三四千里。你为何到天竺来？"

法显道："天竺乃佛教圣地，而我国戒律残缺。我一来求取戒律，二来瞻仰佛迹。"

昙摩跋澄道："那你何不到达嚫国去？"

法显见昙摩跋澄与他谈得投机，便拉着他道："走，我们找个地方坐下来好好聊聊。"他们俩走出城，来到一棵大树下，坐到一块大石头上，攀谈起来。

法显问道："达嚫国有何古迹？"

昙摩跋澄眉飞色舞地说："达嚫国有一座迦叶佛曾住过的僧伽蓝。那座僧伽蓝世间少有，不可不看。"

法显问道："你去过吗？"

昙摩跋澄道："我前年去过。不过，到那里去可不是一件容易的事。"

法显问道："怎么？"

昙摩跋澄道："那座僧伽蓝在一座山峰上。峰岩峭险，道路艰难，而且一般人都不知道路径。"

法显问道："那怎么去呀？"

昙摩跋澄道："欲去者，都得给国王送礼或送钱，然后国王派人领他去。"

法显问道："你是怎么去的？"

昙摩跋澄道："我？我乃是一个穷和尚哪有礼物和钱财？我想办法见到了国王，对他说：'我是个四大皆空的和尚，但我一心想去瞻仰迦叶佛曾住过的僧伽蓝。请陛

第二十七章 折服外道

下开恩，遣人领我前去。'国王冷笑了一声，说道：'你一无所有还想上山？这样吧，我问你一个问题，你若答得上来，我就破例派人送你去。'我说：'好吧，请陛下说吧！'国王道：'世上什么东西昼夜行走不止？'我想了一下，没有立即回答他。他道：'回答不出来吧。走吧！'我说：'陛下，你只是让我回答，但并没有限制我时间。'国王道：'那——，我数到十。如果我数完十，你还回答不出来，那你就立即离开这里。'我说：'好吧！'他数到九，正要数十，我回答说：'日、月。'国王笑着说道：'对，对。你并非一无所有，你有智慧。'于是，他派人送我上山。途中到一村庄。那个村庄的村民们都持邪见，不识佛法、沙门、婆罗门等。他们问我：'你怎么不飞到僧伽蓝去？'我惊讶地说：'飞？'他们道：'是呀，我们见到许多道人都是飞去的。'我顺口说道：'我的翅膀根还没长硬。'从这个村到那座山之间，一直没有村庄，皆是荒丘，无人居住。迦叶佛曾住过的僧伽蓝位于山上，凿山而成，工程浩大，雕凿精巧，真乃出自神工鬼斧。长廊步檐，崇台重阁。上下共有五层，最下层象形，五百间石室；第二层狮形，四百间石室；第三层马形，三百间石室；第四层牛形，二百间石室；第五层鸽形，一百间石室。顶上有泉水萦绕，自每层石室前绕房而下，回曲缓流，直至底层，从门流出。每室均凿有窗户，所以室内亮不幽暗。每室的四角均凿有阶梯，缘梯可上下。这个僧伽蓝名叫波罗越，波罗越乃鸽子之意。从前，这个僧伽蓝有三千多僧人，后来，僧徒中发生争执，恶人想乘机破坏僧伽蓝，伽蓝遂被关闭。自那以后，伽蓝内就不再有僧人了，也很少有人知道通往伽蓝的路径。"

法显听得津津有味，等他讲完后笑着说道："真是个好去处，但我是个穷和尚，既无钱财，又无礼物，且缺少你的智慧，怎能到那里去！"

昙摩跋澄道："哎！凭师父的阅历，要是想去，总有办法。"

法显道："即使我不去，听你这么一讲，我也已经满足了。我国有句俗话：看景不如听景。"

昙摩跋澄道："师父，未必如此。我笨嘴拙舌，所说的挂一漏万。"

法显问道："你为何到此？"

昙摩跋澄道："我想出来见见世面，增长见识。我要是不到这里，怎能见到你呢？"

法显觉得昙摩跋澄活泼、聪明、爽朗、可爱，问道："你想到何处去？"

昙摩跋澄反问道:"你想到何处去?"

法显道:"我心愿未了,想回巴连弗邑去。"

昙摩跋澄问道:"什么心愿?"

法显道:"我虽已出来数载,瞻仰了许多佛迹,但尚未求到经律。我打算到巴连弗邑去抄写经律。"昙摩跋澄道:"我到波罗奈城去,与你可同一段路。"法显与昙摩跋澄一同东行。路上,他们见到几个姑娘在河边洗衣裳,她们用棒槌捶打衣裳。一个姑娘说了一句什么,其他姑娘都停下手中的棒槌,望着他们两个和尚。昙摩跋澄对法显说道:"师父,你看左边第二个姑娘长得多漂亮!"

法显拿眼睛柔和地瞪了他一眼,说道:"哎,我们出家人哪能这般端详姑娘,对她们品头论足!"

昙摩跋澄淡然一笑,说道:"师父,我们出家人'不淫欲',但看一看女子,并非犯戒,况且觉得姑娘好看,也并非是'淫欲'。你说对吗?"

法显认真地说道:"淫欲由喜爱而生,喜爱由悦目而来。"

昙摩跋澄道:"唉,师父,你喜欢丑的东西,还是美的东西?"

法显毫不犹豫地说道:"当然喜欢美的东西。"

昙摩跋澄问道:"你看那个姑娘美否?"

法显笑道:"你这个机灵鬼!"

法显与昙摩跋澄在波罗奈城分手。昙摩跋澄往鹿野苑,法显继续东行,回巴连弗邑。

法显西行记

第二十八章 习文抄经

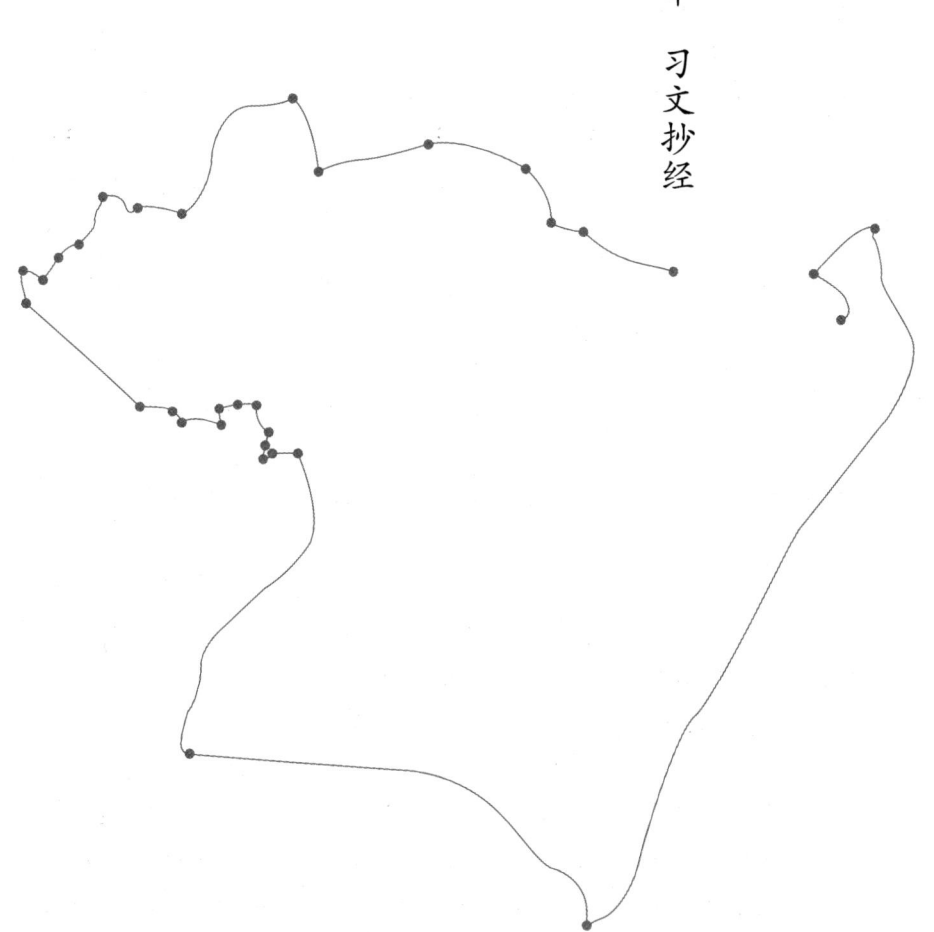

法显回到巴连弗邑，直接来到摩诃衍僧伽蓝。僧人们见到他回来都很高兴。住持达玛拉杰笑容满面，说道："我知道你会回来。"

法显笑着说道："长老会算？"

达玛拉杰道："不，我不会算。那天在藏经院我看你那恋恋不舍的样子就知道你会回来。你是求来取戒律的，而《摩诃僧祇律》别处很难得到，你怎会弃而不取？"

法显道："长老看透了我的心思。北天竺诸国皆师师口传，无本可写。好不容易才找到这部经律，我怎能轻易放弃！我本来觉得抄写经文并非是一朝一夕的工夫，可能需要几年，可我年事已高，怕花不起这个时间。但在游历中，我老惦记着这件事，最后还是下决心到这里来抄经，不管付出多大代价。"

法显又在摩诃衍僧伽蓝住下。

第二天，法显到藏经院向主事僧人说明自己的意图。主事僧人很支持他，为他安排了一个房间，供他在这里抄经。

《摩诃僧祇律》共四十卷。法显先借出第一卷。他翻阅了一下，里面有许多字他不认识，或不明白其意思。他懂梵文。在游历天竺的这几年中，他在梵文方面长进很大，但仍不精通。对于阅读、理解经文来说，他的梵文还远不够用。"工欲善其事，必先利其器"，他决定先学一段时间梵文，然后再开始抄经。

法显于摩诃衍僧伽蓝夏坐（这是法显西行后第七年即公元405年之夏坐）。中天竺的夏天，十分炎热。白天，室外如同火烤一般，太阳把毒焰射向大地，似乎要把世间的一切统统烤焦。热流四涌，几乎无凉爽之地。室内虽不像室外那么烤人，但墙、地以及室内的所有东西都是热的。似乎它们都不愿接受热量，而拼命地把热量散发出来。

法显坐在一间斗室里学习梵文。室内又热又闷。他脱去直裰，打着赤膊，汗流浃背。汗水从脸上流到脖子上，从脖子上流到胸上，从胸上流到腹上，从腹上渗到裤子里。然而，他的恒心和毅力并没有被汗水所淹没。他时而闭目冥思，时而嘴里念念叨叨，时而在地上写写画画，时而穿上衣服出去找人求教。年岁不饶人。他虽然聪慧，但也超脱不出自然规律的制约。他毕竟年纪大了，记忆力和精力都比不得年轻人。为了克服记忆力差的弱点，他把所学的梵文词汇记下来，并按第一字母顺序编排起来，并标上汉文的词意。实际上，他的学习笔记便成了自编的梵汉词典。当然，法显当年不会意识到这一点。法显不懂就问。不管是僧人还是俗人，是老人还是年轻人，他都

第二十八章 习文抄经

当作先生。从求学这个角度上来说,法显可能是我国历史上年纪最大的留学生。由于他勤于学习,善于思索,虚心求教,加之他的基础厚实,他的梵文长进很快。夏坐后,他决定边抄律,边学习。

一日上午,法显正在抄律,头脑里突然想起了道整。他写不下去了。他来到达玛拉杰的方丈。达玛拉杰起身相迎。

落座后,法显道:"我来是想请长老帮我一个忙。与我一同到天竺来的共十人,然而有的人已回去,有的人已圆寂,仅剩我和道整。道整曾说他要到摩竭提国来,我不知他现在是否还在摩竭提国。烦劳长老帮我打听一下。"

达玛拉杰道:"法师放心,只要他还在摩竭提国,我准能打听到他。不过,他要是不在这里,我就无能为力了。"

法显道:"那就请长老多费心。"

达玛拉杰道:"法师写律不可太劳累,要多保重身体。"

法显点点头,笑了笑。

法显辞别达玛拉杰又回来抄律。一天夜里,法显打坐后刚躺到床上,慧景就来到他床前,抓住他的手道:"法师,许久不见,别来无恙?我无日不在思念你。你怎么把我一人丢下,自己来到这里?我一直在找你,但总找不到。今天,多亏观世音菩萨指点,我才见得到你。"法显道:"慧景,我又何尝不想你呀!我曾多次为你落泪。你到哪里去了?"慧景道:"我同你失散后,就到处找你。我疑猜你已回去,就回国去找。长安的僧友说,你尚未回来,我就又返回天竺。"法显问道:"国内的僧友们可好?"慧景道:"他们都很好,都很惦记着你,盼望你早日取回经律,弘扬佛法。你何时回去?"法显道:"我好不容易才找到一部律,正在抄写,恐怕需十年八载。"慧景道:"要这么长时间?我来帮你抄。"法显把《摩诃僧祇律》递给慧景。慧景把纸放在写有律文的贝叶上,用手在上面一抹,纸上便立即出现了律文。法显高兴地说道:"你的办法太妙了!"慧景一抹一页,一抹一页,不到一个时辰,《摩诃僧祇律》就被全部抹完。法显道:"要是我抄,不知猴年马月才能抄完。想不到你有这等能耐。真是士别三日,即更刮目相待。你辛苦了,休息吧!"慧景道:"国内的僧友们正在期待着我们,哪能休息,快走吧!"慧景把抄好的律文捆成一卷,抱着就走。法显道:"慧景,等一等我!"但慧景不作声,头也不回,直往前走。法显在后面大声喊道:"慧景,慢走,等等我!"他紧赶慢赶就是赶不上慧景。他一着急跑了起来,但怎么也跑不动。忽然,什么东西绊了他一跤。他猛然惊醒。原来是南柯一梦。法显回味梦境,不禁流出了泪水。

法显抄律不止。

时间是恒量。然而,当你繁忙而在充分利用它时,就觉得它过得快;当你闲空而在消磨它时,就觉得它过得慢。法显由于忙于学习梵文和抄写经律,不知不觉到了年底。

一日,达玛拉杰来到法显住处,对他说道:"法师,我告诉你一个喜讯。我打听到了道整。"

法显高兴地问道:"真的?他在何处?"

达玛拉杰道:"他住在城西桑顶僧伽蓝。不过,他现在不在,到摩诃剌侘国(今印度马哈拉施特拉邦)去了。听说他还回来。我已告诉桑顶僧伽蓝的长老,道整回来后,让他到这里来找你。"

法显双手合十,说道:"长老,你帮了大忙。找到道整,我就有了旅伴。"

达玛拉杰道:"法师宽心,他会来的。"

法显巴不得一下子见到道整,但急有何用?只好耐心等待。三月的一天上午,法显正在抄律,达玛拉杰在他们门口嚷道:"法师,你看谁来了!"

法显抬头一看,是道整。他赶忙放下笔,起身匆匆走向道整。道整向前快走几步,说道:"法师,想不到在此见到你。一向可好?"

法显激动得流出了热泪,说道:"好,好。你可把我想坏了!"

道整也激动地说道:"我也想你呀,有许许多多话要对你说。"

法显道:"来,来,我们坐下来慢慢谈。"

法显拉着道整坐下。达玛拉杰怕打搅他们,悄悄离去。

法显和道整畅谈别后之情。法显对道整讲述了他俩分别后自己的经历,尔后问道整:"这一两年,你去了哪些地方?"

道整道:"我本想到摩竭提国来找竺法跋摩大师,向他学习幻术,但没找到他,听说他到竺刹尸罗去了。我想,我到那里去也未必能找到他。于是,我就在桑顶僧伽蓝住了下来,但也常常外出云游,昨天刚从摩诃剌侘国回来。"

法显问道:"那里有何可观之处?"

道整道:"摩诃剌侘国在南天竺,是个颇殷富的国家。那里有一座大山,叠岭重峦,溪流逶迤,十分幽邃。幽谷中有一座僧伽蓝,高堂邃宇,背靠断岩,面对深壑,内有二三百僧众。伽蓝附近的悬崖上凿有精美的石窟（此即阿旃陀石窟）。其中一窟，门前有六根大石柱。石柱上所雕的仙女，栩栩如生。门楣上雕镂着花卉禽兽，活灵活现。窟内四壁画着五百罗汉像。他们神态各异，惟妙惟肖，犹如五百罗汉再生。有的石窟内，画着如来诞生、出家、修行、成道、降魔、说法、涅槃等图像。我去时，有一石窟正在修建。那个地方真是个好去处，有山有水，清静幽雅，使人流连忘返。唉，要是我生在天竺就好了！"

法显看了道整一眼，问道："你下一步还有何打算？"

道整道："我打算到那烂陀去。那里有一位法师精通因明。我想去向他求教。"

法显本以为道整可以帮他抄写经律，但听说他另有打算，就没有把自己的意图说出来。

道整问道："法师有何打算？"

法显道："我眼下正在抄写《摩诃僧祇律》，最近，我在藏经院又发现了一部律——《萨婆多众律》。这部律乃是我们晋地所行之律，但我们晋地皆是口授，不见诸于文字。我也想把它抄回去。"

道整问道："那得多长时间？"

法显道："没有一两年工夫，恐难完成。"

道整道："那我们还有机会见面。我先回去了，以后再来看你。"

法显依依不舍地送走了道整，心情久久不能平静。他想，道整是我唯一的伴侣，但他却另有打算，真可谓同道不同心。他觉得，道整在这一两年中起了某些说不出的变化。就他的心情来说，他真不愿意道整再离开他，但他又不想把自己的意志强加于道整。

夏坐前夕，法显到桑顶僧伽蓝去看望过道整。但道整未归，他白跑一趟，快快不乐地回到了摩诃衍僧伽蓝。

法显西行记

第二十九章 传授汉文

第二十九章 传授汉文

法显在巴连弗邑度过了第二个夏坐（此乃法显西行后第八年，即公元 406 年之夏坐）。

夏坐后的一天上午，法显顶着火辣辣的烈日去拜访米提拉。他早就想去看望米提拉，但因忙于写律一直没有空。昨日晚上，他终于把《摩诃僧祇律》的最后一偈抄完，如释重负，心里很高兴，想放松一下，然后继续抄写《萨婆多众律》。因此，今日上午，他得空去找米提拉叙谈叙谈。

法显来到米提拉府上，守门人认识他，请他稍候，自己进门禀告。守门人进去时候不大，那个被法显医好病的少爷跟着守门人出来。少爷见到法显忙行吻脚礼，法显扶起他，问道："少爷，近来可好？"

少爷道："师父的妙手使我病体回春，我才有今日。自师父走后，我一日好似一日。经过一段时间康复，已与往常一样，又开始过上了快乐的生活。我和母亲经常念叨你。"

法显问道："你爹呢？"

少爷道："进去再说吧！"

法显随少爷来到客厅。少爷请法显坐上座，然后吩咐仆人上茶。法显一边喝茶，一边与少爷聊天。他又忍不住问道："你爹呢？"

少爷道："我爹到支那去了。"

法显惊讶地问道："到支那去了？"

少爷道："嗯。国王派他去的。"

法显问道："派他去干什么？"

少爷道："我也不太清楚，他没有跟我说。我母亲对我说，国王很仰慕支那，自从我父亲把他向你了解到的情况向国王禀告后，国王更加向往支那。他说支那是上邦大国，盛产丝绸、茶叶、瓷器，又有许多文化古迹，但他自己不便前往，于是就派我父亲去，让他代表国王去向支那皇帝致意，并了解支那的国情，顺便带些当地物产回来。"

法显想不到米提拉会到晋地去，他本以为米提拉向他了解情况是出于一般的兴趣，没有料到他真会去。他问道："他去多久了？"

少爷道："已走三个月了。"

"刚走三个月？唉，我好糊涂！"法显后悔自己来晚了，若是早点儿来拜访米提拉，就可以见到他。法显又问道，"他是怎么去的？"

少爷道："他从水路坐船去的。"

法显问道："他自己去的？"

少爷道："不，有十多个人与他同行。"

法显道："真遗憾，我没有见到他。"

少爷道："我爹说，到支那后去找你。"

法显道："傻孩子，我在这里，他到哪儿去找我？"

少爷道："那你就在这儿等他，他迟早会回来的。师父，你坐一会儿，我去告诉母亲。"

法显道："别麻烦了，不必惊动你母亲，我走了。"

他起身要走。

少爷拉住他道："师父，你别走，不然，我母亲会埋怨我的。"

法显无奈，只好又坐下。隔了一会儿，少爷从他母亲房里回来，说道："我母亲说，后天中午，设宴招待你。"

法显道："请你转告你母亲，不必客气，等你父亲回来我们再好好聚一聚。"

少爷道："我父亲回来是我父亲的事，他不在是我们的事，是我向母亲建议的。你别推辞，推辞我也不依。"他耍起了孩子脾气。法显拗他不过，只好依允。

第三天中午，法显穿着一件整洁的袈裟前来赴宴。他因出来时间太长，几件袈裟都穿旧了，虽然旧，但却很整洁。他从旧袈裟中挑选出一件较新的袈裟。天气很热，汗水从他脸上往下流。当他到了米提拉府上的时候，少爷已带着四个仆人在门口等候，他们把他接入客厅。隔了一会儿，米提拉夫人穿着漂亮而鲜艳的纱丽来到客厅。她满面笑容，举止大方，神态自若。她已四十来岁，但看上去却像三十岁左右，苗条的身材，白嫩的皮肤，椭圆形的脸蛋，水灵灵的眼睛，样子显得很甜。法显第一次见到她时，由于她正在为孩子的病忧虑，所以比较憔悴，现在比那时显得年轻、漂亮、典雅。她说道："多亏师父，我儿子才有今日，我们全家才有今日的欢乐。今天略备薄宴，款待师父，以表我们的一点儿心意。老爷不在，若有照顾不周之处，还望师父多包涵。"

法显道："夫人太客气了。我能到你府上小坐一会儿已感荣幸，又何必破费？"

夫人道："本想多请几位客人来作陪，但又恐师父见外，所以没请。等会儿由我儿子陪你，我儿子虽然年幼，但还懂事。我就不奉陪了，请恕我失礼。"

第二十九章 传授汉文

法显道:"夫人不必拘礼,随便为好。"

一个仆人通知酒宴已准备停当,少爷请法显入席。夫人告辞。

法显来到宴会厅,长方形的桌上摆有十多种饭菜。上文说到,天竺烹调法与晋地不同,晋地以炒为主,天竺以煮为主。蔬菜多半凉拌,肉类多半煮食。因法显吃素,所以大部分是凉拌菜:凉拌黄瓜、凉拌番茄、凉拌青椒、凉拌花椰菜、凉拌茎蓝等,还有水煮鹰嘴豆、油榨菜叶之类。菜盘旁放着盐、胡椒粉、芥末等调味品。桌子中央放着一盘米饭,米饭由大人米、葡萄干、杏仁、咖喱等调制而成,米饭旁放着一碗由核桃仁、杏仁、松子仁、粗糖等做成的吃食。

他们坐下后,进来三个乐师,一人手中拿着箜篌,一人手中拿着琵琶,一人手中拿着筚篥。他们席地而坐,演奏起来,乐曲典雅悦耳。

法显面前放着一只盘子、一个酒杯。少爷拿起酒壶给法显斟酒。法显忙拦住他道:"少爷,我素不饮酒。"

少爷道:"我知道你们僧人一般不喝酒,但有的和尚也喝,我见过。"他又要给法显斟。

法显捂住杯子道:"不饮酒乃是我们僧人的戒律。我向来持戒,请少爷见谅。"

少爷见法显执意不饮,就把酒壶放到一边。他把勺子递与法显,请法显自己取菜。法显取好菜,把勺子递与少爷。少爷取好菜后,他们俩吃起来。法显在天竺日久,已习惯于用手抓饭。吃完饭,仆人给他们每人上一只小碗、一个小勺,并把甜食端到法显面前,法显取了少许甜食。吃完甜食,仆人撤下菜盘,端上香蕉、芒果、李子和甜瓜。吃完水果,仆人又端上清茶。喝完茶,少爷把法显让入客厅,客厅内的摆设已重新作了安排。夫人已坐在后面等候,前面留出一块颇大的空间。夫人见法显来,忙起身说道:"师父,饭菜不好,请多担待。"

法显道:"夫人太客气了。这是……"

夫人道:"我请了几位乐师和舞女,到此为师父献艺,师父不反对吧?"

法显笑着说道:"感谢夫人的一番美意。"

夫人让仆人叫乐师和舞女登场,进来了四个乐师和六个舞女。除了刚才吃饭时演奏的那三个乐师外,又添了一个鼓手。四名乐师席地而坐,奏起了典雅的乐曲,六个舞女翩翩起舞。法显还从未见过如此美妙的舞蹈,轻盈的舞步,优美的舞姿,动人的手语,含蓄的表情,配以清新优雅的音乐,令人陶醉。群舞结束后,一个脚系铜铃的舞女伴着清脆的铃声，轻盈而至。她的动作，随着鼓点，时而急速，时而缓慢。脚铃声时而急如暴风骤雨，时而缓似漏壶夜滴；琵琶声时而如快马奔驰，时而似细雨绵绵。少爷的身躯随着音乐的节奏一晃一晃，脚在地上一点一点，陶醉于乐舞当中。法显心情也很舒畅，美妙的音乐和舞蹈一扫他久积的疲劳。

舞女们又跳了一支双人舞和一支三人舞，尔后又跳了一支群舞。

舞蹈结束后，夫人问法显："师父，喜欢吗？"

法显点头道："嗯。舞蹈优美，音乐悦耳。感谢夫人的盛情款待。"

太阳西沉，法显告辞夫人、少爷后回到寺院。他拿起笔抄律，但头脑里不时浮现出舞女在翩翩起舞，赶跑一个又出现一个。他放下笔打坐，约莫过了一个时辰，舞女才被他赶到九霄云外。

一日下午，法显正在抄律，一个僧人带着一个年轻人来到他房间。那个僧人道："法师，这个年轻人一定要见你，我怕打扰你，极力阻止他，但他缠着不走，说见不到你绝不回去，所以我只好把他带来见你。"

年轻人来到法显跟前，低着头说道："师父，都是我不好，是我坚持要见你的。"

法显看了看年轻人，问道："你找我有何事？"

年轻人道："我父亲是个商人，我也是个商人，我们常到狮子国、波斯国去做生意。我在他们那里见到了支那的丝绸、瓷器等物品，听到了许多关于支那的传说，我很向往支那，想与支那做生意。别人能干的事，我为什么不能干！人亦人也，我亦人也！但我不懂支那语，所以一直没去。最近，我听说有一位支那来的高僧住在摩诃衍僧伽蓝，就专程来拜师，请你教我支那语。"

法显问道："你叫什么？"

年轻人答道："我叫普鲁沙。"

法显问道："多大了？"

普鲁沙道："二十一岁。"

法显沉思起来。他想，我抄写经律时间很紧，哪有工夫教他？但他转念又想，这个年轻人满怀希望而来，看样子很有志气，很有抱负，我怎好拒绝他。

普鲁沙看到法显犹豫，说道："看来师父很忙，那我就不给你添乱了。"说完，转身要走。

法显道："普鲁沙，我并没有说不教你，学一种语言，并非易事，你如此性急，

第二十九章 传授汉文

怎能学会？"

普鲁沙转过身来说："师父，你愿意教我？"

法显道："我教你可以，但你得依我三件事：其一，每天日中与黄昏之间我教你一炷香时间（在古代印度，佛教徒把一天时间分为六时，昼三夜三。昼三时，分为朝日、日中、黄昏；夜三时，分为初夜、中夜、后夜。世俗却把一天分为八时，昼四夜四。昼一时相当于现今的九、十、十一点钟，以下依次类推。此处相当于现今的下午四、五点钟）；其二，我教你四个月，除了生病，你每天都得来；其三，我每天所教的东西，你得熟读二十遍，抄写十遍。你可依我？"

普鲁沙道："别说三件，就是三十件我也依得。请师父受我一拜。"他跪到地上向法显行吻脚礼。

法显忙把他扶起来，说道："我仅教你几句话，不必如此。"

普鲁沙问道："何时开始？"

法显道："明天。"

普鲁沙告辞，法显继续抄律。

第二天下午，普鲁沙带着一匹细麻布、一块宝石、一个珊瑚来到法显房间，他把东西摆到法显面前，说道："师父，这是我的一点儿心意，请笑纳。"

法显笑了笑，说道："喔，这都是些好东西。"

普鲁沙道："虽不能算是什么珍奇之物，但也来之不易。细麻布乃波斯之物，宝石来自狮子国，珊瑚得自大秦（古罗马）。"

法显道："普鲁沙，你小看于我。我所以答应教你，是看你有抱负，对支那有情谊，并非是为名为利，亦非是为了要你报答。"

普鲁沙解释道："师父言重了。我绝无小看你之意，仅是为了表达我的一点儿心意。"

法显道："你的心意我领了，但这些东西我不能收！"

普鲁沙恳求道："师父，收下吧，不然我心不安。"

法显道："我是个出家人，早已把钱财、珠宝看得轻如鸿毛。对你们商人来说，这些都是财宝，但对我来说，却一钱不值。希望你能理解我。"

普鲁沙道："既然师父实在不收，我也不强你所难。我带回去就是了。"

法显笑着点了点头。他点着一炷香，开始教授普鲁沙汉语。他首先讲解了汉语和汉字的特点，使普鲁沙在头脑里对汉语和汉字有个粗略的概念。然后，他说道："在这四个月中，你想掌握支那语是不可能的。仅能学些日常用语，达到能与人简单交谈的程度，主要还靠你以后自己努力。"

法显开始教普鲁沙"这是何处""这是广州""客官贵姓""我叫普鲁沙"等语句。普鲁沙在贝叶上记下汉字，并用梵文字母把这些语句的读音记下来，并且写出它们的梵文意思。不知不觉，香烧完了，法显道："今日就到这里，你觉得这样教行否？"

普鲁沙道："行。我回去把今日所学的读四十遍，写二十遍。师父，明日见。"他拔腿要走。

法显昂起下巴朝那些礼物示意了一下，普鲁沙只好把那些礼物装好带回去。光阴荏苒，冬去春来，普鲁沙学习期满。他已能说汉语，但磕磕巴巴；能写汉字，但歪歪扭扭。然而普鲁沙和法显心里都很高兴。普鲁沙为远游支那解决了一大难题而感到欣慰；法显为普鲁沙学有成绩，自己的心血没有白费而感到喜悦。普鲁沙向法显行了吻脚礼，告别了法显。

二月，天气不冷不热。寺院内的花儿，有的在盛开，有的含苞欲放，到处生机勃勃。

一日上午，法显到城中去拜访德高望重的罗沃私婆迷。他没有花多大气力便找到了罗沃私婆迷的住处，他向守门人说明来意，守门人进去通报，隔了一会儿，守门人出来说道："大师请你进去。"

法显随一个仆人进入院子。他们走过穿堂进入第二道院子，院内有一块绿色的大草坪，草坪四周百花怒放，草坪中央有一座塔，塔在阳光下放射出耀眼的光芒。仆人对法显说道："这座塔是国王为大师造的，纯银的，三丈高。"

法显近前细看，银塔做工精巧，堪称珍宝。法显不禁对罗沃私婆迷，对塔也肃然起敬。

法显被领进一个挺大的房间，罗沃私婆迷坐在那里抚摩着箜篌，他见法显进来没有起身，仅微笑一下表示欢迎。

法显向罗沃私婆迷打了个问讯，说道："久仰大师，今日特来拜访。"

罗沃私婆迷端详了一下法显，问道："你是何方僧人？"

法显道："我乃支那僧人法显。"

罗沃私婆迷惊异地看了看他："你是支那僧人？"

法显点头道："嗯。"

罗沃私婆迷马上立起身来，说道："喔，我那个仆人也糊涂，他只告诉我有个名叫法显的僧人要见我，并未告诉我你来自何处。多有怠慢！"

法显道："大师太客气。"

罗沃私婆迷拉着法显的手说道："请坐！"

法显道："国王在大师面前尚不敢坐，我……"

罗沃私婆迷微笑道："你是贵客，但坐无妨。"

法显在他旁边坐下，说道："久闻大师大名，如雷贯耳，今日才有幸相见。"

罗沃私婆迷问道："你到此多久了？"

法显道："我在摩竭提国已两年有余。"

罗沃私婆迷问道："既然你已在此两年多，怎不早来？"

法显道："我来过两次。第一次，你不在。第二次，听说五个外道与你打赌……"

罗沃私婆迷打断法显的话说道："噢，我明白了。你为何不畏艰险，长途跋涉来到天竺？"

法显道："我国戒律残缺，有碍佛法弘扬。我想到此求取经律，并瞻仰佛迹，我曾发誓不到灵鹫山心不死，前年，我终于登上了灵鹫山。"

罗沃私婆迷钦佩地说道："法师真是人老志坚，可敬，可敬！"

法显："大师谬赞了。"

罗沃私婆迷问道："贵国有大乘学否？"

法显道："我国皆大乘学。"

罗沃私迷婆惊叹道："难得，难得，莫非菩萨点化！"他停了一会儿又问道："你求得了多少经律？"

法显道："我已抄就《摩诃僧祇律》《萨婆多众律》《摩诃僧祇阿毗昙》。"

罗沃私婆迷道："你历尽艰辛专程来求取经律，诚心可嘉。我送你一部经。"他让仆人把他所要的经卷搬来。

罗沃私婆迷把经书放到法显面前，说道："这是《方等般泥洹经》，六卷，五千偈。你不用抄了，我送与你。"

法显如获至宝，起身向罗沃私婆迷再三致谢。

法显与罗沃私婆迷又交谈了半个时辰，便告辞，携《方等般泥洹经》回摩诃衍僧伽蓝。

几个月后，普鲁沙来找法显。他对法显说："师父，我是来向你辞行的。"

法显问道："你要到何处去？"

普鲁沙道："到支那去。"

法显高兴地说道："是吗？何时动身？"

普鲁沙道："后天。"

法显问道："从水路还是陆路？"

普鲁沙道："乘船由恒河到海口，尔后转乘大船从海路去支那。"

法显道："你到了支那，所学的支那语就有用武之地了，而且会有更大的长进。"

普鲁沙道："我回来后，或许会让你吃一惊。"

法显点头微笑道："我佛保佑你一帆风顺。"

普鲁沙道："师父多珍重。"

普鲁沙走了，法显目送他，直到他的身影从法显的视野里消失。法显的心久久不能平静，希望自己也能早日得偿夙愿，重返故土。

法显西行记

第三十章 孤身前行

法显于巴连弗邑夏坐（此乃法显西行后第九年，即公元407年之夏坐）。夏坐结束后，法显又去看望道整。这次，道整在寺里，他见到法显很高兴，给法显斟上一杯茶后说道："法师来得很巧，我正要去看你，你就来了。"

法显呷了一口茶，说道："我曾来过一次，你还没回来。我真担心这次又白跑。这次出游，有何观感？"

道整道："天竺有数不清的名山大川，看不完的名胜古迹，非我晋地可比！"

法显瞟了他一眼，说道："天竺山川古迹故多，但晋地山川古迹亦很可观。巍峨五岳，滔滔长江，滚滚黄河，雄伟长城，亦天竺所无，可谓'尺有所短，寸有所长'。"

道整听出法显不太满意他的说法，忙岔开话题说道："法师，这段时间你在忙什么？"

法显道："我仍在抄写经律。这座僧伽蓝中可有值得抄写的经律？"

道整道："我觉得《綖经》值得抄写。"

法显问道："何处可得？"

道整道："本寺藏经楼。"

法显道："你带我去看一看，如何？"

道整道："行！"

道整陪法显来到藏经楼。他请看守藏经楼的僧人取出《綖经》，法显翻看了一下，此经乃晋地所无，他认为应该把它抄回去在晋地传播。他问看守藏经楼的僧人："此经我可否借走？"

那个僧人道："实在抱歉，按僧伽蓝的规矩，我不能让你借走。"

道整道："借给他吧，待他抄完后，原样还你。"

那个僧人道："我做不了主，那得请示住持。"

法显道："那就麻烦师父去向住持美言几句。"

那个僧人去请示后回来说道："住持言道，你历尽千辛万苦来此求取经律，实属不易，应给你提供方便，为你破例一次。"

法显微笑道："谢谢师父，也请师父代为感谢住持。"

那个僧人把《綖经》交与法显，法显心中有说不出的高兴。

法显在道整房里又与道整聊了一会儿，便携经回摩诃衍僧伽蓝。

法显与摩诃衍僧伽蓝的僧人们相处甚密，他们很敬重法显，把他当作师表，当作

第三十章 孤身前行

长辈,当作朋友。一天傍晚,一位僧人来到法显房间,对法显说道:"法师,我有一部经,已珍藏十多年,本不想拿出来,但我见你虔诚之心可昭日月,所以我决定把它拿出来让你抄写。"

法显问道:"什么经?"

那位僧人道:"《杂阿毗昙心》,十三卷,近六千偈。"

法显道:"那就太感谢你了。"

那位僧人道:"此经甚长,我帮你抄。"

法显道:"借经与我,我已很感激,怎好再麻烦你帮我抄写?"

那位僧人道:"法师要是客气就见外了。"

那位僧人回去取来《杂阿毗昙心》的前五卷,对法显说道:"你抄前半部分,我抄后半部分。"他放下经卷就告辞了。

法显很感激他,心中说道:"俗人不知和尚心,道是无情却有情。"

到了年底,法显需抄写的经律已全部抄完。

一日,他携带《綖经》来找道整,道整正在与一个僧人说话。那人见法显来,起身告辞。法显向他表示歉意。

那人走后,法显道:"《綖经》我已抄完。我们先去把它还了,如何?"

道整表示同意。他们来到藏经楼,把《綖经》还给看守藏经楼的僧人,并请他向住持转达他们的谢意。尔后又回到道整房间,道整沏茶,掬一杯递与法显。

法显喝了两口,说道:"道整,我已在此住了三载,得了六部经律。此行目的基本达到,我想三五天后离开这里回国。"

道整惊异地问道:"回去?"

法显点头道:"嗯。你是否与我同行?"

道整稳定一下情绪,说道:"这个问题我尚未考虑过。"

法显问道:"你还有未了之事?"

道整道:"哦……没有。"

法显道:"既然没有,还考虑什么?"

道整支支吾吾地说道:"我是想……"

法显道:"今日你怎么如此不爽快!"

道整道:"我不想回去了。"

法显有点儿不相信自己的耳朵，问道："你说什么？"

道整重复道："我不想回去了。"

法显问道："为何？"

道整道："此处法则齐整，众僧威仪，经律丰富，圣迹诸多，非晋地可比。晋处边地，戒律残缺，实在令人可叹！"

法显劝他道："我等正因晋地戒律残缺，才至此求律。既已求得戒律，当回去弘扬佛法，建全戒律。"

道整道："法师，话是这么说，但谈何容易。或许戒律尚未建全，我等早已升天。"

法显生气地说道："道整，你……"他本想说，你变了，已经不是几年前的道整了，但他又把话咽了下去。他缓和了一下态度，说道："人各有志，不可强求，但望你三思，三日后给我回音。"

法显从道整处回来后心情很不平静，道整的话像针一般刺痛他的心，他很忧伤，不禁落下泪来。同伴十人，死的死，回的回，仅剩下道整一人，而他却留恋中天竺，不愿回故土，怎能不使他伤感！

法显正在伤心，达玛拉杰长老来找他。他打起精神，沏茶招待达玛拉杰。达玛拉杰道："法师，我看你面有忧色，有何不快之事？"

法显摇头道："并无不快之事。我正想去向长老辞行。"

达玛拉杰惊讶地问道："怎么，你要走？"

法显道："嗯。我的目的已基本达到，该回去了。在此三年，承蒙关照，十分感谢。"

达玛拉杰道："哎，你我已是老朋友了，何必客气！有一句话，我考虑了许久，不知该讲不该讲？"

法显道："什么话，长老尽管讲。"

达玛拉杰道："我想让你留在这里，担任悦众，其位仅次于寺主，不知法师是否乐意？"

法显道："多谢长老的美意，但我难以从命。求取戒律，使其流通晋地乃我本心。今既已求得戒律，理当负经回国，了却夙愿。虽然此处样样皆好，又授我以高位，但我得回去，'梁园虽好，不是久恋之家'。"

达玛拉杰道："你年事已高，我担心你经不起途中辛劳。"法显笑了笑，说道："我人虽老，但心尚壮。即使途中会有不测，我仍要去闯一闯。我国有句俗话：明知

第三十章　孤身前行

山有虎，偏向虎山行。"

达玛拉杰道："法师矢志不渝，实在令人钦佩。你何时启程？"

法显道："我打算整理一下行囊，向诸位友人告别，大后天启程。"

达玛拉杰道："既然你去意已决，我就不勉强你了。"

达玛拉杰离去后，法显又想起了道整。

他想，道整不该见异思迁，留此不归。但又想，佛子四海为家，况且天竺乃佛教的发祥地，他不愿返回似乎也情有可原。他不愿再多想这件事了。各人有各人的意愿，何必强求一致。

第二天，法显到米提拉家辞行。米提拉还没有回来，据他夫人说，三个月前，米提拉曾让一个商人捎回一封信，信中说道，他途中还将访问四五个国家，半年后回国。法显请米提拉夫人转达他对米提拉的衷心问候。他从米提拉家出来，又到罗沃私婆迷大师府上去向他辞行，罗沃私婆迷大师送给他自己画的一幅佛像，并祝愿如来佛保佑他一路平安。

第三天，道整来到法显的房间。法显仍像往常一样热情地接待他，道整道："法师，我考虑再三，还是决定不回去。请恕我不能与你同行。"

法显道："能否与我同行并不重要，不必放在心上。不过，你任何时候都不要忘记自己是一个华夏僧人！"

道整把手放在心口，说道："法师，你的话我牢记在心。"

法显微笑着点了点头。

道整问道："法师何时动身？"

法显道："明日上午。"

道整重复了一句："明日上午？"

法显道："嗯。"

道整问道："为何如此匆忙？"

法显道："要不是等你回音，我今日就走了。"

道整道："明日我来送你。"

法显道："不必了，今日话别就行了！"

道整道："我一定来！"

次日上午，达玛拉杰长老和寺中众僧都来送法显，道整也匆匆赶来。法显与道整洒泪道别，法显道："道整，一人在外要多加小心。"道整道："法师，不必为我担忧，你自己途中要多珍重。"众僧对法显也依依不舍，法显含泪辞别众人。

法显肩背经卷，手提行囊，顺恒河东行。中天竺的冬天是一年中较好的季节，并不寒冷，对于远足者来说，是最佳气候。法显一边走，一边观赏沿岸风光。中天竺终年长青，四季花开。一片片芒果园绿叶满枝，一株株玫瑰鲜花朵朵。牛羊在岸边吃草，牧童在堤上嬉戏。姑娘在水边洗衣，老人在河边垂钓。舒适的气候，秀丽的风光，令法显心旷神怡。

一张纸，一片树叶，没有多大分量，但纸多了，树叶多了，也会相当沉重。法显开始时背着经卷尚觉轻松，但后来感到越背越沉。不过，他毫无怨言，累了坐下歇息，饿了化斋充饥，渴了讨水解渴。夜晚，或借宿屋内，或露宿檐下。他在途中行了七日，来到恒河南岸的瞻波大国（其都城故址在今印度比哈尔邦东部巴加尔普尔略西不远处）。他在瞻波大国瞻仰了佛精舍、经行处及四佛坐处后向东南行进，打算到海口，由水路回国。

法显向东南走了两日，来到一个村庄投宿。人们问他意欲何往，他告诉他们，他前往多摩梨帝国都城（今印度西孟加拉邦加尔各答西南的塔姆鲁克），从那里乘船回支那。但人们告诉他，到多摩梨帝国去的旅途十分艰险。有一片一望无际的大山林，幽茂连绵二百余里。林中多有成群的野象、残暴的豺狗、凶猛的老虎。他们劝法显不要枉送性命。

法显问道："此路可曾有人走过？"

一个五十多岁须发斑白的老人说道："自我记事时起，只有两拨人从这条路过去。一般到多摩梨帝国去都绕道。"

法显问道："需绕多远路？"

老人道："得绕一倍路程。"

法显思忖片刻，说道："既然有人走过，我想，我也可以走。"

老人道："走这条路的人都是成群结队，而且携带武器。我从未听说过单人敢走这条路。"

法显想，我既已至此，就不退回去。出长安后，遇到千千万万险境，但都逢凶化吉。若此次果有不测，也是命中注定。他道："多谢施主好意。不过，我回去心切，不想再耽误时日，就从此路过去。因林中无物充饥，只请诸位施主行个方便，施舍贫

第三十章　孤身前行

僧少许干粮。"

众人道："这件事好说，师父尽管放心，我们给你预备。"

法显又思量片刻，说道："若能给我准备些绳子更好。"

一个人道："要绳子何用？拴老虎还是拴大象？"他的话惹得哄堂大笑。

法显道："我既不拴老虎也不拴大象，而是做一绳床。"

几个人道："我们给你准备。"

法显道："今日晚上可否给我？"

他们道："我们回去搜罗，找到后立即给你送来。"

晚上，村民们给法显送来了粗细不等的绳子，细似铁丝，粗如中指。法显在月光下编制绳床。他把四根粗绳在地上放成"米"字形，中间用绳子系好，然后用细绳在米字形的粗绳上编成网状。绳床虽不大，但足够一个人坐在上面。

第二天，村民们给法显拿来了薄饼、炒米、干果等干粮。

一个青年还拿来了一把剑。他把剑捧到法显面前，说道："师父，你把它带上，用来防身。"

法显笑了笑，说道："贫僧向来不杀生，要它何用？多谢你的好意。"

青年人只好把剑收回。

法显手提水皮囊、干粮，肩背行囊、经卷，辞别众施主，登程赶路。

他走了十余里，进入了一片一望无际的大森林，满眼树木，四处阴森。一棵棵粗大的松树郁郁苍苍，傲然屹立；一株株巨柏，犹如一枝枝插在大地上的巨笔，耸立于天地间；一棵棵银杉，似一座座宝塔，绿叶白干交相生辉。然而，森林并不像花园那样只长着令人悦目的植物，还有许多荆棘和野草；森林也并不像花园那样井然有序，而是杂乱无章，完全是一个自流王国。森林中时而嘈杂，时而静谧，嘈杂得使人心慌，静谧得令人可怖。法显走在一条说是路但不是路的路上。由于很少有人行走，杂草丛生，荆棘当道。他走累了，放下行囊，坐下歇息。一只小松鼠跑到他的行囊上，坐在那里，翘着尾巴，睁大眼睛，凝视着他。法显对它说道："你这个小东西，是在欢迎我，还是在笑话我？"他伸手想抚摸它一下，可松鼠"嗖"的一下子窜到了一棵松树上，低着头瞧着法显，似乎在说："你是哪儿来的，我怎么从未见过你？"法显又看了几眼松鼠，背起行囊继续前进。

忽然，右前方传来嚓嚓声。他吓了一跳，站住定睛一看，一只金钱豹正在追逐一只梅花鹿，从他面前飞跑而过。虽然金钱豹不是冲他而来，但他也吓得毛骨悚然，不由自主地闭上双目，说了声"阿弥陀佛"。

森林里天黑得早。夜幕渐渐降临，法显找了个合适的地方，放下行囊，取出绳网，把八根绳头分别拴在八棵树上，离地约四尺。他找来几块石头，砌成石阶，取了些干粮，拿了两件御寒衣裳，顺着石阶，爬上了绳床。他吃完干粮，坐在绳床上打坐。森林里一片寂静，天地间一般漆黑。他打坐半个时辰，感到身上寒冷，便添了件袈裟，继续打坐。

森林里天亮得晚，不过鸟儿醒得早。天还黑咕隆咚，它们就开始啼叫。法显虽然睡不着，而且蜷缩着很累，但却不敢下来，唯恐遭到野兽袭击。待到森林里完全大亮，才从绳床上下来。他的袈裟已被露水淋湿，换了一件干袈裟，收拾一下东西，继续往前走。

天色阴晦。他正赶路前行，突然从前方窜出一群象，足有三四百头，为首的是一头大白象，它似乎是象王，威风凛凛，昂首阔步而来。他赶忙向左边躲闪，心想，离它们越远越好。等到大象过去，他怎么也找不到原来的路。转来转去，迷失了方向。多摩梨帝国在东南方，但哪是南，何为北？他无从知道。昂首望天，见不到太阳；低头看地，杂草一片。若辨认不出方向，走不出森林，必将困死在这森林里。他干脆停下，坐到一块石头上，思索如何摆脱这一险境。他看着一株柏树出神，似乎他要从它上面找出答案。突然，他站了起来，果真看出了点儿门道，他发现柏树的一边枝叶比另一边茂盛，他又端详了几株，也是同样状况。他断定，枝叶更为茂盛的一边是南边，因阳光较为充足，所以阳面比阴面长得更茂盛。为了证实自己的推断，他仔细地观察了一下树根，发现有的树根的阴面长着青苔。他很高兴，坚信自己的判断是正确的，拿起行囊朝他断定的东南方走去。

路上，几棵木瓜树上挂着黄色的木瓜，他摘下一个，掰开，甩去黑子，吃起来颇香，但很涩。他吃了几口，便扔掉了。

又一个黑夜降临。法显又像前一夜一样，爬上绳床打坐。约莫过了一个时辰，突然有一只手拍了拍他的肩膀。隔了一会儿，有两只手搂住了他的脖子。他有些发怵，心想，这一定是"恶鬼"。他不敢睁开眼睛。其实，即使他睁开眼睛，黑乎乎的，啥也看不见。他在心中暗暗祈祷如来佛保佑他。"恶鬼"时而松开手拍拍他这儿，时而拍拍他那儿，时而摸摸他脑袋。他一动不动，听天由命。隔了半个时辰，"恶鬼"突

第三十章 孤身前行

然离去。法显松了口气,感谢如来佛驱走妖魔,救他性命。这一夜,他几乎没有合眼。第二天天亮,他看了看四周,发现一棵树上坐着一只猴子,在朝他咧着嘴笑。这时,他恍然大悟,夜间原来是这个家伙在作怪。

白日无话。

第三天夜里,天快亮时,法显似睡非睡,突然惊叫起来:"啊,下雨了!"他睁开眼睛,看到"床"前站着一头大象,正在往他头上喷水。他在森林里作客,受到这种礼遇,啼笑皆非。

大象走了。法显想,它一定又去吸水去了。我不妨跟它到水源处看一看,顺便洗把脸。他尾随着大象,来到一个水塘。水塘边有许多烂草。大象伸着长鼻子到水塘中吸水,但法显不敢靠近,唯恐陷进泥潭。他回去解下绳网,拿着它又来到水塘,把绳子的一端系到树上,另一端拴在腰间。他试探着往水塘边走去,掬水洗了洗脸。他感到浑身清爽许多。

法显翻过一座又一座山岭,穿过一片又一片森林。

一天中午,法显正在一片森林里往前走,忽然听到震耳的锣鼓声。他感到奇怪,怀疑是自己的错觉,又仔细听了听,确实是锣鼓声,并非是自己耳鸣。继而,传来了呐喊声。隔了片刻,几只野兔从他面前窜过去,接着几只鹿迅跑而去,继而一只黑豹跑过去。锣鼓声、呐喊声越来越近。法显站在那里观察着眼前所发生的一切。不一会儿,跑出二三十个手持弓箭和钢叉的猎人,他们呐喊着从他面前跑过去。有一人发现了他,朝他走来,那个人对法显说了些什么,但法显听不懂他的语言。不过,法显明白,他是问自己为何到这深山老林来,法显指了指自己的脑袋,又指了指背上的经卷,意思是:我是取经的和尚。那个人示意法显跟他走,法显顺从了他。但那人年轻力壮,又走惯了山林里的道路,而法显已疲惫不堪,身上又背着行囊,手里提着干粮和皮囊,跟不上他。他急躁起来,从法显手中接下干粮和皮囊,又让法显把背上的东西也给他。法显心想,这是我的全部心血,比金银财宝还要珍贵,万一有闪失,那还了得!他向那个人摆了摆手,没有让他背。那人没有强取,提溜着东西往前走,他的同伴已走远,于是不再去追赶同伴,而是领着法显从另一条路下山。

太阳偏西,他们来到一个山村。见到山村,法显意识到,他已走出了森林,摆脱了野兽的威胁,但还不明白,眼前这个年轻人想干什么。年轻人把法显带到山村中间，示意法显站在这里别动。他走进一个门里，一会儿，走出一位六十多岁的老人，那个年轻人跟在他后面。老人来到法显跟前，用梵语问法显打哪里来。

法显听他会讲梵语心里很高兴，疑虑的心情减少了大半，说道："我从瞻波大国来，要去多摩梨帝国。请问这是何处？"

老人道："这里已属多摩梨帝国。我是本村头领阿迦。"

法显问："这位年轻人把我带到此处做甚？"

阿迦笑了笑，说道："喔，他怕你在林中遭野兽伤害，特地把你带回来。"

法显一听年轻人完全出于好意，忙向他致谢。

山村的人听说来了个异乡人都出来看热闹，男女老幼把法显围了起来。

法显看到他们皮肤黝黑，无论男女都半裸身体，男子腰间围一块短布，女子腰间围一块长布。男女均颈佩项圈，耳戴大环，身刺纹饰。小孩光着屁股。他们见到法显无不感到新奇。这也难怪，因为他们从未走出山林，别说支那人，就连邻近城邦的人也很少见。他们嘀嘀咕咕议论法显，法显视而不见，听而不闻，他问阿迦："我可否在贵村打扰一宿？"

"当然可以，你就住在这个年轻人家里吧！"阿迦指着带领法显到这里来的那个年轻人说。

法显道："可是，我听不懂他的话。"

阿迦笑道："喔，我倒忘了此事。那你就住在我家吧！"

法显点了点头。这时，传来嘈杂声，人们朝传来声音的那个方向涌去。阿迦道："打猎的人回来了，我们看看去。"法显也跟在人群后边。

猎人们抬着猎物来到一座不大的庙前，庙里有一尊神像。他们取几件猎物置于神像前，然后跪到地上祈祷。敬完神，他们把猎物抬进村子。阿迦指定两人把猎物分给全村人。

这个山村的人不信佛。他们不了解佛教，更不了解佛教徒的生活。阿迦家里给法显准备了一桌丰盛的荤菜：老虎肉、豺狗肉、鹿肉、兔肉等等。法显一见，闭上眼睛，双手合十，口中说道："阿弥陀佛！"转身就往外走。阿迦心里很不高兴，跟了出来，说道："师父，莫是嫌菜太少，怠慢了你？"

法显道歉道："请施主见谅，贫僧从不吃肉食。"

阿迦的儿子赛恩道："我们这里无人不吃肉，无肉不可吃，虎肉、豹肉、兕肉、蛇肉、

第三十章 孤身前行

兔肉、鸟肉……四条腿的、两条腿的肉都吃。这些肉是专为你做的,你就吃点儿吧!"

法显默念了一会儿经,然后说道:"我们佛子有戒律,不食荤腥。"

赛恩道:"吃肉又有什么关系?信佛信在心里,吃肉吃在腹中。况且吃肉可以使人身体强壮。吃虎肉有虎劲,吃豹肉有豹胆,吃兔肉跑得快……"

他的话使法显哭笑不得,但法显并不责怪他,常言道:不知者不罪。法显道:"我虽不吃,但你们的情意我领了。"

赛恩生气地说道:"什么情意不情意,你不吃就是看不起我们!"

法显正要说什么,阿迦冲着儿子喝道:"不得无理!客人不吃肉,自有道理,怎能强人所难!"

阿迦又对法显说道:"师父,你想吃什么?"

法显道:"不必麻烦了。我这里还有干粮。"

阿迦道:"你到我家,怎能让你再吃干粮!我们山村里的人虽知道的事情不多,但却很好客。你不吃,我们怎么过意得去?"

法显想了想,说道:"那就请你给我两块饼和少许生菜。"

阿迦道:"如此简单?"

法显点头道:"足矣!"

阿迦不知该给法显加什么,只好照法显说的办。赛恩道:"爹,他不吃,我们先吃吧!"

法显道:"对,你们先吃吧。否则,饭就冷了。"

阿迦道:"等你吃时,我们再去吃!"

赛恩道:"你不吃,那我先吃!"说完,便走到屋里吃起来。

阿迦对法显说道:"我就这一个儿子,他最小,他的三个姐姐都已出嫁。他下月底成亲。你看,快成家的人了,还这么不懂事。"

法显觉得这个爽直的小伙子很可爱,便与他攀谈起来。问道:"你们除了打猎,还种庄稼吗?"

赛恩道:"种啊。冬天把山坡上的草木烧掉,春天撒上种子,秋天把庄稼收回来。"

法显问道:"你们不用犁耕田?"

赛恩道:"不用。因为大地是我们的母亲,用犁耕地大地母亲就会胸痛,所以我们用'火耕'。"

法显在丘蒂村停留一天。次日上午，他告别阿迦和村民们继续向东南行。赛恩用象驮着他的行李送了他一程。

一日傍晚，法显来到一个村庄投宿，他敲了敲一户人家的大门，一位七十来岁的老头出来开门。法显向他打了个问讯，说道："施主，我是过路僧人，天色已晚，想在施主家栖息一宿，不知可否？"

老人没有作声，进去了。法显感到纳闷，可与否总该有个答复，为何他不置可否便进去？法显正转身想走，这时一个声音叫住他："师父请留步！"

法显转过身看见一个中年男子。那个男子道："师父，请你住在这间西屋里吧！"

法显向他表示谢意，说道："多谢施主！"

法显感到不解，为何老子不当儿子的家，遇事得去问儿子，由儿子做主？但他又不便问，只好把这个疑问埋在心里。

法显随中年人来到西屋。隔了一会儿，中年人给他端来了一碗浅红色的水，法显不知里面何物，不敢喝，问道："这是……"

中年人解释道："槟榔茶，由槟榔沏成。我们此地都喝这种茶，它可以清热助食。"

法显喝了一口，点头道："颇香！"

这时，一位六十多岁的老太太带着两个孩子来到院中玩耍。隔了一会儿，那个老头也出来与孩子们追逐嬉戏。

两位老人显得像孩子一样的天真。法显看到老人们玩得如此开心，自己也感到高兴，对中年人脱口说道："你们家很幸福。你的父母身体很硬朗，和孙子们玩得那么快活。"

中年人笑了笑，说道："师父，你误会了。我的父母到我姐姐家去了。他们两位是我们村的鳏寡老人。"

法显这才明白，刚才那位老人为何对他借宿不置可否而去把中年人叫出来。他问道："他们为何住在你家？"

中年人道："这位老太太今年六十八岁，她十四岁出嫁，十七岁死了丈夫，已守寡五十一年，她没有子女，就她孤苦伶仃一人。这位老翁早年丧妻，也是无依无靠。"

法显道："因此，你做善事把他们收留下来。"

中年人道："不是。轮到我们家了。"

法显问道："何谓轮到你家？"

第三十章 孤身前行

中年人道:"我们这里有个规矩,全村人家轮流赡养鳏寡无依者,不让他们到别村乞食。一家十天。这十天轮到我们家。"

法显还从未听说过这等事,心想,这村人都是善人,都在行善积德。他道:"人老了靠子女,既无子女可依,只好依靠众人。全村人家轮流赡养鳏寡老人,乃慈善之举。他们年轻丧偶,没有再婚?"

中年人道:"夫死不再嫁,妻死不再娶,是我们这里的风俗。"

法显点了点头。他心想,天下人若都能像这里的人一样对待老人,那么老人们就都老有所依了。

第二天上午,法显辞别了这"一家人",继续东南行。翌年一月,他终于来到了多摩梨帝国的都城多摩梨帝。

多摩梨帝是一个十分繁华的都市,位于海滨,土地卑湿,终年温暑,花果茂盛,居民殷富。因它是个港口,所以成了商业贸易中心。富商大贾咸集于此,奇珍异宝常见于市。

其时,多摩梨帝佛教颇兴盛,共有二十四座僧伽蓝,数千名僧众。法显在城东瑞德僧伽蓝住下。瑞德僧伽蓝乃是多摩梨帝的僧伽蓝中较大的一座,僧伽蓝内经卷丰富,有德之僧甚多。

一日,法显来到藏经楼。他发现有些经典尚未见过,有些经典,他虽知道,但只是耳闻,未见诸文字,他对它们爱不释手。藏经楼内还藏有许多佛画,诸如佛像、菩萨像、罗汉像、天龙八部像、佛传图、本生图、经变图等等,题材丰富,画技精巧。他心想,佛画在晋地极为少见,如不把这些佛画画下来带回去将是一件憾事,也枉来天竺一趟。尽管画像乃是慢工夫,但只要它能流行于晋地,花多少时间也是值得的。他本打算从这里坐船回国,但他改变了主意,决定留此写经、画像。

一个名叫德米特里的年轻僧人常找法显聊天,成了法显的朋友。

一日,法显和德米特里来到街上。街上行人如潮,本地人无论男女容体皆黑。男子头缠白布,身穿长衫,赤脚。女子身着短衫,下系花裙,耳戴宝钿,项佩璎珞,手戴金镯,脚佩金钏,指饰戒指。街上乳香、麻藤香、紫胶、苏木、玛瑙、珊瑚、珍珠、宝石、犀角、翠羽等等琳琅满目。

法显和德米特里正在街上闲逛,一个二十来岁的宝石商叫道:"德米特里,今日怎么有空上街?"

德米特里听见有人叫他，转过脸去看了看，见是朋友，说道："小阿德姆吉，生意如何？"

小阿德姆吉回答道："还不错。"

法显和德米特里来到小阿德姆吉的店铺。店铺里紫翠玉、青金石、黑星石、绿松石、石榴石、月长石、日光石、蛋白石、红宝石、蓝宝石、紫宝石等闪着耀眼的光芒。德米特里向小阿德姆吉介绍道："这位是来自支那的法显师父，是位很有学问和功德的大法师。"德米特里又对法显说道："这位是大珠宝商阿德姆吉的公子，人们习惯称他为小阿德姆吉，称他父亲为老阿德姆吉。他十三岁时就随他父亲去过狮子国。"

法显称赞道："十三岁就漂洋过海，很了不起！现在还去吗？"

小阿德姆吉道："去。前年冬天，我们还带德米特里去了一趟。"

德米特里道："我们就是在那时结识的。他们很慷慨，你要有什么事，可请他们帮忙。"

小阿德姆吉道："对，师父要是有用得着我们的地方，尽管吩咐，我们一定尽力。"

法显道："多谢！"

这时，一个罗马人来到珠宝店购买宝石，他挑了十多块宝石，与小阿德姆吉讨价还价。价钱讲妥后，他们各伸出右手击掌。那个买主取出金币交付小阿德姆吉，拿走宝石。等那个人走后，德米特里道："看来这个家伙是个富翁，真不少买！"法显不解地问道："你们干吗击掌？"

小阿德姆吉笑着说道："我们这儿不管多少钱的买卖，一个铜钱也好，万金也好，价定后击掌为誓，永不反悔。"

法显点头笑道："喔，君子协定。"

德米特里问法显："刚才那个人给的是金币，我曾见过有的国家的人使用银币，我们这里一般用贝币。你们国家使用什么币？"

法显道："我国也以金、银币为主。"

德米特里问道："有贝币吗？"

法显道："我国商代曾以贝作币，现已不用。"

又有一人来买宝石。法显对德米特里说道："我们走吧，别耽误他做生意。"

法显和德米特里告别小阿德姆吉回瑞德僧伽蓝。

第三十一章 赴狮子国

法显西行记

法显继续致力于画像和写经，不觉已到第二年秋天。

一天下午，德米特里来找法显聊天。德米特里很崇拜法显，常来找法显议经论法，谈天说地。法显因他为人诚恳也很喜欢他，他向法显学习了许多知识，法显也从他那里了解到不少多摩梨帝国及其周围诸国尤其是狮子国的情况。德米特里来后，问法显："法师，我上次建议你的事，你考虑过没有？"

法显道："你指的是去狮子国之事？"

德米特里道："正是。"

法显道："我考虑过。其实，在你跟我说之前我就曾有过这一念头。因为我听到过不少关于狮子国的传闻。就我的心愿来说，我是想去。"

德米特里道："你最好去看一看。不然，则是憾事。"

法显道："但哪有船只？"

德米特里道："船只？哪一天我们去找小阿德姆吉，看他有无办法。"

法显道："也好。我们后天去一趟，如何？"

德米特里表示同意。

第三天上午，法显和德米特里来到阿德姆吉的珠宝店。但小阿德姆吉外出，老阿德姆吉在。法显后来又来过珠宝店两次，所以认识老阿德姆吉。老阿德姆吉虽称之为"老"，但其实他并不老，五十来岁，他为人和善，慷慨好施，精明能干。颇富有，是当地有名的大贾。他自己有一条海舶，常来往于多摩梨帝国与狮子国及其他国家之间。他有两处珠宝店，另一店比这一店更大。眼前的这一店是由儿子经营，所以他并不常在这里。他见到法显和德米特里，笑脸相迎。法显道："施主，一向可好？"

老阿德姆吉道："托你的福，一切都好。"

德米特里问道："大伯，小阿德姆吉何时回来？"

老阿德姆吉道："他到一个买主那里去了，一会儿就回来。有事？"

德米特里道："没有什么大事，只是想打听一下最近有无船只到狮子国去。"

老阿德姆吉问道："怎么，你还想去？"

德米特里道："不，是法显法师想去。"

老阿德姆吉道："喔。我的船打算冬天去。法师，等得及吗？"

法显道："我手头还有些事，冬天去最好。我搭乘你们的船有无不便之处？"

老阿德姆吉没有回答，皱起眉头在想什么。

第三十一章 赴狮子国

法显看到他犹豫，说道："施主，既然不方便，就算了吧。"

老阿德姆吉道："没有什么不方便，船上多一个人没任何问题。我只是在想，你年事已高，海上风浪大，担心你受不了颠簸。"

法显道："这一点，施主倒可放心。我虽然年老，但身体还好。荒凉的沙漠，寒冷的雪山，阴森的树林，我都经历过。我虽没坐过海舶，但我想我能经得起大风大浪的颠簸。"

老阿德姆吉微笑着说道："我只考虑到法师的年龄，倒忽视了法师超人的意志。"

德米特里道："法显法师闯过了无数艰难险阻，也一定能战胜狂风恶浪。大伯，你放宽心吧！"

老阿德姆吉道："我相信。这次我不去，儿子去。法师，何时动身，我让儿子通知你。"

法显和德米特里听他应允，都很高兴。德米特里拉着法显道："法师，我们走吧。你可以开始准备了。"

他们辞别了老阿德姆吉，怀着喜悦的心情回到了瑞德僧伽蓝。

法显一面抓紧完成手头未了之事，一面准备漂洋过海所需之物。

一日，小阿德姆吉来找法显。他知会法显，十二月中旬启航。他为法显与他同行感到高兴。法显滞留多摩梨帝国两年（即公元408年和公元409年），都在写经与画像。

十二月十八日上午，法显带着经卷、画像和行囊告别了瑞德僧伽蓝的僧众前往码头，德米特里和另外一个僧人送他，小阿德姆吉在码头等候。码头上车水马龙，人们在装货、卸货、运货、上船、下船、迎亲、送友，十分繁忙。海岸边，停泊着无数海舶和轻舟，碧绿的海面上，白帆点点，有的越来越大，有的越来越小，调皮的飞燕和海鸥撩拨着大海，粗犷的号子声给码头增添了生气。法显还想多看一眼码头的情景，但小阿德姆吉已命令手下人把他的行李搬上了船，他只好依依不舍地与德米特里及另一僧人洒泪而别。他登上甲板后，船缓缓地离开了岸，他的心情犹如海面一样的不平静。他游历天竺九年，在这九年间，他瞻仰了许多佛迹，游览了许多名胜，结交了许多朋友，求取了许多经律，学到了许多知识。现在，他要离开这个美丽而神奇的地方，心中怎能不产生留念之情！他不忍看到岸上含泪送别的人们的忧伤的面孔，也不愿看到自己所居住过的地方在眼前消失。

于是他端坐于甲板之上，面向海岸，微闭双目，手置胸前，默默地与天竺告别。船离岸越来越远，多摩梨帝城越来越模糊。最后，只能见到蔚蓝色的大海和乳白色的天空。一艘孤船随风向西南方向驶去。这是一艘大木船，五丈多长，两丈多宽，两桅两帆，八橹，上下两层，底层装货，上层载人。船上八十余人，其中六十名水手，除法显外，余皆商人。

印度半岛东岸的海面上，每年均有信风，冬季由北向南，夏季由南向北。此时正值冬季，自北而南的信风推动着张开双帆的海舶驶向西南。

法显从未在海上旅行过。前两天，他感到不适，头晕、恶心、呕吐。两天后，他适应了环境，开始领略海上旅行的情趣。

水接天，天连水，水天一色，浪推波，波助浪，波浪滔天。偌大一艘海舶，在茫茫大海中却犹如一片枯叶，显得那么渺小，任凭风浪摆布。风浪时不时地摇晃海舶，与它开不大不小的玩笑。

小阿德姆吉的商船乘信风在海中航行了十四昼夜，到达了狮子国西北部的马纳尔码头。

船靠岸后，小阿德姆吉让人先把法显的行李卸下来。法显背着行李，辞别小阿德姆吉及其他同行者，前往王城阿努拉达普拉。一则行李太多，二则旅途疲劳，所以他走起路来十分艰难。这时，一个人来到法显跟前，说道："师父，我来帮你拿吧！"法显在来狮子国前学了巴利文，所以听得懂他的话。他用感激的目光看了看那个人，他三十多岁，中等身材，皮肤黑褐色，脸略凹，鼻稍高，头扎白巾，上身赤裸，腰围花布，赤足，脸上流露出诚恳而憨厚的神情，嘴里嚼着槟榔，嘴角挂着红液。

法显道："多谢施主。"他把一部分行李递给了那个人。

那个人问道："你要到哪里去？"

法显道："王城阿努拉达普拉。"

那个人道："阿努拉达普拉离这儿还很远。不如你先到我家歇息歇息，改日再走，如何？"

法显道："好是好，不过太麻烦你了。"

那个人道："师父不必客气。我们家都信佛，像你这样的高僧我们请还请不来呢，哪儿还说得上麻烦。"

法显问道："施主如何称呼？"

第三十一章 赴狮子国

那个人道:"我叫维迦摩盘陀,家在东南方,离这儿三里。师父,你叫什么名字?"

法显道:"我叫法显,是支那僧人。"

维迦摩盘陀问道:"你是初次来吧?"

法显道:"对!"

刚才,由于笨重的行李,法显顾不得观看岛上的风光。现在,维迦摩盘陀帮他提着大部分行李,他才有心看周围。虽时值冬天,但却犹如夏日。烈日当空,热气逼人,草木繁茂,鲜花盛开。橡胶树、椰子树、槟榔树、芭蕉树到处可见,稻子、芝麻、绿豆长势喜人。

法显问道:"这里冬天为何还如此热?"

维迦摩盘陀道:"冬天?我们这里无冬夏之分,常年炎热。你们那里不是这样?"

法显道:"不是。我们那里春、夏、秋、冬四季分明。眼下正是冰天雪地的冬天。"

维迦摩盘陀好奇地问道:"冰、雪是什么样子?"

法显顿了一下,说道:"冰,由水冻结而成,如水晶一般;雪,自天上降下,与白面相似。"

维迦摩盘陀点头道:"不明白!"

法显道:"要是你能见到冰雪,就会明白。"

维迦摩盘陀感叹地说道:"是啊,我要是也能像你一样出去见见世面就好了。我没出过这个岛。"

法显问道:"这个岛有多大?"

维迦摩盘陀道:"我们这个岛像个大梨,南边是梨头,北边是梨尾。我听人说,南北长八百多里,东西宽四百余里,方圆两千余里。大岛两边还有许多小岛。它们或相去十里,或相去二十里,或相去二百里。大岛管辖着小岛。"

维迦摩盘陀边走边聊,不觉来到了维迦摩盘陀的家。他家坐落在香蕉林中,周围无别的农户。房屋土墙,椰子叶顶,屋内铺着香蕉叶。维迦摩盘陀的妻子向客人道了个万福。她虽然面容黝黑,但却显得颇秀气。椭圆形的脸蛋,水灵灵的眼睛,迷人的笑窝,洁白的牙齿,光洁的发髻。她上着花衫,下围白裙。维迦摩盘陀把法显的行李放到地上,请他坐到香蕉叶上。他妻子拿来香蕉、椰子招待法显。半个时辰后,她又用芭蕉叶托来了米饭和椰子肉,请法显食用。他们不与法显共餐,在背静处进食。进食不让人看见,乃是他们的习俗。

第二天上午，法显对维迦摩盘陀说道："谢谢你们的关照，我该走了。"说完，他提溜起行李准备离开。

维迦摩盘陀道："你的行李多，都城离此又远，自己走准会把你累垮。我用大象送你去。"

"送我？那我怎么担当得起？还是我自己慢慢地走吧。"法显婉辞道。

维迦摩盘陀坚决地说道："我帮忙就要帮到底，何况你是异国人？你等一等，我把家安排一下。"

他进到屋里。隔了一会儿，他同妻子一块儿出来，妻子手里还拿着一个小包裹。维迦摩盘陀牵来了一头大象，他把法显的行李放到大象上，从妻子手中接下包裹，又吩咐了妻子几句，就同法显出发了。他们向东南方向行进。

一天，法显和维迦摩盘陀走在一棵大榕树下。法显看到翠绿的榕树叶间的树枝上挂着三个褐色的东西，像是果实，但榕树的果实并非褐色。他问道："你看，那根树枝上是何物？"

维迦摩盘陀看了看，说道："是长嘴蝙蝠。你瞧，贴在树上的那个嘴巴多长！它们夜晚到处飞翔觅食，白天用爪倒挂在树上休息。"

法显看了几眼蝙蝠就又继续前进。约莫一顿饭工夫，他们看到左边的小山坡上有一片高大挺拔直入云天的竹子。法显感慨地说道："这么高的竹子我还是头一次见到，那一棵起码有八九丈高。"

维迦摩盘陀道："这种竹子叫麻竹，高可达十余丈。人们称它为'竹中之王'。"

法显赞同地说道："称得上！"

维迦摩盘陀似乎想起了什么事，突然问道："师父，都城那么大，我把你送到什么地方去？"

法显笑了笑，说道："既然都城那么大就有留我的地方。请你先把我送到都城南的摩诃毗诃罗精舍去。"

维迦摩盘陀的脸上露出了笑容。他说道："那是座有名的精舍，我国妇孺皆知。精舍中有一位高德沙门，人人景仰，人们都称他为罗汉。"

法显道："我就是要去那里巡礼，并求教于他。"

维迦摩盘陀听说法显去摩诃毗诃罗精舍，似乎对法显又增添了几分敬意。他请法显坐到大象上。

第三十一章 赴狮子国

第五天,他们来到了摩诃毗诃罗精舍。摩诃毗诃罗精舍又称大寺,在王城阿努拉达普拉之南,距王城七里,是座具有悠久历史的精舍。

阿育王皈依佛教后派许多高德佛子到孔雀帝国各地及国外去弘扬佛法。他派儿子摩哂陀到狮子国传教,摩哂陀其时三十二岁,精通教义,并已证得阿罗汉果,他来到狮子国后受到国王提婆南毗耶·帝沙的欢迎。摩哂陀为国王说法,国王及许多臣民都皈依了佛法,国王把摩诃弥伽王园布施与僧团,并设大会,供养僧众斋饭。他挑选一对强壮的耕牛,用金银珠宝装饰牛角,然后套上一具金犁,亲自扶犁划定园界,把界内的民户、田宅都施与僧团,并把契约写在铁板上,作为凭证。自那以后,代代相承,无人敢变。僧人们在这块土地上建立精舍,弘扬佛法,这里便成了佛教中心。法显到摩诃毗诃罗时,这里仍很兴盛,精舍内有三千名僧众。

法显抵达摩诃毗诃罗精舍时已是下午,他来到精舍门口,发现僧人们个个脸上都挂着忧伤的表情,人人都很忙碌,他对一个僧人说道:"我乃支那僧人法显,欲求见罗汉。请师父通报一声。"

那个僧人忧伤的脸上又增添了几分不高兴的神情,说道:"你来晚了。"说完,就匆匆离开。法显站在那里感到莫名其妙。

法显西行记

第三十二章 住锡跋提

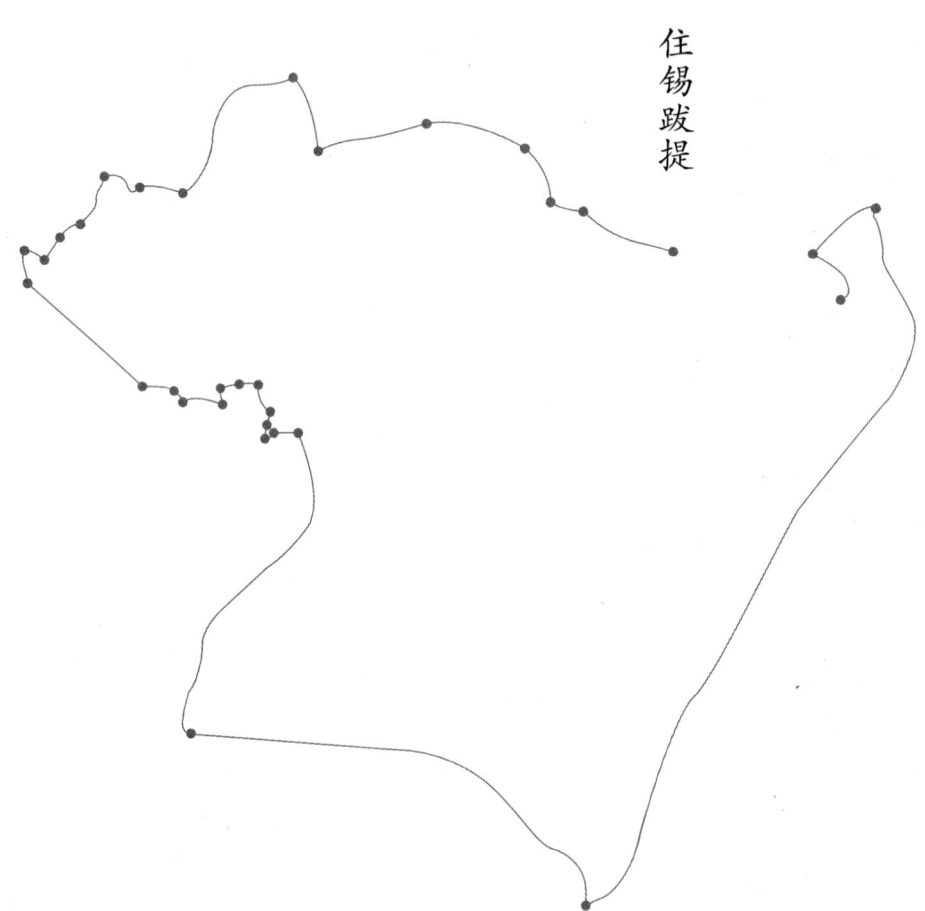

第三十二章 住锡跋提

法显正在纳闷,这时又走来一个僧人。他上前说道:"师父,我是远方求法僧人,想在贵寺住几日,不知可否?"

那个僧人看了他一眼,说道:"你先等一下,我进去禀告住持一声。"

法显道:"有劳师父。"

那个僧人隔了一会儿回来道:"住持说,你可以住在这儿,跟我来。"

法显对维迦摩盘陀说道:"走吧!"

维迦摩盘陀道:"我已经把你送到了目的地。我回去了。"说着,他从大象身上取下法显的行李。

法显道:"你专程送我至此,连口茶都没喝,我怎么过意得去。走吧!"

维迦摩盘陀道:"你自己尚未安顿好,怎能招待我!况且我们已成了朋友,无须这等礼数。"

法显道:"虽然我尚未安顿下来,但天下佛子是一家,到了这里犹如到了家。既然到了家,我就是主人,理当尽主人之责。"

维迦摩盘陀执意要走。法显无奈,只得对那个僧人说道:"请你稍候,我送一送他。"

法显怀着感激而又留恋之情送走了维迦摩盘陀。那个僧人提溜着法显的行李,领着他往里走。

路上,法显问道:"我发现你们都很忧伤,不知发生了何事?"

那个僧人道:"你还不知道?罗汉昨日夜里圆寂了。"

法显怀疑自己听错了,又问了一句:"你说什么?"

那个僧人重复道:"罗汉昨日夜里圆寂了。"

法显听到这个噩耗心里很难过。一是因为世间又少了一位高德比丘,二是遗憾自己无缘见到他。他们默默地走着,谁也没有再说什么。精舍很大,花草树木很美,但法显却无心观赏。他心想:我来晚了,若早来两日,即可见到罗汉。这也是命中注定。

那个僧人安排好法显的住处后离去。晚上,住持来看望法显,住持道:"我叫频婆裟罗。因敝精舍有丧事,可能对法师照顾不周,请多担待。"

法显道:"我是支那僧人法显,从天竺辗转至此。贵精舍久负盛名,高僧云集。我慕名而来,不料来晚了,无缘见到罗汉。"

频婆裟罗伤心地说道:"精舍僧人对罗汉的圆寂无不悲哀。今日上午,国王降临,他召集众僧,问道:'比丘得道乎?'众僧答道:'他已证得罗汉果。'国王下令道:'他既是罗汉,即以罗汉法葬之。'明日午时举行葬礼。国王也将大驾降临。"

法显问道:"我可去否?"

频婆裟罗道:"当然可以。"

法显道:"罗汉生时,我未能见到他的面,死后,也想见见他的尊容。"

频婆裟罗道:"明日法师即可如愿。"

次日上午,摩诃毗诃罗的僧众集聚在精舍院内,他们排着队往火化地点行进。法乐队在前,奏着凄清的法乐。

八人抬着大舆床随后,大舆床犹如当地的丧车,不过,丧车两边雕刻着龙、鱼之形,而大舆车两侧则画着天宫之景。罗汉的尸体躺于大舆床上,上盖一领木兰袈裟,其后是三千僧人的队伍,频婆裟罗和法显走在队伍前列。送葬者越来越多,周围的俗人和其他精舍的僧人也都从四面八方涌来,队伍越来越庞大。半个时辰后,他们来到了距摩诃毗诃罗精舍四五里远的火化地点,那里堆积着三丈见方的一堆干柴,顶放旃檀、沉水等香木,四面用木头搭成阶梯,周围和顶部蒙着洁净的白毡。广阔的谷地里,人山人海。正午时分,国王摩诃那摩乘象车缓缓而至。高大的白象上安放着一个宝座,宝座四周装饰着珠宝,在阳光下光芒四射。国王端坐于宝座之上。大白象两侧,两头褐色的象上坐着两个侍从,为国王打着伞盖和羽仪。国王后面跟着众多大臣和侍卫。国王下辇后,众人肃立。频婆裟罗揭开罩在罗汉脸上的袈裟。国王把鲜花放在大舆床前,然后焚香。随后,大臣和其他人也都用鲜花和香供养罗汉,人们依次从大舆床前经过,瞻仰罗汉遗容。尔后,人们通过阶梯把大舆床安放于柴堆的顶端,在柴堆上浇上酥油,点着火。火燃着时,人们怀着崇敬而又悲伤的心情,脱去外衣或上衣,把它们投入火中助燃。国王命令随从把伞盖和羽仪也掷入火中。大火熊熊,一个僧人道:"罗汉升天了!"众人朝他手指的方向望去,一道青烟徐徐升空。过了一个多时辰,太阳西斜,一堆干柴化为一堆灰烬。人们从灰中捡出罗汉的舍利,拿到南边离火化处二十丈远的地方,准备在那里起塔,收藏舍利。罗汉的尸体火化后,国王和大臣们回宫,众人也逐渐散去。

法显也随众僧回到摩诃毗诃罗精舍。

次日上午,法显在精舍院里漫步。当他走到佛殿前面时,看到一棵巨大的贝多树,

第三十二章 住锡跋提

高二十来丈,粗可四围。树冠郁郁葱葱,枝叶繁茂,犹如一把巨伞,遮天蔽日。树干向东南倾斜,人们担心树倒下,用八九根木柱支撑着它。有一树枝穿透木柱,入地生根。木柱如母亲一般紧紧地抱住它。树下有一小佛殿,内有一尊坐佛像。此时,这棵贝多树已六百余岁。摩哂陀来到狮子国后广为弘扬佛法,许多人出家为僧。国王提婆南毗耶·帝沙的弟媳阿努罗公主欲出家为尼,但摩哂陀不能为比丘尼受戒,于是国王派使者摩诃阿利多去见阿育王,请求阿育王派其女僧伽蜜多携带一枝伽耶的神圣的贝多树苗前来狮子国。阿育王欣然同意,他亲临伽耶,监督人们从贝多树上割下一枝树苗。树苗被装在一只金瓶中,运往都城,继而运抵海口。僧伽蜜多和其他尼众及照料树苗的各种工艺匠人由多摩梨帝登船,驶向狮子国,在阎浮瞿罗登陆。帝沙王亲自在海口举行仪式,欢迎僧伽蜜多和贝多树苗,并以盛大队伍护送他们前往都城阿努拉达普拉。树苗从北门入城,穿过南门,来到摩诃毗诃罗精舍。国王亲手把它栽植在这里,他住在这里护苗三日,并指令王子负责管理事宜。不久,树苗发出新芽,长出八枝幼苗,这八枝幼苗又长出三十枝幼苗。那些幼苗被分别种植在狮子国的其他地方,这棵贝多树乃狮子国的其他贝多树之祖。法显进入佛殿,叩首礼拜。

随着时间的推移,僧人们悲哀的心情逐渐平静。

一日下午,频婆裟罗来到法显住处看望他。频婆裟罗问道:"法师在支那可曾见过昙摩?"

法显不解地问道:"昙摩?昙摩是谁?"

频婆裟罗道:"昙摩乃是我的师弟。十五年前,他受国王之命去了支那。"

法显惊异地说道:"哦,未曾见过。他是上次我们见过的那位国王派遣去的?"

频婆裟罗道:"不是,是前国王优婆帝沙一世。国王派他去倒也有一段故事,法师愿不愿意听一听?"

法显点头道:"愿闻其详。"

频婆裟罗道:"一日,国王来到我们精舍,对我师父——本精舍的前住持说:'朕听说东北方向的大陆上有一个支那国,是个地大物博之邦,不少商人在朕面前称赞过它。朕想从你们精舍选派一名有胆有识的大德僧人到支那去拜会其皇帝,表达我狮子国的友善之情。'我师父问:'陛下如何选拔?'国王说:'朕有一只猛狮。谁能驯服它,朕即派谁去。'三日后,国王用大铁笼运来一只猛狮,还在精舍东边一块宽阔的场地上用铁栏杆围成一个大圆圈，把猛狮放入圈内。国王坐在十丈开外的高台上观看。这时，一个僧人进入圈内，冲向猛狮。狮子大怒，扑向他。不到两个回合，那个僧人就被狮子咬伤。幸亏人们救得快，否则他将丧生狮口。后来，又有三个自恃勇猛的僧人进圈内斗狮，但也都和第一个人一样被猛狮咬伤。我师弟昙摩既有胆量又有智谋，精通妙理，能言善辩，他要求进去试一试，我师父应允。他进入圈内，没有往狮子走去，而是坐在地上诵经。狮子见到又进来一个人，恶狠狠地站在那里盯着他，想扑上去，但见他一动不动地坐在那里，没有轻举妄动，他们相安无事。隔了一会儿，师弟往狮子的方向挪动几下，但仍坐着诵经。狮子见他没有袭击的意向，似乎也放了心，坐到了地上，但仍盯着他。又隔了一会儿，师弟又向前挪动了几下。就这样，他离狮子越来越近，狮子可能觉得他没有伤害自己的意思，所以坐在那里不动。最后，师弟挪到了狮子跟前，坐在狮子面前诵经。大家都为他捏了一把汗，狮子万一冲上去，就会咬伤他。但说来也怪，狮子眼睛里的凶焰似乎减少了些。隔了一会儿，师弟伸出手摸了摸狮子的前爪。狮子开始时不以为然，后来低下头用舌头舔了舔他的手。师弟又往狮子眼跟前靠了靠，用手轻轻地抚摸狮子的脑袋。狮子头一歪，躺到了地上，任他抚摸。又隔了一会儿，狮子与他玩耍起来，用前爪引逗他，用牙齿轻轻地咬住他的胳膊。又隔了一会儿，师弟骑到了狮子的背上，狮子竟然驮他走了一圈。师弟下了狮子，走出圈子。狮子用含情的目光望着他，对他依依不舍。大家都被师弟的胆识折服。国王高兴地宣布：'朕决定派昙摩出使支那。'在昙摩及其随行人员临行那天，国王带着献给支那皇帝的宝物亲自来送行。当时，我也在为师弟送行。国王打开盛放宝物的金匣让人们观看，原来是一尊玉佛像，高四尺二寸，玉色洁润，形制殊特，我从未见过如此精美的佛像。师弟已经走了十五年了。我很想念他，不知他现在何处。"

法显听频婆裟罗讲完后说道："你师弟是位了不起的僧人。我倒是想见一见他，或许我出来时他还没有到。"

频婆裟罗道："法师出来多久了？"

法显道："十一年了。"

频婆裟罗惊异地说道："你已出来这么久了！"

法显道："不过，还没有你师弟去支那时间长呢。"

频婆裟罗道："你在此有何打算？"

第三十二章 住锡跋提

法显道:"我是为求取戒律、瞻仰佛迹、拜访大德僧人而来。长老能否指点一二?"

频婆裟罗道:"你来的是时候,再过个把月将出示佛牙,你既可瞻仰佛牙,又可看到出示佛牙的盛况。"

法显高兴地问道:"何时出示佛牙?"

频婆裟罗道:"三月中。"

法显道:"佛牙是一定要瞻仰的,即使等上一年半载我也不错过这个机会。"

频婆裟罗道:"还有几个地方你应去看一看。阿努拉达普拉北面的无畏山僧伽蓝,东南方的苏摩那俱多山(今亚当峰),东北方的跋提精舍。喔,跋提精舍内有一大德沙门,名叫达摩瞿谛。国人无不景仰。"

法显道:"这几处我都要去。"

二月底,法显把行李存放在摩诃毗诃罗精舍,带着随身用品,前往佛牙精舍。佛牙精舍在阿努拉达普拉城中,王宫之侧。精舍内有一高楼,高数百尺,饰以奇珍异宝。楼上有一表柱,柱上镶有一块名为钵昙摩罗伽的红宝石,宝光辉映,昼夜照耀,灿若明星。传云:"此洲若失佛牙,则被罗刹女所吞食。"为防此患,人们严加守护佛牙,把它置于高楼之上,外设三道门,平时关闭。锁与钥匙均封上,五位官员共同掌印。据说,释迦牟尼的遗体火化后,遗下四颗完整牙齿。一颗上了天,一颗下了海,两颗留在人间,其中一颗右犬牙流传到了南天竺的羯陵伽国,于公元311年传到了狮子国。另一颗臼牙传到了北天竺的乌苌国,又于公元五世纪传到了中国。狮子国的这颗佛牙是在狮子国的国王室利弥伽梵纳在位的第九年,羯陵伽国的王子和公主乔装成平民由羯陵伽国的都城檀塔补罗送到狮子国来的。室利弥伽梵纳国王十分敬重佛牙,在王宫的一侧建了一座佛牙精舍,专门供养佛牙舍利。自那时起,上至国王,下至百姓都很敬崇佛牙。

法显来到佛牙精舍,精舍僧众都很欢迎他。精舍长老对他很尊敬,认为他是一个饱学之士,虔诚之僧。法显来后第三天,长老对他说道:"你来狮子国一次不易,我让你看一件宝贝。"他领着法显来到僧库,守库僧人打开库门。长老领着法显进入库内,库内珍宝满室,光焰夺目。长老指着一块宝光四射的红宝石说道:"此乃无价之宝,名为'摩尼'。"法显看到,这块宝石拳头大小,纯洁无瑕,灿烂无比。法显赞道:"真乃罕世珍宝!"人人都喜爱美好之物,法显亦不例外,只是法显无贪欲之心而已。长老对他道:"有一次,国王进库观赏。他见到摩尼十分喜爱,遂生贪欲之心,想占为己有。他静思三日,终于省悟,来到本精舍,召集众僧,在佛像前稽首忏悔,谴责自己的罪心,然后对众僧说:'朕因见了无价珍宝,起了罪心。希精舍立下规矩:自今以后,国王不得进僧库观看,比丘也不得随便进入,满四十腊者方可入内。'自那时起,国王和其他权贵都不能随意入内,僧人满四十年僧龄者方得入。"法显走出僧库后,摩尼似乎仍在他头脑中闪烁,许久方才消逝。

三月四日,法显听到外面传来鼓声和喧嚷声,忙走出精舍观看。一群人从王宫往城里进发,一头装饰得富丽堂皇的大象走在人群前面,这头大象由国王亲手装点,身披红绸,项戴花环,身置黄金宝座。宝座四周悬挂珠宝。一人假扮国王,骑在象上,一边击鼓一边说道:"菩萨自三阿僧祇劫以来,苦行不惜身命,弃国离家,抉目施人,割肉贸鸽,截头布施,投身饿虎,不惜髓脑。此种种苦行,均为众生。成佛在世四十五年,说法教化,使不幸之人安生,死亡之人超度,众生缘分已尽,遂般涅槃。自涅槃以来已一千四百九十七年,世间眼灭,众人长悲。十日后,佛牙将被运往无畏山僧伽蓝。国内僧俗凡欲祈福者,都去平整道路,装饰巷陌,备香、花及其他供养之具!"

告示者所经之处,观者如潮。法显也随人流前行。

阿努拉达普拉城街道宽阔,房舍齐整,路边棕榈挺立,贝多婆娑。城内居士和萨薄商人(古代阿拉伯半岛南部萨巴地区之居民,素以善于航海经商著名)纷纷走出房舍聆听通告。

三月十四日上午,五位掌印官员来到佛牙精舍,上楼取下泥封,打开重门,取出一金匣,他们托匣下楼,当众打开金匣。金匣内有一透明宝石小盒。他们取出小盒,置于金盘之上。佛牙在盒内放射出奇光异彩,他们小心翼翼地把小盒放于平台上,僧俗人等以花、香供养佛牙,并向它顶礼膜拜。法显在佛牙前跪下,在地上祈祷许久才起身离开。中午,人们把佛牙送往城北无畏山僧伽蓝。四人抬着佛牙,两旁八名护卫,后随五位掌印官员,其后是法乐队,再其后是佛牙精舍的长老、法显及其他僧人。根据国王的命令,道路修得十分平整,路两旁画着佛为菩萨时五百各异形象。须大拏(为释迦牟尼前身。身为太子,乐善好施,曾以父王大象施与婆罗门,蒙谴被摈,出居山野)、睒摩(为释迦牟尼前身。孝敬盲父母,出外采果,遇王出猎,误中毒矢,感动天地,使之康复)、象王、鹿王、马王等等,画得非常逼真,栩栩如生。佛牙从道中行进,道路两边站着许多僧俗,他们用鲜花和香供养佛牙。无畏山僧伽蓝的僧众跪迎

第三十二章 住锡跋提

佛牙,他们把佛牙请入佛堂。佛牙到了无畏山僧伽蓝后,佛牙精舍长老、法显等即回佛牙精舍。佛牙在无畏山僧伽蓝展示九十日。在这九十日内,僧俗云集,焚香,燃灯,作种种法事,昼夜不息。九十日后,佛牙重归城内佛牙精舍。

都城四面的街道口均设有说法堂。每月八日、十四日、十五日,均有高僧在说法堂说法。周围的比丘、比丘尼、优婆塞(居士)、优婆夷(女性居士)都聚拢来听法。说法期间,备有斋饭。国王在城内专门设供食处,可供五六千人用斋,需者持钵索取,随器所盛,皆满而归。

四月八日,法显到城东大路口的说法堂听说法。他到时,已有三四千人席地坐于一座高台前。一位天竺僧人登台诵经说法,他言道:"……佛钵本来在毗舍离国,现今在犍陀卫国。若干年后,它将至西月氏国。再过若干年,将到于阗国。再过若干年,将到屈茨国(即龟兹国)。再过若干年,将到支那国。再过若干年,将到狮子国。再过若干年,将还中天竺。到中天竺后,将上兜率天。弥勒菩萨见到后将叹曰:'释迦文佛钵至。'他将与诸天用香、花供养七日。七日后,钵将还赡部洲,海龙王将持入龙宫。释迦文佛初成道时,四天王自频那山各献石钵与佛,佛皆受之,合为一钵,即佛钵也。至弥勒将成道时,钵仍分为四份,还频那山上。弥勒成道后,四天王将像对先佛所做的那样对他。贤劫千佛共用此钵。钵去后,佛法渐渐灭亡。佛法灭后,人之寿命转短,直至五岁。五岁之时,粳米、酥油都将灭迹,人民极恶,抓木则木变成刀、杖,互相杀害。其中有福者,逃避到山中。恶人相杀结束,有福者从躲藏处出来,相互说道:'昔人寿极长,但因为今人作恶多端,不遵法,以至我等寿命逐渐转短,直至五岁。我等现在共行各种善事,发慈悲之心,修行仁义。'于是,他们各行仁义,寿数倍增,乃至八万岁。弥勒出世,初转法轮时,先度曾遵释迦佛遗法之信徒、出家人、皈依三宝(即佛、法、僧)者、接受五戒(即不杀生、不偷盗、不邪淫、不妄语、不饮酒)者和离开八种非法之为(即杀生、不与取、非梵行、虚诳语、饮诸酒、涂饰香鬘歌舞观听、眠坐高广严丽床座、食非时食)者。第二、第三次度有缘者……"

天竺僧人诵完经后,法显来到他跟前,恭恭敬敬地向他打了个问讯,尔后说道:"法师所说之法,所诵之经,我初次耳闻。我想写下此经,请法师把经本借我一用。"

天竺僧人说道:"此经无本,我仅口诵耳。"法显甚感遗憾,只好待到晚上把其梗概追记下来。

法显持钵随人流去讨斋饭。六个地方同时为听法者提供饭菜。法显斋后前往跋提精舍。

跋提精舍在阿努拉达普拉城东的密沙迦山（今密兴多列山）中，密沙迦山距都城约二十五里。摩哂陀到狮子国后，即在此中初次会见提婆南毗耶·帝沙王。当时，摩哂陀想了解在狮子国弘扬佛法的时机是否成熟，便对国王进行了一番测验，他指着一棵树问国王："陛下，这是一棵什么树？"国王道："芒果树。"摩哂陀问："除了这棵芒果树外，还有别的芒果树吗？"国王答："还有许多芒果树。"摩哂陀问："除了这棵芒果树和别的芒果树外，还有其他树吗？"国王答："还有许多树，不过那些都不是芒果树。"摩哂陀问："除了别的芒果树和非芒果树外，还有什么树吗？"国王答："那就是这一棵芒果树了。"摩哂陀问："陛下有亲属吗？"国王答："朕有许多亲属。"摩哂陀问："是否也有人不是陛下的亲属？"国王答："不是朕亲属者比朕亲属多得多。"摩哂陀问："除了陛下的亲属和非亲属外，还有谁？"国王答："那就是朕本人了。"摩哂陀认为，国王有敏捷的智慧，能领悟妙理，于是开始向他说法，并在此山的石窟中度过了雨安居。

法显在途中住了一宿，次日上午，他抵达跋提精舍。跋提精舍位于山坡上，前有小溪，后有茂林，左有修竹，右有果园。精舍内有两千余名僧众，皆住石室之内。法显向一僧人打听道："师父，请问达摩瞿谛大师住在何处？"

那个僧人用手指着道："右边第五个石室便是达摩瞿谛大师的住处。不过，他不在，外出说法去了。"

法显问道："何时回来？"

那个僧人道："说不准。"

法显道："我可否住在贵精舍等他？"

那个僧人道："我想可以。我领你去见知事。"

法显被安排在一个石室内住下。

雨安居前，达摩瞿谛大师回来了。法显与其他僧众一起在山坡上迎接他。在法显的想象中，达摩瞿谛一定是位高大健壮而又严肃的人，但实际上，他却是位四尺来高清瘦而和善的人，六十五六岁。清癯黝黑的脸上，闪烁着一双智慧的大眼睛。他虽然瘦小，但却使人感到他身体内蕴藏有一种巨大的潜在力量。

带领法显去见知事的那位僧人对达摩瞿谛说道："大师，这位是支那来的法师法

第三十二章 住锡跋提

显,他已在此等候你多日了。"

达摩瞿谛仔细地看了看法显,然后谦逊地说道:"我有何德能烦劳法师在此等候?"

法显道:"久闻大师大德,今日得见,实乃三生有幸。"

达摩瞿谛把法显带进自己的石室。石室不大,三丈长,两丈宽,八尺高。室内除了三个蒲团和一些经书外,没有其他摆设。他请法显坐到蒲团上,他道:"我在这间石室内已住了四十多年。石室虽小,但已习惯。请勿见笑。"

法显道:"大师大慈大德大仁大义,举国上下无不景仰。道友们道:'大师慈悲之心能感蛇鼠,使其同居一室而不相害。大师的学识比大海还要广博。'我是慕名而来向大师求教。"

达摩瞿谛道:"法师勿听谬传。谈不上'求教',不过,可以相互切磋。你若有所问,我将就我所知,和盘托出。"

法显笑了笑,说道:"我正有个问题想请教。"

达摩瞿谛道:"那就请说吧!"

法显道:"关于狮子国的由来,我略有所闻。我想请大师详细讲一讲。"

达摩瞿谛微笑着说道:"这——说来话长。"

法显西行记

第三十三章 睹扇思乡

第三十三章 睹扇思乡

达摩瞿谛乃是位博古通今、精于佛法、能言善辩、问一答十的高僧。但今日因他从外边刚回来，略感疲倦。故此，他与法显商妥，明日再长谈。

次日，法显又来到达摩瞿谛的石室。达摩瞿谛正在诵经，法显不便打扰他，立于门外等候。约过一顿饭工夫，达摩瞿谛诵完经，法显才入内。他们寒暄后，达摩瞿谛便接着昨日的话题，滔滔不绝地讲述起狮子国的由来：

这里原先无人居住，只有鬼神和龙栖息。但这是个宝岛，岛上盛产珍宝珠玑，诸国商人常到此与鬼神做交易。做交易时，鬼神不现身，只出宝物，上题价钱，商人则依价付钱取物。如不给足钱，则取不走宝物。岛上还住着许多恶魔——罗刹女，她们住于铁城中。她们发现商人来岛，便化为美女，持花奏乐，出城迎接，把商人诱入铁城，设宴款待，与之交欢，尔后把商人投入铁牢，逐个取出吃掉。后来，发生了一桩事，改变了宝岛的面貌。

南天竺有个梵伽国，国王有个美艳多姿的女儿，这位公主与邻国王子订了婚。梵伽国王择吉日把女儿送往婆家，送亲队伍路过一片森林，忽然从林中窜出一头狮子，咆哮着扑向送亲队伍。侍卫和轿夫等人丢下公主仓皇逃命，公主在轿中被吓昏过去。狮子把公主背到深山幽谷里的自己的洞穴中，它捕捉鹿、兔，采集野果，供公主食用。公主起初很害怕，但慢慢也就习惯了。狮子与公主同居，生下一男一女，其子名叫僧诃巴忽，其女名叫悉伐利，他们形貌同人，但却带有兽性。僧诃巴忽逐渐长大，力气很大，能生擒猛兽，二十岁时，才开始懂得人事。他对母亲说道："母亲，我父亲是个野兽，而你是个人，人兽并非同类，如何匹配？"母亲把以前之事告诉他。他道："人兽怎能长期生活在一起，我们快逃吧！"他母亲说道："我曾逃过，但你父亲很警觉，没有逃脱。"他道："我想办法。"于是，他跟踪父亲，观察其行踪。一日，他发现父亲登山越岭，走得离家很远，便左肩扛起母亲，右肩扛起妹妹，离开洞穴，逃到一个村庄。母亲对他们兄妹二人说道："你们万万不可把事情的原委告诉别人。否则，人家会鄙视我们。这里离你们父亲的洞穴太近，说不定它会找来。我看，我们不如到你们外公的国家去。"于是，他们来到了梵伽国。此时，梵伽国已经改朝换代，老国王的宗祀已被灭绝，他们只好投靠到一户市民家。人们问他们："你们是什么地方人？"母亲说道："我是本国人，因遇难流离到异国。现今带着子女来归故里。"人们都很怜悯他们，给他们以各种帮助。狮子回到洞穴，不见了妻子儿女，十分伤心。它思念他们，找到了梵伽国。它兽性大发，咆哮震吼，残害生灵。市民一出城,即被它咬死。人们只有成群结队,击鼓吹贝,身背弓箭,手执长矛,方能免受其害。国王令猎人捕捉,但却难以擒获。国王亲自领兵,布于林中,但狮子震吼,士兵退逃。国王无奈,只好在全国悬赏招募能擒猛狮除国患的勇士。僧诃巴忽听说此事后对母亲说道:"我们缺吃少穿,不如我去应募,若能得到赏赐,也好维持生活。"母亲道:"不可,它虽是兽类,但毕竟是你的父亲。怎能为了摆脱困境,而残害生身之父?"僧诃巴忽道:"人兽非同类,还讲什么道义?"他不听母亲的劝告,袖内藏一把短刀,便去应募。国王命他领兵前去捕捉,众人停于林外不敢向前,僧诃巴忽独自进入林中,来到狮子跟前。狮子不再发怒,驯服地伏到地上,亲热儿子。僧诃巴忽突然从袖中拔出短刀刺入狮腹,狮子出于慈爱之心,毫不反抗。僧诃巴忽剖开狮腹,狮子含泪而死。僧诃巴忽让人抬着狮尸回去复命。国王心想,他是何许人,如此怪异,狮子见他都这般温顺?国王用荣华富贵引诱他,凶吉祸福吓唬他,让他讲出自己的身份,他便道出事情的原委。国王怒道:"你忤逆不孝,竟连自己生身之父也要杀害。你兽性难改,以后必祸及他人!你为民除害,立了大功;伤父之命,忤逆不孝。故此,我既要重赏你,也要放逐你。重赏以酬你的功劳,放逐以惩罚你大逆不道。这样,我既没食言,也维护了国家法典。"于是,国王把僧诃巴忽的母亲留在国内,赡养她,而备两条大船,船上装载食物,令僧诃巴忽与其妹每人各乘一船离开梵伽国。船在海上随波漂荡,僧诃巴忽漂到了这个宝岛,他见岛上有许多珍宝,便留在岛上。第一天夜里,他做了一个梦,一个神人从空而降,口中说道:"僧诃巴忽,岛上有一座铁城,乃罗刹女王所辖。罗刹女食人成性,你要倍加小心。我送你一颗宝珠,你要随身携带。若有危难,出示宝珠,即可化险为夷。"神人说完便飘然而去。僧诃巴忽醒来,知道是梦,但手中却真有一颗鹌鹑蛋大小的宝珠。夜间放射出明亮的光芒,犹如一盏明灯。他把宝珠藏好。第三天傍晚,一位貌美多姿的少女姗姗而来,邀他陪她玩耍。僧诃巴忽不知不觉之中随她入了铁城。少女把他带进自己房间,欲与他交欢。僧诃巴忽突然想起神人的告诫,想离开那里。少女忽然变成一条凶猛的狗,扑向他,他力大,把狗推开老远,正要举拳痛打,狗忽然又变成一只秃鹫,向他袭来。他在危急之中取出宝珠,宝珠照得满屋通亮。秃鹫摔倒在地,仍复少女之形,她跪在地上恳求僧诃巴忽饶命。僧诃巴忽看她说得恳切,没有伤害她,她深受感动,真心实意地愿意嫁给他为妻。她告诉他说:"我是罗刹女王之女。我俩要想做长久夫妻,须杀尽岛上所有的罗刹。"僧诃巴忽问她有何办法可以杀死所有罗刹,她让僧诃巴忽附耳过去,告诉他一个妙法,

第三十三章 睹扇思乡

并教会了他隐形。在他们举行婚礼的宴会上，僧诃巴忽隐形，走到每个罗刹的背后，拔去她们的"生命发"。罗刹若无"生命发"，一天之内即将死去。婚礼结束后，夫妻俩逃离铁城。岛上的罗刹被消灭干净。僧诃巴忽和那个改邪归正的罗刹女王之女在岛上生儿育女。后来，商人来往渐多，而且不再受到伤害，有的人便留在岛上。他们在岛上繁衍子孙，以至岛上人越来越多，遂建都筑邑，成立国家，推举国王。因先祖曾擒获过狮子，为纪念他的功绩遂起国号为师子（即狮子）。

达摩瞿谛讲完后，法显问道："僧诃巴忽的妹妹漂到何处去了？"

达摩瞿谛道："她漂到了摩喜罗岛。因她与神相交，生育了一群女儿，遂在摩喜罗岛上成立了一个女人国。她为女王。"

法显道："今日增长了不少见识，受益匪浅。大师，你休息吧！我改日再来求教。"

法显和达摩瞿谛在一起谈古论今多日。天文地理，风俗人情，佛教典籍等无所不及。

最后，法显在达摩瞿谛处求得经籍《长阿含经》。

法显在跋提精舍夏坐。夏坐结束后，他携《长阿含经》辞别达摩瞿谛，离开跋提精舍前往无畏山僧伽蓝。无畏山僧伽蓝在都城的北面，离跋提精舍四十里。

法显抵达无畏山僧伽蓝时，佛牙已经回佛牙精舍。

次日，法显去参观大塔。大塔位于无畏山僧伽蓝之侧，乃是岛上最大之佛塔，由杜多伽摩尼国王（于公元前161年—公元前137年在位）所建。据说，佛陀在狮子国教化恶龙时，一足踏在阿努拉达普拉城北，一足踏于苏摩那俱多山之上，两处相去三百余里。这座大塔即建于阿努拉达普拉城北的佛足迹上，塔高四十丈，通身装饰着金银珠宝。底下三层均有成排石柱，柱上或雕大象，或雕孔雀，或雕花瓶，或雕莲花瓣。塔顶珊瑚网最为壮观。珊瑚乃跋帝迦·阿巴耶国王（于公元前19年—公元9年在位）从罗马帝国购得。白日，雪白的珊瑚放射出耀眼的光芒。法显立于塔前，翘首瞻仰高耸大塔，惊叹不已。佛塔乃衡量佛教发展状况之尺度。佛教越兴旺，佛塔越壮观。这座世上罕见之大塔正标志着建塔时佛教之兴盛。

一日，法显来到僧伽蓝的佛殿供养佛像。这座佛殿里有一尊青玉佛像，高二丈余，通身光芒四射，十分威严。佛右掌中有一颗无价宝珠，宝珠放射出更加耀眼的光芒。法显进殿时，玉佛前一位商人正在用一把秀雅而精致的白绢扇供养玉佛。法显一眼便认出它乃晋地之物，他鼻子一酸，情不自禁地落下泪来。他含着泪在佛像前供上鲜花和香，不禁抽泣起来。商人见到他很伤心，忙起身扶起他，问道："这位师父，你为何如此伤心？"

法显泣不成声，半晌说不出话来。商人又问道："师父请把伤心之事告诉我，或许我能帮上忙。"

法显擦了擦泪水，说道："施主，我并无为难之事，只是见到这把白绢扇不觉凄然，落下泪来。"

商人问道："师父看上了这把扇子？"

法显摇了摇头，说道："非也！"

商人问道："那它为何使你如此伤心？"

法显道："此扇乃支那之物！"

商人道："正是！"

法显叹口气道："哎，我乃支那僧人，离开故土已十余年，所见之人皆异域之人，所见之物皆他乡之物。山川草木，举目无旧。今见支那白绢扇，倍感亲切，激起我思乡之情，也使我思念起往事和故人。与我同行来天竺者共十人，但他们或途中而亡，或留天竺不归，或中途而回，现今仅剩我一人，形影相吊，孑然一身，我常为此悲伤。今日见到支那所产白绢扇，更加怀念故土，故而不禁泪下。"他说着又流下泪来。

商人安慰法显几句便离开佛殿。法显把从晋地带来的一串念珠供养玉佛像，他又向玉佛祈祷了一番，尔后也离开了佛殿。他回到僧房，心潮起伏，遂取出文房四宝，凄然命笔：

　　　　山嵩嵩，水森森，神州路遥。
　　　　悲切切，凄楚楚，形影相吊。
　　　　石莹莹，珠灿灿，难平心潮。
　　　　天苍苍，地茫茫，何日搏涛？

法显在无畏山僧伽蓝获得《弥沙塞律》。他本想抄写，但住持看他心诚，便把此律赠与他。

法显在无畏山僧伽蓝又住了些时日便南去瞻仰苏摩那俱多山顶的佛迹。在经过摩诃毗诃罗精舍时，他把所得经卷放下，轻装前往。

第三十三章 睹扇思乡

一日中午，赤日炎炎。法显来到一个村庄讨水喝，走在一棵树下。忽然，头上落下许多水滴，他感到清凉舒适。然而，天空万里无云，烈日杲杲，哪儿来的雨？他感到奇异，抬头瞧了瞧。树叶上湿滴滴的，但旁边的树却是干的。他端详了一下这棵树，枝叶茂盛，叶子一尺多长，中间凹陷，四周微凸，如小舟一般。法显哪里知道，这种树叫雨树。太阳落山后，树叶吸收周围蒸发出来的水分，一片树叶一夜间能吸收一两斤水。中午烈日当空，叶子受热，舒展张开，水一泻而下，犹如下雨。法显正在昂头观看，又落下许多水滴。他虽不明白是怎么回事，但却希望能落下更多雨点驱散炎热。他立在树下等待，但树却不再"下雨"。他扫兴地离开那里。

第三十四章　不贪浮财

法显西行记

第三十四章 不贪浮财

一日，法显正在一条崎岖多石的路上行走，忽然发现左前方有一束耀眼的紫光，他走上前去瞧了瞧，原来是一块核桃大小的红色石头，它周围还有许多大小不等的石头，但只有这块石头放射出光芒。他拿在手里仔细地看了看，石头晶莹透亮，光芒四射。他想，这一定是块宝石，它如果落在商人手中，也许价值万贯，但我一个和尚要它何用？他把它放回原处，立起身，但又弯下腰把它捡起来，拿在手中玩赏了一会儿，又把它放到那里。他继续往前走，但没有走多远，又回来捡起那块石头，心想，它对我虽然没有价值，却可供赏玩。于是，他把红石头放入口袋。

法显听说南面有一座宝石城，满街卖的尽是宝石，他想去开开眼界。路上，他遇到两个人：一个高瘦，一个矮胖。

高个儿问法显："师父到哪里去？"

法显道："我想到宝石城去观光。你们呢？"

高个儿道："我们也到宝石城去，真凑巧，同路。"

法显道："我在这里人生地不熟，还请二位多关照。"

高个儿道："好说好说。人们都叫我宝石迷，叫他宝石痴。我们俩是刎颈之交，而且都爱石如命。"

法显看了看他们。

宝石迷殷勤地说道："师父，你走了这么远的路，饿了吧？"

法显从清早到中午一直没有吃东西，倒真有点儿饿。他道："这儿前不巴村后不巴店，哪儿去化斋？"

宝石迷道："我们还有两块饼，你权且充饥。宝石痴，把那两块饼施舍与师父吧！"

宝石痴从包裹里取出仅剩下的两块饼递给法显，法显推却道："你们还是留着自己用吧！"

在宝石迷的再三坚持下，法显接下了饼，吃了一块，把另一块递给宝石迷，但宝石迷不接，法显又递给宝石痴，宝石痴也不接，法显见他们如此，便把那一块也吃了。

他们同行了一程。宝石迷问法显："师父，你是到宝石城去卖宝石？"

法显道："不是，出家人哪有宝石卖！"

宝石迷道："师父，出家人为何还打诳语？"

法显一惊，说道："啊？贫僧何曾说谎？"

宝石迷认真地说道："你口袋里不是宝石吗？"

法显笑道："噢，我在路上捡了块石头，随便带在身边赏玩。你如何知道我袋中有块宝石？"

宝石迷道："是那块宝石告诉我的，它的光芒射出了你的口袋。我一见到你就已发现，而且我还知道它是一块珍贵的红宝石。"

法显道："你倒是名不虚传的宝石迷。"

宝石迷道："师父，拿出来让我们见识见识，如何？"

法显道："那有啥不可！"他从口袋里取出宝石。宝石迷和宝石痴四只眼睛盯着宝石，半晌无语。

隔了好一会儿，宝石迷笑眯眯地说道："师父，既然你也认为我是宝石迷，那么就把这块宝石卖给我吧，我给你三枚金币。"

宝石痴道："师父，你卖给我吧，我出五枚金币。"

法显笑着说道："你们两人都要买，我卖给谁呢？"

宝石迷道："当然卖给我啰！是我先发现你口袋里的宝石的，又是我让你拿出来看的，而且是我先要买的。"

宝石痴道："我出价高，当然卖给我啰！"

宝石迷道："那我出七枚！"

宝石痴道："我出十枚！"

法显道："你们既然是朋友，为何如此互不相让，争执不休？"

宝石迷道："朋友是朋友，宝石是宝石！"

宝石痴道："那我们还是用老办法。"

宝石迷道："好吧！"

他们来到一旁，宝石痴取出一枚金币，用嘴吹了吹，抛到空中。金币落到地上，正面朝上。宝石痴拍着手高兴地嚷道："我赢了，我赢了！"他们俩回到法显跟前。宝石痴把沉甸甸的一袋金币递与法显，说道："师父，我赢了，你把宝石卖给我吧！"

宝石迷垂头丧气地盯着那块宝石。

法显眯着眼睛看了他们俩一会儿，说道："你们俩不可见财忘义。既然你们如此

第三十四章 不贪浮财

喜欢，我就把它送与你们。"

宝石痴道："你把金币收下吧！"

法显道："我要钱何用，出家人不贪财！"

宝石痴接下宝石，收起金币，高兴得手舞足蹈。一个子儿也没花，竟得到了无价之宝，怎么不喜出望外！宝石迷的眼睛里射出两道贪婪的、嫉妒的目光。天渐渐地黑了，他们来到一个小镇。镇东有一座破庙，庙宇长久失修，庙内空无一人。他们想在此歇脚。坐下后，宝石迷对宝石痴说道："走了半日，饿得慌。你们俩在此等候，我去买些食物。"

宝石痴高兴地说道："好，好。我的肚子饿得前墙贴后墙。你快去吧！"

宝石迷去了好久还没回来。法显对宝石痴说道："你在这儿等候，我到那边去打坐。我已吃了两块饼，不太饿。宝石迷回来后，不必惊动我。"

法显离开后，宝石痴坐在那里打盹。宝石迷回来了。

他拍醒宝石痴。宝石痴问道："你怎么去了这么久？"

宝石迷道："实在对不起，我太饿，在那里垫补了一下，所以耽误了点儿时间。这是给你和那位师父带的。"

宝石痴道："你怎能只顾自己吃，不管别人饥饿？"

宝石迷道："太多了不好拿，我怕不够你们吃，所以就在那里先吃了。那位师父呢？"

宝石痴道："在那边打坐。他不让我们惊动他。"

宝石迷把夹着肉的饼递与宝石痴，说道："别等他了，你先吃吧！"

宝石痴狼吞虎咽地吃起来。

约莫过了半个时辰，法显打坐完毕回来。月光下，他看到只有宝石痴一人躺在那里。他心想，宝石迷怎么还没回来，别出了什么事？他来到宝石痴跟前，问道："宝石迷怎么还没回来？"但没有回声，他以为宝石痴睡着了。但当他仔细地看了看宝石痴时，吓了一跳。宝石痴头耷拉在地上，手里握着一块夹肉的饼，嘴上有血迹。法显把手放在他鼻前，他已停止了呼吸。法显又摸了摸他的脉搏，脉搏已停止了跳动。法显看了看周围，旁边的椰子叶上放着几块饼，但宝石痴的包裹不见了。法显一下子明白了，叹了口气道："阿弥陀佛，罪过，罪过！一块石头，断送了一条性命。人心叵测！"

法显心中烦乱，无法入睡，天刚破晓，便离开破庙往宝石城去。

法显来到宝石城，宝石城不大，仅有两条主要街道。两条街道上几乎没有别的店铺，全是宝石商店。宝石斑驳灿烂，光彩耀眼，海蓝宝石、尖晶宝石、月亮宝石、星斑宝石、金绿宝石、猫眼石、黄玉石……

法显在宝石城住了一宿。次日，他离开宝石城，前往苏摩那俱多山。一日，他经过一座山，山下有许多人正在开采宝石。他们浑身都是泥土，犹如泥人一般。有一条长长的坑道，一些人在用镐掘土，一些人在用锹往箩筐里装沙土和小石子。箩筐装满后由一个人传给另一个人，一直从坑内传到坑口。坑口上的人把箩筐运到一条小溪边。溪边有一些人在那里专门负责淘洗沙土。他们把沙土倒进一个带有小孔的大箩筐里，用大罐装水，冲去箩筐内的沙土和小石子。箩筐内仅剩下大一些的石头。然后，他们把它倒到一边，挑宝石。法显看他们淘了五筐都没有淘到一块宝石，对一个人说道："宝石虽好，但却来之不易。我看了半晌，你们却连一块宝石也没淘到。"

那个人道："当然不那么容易。要是筐筐都有宝石，那宝石也就不值钱了。"

另一个人道："和尚，你也行行好，为我们祈祷祈祷，让我们下辈子别这么受苦！我三十年来起码采到三百块宝石，自己却连一块也没有，到头来仍穷得叮当响。"

法显问道："你采的宝石到何处去了？"

"那个人道："都被'鲨鱼'吞掉了！"

法显问道："怎么会被鲨鱼吞掉？"

那个人道："'鲨鱼'就是我们那个混蛋矿主。他比鲨鱼还要凶残！"

一个人阻止他道："得了，你少说几句吧！"

那个人道："怕什么？我站着一根，躺倒一条，有啥好怕！"

法显问道："他没有分些宝石与你们？"

那个人道："分些宝石与我们？他自己还嫌少呢！我们整天累死累活为他开采，仍说我们采得少，心比炭还黑！"

法显道："那你们何不另找地方开采？"

那个人道："另找地方？方圆一二百里都是他的地盘。别说开采，就是拣一块宝石也不行。两年前，有一个人路过这里，当时这里尚未开采，他捡到一小块红宝石，高兴得手舞足蹈。但这事被'鲨鱼'知道了。'鲨鱼'带着一帮狗腿子，抓住他，向他要那块宝石。他说：'这块宝石是我从地上拣到的。''鲨鱼'说：'这地是我的，

第三十四章 不贪浮财

宝石是我地上的,当然宝石也是我的,交出来!'那个人死活不给他。'鲨鱼'手下的人对他拳打脚踢。他被逼得没有办法,把宝石塞到嘴里吞下去。'鲨鱼'更加气急败坏,恶狠狠地说:'给我狠狠地打!'狗腿子们一齐上,你一拳我一脚,把那个人活活地打死了。'鲨鱼'还不放过他,命令狗腿子剖开他的肚子,取出宝石。'鲨鱼'拿着宝石扬长而去。你说,他缺德不缺德,凶残不凶残!"

法显双手合十,说道:"阿弥陀佛,宝岛之上竟也有此等事情!我本以为罗刹早已灭绝,想不到尚有余孽。"

他们正在说话,过来一个监工。监工用手里的鞭子指着采石工,喝道:"快干活,别扯淡!"他又转向法显说道:"你是哪儿来的和尚?快走!这里不是施舍院。"

法显道:"贫僧只是在此观看,并无他意,施主何必动怒。为人应多做善事,否则,死后将会受到报应!"

监工厉声道:"你快滚!否则,你现在就会受到报应!"说着,便举起鞭子向法显跑来,但脚下一块石头绊了他一下,他摔了个大马趴,采石工们哈哈大笑起来。监工摔得鼻青脸肿,腿也摔伤了,躺在地上嚎嚎叫,但谁也不理他。法显笑着离开了那里。

第三十五章　泛海回国

法显西行记

第三十五章 泛海回国

　　法显回到摩诃毗诃罗精舍，频婆裟罗长老和其他僧人围着他问长问短。法显给他们讲述了旅途见闻。

　　法显在摩诃毗诃罗精舍抄写《杂阿含经》和《杂藏经》，翌年七月抄写完毕。他感到一种满足和喜悦，自己游历的目的已经达到。他在狮子国逗留了近两年，无时不在思念故土。他想在有生之年把自己所求得的经籍翻译出来，并在华夏弘扬戒律，强烈的使命感和思乡之情驱使着他回归故土。他打算由水路回国，但这里离码头太远，无法联系船只。他于七月底动身前往码头，频婆裟罗长老派两名僧人送他，他与频婆裟罗及僧众洒泪而别。

　　法显来到塔来曼纳尔码头，在附近一座小寺院内住下。那两位送他的僧人回摩诃毗诃罗精舍。法显每日都到码头去打听有无去晋地的船只，但每次都扫兴而归。一日，一位商人告诉他，他们不日将乘船到耶婆提国去，他若愿意，可搭乘他们的船。法显心想，一时半会难以找到直接去晋地的船只，与其在此坐等浪费时日，不如先去耶婆提国再做打算。于是，他决定搭乘去耶婆提国的商船。

　　八月十二日，商人们把货物装上船，法显把经卷及随身物品也搬到船上。这艘船舶二十余丈长，七丈多宽，由冷杉木造成，只有一层甲板。甲板下有八十个小舱，每个小舱可容纳一个商人及其货物。中间有一大舱，可容纳百人，法显就住在大舱内。甲板上有一舱，供水手使用。船头有栏杆，供人们站在那里观察海情和欣赏海景。船上有四桅四帆，主桅足有七八丈高。

　　次日辰时，商船起航，两条小船牵引着大船。大船后系着一条小船，此乃救生船。大船上共有二百余人。大船离开码头后，前面的小船即离开大船返回码头。大船拉着小船向南行驶，继而向东。法显来到甲板上观看海景。大海一望无际，白色的海鸥在碧绿的海面上飞翔，时而击水，时而腾空而去。不时还有鱼儿跃出海面。此时正值西南信风末期，船借风势，向东疾驶。船两旁激起的两道水浪犹如两条白龙。天就像是一口蔚蓝色的大锅罩在水面上。水天相接，分不清哪里是天，哪里是水。法显略感眼花，便回到舱内。

　　法显的檀越名叫达吉纳，是位珠宝商，四十来岁，中等身材，体态略胖，头发斑白，皮肤黝黑，乐善好施。他的舱内放着宝石、珍珠、龙涎香、乳香等货物。他带着一名仆人，主仆二人在舱内歇息，看守货物。

　　东行第三日，达吉纳来到大舱看望法显，法显正在打坐。达吉纳同别人聊天等他。法显打坐完毕，达吉纳来到他跟前，说道："法师，感觉如何？"

法显打个问讯，说道："承蒙施主关照，感觉尚好。若不是你帮忙，我还不知何时才能离开狮子国。"

旁边一个旅客说道："师父，偌大年纪坐海船仍安然无恙，实在难得。师父高寿？"

法显道："七十有八。"

那个人惊讶地说道："七十八岁了！看上去却像六十八岁。"

法显道："六十八岁已不再属于我了。我若再年轻十年，将在天竺游学更长时日。"

达吉纳道："你已游学十余年，学得够多了，还学什么？"

法显道："知识犹如大海，浩瀚无边。我之所学仅似一滴水珠，要学的东西，要做的事情多着呢！只恨我所余之日不多，所以得抓紧时间回去以偿夙愿。"

达吉纳叹息道："可惜金钱买不到寿数，否则我可用金钱为你多买几年阳寿。"

法显和旁边的人都笑了。法显道："施主的心意我领了。你的金钱虽不能为我买到阳寿，但可疏财于穷苦之人，施舍于急需之辈，多做善事，广积阴德，为自己多增阳寿。"

他们正在闲聊，忽然船摇晃起来。甲板上传来嘈杂声。达吉纳让大家不要惊慌，他上去看看。他回来后告诉大家，起风了。风掀起大浪，摇晃着船身。舵师命令收起中桅各帆。风越来越大，船摇晃得越来越厉害。夜间，风刮得更大了，吹折了船尾部的桅杆。甲板上已进水，舵师命令大家用罐子、盘子等器皿把水舀出去。众人一起动手，法显也用澡罐往外舀水。达吉纳抓住他的手说道："法师，你上了年纪，外面风大，小心着凉，进去吧，让年轻人干。"法显仍坚持要干，但几个人硬把他推进舱内。法显坐在舱内祈祷观世音菩萨保佑商船平安无事。四周一片漆黑，海浪汹涌澎湃，船帆已被全部放下，船在海面上犹如一片枯叶，随波漂荡。

次日，气候更加恶劣，除了狂风之外，还下起了暴雨。大海和天空成了混沌世界。整个海面泡沫迸溅，如沸腾一般。

船身摇晃得十分厉害，许多人头晕、呕吐，法显也在其中。他用拇指用力掐合谷，但无济于事。此时，谁也顾不了谁。身体不适者在呕吐，身体强健者在甲板上冒雨排水。

白天，雾雨交加，见不到太阳；夜晚，一片漆黑，看不到星星、月亮，无法辨认方向，不识东西南北。船在海面上随风而转。

第三十五章 泛海回国

第三天，雨停了，但风没止。一个接一个大浪冲击着商船。

忽然，从一个舱内传出了嚎叫声："不好了，船漏水了！"人们听到喊声，乱作一团。有人在把漏水舱内的货物搬到另一个舱去，有人脱下上衣堵口子，有人在收拾自己的细软，有人在往甲板上爬。法显把一件袈裟递给堵口子的人，口子虽被堵住，但仍在往里渗水。隔了两个时辰，另一个舱也开始漏水，人们更加慌乱了。水越积越多，不少人把货物搬到甲板上。船身在下沉，船上一片恐慌。十多个人见势不好，携着细软登上小船。小船虽然摇晃得厉害，但它毕竟没有漏水，无下沉危险。达吉纳拉着法显道："法师，大船要沉，快点儿，随我上小船！"法显镇定地说道："施主，你走吧，我不走！我历尽千辛万苦为的是求取经律。既已求得，我怎能弃它而逃生？若失去经律，即使我幸存于世，又有何益？我将与经、像共存亡！"达吉纳及其他商人正在争先恐后地想上小船，小船上的人恐来人太多，小船承受不了，慌忙砍断绳索。小船摇摇晃晃地离开了大船。一个大浪把小船冲到浪尖上，离海面两丈多高，然后小船又跌入浪中。须臾，小船又被浪冲了上来，然而它就在大船上的人的眼皮底下翻了。小船上的人招了几下手消失了。大船上的人原先为自己没能登上小船逃命而遗憾，现在却为自己没到小船上去而庆幸。他们叹息地说道："本想先逃命，却先葬身于鱼腹！"有的人甚至说道："他们争着去送死！"

达吉纳等见逃生无望又回到舱内。大家都很紧张、害怕，有人哭了起来。船里的水越来越多，船在不断下沉。狂风不止，船任风摆布，船上人的生命危在旦夕。许多人围着舵师，希望他能拿出主意，拯救众人。舵师踌躇半天，毅然说道："我们不能坐着等死，得想法死里逃生！虽然死神在向我们招手，但在未进死神的门以前，总还有生存的希望。现在船在下沉，我们首先得减轻船的载荷。为保证生命，大家须把粗笨的货物弃入海中！"

人们把盆盆罐罐和大部分粮草投入水中。法显把水瓶、澡罐及其他重物也都丢弃到海里，他担心商人们扔去他的经、像，站在经、像旁祈祷观世音菩萨和丧命于途中的侣伴们保佑他："大慈大悲的观世音菩萨，保佑弟子平安无事。弟子万里迢迢，西行求法，历尽艰辛方取得经卷、佛像。回到晋地，弟子将大力弘扬佛法。愿菩萨保佑我到达所期之地。归命晋地道友，你等壮志未酬一命归天，我法显定要完成你等的宏愿，但愿你等在天之灵保佑经、像完好，保佑我平安抵达晋地……"

法显祈祷不止，一个商人指着法显的经、像道："这个和尚的这些破纸烂叶也该扔掉！"

法显请求道："施主，这是佛经和佛像，是我十多年的心血，比我性命还要重要，千万不可扔掉！"

另一个商人道："这些破玩意儿难道比我们的珍宝还重要？我们那么多贵重之物都已扔掉！"

第三个商人道："这些玩意儿比你的性命重要，难道也让我们搭上性命不成！"

好几个人齐声道："扔掉！扔掉！"

法显恳求他们道："诸位施主，请你们大发慈悲，高抬贵手，留下这些经、像。我祈祷佛祖保佑我等平安无恙。"

一人讥笑道："祈祷？祈祷顶屁用！佛祖要是能来保佑你，也不至于我等如此受难！"

几个人走上前去要扔法显所携的经、像。法显趴到经、像上苦苦恳求他们，但他们一个字也听不进去，仍在抢夺经、像。

忽然，达吉纳上前喝道："住手！你等怎能如此对待一个年迈和尚！我们商人爱财物，若把你等的宝物扔掉，你们可乐意？出家人无有长物，仅有经书，经书即是他们的宝物，况且他跋山涉水历尽磨难才得到这些经书。你们扔了它，于心何忍？他的这点儿东西，我想也未必有多重。这样吧，你等放下他的东西，我把我的货物再扔掉一些。我想，我随便扔掉点儿东西也比他的这些东西重。"

达吉纳说完走进自己舱内，提出两只装满香料的箱子，让仆人投入海中。他又提出两只箱子。仆人捂住其中一只道："老爷，这只箱子里是宝石，不能扔！"

达吉纳道："我知道！我们若不能活着，要它何用？我们若能幸存下来，自然还可以挣得。把它扔掉！"仆人含着泪把这两只箱子也扔到海里。许多人在达吉纳的感召下把不少本来舍不得扔掉的东西也扔掉了，船体向上浮起许多。

舵师命令淘出舱内积水，众人一齐动手，他们自动站成两行，用较大器皿把水传到甲板上倾入海中。他们忙活了一天，总算把水弄净。他们用衣服堵缝，但衣服常被外面的大浪冲掉，人们只好轮流在两个漏水的舱内顶住塞缝的衣服。

船在海中随风漂荡。人们难以掌握自己的命运，只好听天由命。法显显得很镇定，

第三十五章 泛海回国

然而他内心却像大海里的波涛一般上下翻腾。他倒不是担心自己的生命会遇到不测,而是担忧晋地所无的经、像会被大海吞没。从长安出发时,僧众们对他及其同伴们寄予厚望,祝愿他们能取回经律,使佛法在晋地弘扬光大。但同行者中只有他一人学有所成,满载而归。若他在海难中遭到不测,则辜负了晋地众僧,也对不起归天的旅伴。然而,他对目前的处境无能为力,只能祈祷诸神保佑。

大风刮了十三昼夜,把商船吹到了一个岛边。此乃裸人国(今印度的尼科巴群岛),岛上居民无论男女皆裸体,女子有时仅用树叶遮住下身。很久以前,此岛人也穿衣服,但后来因受到佛陀的惩罚而不能穿衣服了。佛陀当年经过这里时,解下衣服下水沐浴,当地土著人偷走了他的袈裟。佛陀十分生气,诅咒道:"以后此地若有穿衣者,必烂其皮肉!"自此,当地人均不能穿衣服,寸布沾身,身上必起疮生毒,因此男女皆裸体。

船靠岸后,人们登岸散心。法显听说岛上人皆裸体,遂留在船上。许多当地人拿着椰子、芭蕉、龙涎香、竹器等物来与商人们交易。当地人最喜爱铁器,但商人们所带的铁器大多被扔进大海,他们只有用一些小东西与当地人交换食物。

次日,风息,潮退,水手们开始补船。他们把生石灰和切碎的麻头混合在一起捣烂,加入树脂,制成油灰,抹入漏处。船补好后,他们又修复了被风折断的桅杆。

裸人国不生谷物,当地人仅以鱼虾、椰子、芭蕉、山芋等为食。船上无法补充粮食,仅增添了些当地人的食物,又加了些淡水。

两天后,商船又扬起帆继续航行。大舱里,几个年轻人津津有味地谈论着裸人国。一个人道:"他们身上一丝不挂,走起路来大摇大摆,毫不害羞。女人的两个大奶子一甩一甩的,哎哟……"他蹙了蹙鼻子,摇了摇头。

第二个人道:"一个女人老盯着我,我也注视着她。后来,她不好意思地蹲下了。"

第三个人道:"这里的女人比我们那里的女人白,她们走起路来屁股一扭一扭,挺有韵味。"

第二个人道:"可惜在岛上待的时间太短,要不也可以多享享眼福。"

第一个人道:"要是时间长啊,你早把老婆忘了。"

法显听不下去他们的谈话,来到甲板上。海风凌厉,似乎太阳也显得无力。大海茫茫无际,无法辨认东西南北。船长仅靠日月星辰指挥航向。

一日上午,法显在甲板上突然发现水中有一物在往商船游来,水中冲起一条水浪。他不知何物,问站在他身边的达吉纳。达吉纳告诉他,此乃鼍。刚说完,达吉纳慌忙去告诉船长。船长立即命令船转向另一方向。鼍消失后,法显问达吉纳:"为何见了鼍要转向?"

达吉纳道:"鼍、鼋及其他水中怪异之物常能使船毁人亡,它们或把船撞个大窟窿,或把船撞翻,所以见到它们都得躲避,犹如躲避海盗一般。"

"海盗?这里可有海盗?"法显问道。

"有。亚齐头一带常有海盗出没。若遇上他们,不但财物一空,就连性命也难保全。为了避免海盗袭击,我们现在正绕道而行。水中可不比陆地,既要防海盗水怪,又要防暗礁伏石。我们这些泛海商人,只要上了船,就把脑袋系在裤带上,随时都有葬身于大海的危险。有些人眼红我们所赚的钱财,而见不到我们含辛茹苦。"达吉纳感慨地说道。

法显道:"上次多亏施主搭救,不然这些经、像万难保全。"

达吉纳道:"为人处事'义气'最重要。我既然帮你,就要帮到底。"

法显很感激达吉纳,本想说几句感谢的言语,但他又觉得此时说什么都是多余的,仅微笑着向达吉纳点了点头。

忽然,天空乌云密布,刮起了风,下起了雨。水手们又控制不了船的航向了。海深无底,无法下锚,船又随风漂荡。夜里,四周一片漆黑。大浪相搏,泡沫迸溅,海面处处都像着火,人们纷纷从舱内出来观看"海火",无不感到惊奇。有人甚至担心木船会被"海火"烧着。

两日后,风停,雨止,但天却仍阴沉沉的。舵师无法辨认方向,只好主观测度,致使船驶向了相反方向,本应往东南,但却驶向了西北。一天夜里,天空出现了星星,舵师找到了北斗星,发现方向谬误,立即命令调转船头,驶向东南。船上的食物和淡水已不多,大家竭力节水缩食。商船在大海里与惊涛骇浪搏击了九十日才来到耶婆提国。它穿过巽他海峡,抵达耶婆提国码头。

法显西行记

第三十六章　摸头犯忌

商船靠近码头时，下起一阵尘雨，到处一片灰蒙蒙的。人们躺进舱内，甲板上、桅索上落了一层尘土。尘雨过后，船缓缓靠岸，商人们开始下船。此时，人们的心情各不相同。有人庆幸自己度过了一场灾难，有人为丢弃了一些贵重财物而惋惜。法显则为自己保全了经、像而感到高兴，他再次向檀越达吉纳表示谢意，说道："承蒙施主厚爱，贫僧才能平安抵达这里。日后我将多多为你祈祷，祝愿你财运亨通、全家安康。"

达吉纳道："法师不必客气，出门在外，谁都会遇到难处，相互关照，乃是应该之事。你打算在何处落脚？"

法显道："我想找座寺院栖身。"

达吉纳道："这里婆罗门等外道兴盛，而佛教微不足道，要想找寺院恐怕比较难。不如你住在我一位朋友家，他也是位商人，一则你打听去支那的船只方便，二则你有难处他还可以帮助你。"

法显道："好倒是好，不过太麻烦你了。"

达吉纳道："与人方便就是与自己方便。我这个人就是爱帮忙。"

达吉纳雇了两辆牛车拉着他的货物和法显的经、像及行囊离开码头，来到客栈。他让仆人看管货物，领着法显去找他的朋友。

达吉纳的友人名叫阿努，是位白檀香商人。达吉纳常到此岛来做生意，故而结识了他，他家五口人——阿努夫妇和三个八岁以下的孩子，六间茅屋。达吉纳和法显来他家门口时，孩子们正在门外玩耍，他们见到有人来，忙跑回家去。不一会儿，阿努走了出来，见是达吉纳，异常高兴。法显端详了一下阿努，他四十来岁，身材不高，面容黝黑，形貌丑陋，赤膊光脚，头发蓬乱，腰系一条宽布巾，其上又系一条窄布巾。腰间插一把木套短刀，刀把上刻着人形鬼面像，嘴里嚼咂着槟榔。

达吉纳拉着阿努的手来到法显跟前，说道："这位是支那僧人法显法师，他打算从这里坐船回国。但在这里他人生地不熟，我想让他在你这儿打搅几天，一旦有船，即可离去。"

阿努道："多住几日也无妨，只是寒舍简陋，委屈了他。"

这时阿努的孩子们从屋里跑出来，一个抱住达吉纳的腿，一个拉着法显的手，还有一个小不点儿怯生生地站在一旁观看。

法显亲切地摸了摸孩子的脑袋。忽然，阿努从腰间拔出短刀，恶狠狠地朝法显刺来。达吉纳慌忙抓住他的胳膊，说道："阿努，你这是干什么？不让他住就罢了，为

第三十六章 摸头犯忌

何要出刀伤他?"

阿努还要去刺,无奈达吉纳死死地拉住他不放,法显感到莫名其妙,心想:这里的人对客人如此无礼!或许因为我是和尚,他们容不得。但只要说明白了,我会立即离去,何必要来杀我?他自觉心中无愧,站在那里一动不动。

阿努一边挣扎,一边说道:"我一定要杀死他,否则,我在世上则无法做人!"

达吉纳劝说道:"你消消气,有话慢慢说。他虽是个和尚,但对你也不会有何妨碍。你这样对他,岂不是不给我面子?"

阿努气愤地说道:"什么和尚,丧门星!我一定要杀死他!"

达吉纳生气地说道:"你为何如此鲁莽,究竟为了何事?"

阿努道:"为了何事!你没见他摸我孩子的脑袋?"

"啊?"达吉纳惊得目瞪口呆。他刚则正同抱着他腿的孩子说话,委实没有注意到。

法显这才明白阿努为何对他发这么大的火,但他不明白抚摸孩子的头为什么使阿努恼火。

隔了一会儿,达吉纳道:"阿努兄弟,他是个外地人,不懂此地风俗,宽恕他吧!"

阿努道:"什么都能宽恕,唯独这一条不能宽恕!"

达吉纳道:"俗话说:'不知者不罪。'他无意中触犯了你,你怎能这般对他!"

达吉纳转向法显道:"法师,当地人最忌摸小儿的头,也怪我事先没有向你说明,你向他认个错吧!"

法显心想各地有各地的风俗,既然自己冒犯了他,理应向他赔礼道歉。他向阿努躬身说道:"施主请息怒。在支那,抚摸孩子的脑袋乃爱抚之意。贫僧不知此地另有规矩,实在无心冒犯你。这都是我的过错,还望施主见恕。"

阿努"唉"了一声把刀插入木套里,半天没有说话。

达吉纳道:"阿努兄弟,我们告辞了。"

阿努似乎突然省悟过来,"你们来找我,还没进家门,怎么就要走?"

达吉纳道:"今日给你带来不快,我们就不再打搅了。"

阿努道:"刚才是我粗鲁,请老兄不要介意。这位师父,我刚才失去了理智,对你无理,还望海涵。"

法显道:"经一事,长一智。以后我就不会因此事再冒犯别人。只要你不计较,我心中就踏实了。"

阿努道:"走,进去吧!"

达吉纳见阿努已经消气,就与法显一起进了阿努的家。阿努的妻子正在淘米,见到客人点了点头,笑了笑。她跟阿努差不多高,虽然黑,但样子颇秀气。头上扎着椎髻,腰间围着长巾,赤裸上身。法显不好意思多看她一眼,低头走进屋里。屋内地上铺着花席,达吉纳和阿努盘腿而坐,法显也学着他们的样子坐到席上。室内无床、桌、椅、凳。

阿努问达吉纳:"你这次能在这儿住多久?"

达吉纳道:"我的货出手后,采购些玳瑁、胡椒、白檀香等就回去。"

阿努从腰间的窄布巾内取出槟榔扔入嘴里,一边嚼咂一边道:"在这儿多住些日子吧,到其他岛上去走一走。"

达吉纳道:"这次不行。下次来我一定多待几日。法师,我该走了。"

阿努道:"那怎么成!起码得吃了饭再走。"

达吉纳道:"好吧。噢,阿努兄弟,法显法师吃素。"

阿努出去吩咐妻子。

隔了半个时辰,饭已做得。阿努的妻子先把法显的素菜放在法显面前。饭与菜均用树叶盛放。一叶米饭,一叶煮山芋,一叶生黄瓜,一叶绿豆粉。然后,她又在达吉纳和丈夫面前放上饭菜。一叶米饭,一叶蒸鱼,一叶蒸蛇,一叶烤蚯蚓,一叶烤蚂蚱,旁边放了大半碗酥油。法显看了一眼就再也不敢看,阿努和达吉纳用手撮食。阿努家有一条狗,它进来坐到阿努面前,与他共食叶中之餐。法显虽然挺饿,但因看了他们的食物,就再也吃不下去了,勉强咽了几口。

阿努出去拿水果。达吉纳对法显说道:"法师别介意。这里的人,鱼、虾、蛇、蚓、蛆、蚁等无所不食。我也吃不惯,只是应付而已。我看你没吃多少东西,你要在这里过上些时日,可不能这样。"

法显道:"我十多年来已学会了'入乡随俗',施主请放心。"

达吉纳道:"这里的人很强悍。据说,古时候,这里有一个青面獠牙绀发红身的魔王。他与水怪罔象交欢,生下一百余个儿子,他们常吃人,这里的人几乎被他们吃光。有一日,忽然打起了响雷,惊天动地,震裂了一块石头,从中蹦出一个人来,那个人勇猛过人,人们拥他为王,他驱逐了魔王及其后代,使人民免受其害,安居乐业。

第三十六章 摸头犯忌

这里的人大多是那个国王的后代,所以粗犷强悍。"

法显听了达吉纳讲的故事笑了笑。这时,阿努端着椰子、甘蔗、芭蕉等进来。吃完水果,达吉纳告辞回客栈。临行时,他对法显说道:"法师,我一会儿让人把你的东西送来,你就别去了。"他又对阿努说道:"法师就拜托给你了,请你多关照。"

阿努道:"放心吧,我会好好照顾法师的。"

达吉纳走后,法显对阿努说道:"施主,请你帮我打听一下,看有无到支那去的船舶。"

阿努道:"明日我就去打听。"

天黑后,阿努带着狗睡觉去了。这里的狗,白日与人共食,夜晚与人同寝。法显坐在一棵椰子树下打坐。

第二天上午,法显去赶街,一则想打听有无去支那的船只,二则想看看当地的风情。

街上女人居多。卖东西的大多是女人,买东西的大多也是女人,她们在交易白檀香、玳瑁、金刚子、大米、芝麻、绿豆、芭蕉、椰子、甘蔗、石榴、马、牛、羊、鹦鹉等物。因集市上成了女人的世界,法显觉得不太方便,便返回阿努家。

三天过去了,但法显和阿努都没有打听到近期有船去支那。法显想,与其在此坐等,不如到别处去看一看。他对阿努说道:"施主,我想到岛上其他地方去走一走,找船的事拜托与你,你看如何?"

阿努爽快地说道:"可以。你要是不到外地去看一看,岂不枉到耶婆提国来一趟!放心地去吧。我估计最近三四个月没有船。"

法显把行囊、经、像寄托在阿努家,仅带着换洗衣服和钵盂。

十一月下旬,天气依然很热。耶婆提国长年炎热如夏,花草树木繁盛。人们的茅屋大多隐护于树林之中。这里稻子一年两熟,绿油油的水稻长势喜人。由竹筒连接成的小溪和一块块稻田形成纵横交错的网络。白天,五彩缤纷的蝴蝶漫天飞舞,夜幕降落,无数萤火把稻田和小径照得通亮。甘蔗地里,一根根甘蔗犹如一株株高耸的毛竹。男子们除了睡觉,行走坐卧无不嚼咂槟榔。

一日,法显看到街头围着一堆人。他好奇地上去看了看,只见地上立着两根各三尺长的木杆,两杆相距二尺,两杆之间悬挂着一幅画:一个三头五足的水怪,张着血盆大口，扑向十多个惊慌失措仓皇逃命的人。一人盘腿坐于面前，绘声绘色地讲述画中故事，听者个个神情紧张。他又换了一幅画：水怪脚下踏着两个人，手中抓着一个人的胳膊和腿在吞食。那个人时而说，时而唱。听者中有人叹息，有人落泪。他又换了一幅画：一个巨人，手中提着水怪的腿，似乎要把水怪撕开。那个人又讲述起来，听者脸上呈现出欣喜的笑容，有时还发出笑声。那个又说又唱者乃民间艺人，他正在用当地土话讲述故事。法显听不懂，但他从听众的神情看出，讲画乃是老百姓喜闻乐见的艺术形式，犹如晋地的平话。由于他领略不了故事的真正意趣，便离开了那里。

　　天很热，法显感到口渴。前面有一些棕榈树，树下一人正在编席。他上前讨水。那人看了看他，从树上取下一只铜碗递与法显。碗里是红色的液体，有点儿像血，法显没敢接。那人端着碗等他半天，见他不接，不耐烦地说道："你不是渴吗，喝吧！"

　　法显犹豫地说道："这是……"

　　那人说道："这是树汁。不但解渴，还能治病。"

　　法显往树上看了看。放碗的地方，一根被截断的树枝正在往下滴红色的树汁。他接下碗，但没有立即喝。他想，这汁是血，虽不是人血，但却是树血。树被砍伤，流出血来，也实可悲。他本不想喝，但又口渴难忍，遂把碗送到嘴边，闭上眼睛，一饮而尽。他感到香甜清凉，把碗递与那个人，说道："多谢施主施予甘美树浆。刚才，施主说它能治病，敢问能医什么病？"

　　那个人道："可治肺痨和脾脏病，亦可治浮肿病。"

　　他把铜碗又放回原处。

　　法显辞别那人，走进一片树林，挺拔的椰子树、高耸的棕榈树、翠绿的乌木树、郁苍的檀香树……给人一种清新之感。树上不时可见小猴在戏耍，五六只小白猴在树上跳来跳去，它们如猫儿大小，浑身雪白，样子十分可爱。法显站住观看，突然，他发现一棵树上趴着一只巨虾，四尺来长，须子三尺许，两只前足二尺余，犹如两把'大钳子'。法显心想，虾都长在水中，怎会爬到树上？不知此是何种怪物。他感到奇怪，担心会被它咬一口，便匆匆离开了那里。他正在林中急走，突然两只白鹿从他面前跑过去。它们刚跑不远，又停住向他张望。法显只见过褐鹿和花鹿，从未见过白鹿，于是往它们跟前走了走想仔细看看。小白鹿见他朝自己走来，撒腿就跑。法显只顾看鹿，没在意触到了一棵树的枝条。几根柔软的枝条立即向他扑来，缠住了他的左手。他用

第三十六章 摸头犯忌

右手使劲扒拉，但怎么也扒拉不下来，反而右手和整个身体都被枝条缠住。他用力挣扎，但越挣扎枝条卷得越紧。他难以脱身，心中着急，脱口喊道："救命啊！救命啊！"但四下里却无应声。这时，树枝开始分泌出胶，把他牢牢地粘住。他说了声"我命休矣！"闭上眼睛，站着等死。

法显被树枝牢牢缠住，动弹不得。他感到一阵心酸，心中说道："我法显万里迢迢前来求取经律，经历无数艰难险阻，想不到今日却被这株树缠住，葬身于树林之中。一切都将成为泡影，可惜我的经卷无人送往晋地。如来在上，请遣一大慈大悲之人将经卷带往晋地，弟子死而无憾。"他正在心中念叨，只听耳边响起"唰，唰，唰"之声。他睁开眼睛一看，原来是一个三十来岁的人正在用腰刀砍枝条。枝条被割断后，他拉着法显离开那棵树，又把粘在法显身上的枝条一条一条往下拉。法显的袈裟被扯破。有的枝条已粘到法显的肉上，寒毛甚至肉皮也被拉了下来。法显虽然感到疼痛，但却非常感激他，向他深施一礼，说道："多谢施主救命之恩。"

那个人道："区区小事，不足挂齿。不过，再晚一点儿，你将性命难保。"

法显问道："这是什么树如此厉害？"

那个人道："此树名为奠柏，能吃人。你别看它的枝条很柔软，样子显得十分温顺，但人若到了它们手里就难以脱身。它们不仅把你牢牢缠住，而且吐出胶把你粘住，然后慢慢地把你吃掉。"

法显感慨地说："想不到世上竟有吃人之树，真是世界之大无奇不有。施主，刚才我见到树上有一种怪物，像虾一般，但却有四尺来长，那是何物？"

那个人道："那是旱虾。它生活在树上，既不吃草，也不吃虫，专门躲在树上捕食小鸟。若用刀砍它的甲壳，会流出鲜红的血来。"

法显问道："施主，敢问你尊姓大名？"

那个人道："我叫巴登阇利。"

法显道："幸亏施主经过此地，否则我便成了林中之鬼。"

巴登阇利道："我听见有人喊叫，慌忙赶来。是师父福大命大造化大，否则也不会有这等巧事。"

法显辞别巴登阇利，继续前行。

第三十七章　险葬鱼腹

法显西行记

第三十七章 险葬鱼腹

翌年三月，法显回到阿努家。阿努及其妻子都很高兴。阿努道："四月有船去广州，我朋友贾斯廷也去。他是位富商，而且在商界颇有名望。我已同他谈妥，你可随他去广州。我正不知到哪里去找你，可巧你就回来了。"

法显道："你曾说过，三四个月之内无船去支那，我就按照这个时间回来的。可否抽空带我去见一见你的那位朋友？"

阿努道："可以。明日就带你去。"

次日，阿努领着法显去见贾斯廷。贾斯廷五十来岁，中上等身材，不胖不瘦，圆脸大眼，头发稀疏，下巴上蓄着一缕胡须。一看便知，他是位精明能干的商人。阿努向他介绍道："贾斯廷兄，这位就是法显法师，他是位博学多识的学问僧。"

贾斯廷道："久仰，久仰。法师偌大年纪还有这般炽热的追求，真乃圣僧，令我佩服之至。"

法显道："施主过奖。我乃平庸之辈，何敢担一个'圣'字。感谢施主慷慨相助，我无以他报，唯有祈祷你财源茂盛，全家安泰。"

贾斯廷道："我等打算四月十六日起航。眼下正在筹备货物及船上所用之物。"

法显问道："施主这次打算做何买卖？"

贾斯廷道："我运些香料和药材到支那去，然后买回丝绸、茶叶、瓷器等物。"

法显问道："贵国穿丝绸者并不多，买它何用？"

贾斯廷道："把它转卖与罗马等国商人。"

阿努道："贾斯廷兄是做大买卖的，不像我小打小闹。"

贾斯廷笑道："别笑话我了，还不都是为了赚钱糊口！"

贾斯廷虽然富有，但为人却很随和、仁义。法显又与他接触了几次，他们渐渐成了朋友。

法显在耶婆提国停留了五个月，于四月十六日（公元412年，夏历4月16日）登上一艘商船。这艘商船长二十丈，宽七丈，五桅五帆。船后亦拖一小船。船上二百余人，携带五十多天口粮。船向东北驶出后，法显便在船上夏坐（此乃法显西行后第十四年之夏坐）。

商船在海中航行一月有余。一日夜半，忽然刮起黑风，四周一片漆黑，一两丈高的巨浪冲击着商船。船摇摇晃晃，如荡秋千一般。水手们立刻放下帆，船在海中任凭风浪摆布。随之又下起倾盆暴雨，狂风恶雨使人担心天会塌下来，船上之人非常惊慌。法显虽然在船上经历过一次磨难,但这一次比上一次有过之而无不及,他也有些害怕,担心船会被风浪打翻,或被暗礁撞碎。他一心念观世音菩萨和晋地众僧保佑这艘岌岌可危的船化险为夷,保佑他平安无事。

挨到次日天明,黑风暴雨仍不止,船在水中如落叶一般被浪冲来冲去。许多人感到头晕恶心,法显也呕吐了两次,他毕竟已经七十八岁高龄,比别人更难受。然而他的意志并没衰老,他顽强地抵抗着体内的不适。他耳边不断响起人们埋天怨地、悲观失望的话语和唉声叹气的声音,但他却一声不吭,默默地忍受着。经过十多年的风风雨雨,他得出一条结论:人,不管遇到什么险情,只要有一线希望,就要坚持下去。只要坚持,就会有希望。他旁边坐着一个三十多岁的人,流着眼泪对他说:"想不到我这般苦命。第一次出海做生意就遇到如此险境。我本以为会一帆风顺,能赚笔大钱。没料到,钱还没赚到,就遇到了海难,说不定还要搭上一条命。我的妻儿还在家等我,要是没有我,他们如何活下去?我要是你就好了,无妻无子无牵挂。唉!"

法显看到他那难受而又伤心的样子,心里很难过,劝他道:"这位施主,不必太伤感。天阴自有天晴时。隔天就会风平浪静。"

这时,一个大浪打来,船被掀起三四尺高,差点儿被浪打翻。那个人道:"我们不知哪辈子作了孽,遭此大难!我看,迟早要葬身于鱼腹。"

法显道:"我佛慈悲,会保佑我等平安无事。"

这时,一些婆罗门在三三两两地议论什么。由于声音小,法显听不清他们说些什么,但从他们的表情可以看出,他们是冲着他的。他装作没看见。忽然,一个面带凶相的婆罗门站起身来,横眉立目地指着法显对众人说道:"诸位,我们所以遭此大难,就是因为船上有这个比丘。他妨得我们全船人不得安宁。若不除掉他,我们都将葬身于大海!"

一个小眼睛的婆罗门,眼睛里闪着奸诈的目光,煽动道:"对,就是这个比丘使我们遭此大难。前天夜里,天神毗湿奴托梦与我,说:'因为你们船上有一老比丘,致使你们将船翻人亡。若免此难,须把他投入大海祭海神。'昨天我不以为然,夜间忽然起了黑风,我想果然应了毗湿奴的话。现在为了使我们免除灾祸,必须除去这个比丘!"

几个婆罗门随声附和。

法显听了他们的话,十分气愤,本想发作,但又转念想到,自己毕竟寄人篱下,

第三十七章 险葬鱼腹

不可造次。他压住火，说道："诸位施主，天有天之法，地有地之规。气聚而成风，水聚而成雨，风雨过后便是朗朗晴日。风云变幻，乃平常之事，怎会因贫僧而刮起这黑风，下起这暴雨？况且，我比丘从未做过伤天害理之事，向来以慈悲为怀，天神又为何要降罪于我？"

几个非婆罗门议论道："这个比丘看来很老实，这么大年纪，若把他扔到海里，未免太残忍！"

那个面带凶相的婆罗门道："你们知道狗屁！他与我们信仰不同，引起天神震怒。不能因他一人，使我们大家都遭殃！"

法显道："我们道虽不同，但贫僧从未贬低过贵教。若天神震怒，也不至于到今日。当初在我上船之时，天神就不会让我与你们同舟而行。天神是仁慈的，既然他允许我等同舟，我想，他就会允许我等同舟到达彼岸。"

那个小眼睛婆罗门道："不管怎么说，也不能因你一个人而使全船人遭殃！即使不把你扔到海里，也要把你抛到一个荒岛上。弟兄们，你们觉得怎么样？"

婆罗门异口同声地说道："对，把他扔到荒岛上！"

半个时辰后，船漂到了一个孤岛附近，这是个小荒岛。

那个面带凶相的婆罗门道："来，把这个不吉利的比丘扔到岛上！他若命大，就活下去，等人来救他，若没有那个造化，就死在这儿吧！"

船快漂到岸边时，以那个面带凶相的婆罗门为首的几个婆罗门把法显架起来。正要走，法显的檀越贾斯廷厉声喝道："慢！"

那个小眼睛的婆罗门眯着眼睛说道："贾斯廷兄，怎么了？"

贾斯廷用锐利的目光瞪着他道："他是我的客人。你们不得对他无礼！"

那个面带凶相的婆罗门道："他是不祥之人。由于船上有他，天气恶变。若不除掉他，我们都活不成！"

贾斯廷气愤地说道："我看你是不祥之人！"

那个婆罗门道："你……"这时一个大浪打来，那个婆罗门几乎摔倒。

贾斯廷问道："你怎知道他是不祥之人？"

那个婆罗门道："这只船上就他一个比丘！不是他是谁？"

贾斯廷正要说话，法显道："施主，不必因我而伤了你们的和气。随他们吧！我仅求你一件事，请你把这些经、像带到支那，交与一位德高望重的长老，让他组织有志有识之僧翻译这些经卷,使佛法在华夏发扬光大。我死不足惜,望你多珍重!"

贾斯廷坚定地说道:"法师,你放心,只要我贾斯廷在,你和经、像都会平安无事!"

法显深为贾斯廷的侠肝义胆感动,说道:"施主不必为我一人而得罪众多兄弟。你的恩情我来世再报!"

婆罗门们架着法显要走。贾斯廷拦住道:"你们要是扔掉这位比丘,那么把我也扔下去,或者把我杀掉!"

婆罗门们面面相觑,无人动手,也无人说话。波涛汹涌澎湃,声大如吼。

半天,那个小眼睛的婆罗门说道:"贾斯廷兄,你说得严重了。我们只是想扔下这个比丘,除掉祸根,怎敢对你无礼!"

几个人道:"你对我等都有过恩情,待我们如亲兄弟一般。我等怎能对你下手!"

贾斯廷道:"那么,你们把这位比丘放了!"

那个面带凶相的婆罗门道:"不能放!否则,我们大家都要倒霉!"

贾斯廷道:"要是你们把这位比丘扔下去,而我还活着,那么,到了支那,我将向支那国王告你们。支那国王敬信佛法,非常敬重这位比丘。他若知道你们把这位比丘扔到海里,一定不会轻饶你们!"

婆罗门们踌躇起来,都担心到支那后会受到冷遇或惩罚。他们不情愿地放开了手。那个面带凶相和那个小眼睛的婆罗门惧怕枪打出头鸟,也不敢再坚持。

法显双手合十向贾斯廷躬身致谢。他觉得,此时说声"谢谢",远远不能表达他的感激之情,而这一躬身,则包含了千言万语。

晚上,风小雨停,但仍是阴天,见不到月亮和星斗。舵师无法辨识方向,船只好在海里徘徊。

次日,虽然天空仍然没有完全放晴,但从云缝里露出一线亮光。舵师确定那是太阳升起的地方。这时,船又扬帆往东北驶去。

天气常常连阴,舵师判断方向常常失误。以往五十日便可到达广州,这次商船在海上航行了七十来日,仍未到达目的地。船上仅带够五十多日吃喝的粮食和淡水,他们已经节水缩食十多天了。粮食已吃完,每人所分的二升淡水也已喝光,人们开始消瘦,几个人已经病倒。那个面带凶相的婆罗门也生了病,他喃喃地说:"水,水!"但哪儿来水?不过,还真的有人把水滴到他的嘴里,此人便是法显。法显是个有心人,他没有把自己所分的水完全喝光,还留一点儿。他虽然已一天多没有喝水,但他仍舍不

第三十七章 险葬鱼腹

得喝,留着最需要的时候喝。法显把救命水滴到他嘴里,他十分感动。他咽下一口水,含泪说道:"师父,我……"法显打手势不让他再说下去。人们见法显如此宽宏大量,不计前嫌,相互说道:"这个比丘真乃圣人!"

一日,下起了小雨。他们很高兴,出来张着嘴巴等雨水,然而,所等的雨水仅够润润嗓子。后来,他们把帆放下来,铺在甲板上,让水积聚在帆里,然后把水贮藏到一只桶内,以备天晴无雨时喝。

他们虽然喝了些水,但却无食物进肚,腹内饥饿难忍。

一日,几十只海鸥飞到船上,犹如它们自己送来就擒一般。水手们抓到了几只,他们拔掉海鸥的羽毛,把肉切成小块,每人分得几块,他们生吃起来,有的人边吃边赞美:"味甘如蜜,我平生从未吃过如此鲜美的东西!"法显无法受用。他闭上眼睛,心中默祷观世音菩萨保佑他渡过难关。

海鸥虽好吃,可惜太少,难以维持他们的生命。雨水也已喝光,大家都眼巴巴地盼望着再下雨。然而,天气好像有意捉弄他们,常常阴天,但就是不下雨。一个水手从海鸥的骨头上刮下一点儿肉,把它拴在一根细长的绳子上,扔到海里。别人问他干什么,他说钓鱼。大家都觉得好笑,没有钩子怎能钓到鱼?说也奇怪,倒真有鱼自愿送死,竟钓上来一条鱼。随之,一群鱼跃出海面,像一群麻雀一般飞到船上。大家你抢我夺,抓住鱼,又有滋有味地生吃起来。

最苦的莫过于法显。他不能受用老天爷赐给这些受难者的肉食,只能默默地忍受着。他的嗓子干得快要起火,肚子饿得前胸贴后背。他感到头昏眼花,坐立不住。贾斯廷见他这般状况,十分心疼,但他自身难保,爱莫能助。他和两个人一起把法显扶到船帮跟前,让法显靠着船帮。

有几个人实在忍受不了渴魔的折磨,开始喝海水。贾斯廷劝他们道:"弟兄们,咸水喝不得!它不但不能解渴,反而会使你们失去生命。"但他们说:"你说的不无道理,但我们实在忍受不住了。"他们继续喝。

法显为了求得生存以便实现自己的宏愿,用小罐接自己的尿喝。一个人咧着嘴冲他说道:"你这个比丘,怎么如此不知洁净!"

法显缓缓地说道:"自己之尿乃自己体内之物,再回归于体内,有何不可?你啖生鱼味道如何?"

那个人被问得哑口无言。一些人也效法显之法喝起自己的尿。此时,尿也像甘露一般的甜美。

他们的艰难困苦，与日俱增，大家已不堪忍受了。他们开始失望，不信任和恶意的目光相互交织，似乎彼此想把对方吃掉。

喝海水的人都病倒了，肚子痛得很厉害，样子十分痛苦。法显想安慰他们几句，但此时此刻一切安慰的话都变得多余，都会引起极大的反感。而一滴水或一粒米，却胜过千言万语。但哪里有水，哪里有粮食？在现在的情况下，即使有草，也能嚼几口，然而连草也没有。

又过去了一天，他们终于发现了一个小岛。舵师高兴地说道："大家有救了，那里有一个小岛。小岛！啊，小岛！"

身体好的人走出舱内。他们看到小岛高兴得流出了泪水。商船往小岛驶去。

到达岸边时，波涛汹涌，冲击海岸，他们不敢登陆。他们划着船沿着岸边走，终于发现了一个小湾。他们在那里下碇，并把另一只小锚抛到陆地上。无病者和有病之人都要求下船。于是，身体好些的人扶着身体不好的人都下了船。法显一上岸便跪到地上，感谢大慈大悲的观世音菩萨把一船人救出深渊。

岛上无人居住。他们没有找到淡水，但却发现了大量椰子。见到食物，他们喜出望外。嫩椰子饮其汁，老椰子食其肉。为了填补饥饿了好多天的肚子，他们狼吞虎咽，个个都吃得饱饱的，感到身上增添了力气。大家的愁眉苦脸变得喜笑颜开。病人由于肚子里增添了食物，嗅到了泥土的香味，有了生存的希望，从而觉得病好了许多。有的人高兴得跳起来。

然而，到了晚上，他们个个都像着了魔一般，肚子疼痛难忍，胃肠如绞，似乎要爆裂。一些人捂着肚子一边呻吟一边在地上打滚，其他一些人也都呻吟不止。寂静的小岛上响起了一片呻吟声。

法显虽然不像其他人那样大声呻吟，但他脸上豆粒大的汗珠不停地往下掉。他极力咬住嘴唇，痛苦地忍受着，但仍不时地发出低微的呻吟声。

一个人一边呻吟一边叫嚷道："这个岛上一定有妖魔，使我们人人都着了魔。想不到没有丧生于水中，却要死在这荒岛上！"

商船上的人由于多日饥饿而一下子暴食岛上的椰子致使肚子疼痛难忍。隔有一顿饭工夫，他们都有出恭的欲望，个个都去解大便，之后他们立即感到舒畅。

六月底，岛上的夜晚还有些凉意。刚才，船上的人被痛苦折磨得寻死觅活，无精

第三十七章　险葬鱼腹

力他顾。现在他们才感到有点儿凉，还有蚊虫不时袭击。尽管如此，相比于多日来所受的煎熬，这个夜晚显得无比安宁，大多数人还是进入了甜蜜的梦乡。法显在打坐，他身上被虫子咬了好几个包，但他却像无事一般。

次日，大多数人都恢复了健康，他们开始在岛上到处寻找淡水和食物。

他们发现树上有许多蓝色的鸽子。说也奇怪，不论用手捕捉或用棍棒打，那些鸽子并无飞逃之意，似乎是专门送来给他们餐食一般。他们派人回到船上去拿来取火之物，捡来柴火，把打死的鸽子放到火上烤。鸽子肉很香，他们美美地吃了一顿。

法显在岛上寻找他的食物。他找到了一些小棕榈树，把树梢折下来，放到嘴里嚼咂。树梢柔嫩，味道甘美。他折了一下午树梢，准备带到船上食用。

忽然，贾斯廷在一处叫嚷道："诸位，快来看呀！"

法显和其他人都朝他叫嚷的地方聚拢来，他指着左前方说道："你们看！"大家朝他指的方向看去，一只大海龟。那个面带凶相的婆罗门道："我去把它抓住烤着吃。"

法显道："放它一条生路吧！"

那个婆罗门道："得了吧！世上万物都是你吃我，我吃你。我不吃它，就会被饿死，成为它的食物。没把你扔进海里喂它们就算便宜了你！"

法显气愤地说道："你……"

两个人拉着法显道："师父，你放心吧，我们不会打死它的。你去找你的食物吧！"

法显离开了那里。十多个人一齐动手，抓住了那只大海龟。他们发现一堆沙土上有龟爬过的痕迹，往下扒，发现了许多龟蛋。龟蛋有鸡蛋大小，但是圆的、软的。一窝龟蛋足有二百来个，他们高兴得手舞足蹈。

一个人拿起一只龟蛋，撕开一条缝，喝起来。另一个人问道："味道如何？"

那个人道："比鸡蛋更鲜美！"

其他人也都拿起龟蛋喝起来。

他们把剩余的鸽子、龟蛋和那只海龟送到了船上，尔后又回到岛上继续寻找食物。

"来人啊，这里有一条小河！"静谧的小岛上突然传来一个叫声。人们朝发出声音的地方走去。他们看到一条小河从山上流下来注入海中。河两旁长满小树，水从其间流过，清莹如晶。青山、绿水、翠树，景致颇优美。

他们从船上取来所有水桶，装满水，又把桶搬到船上。

法显也把收集的椰子和棕榈树梢放到舱内。傍晚，他们上了船。上船后，贾斯廷道："过去五十日便到达广州，而今已逾期多日，或许是我们的方向不对？"

舵师道："我也在琢磨此事。虽然我们在途中耽误了几日，也不至于这么多天还不到。"

另一个商人道："我看，我们不能再一个劲儿地往东北去，不然，我们就将到大和国（今日本）了。"

贾斯廷赞同地说道："我看也是不能再驶向东北。支那应该在我们的左边，我们向西北行吧！"

大家都同意贾斯廷的意见，于是舵师命令把船头调往西北。

商船向西北行了十昼夜，但仍没有到岸。船上的食物又快吃完了，大家都很焦急。

一人抱怨道："我看，这个方向也不对。再这样下去，我们都将饿死在船上。"

另一个人道："我们应该再往东北行驶。"

贾斯廷道："也许我们已经靠近岸了。我们再往西北走两天再说。"

第三天上午，舵师惊呼道："陆地！陆地！"大家匆忙从舱内走出来，见到陆地，个个欣喜若狂。船靠了岸。他们留一部分人在船上，一部分人上岸。

法显也上了岸。他们找到了淡水和蔬菜。法显见到藜藿菜，知道已到了晋地，心里激动万分，鼻子一酸，涌出了泪来。他跪到地上，抓起一把土吻了又吻，用汉语高声说道："我法显经历千难万险，终于回到了母亲的怀抱！"说完，便痛哭流涕。

商人们议论道："他说什么？他怎么了？"他们哪能理解法显此时的心情？他成功了！他的成功来得何等的不易！他的泪水里包含着对艰辛的回味和成功的喜悦。

贾斯廷来到法显跟前，问道："法师，你怎么了？这是什么地方？"

法显拭去泪水，说道："我们已到了支那。但我尚不知是何处。"

四处无人，也无村庄。商人中有人说还未到广州，有人说已过了广州，莫衷一是。

法显西行记

第三十八章 荣归故土

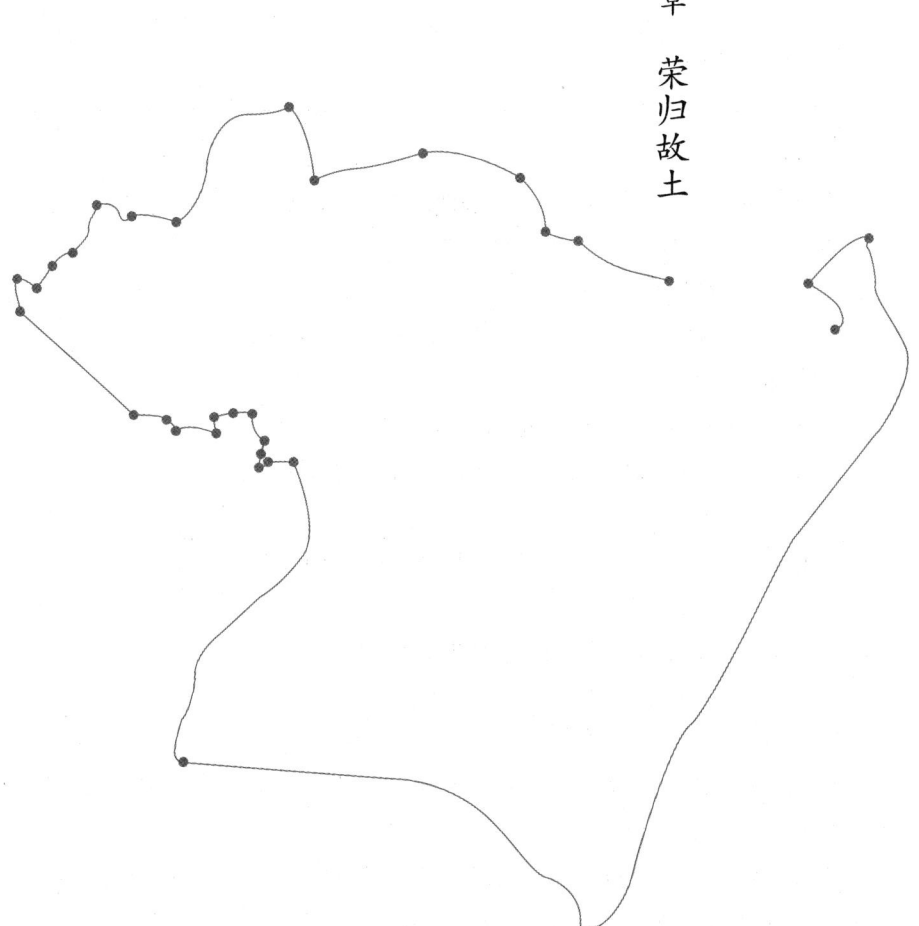

六名水手乘小船顺一条小河去寻人问路。

隔有一个时辰，六个人带回来一胖一瘦猎人。两人嘴里骂骂咧咧："你们这些黑炭，抓我们干吗？海盗！"但商人们的耳朵都成了装饰，只有法显听得懂。虽是骂人的言语，但他听到汉语却感到十分亲切。

贾斯廷问法显："法师，你听得懂他们的话吗？"

法显道："听得懂。"

贾斯廷道："那请你问问他们这是何处。"

法显点头答应。

两个猎人听不懂他们在说什么，以为他们在商量如何害自己，对法显等人怒目而视。

法显先安慰他们道："二位不必害怕。这并非是海盗船，而是商船，因迷航来到了这里。"

胖猎人问道："既然不是海盗，为何要把我们抢到这里？"

法显道："并非是抢你们，而是把你们请来问路。"

瘦猎人道："请？有这等请法！"

法显道："因他们不懂汉话，说话你们不明白，所以就硬把你们带来。望二位见谅。"

瘦猎人问道："你是何人？"

法显道："我乃是去天竺求经的僧人，名叫法显。你们是何人？"

他们心中对法显等人仍怀有疑虑，说道："我们俩也是佛的信徒。"

法显问道："你们到山中做啥？"

他们撒谎道："明日是七月十五，我们到山中去采集果品供佛。"

法显问道："此是何国？"

胖猎人答道："此乃青州长广郡界，统属晋家。"

法显问道："脚下是何地？"

胖猎人答道："崂山（在今山东省崂山县东）南麓。"

商人们听说已到了支那很高兴。虽然没有到达要去的城市，却已到了要到的国家，他们纷纷要求把自己的货物卸下来。

贾斯廷劝众人道："上货卸货并非易事，尚且不知此处是否有合适的市场。我看，不如派几个人随这两位猎人去郡治，了解一下情况，然后再做决定。"

第三十八章 荣归故土

大家同意贾斯廷的建议，委托他带几个人前去。法显道："我陪你们去，否则，你们不懂当地话将寸步难行。"

贾斯廷道："当然得请法师同去，我还想请这两位猎人给我们带路。麻烦法师对他们讲一下。"

法显把贾斯廷的意思转告猎人。猎人说："我们家中尚有老小，我们陪你们瞎转，他们吃什么？"

贾斯廷让人从船上取下一包香料，把它递与猎人，说道："这是香料，你们可拿它去换些粮食。"

两个猎人接下香料，欣然答应领他们到郡治去。贾斯廷等又带了些香料和珠宝，准备拿它们换些粮食及其他食物。

两个猎人领他们来到长广郡治不其（在今山东省崂山县北）。尔后，他们便辞别法显等人回家了。

不其是一个不大的城镇，不适于贾斯廷等商人在此销售货物。然而，对于法显来说，这里的一草一木、一砖一瓦以及每一个面孔、每一个声音都是那么亲切，他已多年没见到自己的同胞，他曾多次在梦中回到了自己的祖国，然而今天，梦却成了现实，他实实在在地立在神州大地上，他的心潮就像海涛一般地起伏。

法显见到谁都想打声招呼，都想说句话。贾斯廷等到哪里都有人围观，这里过去从未见过耶婆提人，当地人见到他们无不感到新奇，贾斯廷等被他们看得颇不好意思。

法显领着贾斯廷等来到一家粮店，他问粮店老板："施主，现下可是隆安十七年？"

老板用惊奇的目光看着法显，然后哈哈大笑起来，"你是天上下凡的神仙？"

法显一本正经地说道："不，我是僧人法显。"

老板问道："你是从天上来？"

法显道："不，我是从海上来！"

老板又问了一句："从哪儿来？"

法显道："贫僧隆安三年从长安出发到天竺去求取经律，游历三十余国，刚从海上归来。"

老板惊愕地说道："你游历了三十多个国家？哎呀，天哪！你真是个活菩萨。

请坐，请坐！"

法显、贾斯廷等坐下后，老板令伙计上茶。

老板道："师父离开这么多年，难怪你不知国事。已改过两个年号了，隆安五年后改年号为元兴，隔了三年，又改年号为义熙，眼下是义熙八年。"

法显问道："那么还是安帝吗？"

老板点头道："嗯。"

老板向法显简略地介绍了国内发生的变化，法显滔滔不绝地向老板讲述西行见闻。贾斯廷听不懂他们在说些什么，有点儿不耐烦，说道："法师，我们买点儿粮食回去吧，弟兄们还在等我们呢！"

法显向他表示歉意，方停止与老板谈话。他们买了几袋粮食，老板让伙计把粮食送到船上。

贾斯廷回到船上，把买回来的饼、肉、桃子、香瓜、西瓜等分给商人们，大家吃了一顿饱饭。

贾斯廷对众人说道："此地并非是商埠，我们不宜在此久留。我听说扬州乃鱼米之乡、富饶之地，是经商的好去处。"

商人们道："我们到扬州去！"

法显道："我也先随你们南下，然后再做打算。"

贾斯廷道："今日天色已晚，明日起航。"

他们准备在岸上歇息。日薄西山，霞光灿灿，突然，远处传来嘈杂声。商人们担心强盗来抢财物，慌忙上船。

他们尚未完全登船，两个差役骑马而至。一人说道："你们不必惊慌。我们老爷听说你们船上有一位晋地高僧，想见一见他，特遣我二人来知会一声。"

法显尚未上船，走上前去，说道："我便是那位僧人。你们老爷是谁？"

差役道："长广郡太守李嶷。"

法显问道："他欲见我何事？"

那个差役道："太守老爷敬信佛法，听说你远游天竺，持经、像而归，十分景仰，命小的前来跟你说一声，今日天色已晚，明日上午他将亲来迎你去郡治。"

法显把他的一番话告诉商人们，商人们这才把心放下。法显本不想见官府之人，但因太守完全出于好意，便答应了。

第三十八章 荣归故土

次日午时，李嶷前来迎接法显。李嶷的轿子居中，前有乐队吹吹打打，后有众多随从，他的轿后还有一顶空轿。

法显见李嶷到来，迎上前去，打个问讯说道："法显有何德能，敢劳太守大人远迎！"

李嶷还礼道："法师远游西天诸国，携经、像而归，乃旷古之举。敝官佩服之至，特来迎法师到敝府小叙。"

法显向李嶷介绍贾斯廷道："这位乃贫僧檀越贾斯廷先生。一路上多亏他照应，否则，贫僧早已葬身于鱼腹。"

那些要把法显投入海中的婆罗门商人，心里怦怦直跳，担心法显把海上所发生之事告诉这位官员。

贾斯廷对李嶷说道："法师一路上不断祈祷，才使我等平安至此。"

李嶷道："多亏先生关照，我国僧人和百姓都将感激你。如不嫌弃，请到舍下一叙。"

贾斯廷道："多谢太守的美意。但我等得赶路，前往扬州。"

李嶷道："先生既已光临敝郡，当是我的贵宾，若连一杯水也不喝，岂不是我怠慢了客人！"

法显对贾斯廷说道："既然太守大人一再挽留，就请施主委屈一下，改日启航。"

贾斯廷感到为难，他看了看商人们。商人们道："既然如此，那你就去一趟，我们明日再走。"

李嶷道："请诸位都去！"

一位商人道："商船在此多有不便，贾斯廷可代表我等。"

最后，商人们派贾斯廷等五人应李嶷之邀随他去不其。

李嶷请法显坐那顶空轿，但法显无论如何也不肯。最后，李嶷无奈只得说道："既然法师不愿坐轿，那敝官也陪你步行。"

法显再三请李嶷上轿，但他却执意不肯。他命差役把经、像搬进轿内，自己与法显、贾斯廷等徒步前往不其。

到了太守府，李嶷设宴款待贾斯廷等耶婆提国客人，另备素斋给法显。

筵席后，贾斯廷等先告辞回船。李嶷送与他们五匹锦缎、三袋大米、两坛酒。法显把贾斯廷等送至城外，尔后与他们洒泪而别。

光阴荏苒，法显不觉在不其已过了多日。一日，法显正在向李嶷讲述他在狮子国的经历，一个差役进来禀告："老爷，刺史大人差人前来见你。"

李嶷道："来人在何处？"

差役道："在门外等候。"

李嶷道："请他进来！"

法显道："大人有公事，贫僧暂且告辞。"

法显离去后，差役领着一人进来。来人向太守请安后呈上一封书信。李嶷拆开信，信中写道：

"……获悉法显法师远游佛国，携经而归，所历艰辛，惊心动魄。自大教东流，未有舍身求法如斯者。他之所以功成业就，在于心中存志。真可谓：精诚所至，金石为开。感慨之余，欲求一晤……"

李嶷打发来人先回去回话，容他与法显商量。

他拿着信来到法显住处。李嶷对法显说道："刺史大人十分仰慕法师，听说你在敝处，特遣人来请你去相见。"

法显问道："刺史大人是哪一位？"

李嶷道："他乃是兖、青州刺史刘道怜。"

法显问道："他现在何处？"

李嶷道："在彭城（今江苏省徐州市）。"

法显问道："他为人如何？"

李嶷道："刘刺史敬信佛法，体恤百姓，为官清廉。"

法显道："李大人，请恕贫僧直言。我乃是和尚，一不想攀龙附凤，二不为功名利禄，仅一心想把我带回来的经卷译成汉文，在晋地弘扬佛法。此乃我远游天竺之目的，为此，我得去长安。"

李嶷道："刘刺史完全出于对法师的一片敬意，你要是不去，敝官如何交代？经彭城去长安并不绕路。不如法师先到他处，尔后西去长安。"

法显思忖片刻，说道："也罢！"

第三日，李嶷差二人送法显去彭城。

法显到彭城见刘道怜。刘道怜赞扬他的壮举，法显给他讲述天竺见闻，自不必说。刘道怜留法显在府中居住，但法显心中却另有所思，在刺史府中住了两日，便对刘刺

第三十八章 荣归故土

史说道:"刺史大人,贫僧西行乃为求取律藏。今既已取得,当使其发扬光大,故而请大人恕贫僧不能在此久留。"

刘道怜道:"我很理解法师的意愿。敝官有一想法,泗水西岸有一小寺,法师可暂住那里,施展宏愿,所需之物,由我供养。你看如何?"

法显心想,先在这里把天竺寺院之持戒情况介绍给当地僧人,也未尝不可。于是,便答应下来。

法显来到泗水西岸的小寺。这座寺院确实很小,仅有三间破房,六名僧人,无正式寺名,人们都称它为"西寺"。它背靠青山,面临流水,十分幽静,是修身养性之好去处。

西寺僧人十分敬重法显。法显为其讲述天竺寺院之盛况,严整之戒律,其后,又为其宣讲《大般泥洹经》。当地僧人从未听过《大般泥洹经》,都为能听到法显法师讲经而感到莫大荣幸。僧俗把法显在西寺讲经之事作为美谈,一传十,十传百,外地僧人纷纷来西寺听讲经。小小西寺已容纳不下这许多僧人。法显建议刘道怜扩建寺院,刘道怜欣然应允,拨出大批钱物进行扩建。法显根据从天竺带回来的龙华图改建寺院。僧人们白日与泥瓦匠一起干活,晚上听法显讲经。法显把从狮子国带回来的两块宝石嵌入大殿南墙的根基内,人们从外面看见这两块晶莹透亮的宝石,无不赞美。不到半年工夫,一座崭新的寺院拔地而起,它被命名为龙华寺。寺院建成后,寺内已有二百多僧人。法显根据在天竺的所见所闻以及律藏中对僧徒的要求来治理龙华寺,寺内戒律井然,僧众面目一新。

寒来暑往,法显在龙华寺不觉度过了一冬一夏。夏坐(此乃义熙九年,即公元413年之夏坐)结束后,法显准备离开龙华寺去长安。一日下午,一位外地僧人风尘仆仆地来找法显,他对法显说道:"我叫智仁,是慧远法师的弟子。我师父派我来拜见法师。"

法显惊异地问道:"慧远?可是庐山东林寺的那位慧远?"

智仁答应道:"正是。"

法显问道:"你师父有何指教?"

智仁道:"我师父听说你历尽千辛万苦求回晋地所无经籍,非常高兴,十分钦佩法师的胆识,赞赏法师为佛界所作出的重大贡献。他本想亲自来迎你,但因年事已高行动不便,特遣弟子前来。"

法显问道:"他派你来迎我去庐山?"

智仁道:"不,是迎法师去建康。"

法显道:"建康?我想去长安,把带回来的经籍译成汉文,以实现弘通佛法之目的。"

智仁道:"迎法师去建康正为此目的。我师父已估计到你要去长安,故而派弟子匆匆赶来。他说,译经最好之场所莫过于建康道场寺,他打算请外国禅师佛驮跋陀罗与法师合作,共同译经。"

法显问道:"佛驮跋陀罗是何许人也?"

智仁道:"他是智严从罽宾请来的禅师。"

法显惊喜地问道:"智严?他现在何处?"

智仁道:"听佛驮跋陀罗说,他们原先在长安大寺。后来因与鸠摩罗什的门徒不和,他与智严便离开了大寺。不久,智严与他分手到山东去了。现在不知在何处。"

法显叹息道:"他和我一道西行,在焉夷国与我分手,去高昌求资,后来之事我便无从知道。"

智仁道:"法师,你可乐意跟我南下?"

法显犹豫了一下,说道:"容我想一想,明日答复你。"

智仁点了点头。

次日,法显告诉智仁,他考虑再三,决定随他去建康。

第三天,法显辞别众僧,随智仁上路。僧人们恋恋不舍,但又挽留不住,只得与法显洒泪而别。其时,刘道怜已移镇京口(今江苏省镇江市)。法显意欲在去建康途中绕道京口向刘刺史道别。

法显西行记

第三十九章　艰辛译著

法显在前往建康途中绕道京口向刘道怜致谢，并把自己去都城译经之事告诉他。法显在京口呆了两日，尔后乘船沿江而上抵达建康。

初冬，建康已很冷。道场寺僧众在山门外列队欢迎法显。法显见到僧人们如此热烈地欢迎自己，激动得热泪盈眶。

法显安顿下来后，智仁便回庐山向慧远禀报。半个月后，他从庐山回来，告诉法显，佛驮跋陀罗正在与慧远合译《达摩多罗禅经》，一旦脱手，即刻来京。

对于法显来说，时间比金子还要宝贵，一刻一瞬都很重要。他不愿坐等，遂自己先着手翻译《方等泥洹经》。

道场寺译场曾翻译过佛经。然而，因那时尚无梵文原本，并非是从梵文原本翻译，仅凭外国沙门口述。外国沙门根据自己的记忆口诵经文，另一人或几人用梵字或胡字把它记录下来，尔后根据记录再进行翻译。有的佛经则是由胡文转译成汉文。

法显改变了道场寺译场以往的做法，把一百二十余名僧人分为四组：一为记录组，负责把法显的口译记录下来；二为整理组，负责整理所记录下来的文字；三为誊写组，负责把整理好的经文誊抄清楚；四为写经组，负责把誊写清楚的经卷抄写若干本，分赠其他寺院。

着手翻译的第一天，法显带领众僧焚香拜佛。尔后，他坐入席上，其他译经僧众坐于两侧。他手执梵本，先把第一段念一遍，然后从第一句逐句口头把梵文译成汉文。他刚译了三句，下面便有两个僧人在嘀嘀咕咕。他停下，说道："我若译得不对，诸位可指正。你们俩可大声说，让大家都知晓。"

那二人相视片刻，无人言语。

法显又说道："你们有话，但说无妨。"

一人壮着胆子说道："法师，我等过去译经都是先写成胡文，尔后再据胡文译成汉文。而今，你是直接译成汉文，与过去大相径庭。"

法显微笑着反问道："你觉得哪种办法好？"

那人道："我觉得过去的办法好。你不如先诵梵文，我等把它写下，尔后再译。"

法显问道："你所说之法好在何处？"

那人一时答不出来，说道："反正我们是一直如此。"

法显问道："以往诵梵文者可懂汉文？"

那人道："知之甚少。"

第三十九章 艰辛译著

法显道:"他既然不懂汉文,又怎能直接译成汉文?"

那人道:"改变成规似乎不妥。"

法显道:"改弦更张未必不可。我这种办法是否可取,待以后再议。你看如何?"

好几个人齐声说道:"遵照法师之言!"

那人不再作声。

法显继续往下翻译。他先分段念梵文,然后逐句逐字将那段梵文口头译成汉文。不少僧人略懂梵文,虽没有法显那么精通,但却能明白经意。法显常与他们一起揣摩疑难词语。

翻译并非易事,乃是呕心沥血的苦事。法显常为琢磨一词的含意而中断翻译,苦思冥想半天方悟出它的真谛,或找出一个适当的汉文词汇。

建康的冬天十分寒冷,滴水成冰。法显的手上、脚上都生了冻疮。起初发痒,接着红肿,最后化脓。僧人们都很心疼他,劝他找个暖和的地方歇息,待明春再继续翻译。但法显微笑着对大家说道:"你们难以想象葱岭和小雪山上多么寒冷。说句粗话,撒泡尿,马上就冻成冰柱。但即使那样冷,咬咬牙关也就过来了。在许多情况下,一个人遇到难处,挺一挺都可过去。但若在意志上被困难压倒,那就必垮无疑。我之所以置身于未必能生还之地,就是为了求取经律。既已求得,当以全力使其在汉地流通。这点儿皮肉之苦,微不足道。诸位不必为我担心,译经为重。"他带领众僧译经不止。

冷酷的冬天过去,温柔的春天踏着杨柳枝头来到了人间。光秃秃的树枝吐出了嫩芽,长出了新叶。大地上呈现出一派生机勃勃的景象。

一日晚上,智仁来到法显房间,对法显说道:"法师整日译经,甚为辛苦。现今正值春暖花开之际,不如抽空出去看看都城,一则可以散散心,二则可以观赏一下建康的名胜古迹。"

法显道:"我亦有此想法。明日我知会众僧,暂停译经。你陪我出去走走。"

第三天,法显在智仁和道场寺的一位僧人的陪同下走出山门,游览建康。

建康位于长江南岸,北临奔腾大江,南靠起伏山脉,山环水绕,地势险要,美丽多姿,素有"钟阜龙蟠,石城虎踞"之誉。

法显等来到桑泊(今南京玄武湖)。桑泊东临钟山,南临覆舟山,泊内有荷,岸上有柳,还有一株株樱桃树。樱桃花一片绯红,鲜艳夺目。他们寻了一条舟,乘舟游泊。智仁对法显说道："这只小舟与法师所乘的大海船相比真乃小巫见大巫。"

法显苦笑道："不提泛海之事也罢。此乃是享受，而那则是受罪。"

他们说说讲讲来到一小洲。他们下船登洲。洲上绿树中有一亭，亭后有座土丘。那位当地僧人指着土丘道："此乃郭仙墩。"

智仁问道："何谓郭仙墩？"

那个僧人道："即本朝仙人郭璞之衣冠冢。"

智仁道："郭璞？我怎么没听说过。"

那个僧人道："你非本地人，故而不知。他乃河东闻喜（今属山西省）人，博学多才，精天文卜筮之术，元帝时曾为著作佐郎。明帝时任王敦的记室参军。后来，王敦谋反，令郭璞为他卜筮。卜筮结果不吉。王敦大怒，一气之下把他斩了。殡后三日，郭璞友人说他们曾在市上见到郭璞在卖他平素穿戴之服饰。王敦不信，开棺验看，棺内果真无尸，仅有衣冠。郭璞的衣冠便被埋在此处。据说郭璞会尸解之道。"

洲上樱桃花一片绯红，幽兰绿竹吐馨布翠。红绿相映生辉。

法显等离开小洲乘舟回岸，他们从桑泊前往摄山（今栖霞山）。摄山原名伞山，因山似方形，四面重岭像伞，故有伞山之称。后因山中盛产药草，吃后可以摄生，因而改名为摄山。

法显等走了两个多时辰方来到摄山。他们沿一条崎岖山路向上攀登。层峦叠嶂，怪石嶙峋，枫树满目。那个当地僧人介绍道："我们来得不是时候，要是秋天来，满山红叶，五彩缤纷，犹如置身于彩霞之中。"

法显道："那我们秋天再来一次。"

法显此时已八十高龄。虽然他心劲颇高，但他却明显感到体力不济。智仁见他登攀有些吃力，说道："法师，我扶你上。"

法显道："不，我自己走！"他攀登不止。法显等爬上了西峰。一块大石上，刻着苍劲浑厚的隶书"虎山"二字。

那个当地僧人道："脚下是西峰。因其状似虎，故又称虎山。我等所站之处便是虎腰。"

法显往旁边走了几步，左右看了看，说道："那是虎头，那是虎尾，对否？"

那个当地僧人道："对。法师，你看那一座峰。"

法显随着他手指的方向往东望去。那个僧人道："那是中峰。它像展翅飞翔的凤

第三十九章　艰辛译著

凰，故而又称为'凤翔峰'。它东边还有一峰，势若卧龙，故而称之为'龙山'。三峰中中峰最高。"

西峰上有一块大石，立于峰顶，岌岌可危，令人提心吊胆。那个当地僧人道："这块大石称为'飞来石'。别看它岌岌可危，实则稳得很。"

山上有一处岩石，层层叠叠，犹如起伏的波浪，颇为壮观。

法显等下山后在山下住了一宿。次日，他们前往燕子矶。因矶石兀立江上，三面临空，悬崖绝壁，形似燕子展翅欲飞，故此名为"燕子矶"。

法显来到矶下，仰望矶上，怪石嵯峨，千奇百怪，有的似猴头，有的像鬼脸，有的似大象，有的像罗汉……石缝中横长出一株松树，仰卧江空，平添几分险景和秀色。

那个当地僧人对法显说道："夜晚登临燕子矶更为壮观。我们先歇息歇息，晚上再上去，法师以为如何！"

法显道："白日上去，晚上观完夜景再下来，日景、夜景都可以看到，岂不更好？"

二人表示赞同。于是，三人午斋后开始登矶。太阳快落山时，他们来到俯江亭。立于亭内，俯视大江。大江浩荡，波涛澎湃，气势磅礴。太阳渐渐西沉，西边天空晚霞绯红，映得江中一片赤红，犹如江水起火一般。黄昏时分，江上烟波浩渺。玉兔东升，水月洁白，大江如练。远处的怪石和古树在苍茫的夜色中呈现出各种形态，使迷人的夜晚又增添了几分神秘的色彩。法显赞道："此时此刻，犹如身置仙境！"

智仁道："这里颇凉，我们下去吧！"

他们在月光下小心翼翼地走下燕子矶，在矶下寻一避风处歇息一宿。

次日上午，法显等从燕子矶西行。奇峰迭起，悬崖绝壁。那个当地僧人领他们去看一个山洞。这个山洞位于岩石中间，山岩陡峭，一不小心就会掉进山谷。智仁劝法显别去，但法显道："既来之，则看之。不看则不如不来。"他们进到洞内。洞内则另有一番天地，洞顶上悬着无数像冰锥一般的钟乳石，地上立着无数像巨笔一般的石笋。智仁担心钟乳石会落下，砸着脑袋，抓住一根用力摇晃，但它却纹丝不动。里面弯弯曲曲，越走越暗，最后变得一团漆黑。他们不得不往回走。出洞后，他们沿着洞左石梯往上攀登，到了两大岩石之间，除了头顶上狭窄的天空外啥也见不到，这便是"一线天"。再往前走，前面逐渐开阔。半山中一座高阁映入眼帘，飞阁凌空，别开境界。游者的心境也随之豁然开朗。

法显等又游览了一日。第二天回到道场寺。

次日，法显又忙于译经。

第二年，即义熙十一年春天，佛驮跋陀罗来到道场寺。法显与他一见如故。一见面，法显便拉着佛驮跋陀罗的手说道："我盼望禅师已久，今日方得相见。"

佛驮跋陀罗道："我亦急待见到法师，怎奈途中耽搁，今日才如愿。我曾听智严赞誉过法师。我久慕法师大名，能见到法师也算今生有幸。"

法显道："禅师远离故土前来华夏弘法，实在令人仰慕。禅师是何时抵达晋地的？"

佛驮跋陀罗道："义熙四年。"

法显问道："在途中多久？"

佛驮跋陀罗道："三年。"

法显道："我不自量力，已着手翻译《方等泥洹经》。等你安顿下来后，我们再具体商量译经事宜。"

佛驮跋陀罗的弟子慧观与佛驮跋陀罗一同来到道场寺。在他们到达道场寺的当天晚上，慧观就来到法显的寮房与他聊天。

寒暄后，法显问慧观："你一直跟随在禅师左右？"

慧观道："自他到了长安后，我便一直跟随着他。"

法显问道："那么你很熟悉禅师？"

慧观道："我已跟随他七年了，有所了解。不过，禅师乃是位高人，还谈不上了解很深。"

法显道："能否就你所知略谈一二？"

慧观点头道："当然可以。不过，有些事我是从禅师那里直接听来的，而有些事则是从别人那里听来的。"

法显道："没有关系，但说无妨。"

慧观道："禅师生于中天竺迦维罗卫国，乃释迦族甘露饭王之后裔。祖父达摩提婆常到北天竺经商，后移居北天竺。父亲达摩修耶利在禅师三岁时去世，他与母亲相依为命，但在他五岁时，母亲也与世长辞。他被外氏所收养。堂祖父听说他十分聪敏，且怜悯他无依无靠，就把他接回来，度为沙弥。他十七岁时学习诵经。他聪慧过人，别人一月方能诵完，他一日即可诵毕。受具足戒后，他更加勤学。他博通经典，精于

第三十九章 艰辛译著

禅定和戒律。后来，智严去罽宾，见众僧清净，欲请能人前来流化东土，问谁人可胜任。众人皆说，唯有佛驮跋陀罗可也。智严到禅师处苦请三次，禅师方答应与他同来晋地。他们先走陆路，后改海道。途中到一岛屿。禅师指着那个岛屿道：'我们应在此岛停留。'船主道：'难得有此顺风，我等得抓紧时间赶路，不可在此停留！'船继续前进，行了二百余里，忽然风向突变，狂风把船又吹回到了那个岛屿。众人方感禅师奇异。尔后，前进或停留皆由他定夺。一次，遇顺风，别的船只乘风而去，但禅师道：'不可行！'船主就依他抛锚不动。后来先行之船遇恶风皆沉于海中。一天黑夜，禅师让所有船只即刻离开那里，但别的船都不听他的话。不得已，他们只好一船独发。时候不大，海盗袭来，余船皆被抢，还有不少人丧生。禅师与智严辗转三载，来到青州东莱郡（今山东省莱州市）。禅师听说鸠摩罗什在长安，遂去长安，落脚于大寺。起初，禅师与罗什相交甚好，但后来因与罗什及其门徒意见不合，产生隔阂。一日，禅师对我言道：'我昨日见到五艘船从天竺驶来晋地。'我无意中把此话传了出去。罗什弟子们便硬说禅师显异惑众，犯了妄语戒。禅师无法再在长安栖身，遂带领我们四十余人去庐山。他在庐山慧远的般若台译场翻译了《达摩多罗禅经》。译完后即离开庐山，前来建康会你，路过荆州（今湖北省江陵市）时，巧遇数位天竺人。从他们处得知，那年确实有五艘船从天竺出发来晋地。他们便是那时来的，一直逗留至今。因禅师在荆州遇到同胞，误了些时日，故而至今方到这里。"

法显道："禅师来晋地弘法，吃了不少苦头，实在难为了他。"

慧观道："禅师为人朴实大度，志韵清远。从不计较名利得失以及个人恩怨，时刻不忘来晋之使命。我羡慕他的学识，更钦佩他的为人。他的高风亮节，堪为僧人之楷模。法师，可能因他是我师父，我说过了些。"

法显笑了笑，说道："禅师的为人我也略知一二。我们晋地僧人若能都像禅师那样勤于修行，甘于淡泊，严守戒律，那将是佛门之大幸！"

这时，佛驮跋陀罗走了进来。法显起身相迎。坐定后，法显说道："我俩刚谈及禅师，不期禅师就驾到。"

佛驮跋陀罗笑道："我知道你们在谈我，故而就来了。你倒不会以为我在打诳语吧？"

法显也笑着说道："禅师博古通今，神机妙算，当然会知道。"

佛驮跋陀罗道:"我只是开句玩笑,哪里知道慧观在此。我是来拜访法师的。"

法显道:"禅师不远万里来到晋地,当是客人,该我先去看望你才是。"

佛驮跋陀罗道:"法师年长,理当我先来看你。"

法显问道:"禅师贵庚?"

佛驮跋陀罗道:"五十有四。"

法显道:"正当年轻有为之时。"

佛驮跋陀罗道:"还年轻?已经老矣。"

佛驮跋陀罗忽然觉得自己在法显面前称老不合适,忙改口道:"与法师相比我尚年轻,但已感到力不从心。法师老当益壮,真是耳闻不如目见。"

法显摇头道:"哪里,哪里,禅师谬赞。"

佛驮跋陀罗道:"十多年前我就听说法师壮志凌云,意志如钢。今日一见,果觉名不虚传。"

法显道:"禅师越加取笑了。怎么,你十多年前就知道愚僧?"

佛驮跋陀罗点头道:"智严常谈及法师。"

法显省悟道:"喔,我倒忘了。智严乃是个有抱负之人。我俩十多年不见了,我倒是很想念他。"

佛驮跋陀罗道:"我也是。他为我遭到非议,受到排挤。曾听说他在山东,不知现在何处。"

法显怕引起佛驮跋陀罗伤心,转换话题说道:"禅师,既然你来了,明日将由你主持译经。"

佛驮跋陀罗道:"还是法师主持,不必客气。"

法显道:"禅师译经已有经验,既精通梵文,又懂汉文,主持译经更为合适。"

佛驮跋陀罗道:"法师梵汉都很精通,何必推辞。"

他们互相谦让,最后决定两人共同主持译经。

此时,道场寺译场已有二百五十余人。法显和佛驮跋陀罗把人员重新做了安排。次日,法显等继续翻译《方等泥洹经》。佛驮跋陀罗来前,《方等泥洹经》已译出大半,即将完工。为加快译经速度,提高翻译质量,法显和佛驮跋陀罗一起往下翻译。前面疑难之处,待全经译完后由法显和佛驮跋陀罗再共同酌定。

佛驮跋陀罗手执梵本,法显坐于其侧。佛驮跋陀罗念梵文,法显便把梵文口译成

第三十九章 艰辛译著

汉文,不明白之处法显立即询问佛驮跋陀罗,佛驮跋陀罗加以解释,然后法显再找合适的词语译出,两人的合作大大提高了翻译速度。至年底,《方等泥洹经》全部译毕。

翌年,即义熙十二年,法显和佛跋驮陀罗着手翻译《摩诃僧祇律》。

一日,法显感到腰痛。佛驮跋陀罗和其他众僧都劝他休息,暂停译经。但他却怎么也不答应,说道:"我已八十有余,所剩之日无几,然而我带回来的经卷却大部分没有译出。若不把它们翻译出来,怎能弘法,岂不有违我本意。你等不必为我考虑过多,译经要紧。"

佛驮跋陀罗道:"休息乃是为了更好地译经。待法师身体养好后,我等可把失去的时间抢回来。"

法显道:"金子失去可以找回来,但时间失去却永远找不回来。人越老越知道时间之宝贵。你们不必多说,继续译经吧!"

大家无可奈何,只得依从他。他不时捶打后腰,脸上冒出冷汗。大家都很心疼他。智仁请佛驮跋陀罗暂停,再次劝说法显休息。但法显依然坚持不离开译坛。

最后,智仁和慧观抬来一张卧榻,让法显躺到卧榻上。他们又继续翻译经文。法显常给僧俗讲述游历天竺的见闻。一日,智仁对法显说道:"法师,你所述的游历令人耳目一新,但能听到你讲述的人毕竟很少,你若能把它写成文字,传之于后人,岂不是件美事!"

法显笑着点头道:"你的建议正合我意。不过,写成文字,更需翔实。所以,我正在追忆某些事情,把它们搞准确。"

智仁点头赞许。

法显西行记

第四十章 辛寺归西

第四十章 辛寺归西

译经之暇,法显着手撰写天竺游记。

夏日的建康,犹如火炉一般,又热又闷。白天,赤日炎炎,热得人汗流浃背;晚间,热气蒸人,闷得人透不过气,且蚊子成群,叮得人心烦意乱。

僧人们白天忙碌了一天,晚上或找稍凉快处聊天,或早点儿安歇。但法显却在寮房里笔耕不止。

他那布满皱纹的脸上已有多块老年斑,眉毛也已斑白,但他却耳不聋,眼不花。他在昏暗的油灯下孜孜不倦地俯几笔耕。几案左边有一瓦盆,盆内盛着水,水中有一条汗巾,右边放着一把蒲扇。他不时从盆中拧出汗巾拭去脸上的汗水,或用蒲扇赶走叮在身上的蚊子。他身上被蚊子咬了许多疙瘩,疼痛难忍,但他仍心神专注。他时而低头疾书,时而抬头凝思,时而面露笑容,时而双眉紧蹙,时而毛骨悚然,时而掩面落泪……

一日夜晚,约莫二更时分,慧景突然出现在法显面前。法显见到慧景非常高兴,忙起身迎接,紧握慧景的手说道:"慧景,你到哪里去了,想煞我也。我到处打听你,但却无人知道你的下落。想不到还能见到你。"

慧景推开他的手说道:"法师,你太无情!我俩往日相处不薄,但在危急关头,你却丢下我不管,自己扬长而去。我真没料到你是这等人!"

法显忙解释道:"慧景,你错怪我了。我何曾丢下你不管?"

慧景道:"在过小雪山时,我滑倒了,你不但不拉我一把,反而用雪把我埋起来。你不记得?"

法显道:"喔,我记起来了。你不是被冻死在小雪山了吗?"

慧景道:"我哪里被冻死,只是昏迷过去。"

"啊!原来是这样,我岂不成了害你之人,罪过,罪过!"法显说着眼泪扑簌簌地落下来。"你是如何从雪中爬出来的?"

慧景道:"说来也是我的造化。观世音菩萨经过那里,他把我从雪堆中救出来。"

法显问道:"那后来呢?"

慧景道:"后来我就在天竺到处找你,可哪里也没有找到。不过,我见到了道整,他说他不回来了,我问他为何不归。他说:'天竺寺院华丽,法则齐整,众僧威仪,而晋地寺院简陋,戒律残缺,我不愿再生边地。'我听了他这一番言语,气从胆边生,骂道:'你这个见异思迁的小人,全不思养育你的家乡父老,期待你的晋地众僧,却贪图他地之荣，败坏晋地僧誉。俗话说：子不嫌母丑，狗不嫌家贫。你却嫌弃生你养你的祖国。呸！我羞于与你这等人为伍！'他正欲解释，我便拂袖而去。"

法显道："你不该骂他。人各有志，他有他的主意。"

慧景道："正因为晋地佛法不兴，戒律残缺，我等才舍生忘死去天竺求取经律，哪能见那里比本土好就不愿归来！"

法显道："慧景，你不必生气。你看，我不是带回来这么多经卷吗？只要能把经文翻译出来，弘扬开去，我等就没有枉去天竺一趟。"

慧景道："让我看一看你带回来的经卷。"这时，突然刮起一阵大风，把经卷吹上天空。法显忧伤而焦急地嚷道："慧景，快抢经卷！慧景！"

法显忽然惊醒。原来他太劳累，俯几入睡。醒来，眼角上还挂着泪水。他想念同行的道友，更思念为寻法而捐躯的慧景、慧应。他不禁呜咽起来，继而哭出了声。

住在他隔壁的智仁，听到哭声不知何事，忙掌灯过来，问道："法师，怎么了？"

法显止住哭声，立起身来从盆中拧出汗巾，擦去泪水。

智仁又问道："法师，何事如此伤心？"

法显道："思念故去的道友。"

智仁道："以身殉法，可歌可泣。法师不可过分伤感，要保重身体。"

法显道："他们若也生还该多好啊！"

智仁道："圆寂于佛国，也是他们的造化。法师，你说对吗？"

法显点了点头。智仁看了看法显已写好的文章，叹口气道："唉，险途可畏。我虽无此经历，但我想象得出你们当时如何艰难。"

法显道："我回忆当时的经历，也胆颤心惊，有时不禁出一身冷汗。"

智仁道："你当时何以能克服无数艰难险阻，携经而归？"

法显道："我是九死一生。我之所以投身于险恶之地，皆因心中存一志向，就是求取戒律，弘扬佛法。遇到危难时，并没想到死，而是下定决心死中求生，以期达到目的。"

智仁道："精诚所至，金石为开。志坚意决，天下无不可成之事！"

法显道："你懂得这个道理，今后必有所成。"

智仁道："我当以法师为楷模。法师，你别再写了，歇息吧！"

智仁走后，法显躺在铺上回忆所经之事，不知不觉进入了梦乡。法显花了半年

第四十章 辛寺归西

多时间，几经修改，终于写出了《历游天竺记传》（亦称《佛国记》）一卷，计一万三千九百八十余言。智仁怀着激动的心情从头至尾细细地读了一遍。读完后，感慨万千，立即取出文房四宝，即兴写下一首小诗：

记传血写就，掩卷涕泗流。
坦荡佛子心，壮举垂千秋！

智仁把《历游天竺记传》传给慧观，继而僧人们争相传阅。智仁和慧观分别抄录了若干本，赠送给其他寺院的僧人。《历游天竺记传》不胫而走，很快就在僧人中广为流传。他们相互传抄，似乎它已成了僧人们的必读之物。

一日下午，佛驮跋陀罗来到法显的寮房，对法显说道："法师，慧观逐字逐句地给我读了你的大作，我感慨万千。你字里行间无不洋溢着虔诚之情，表露出赤子之心，情真意切，感人肺腑。"

法显道："禅师过奖了。拙作旨在让那些没有机会去佛国的人增加些见闻，并无心雕文琢意。禅师也有一番非凡的经历，若写出来，将比拙文感人得多。我为弘扬佛法去天竺，你为弘扬佛法来华夏。你我可谓是异曲同工。"

佛驮跋陀罗微笑着点了点头。

法显和佛跋跋陀罗经过五年呕心沥血，共同翻译了六部经典：《摩诃僧祇律》四十卷、《大般泥洹经》六卷、《僧祇比丘戒本》一卷、《僧祇比丘尼戒本》一卷、《杂藏经》一卷、《杂阿毗昙心》十三卷。

其时，刘裕已取代了司马氏的晋朝，建立了宋朝（此乃南朝之宋朝）。

宋永初元年（公元420年）初春的一天下午，一个四十来岁的外地僧人来找法显，法显把他请入房间。此时，法显已经不太灵活，显得有些老态。他用颤抖的手递给来者一杯茶，尔后问道："师父从何处而来？"

那人答道："我叫善信，自荆州辛寺而来。"

法显问道："师父是云游路过此处，还是专程而来？"

善信道："我乃专程来见法师。"

法显问："找我有何事？"

善信专程来请法显去辛寺讲述他游历天竺的事迹并讲解律藏，但看到法显很忙，所以不便启齿。他把想说的话咽了回去，说道："我是慕名而来。我拜读了法师和佛驮跋陀罗禅师所译的《摩诃僧祇律》，受益匪浅。我国尚无此律，更无汉译本。此乃旷古之举，令我钦佩之至，所以特来拜访法师。"

法显道："我已老矣，还想做许多事情，但已力不从心。此律虽已译出，但若付诸实施，全靠你们年轻人。"

善信道："法师做了一番大事业，晚辈望尘莫及。"

法显道："噢，年轻人总要超过老年人，后辈一定会超过前辈。在弘扬佛法方面，你们会做出更大的业绩。"

善信心想，自己乃受命来此，不管怎样，也得把话说明。于是，他说道："法师，我寺住持慧明长老听说你游历天竺三十余国，且载经而归，特派我来请你去敝寺讲律并介绍游历天竺的情况。"

法显道："恐怕我难以从命。我想在我有生之年把带回来的经卷全部译成汉文，实在抽不出空来。"

善信道："辛寺二百余名僧众在期待着法师，希望法师能满足他们的心愿。"

法显道："我并非不想满足他们的愿望，只是分不开身。"

善信恳求道："在那里时间长短，三五个月，一年半载，全由法师做主。"

法显沉思片刻，说道："《杂阿毗昙心》正在审定，待审定完毕，我再跟你去，如何？"

善信高兴地说道："甚好！我就在此等候。"

一个月后，法显审定完《杂阿毗昙心》，便准备随善信去荆州。临行时，他对佛驮跋陀罗说道："我去荆州时间不会太长。禅师不必等我，可带领众人翻译其他经卷。"

佛驮跋陀罗道："我来建康后一直忙于译经，无暇出去看看。既然法师离开一段时间，那么我也利用这个机会到京口等地走走。"

法显道："也好，等我回来后，我们再一起翻译《萨婆多众律》。"

佛驮跋陀罗欣然应允。

法显和善信由建康乘船，顺长江而上，前往荆州。暮春，风和气暖，岸上杏花已谢，树上挂着小手指头大小的青杏。农夫在田间忙于插秧。二十多个纤夫在南岸拉着船向西南行，他们中有人上身穿着夹坎肩，有人打着赤膊，嘴里叫着号子：

第四十章 辛寺归西

> 天暖燕归来哟,姑娘把花戴哟。
> 农人插秧忙哟,蜜蜂把蜜采哟。
> 大江东流去哟,一去不复回哟。
> 纤夫脚板硬哟,今去明又来哟……

法显望着岸上弯腰拉纤的纤夫,同情之心油然而生。他似乎觉得纤夫身上的纤是套在他们身上的锁链,拴得他们透不过气来。号子并非是欢歌,而是发自他们内心的哀鸣。他真想下船步行,然而如今的法显已比不得十多年前,已经老迈。他仅能在内心为他们祝福。

法显和善信在夏口(今湖北省汉口市)改乘去往荆州的船只。

荆州位于长江北岸,曾是春秋战国时楚国的都城郢城。三国时蜀将关羽镇守此城,不过,他因"大意"而失去荆州。

辛寺坐落在荆州东北。寺内有二百余名僧人,他们殷切期望善信早日把法显请来。初夏的一天下午,他们终于迎来了风尘仆仆的法显。他们本以为法显是位六十来岁的老僧,但没想到他已八十有六。他们见法显拄着禅杖,行动已不那么灵活,心中很受感动。慧明长老迎上前去,向法显打个问讯,说道:"法师偌大年纪还专程来敝寺,我等实在感激不尽。"

法显说道:"弘扬佛法乃我之心愿,只要一息尚存,就将为此献出自己的微力。"

慧明把法显接入方丈,吩咐一名僧人为他安排住处。隔了一会儿,那个僧人回复说,已准备停当。慧明陪法显来到一间寮房,房内有几案,案上有一盏油灯,案前有一个蒲团,案旁有一领芦席,芦席上有一个枕头和一块布单。慧明道:"法师,请你就在此歇息,委屈你了。"

法显点头道:"甚好!"

法显休息一日,次日便向辛寺僧众讲述游历天竺的见闻。除了辛寺,附近的兴福寺、华严寺、光孝寺等寺院也纷纷来邀请法显去传法,法显有求必应。他游历三十余佛国携经归来的业绩有口皆碑,经他传法,辛寺等寺院的律纪已有明显好转。

四个月后,仲秋的一日下午,法显又在辛寺讲经堂给僧众们讲述游历天竺等事。众僧坐定后,法显言道:"今日我想改变一下方式。诸位若有想了解之事,可提出来,我就所知或所感，予以解答。你们以为如何？"

众僧异口同声道："好！"

一个僧人问道："法师，听说你见过大迦叶（释迦牟尼的'十大弟子'之一，常修头陀行，故称'头陀第一'，传说为佛教第一次结集的召集人），可是真的？"

法显眯着眼睛点了点头，说道："确有此事。我曾对你们说过，我独自一人登上灵鹫山，在山上待了一宿。次日清晨，循路下山。走着走着，道路断绝，到处是榛树和灌木，只见麋鹿、松鼠、野兔、山猫等乱窜，孔雀、山鸡等起舞。我在树丛中走了一会儿，发现一条小路，便沿路而下。约莫走了一里多路，突然面前出现一位老僧，九十上下，容光焕发，神采奕奕，举止文雅，衣着简朴。我凝视着他，心想，这位老僧超凡脱俗，一定是位得道之人。我正要与他说话，他却匆匆走开。我若有所失地往前走，不一会儿，遇到一位约莫四十来岁的僧人。我问他：'刚才过去的那位老僧是何人？'他回答道：'乃头陀弟子大迦叶。'我听说是大迦叶，非常惋惜，没能聆听他的教诲，后悔不已。我朝大迦叶去的方向走去，前面是一座大山，已无去路。山上有一石室，一块大石横塞室口，我无法进去，失望地站在室外，情不自禁地流下泪来。我虽有缘看到大迦叶的尊容，但却无福分聆听他的教诲。我朝石室叩了三个头，然后怏怏离去。"

一个僧人问道："法师，听说有一家失火，其他资物尽焚，唯你所译的《大般泥洹经》未烧，可有此事？"

法显微笑道："嗯。曾有一俗人告诉我：扬州朱雀门附近有一户人家，家主乃是位居士。他十分虔诚，自抄一部《大般泥洹经》，经常读诵。因家中无经室，便把《大般泥洹经》与其他杂书放在一起。去年秋天的一天夜里，邻居家失火。大火蔓延到他家。房屋、衣物、用具、杂书等都化为灰烬，唯有《大般泥洹经》俨然具存，卷色无异。我听说此事后，便差人到扬州去找这户人家。但邻居说，这户人家的房子被烧毁后，已搬走，不知其去处。"

一位僧人问道："法师，在天竺你对何物感受最深？"

法显思忖片刻，说道："人！"

"人？"那个僧人惊讶地反问了一句。

法显道："对！我所说的人，既包括僧人，也包括俗人。我孤身一人在异国他乡，人地生疏，举步维艰。倘若没有那些热心而坦诚的人，我法显或许早已不在人世。有

第四十章 辛寺归西

许多次在我生命垂危之时,当地的善良人救了我的性命。也正由于那些友善的僧俗,我才能携经而归。我一想起他们,便感激涕零。他们的恩情,我永世不忘。"

僧人们还提出了许多形形色色的问题,法显都一一予以解答。

天已黑。法显宣布今日暂停,明日继续解答问题。

次日上午,僧人们像往常一样聚集在讲经堂里。往日的这个时候,法显已到,而今日却没有来。众人又等了一会儿,还是没有来。慧明让善信去请法显。

善信来到法显的寮房,看到法显正在打坐,便没有惊动他。善信看了看室内,几案上放着汉译《摩诃僧祇律》。油灯内油已耗尽,灯头尚发出极其微弱的光亮。善信心想,天早就亮了,法师为何还点着灯?他感到纳闷。这时,灯突然灭了。他心里一惊,过去仔细地看了看法显。法显如木雕一般。善信感到有点儿异常,用手轻轻地摸了一下法显的胳膊,胳膊冰凉。善信吓了一跳,撒腿就跑。到了讲经堂,他颤抖着说道:"长……长老,不……不……不好了,法师,他……他圆寂了!"

众僧无不为之愕然,匆忙奔向法显的寮房。

附录一

法显西行粗略年表

公元 334 年，法显出生于平阳郡武阳（今山西省临汾地区）的一户龚姓人家。

公元 337 年，法显 3 岁。父送其至寺院度为沙弥。

公元 344 年，法显 10 岁。丧父。一年后丧母。葬事后，法显即回寺院。

公元 354 年，法显 20 岁。受具足戒。

公元 355—398 年，21 岁至 64 岁间，其活动不详。

公元 399 年，法显 65 岁。与慧景、道整、慧应、慧嵬一起，从长安出发西行求取戒律。

公元 400 年，法显 66 岁。在张掖遇到智严、慧简、僧绍、宝云、僧景等，结伴西行求法。后慧达加入，西行队伍达 11 人。

公元 401 年，法显 67 岁。到达于阗国。慧景、道整、慧达先行出发，前往竭叉国。法显在此观礼行像。行像结束后，法显等人出发前往子合国。从子合国南行，进入葱岭，到达于麾国。法显等前行，到达竭叉国与慧景等人会合。从竭叉国出发，翻越葱岭，到达北天竺境内。

公元 402 年，法显 68 岁。渡过印度河的支流，到达了北天竺的乌苌国。法显由乌苌国南下，到达宿呵多国。由宿呵多国东下，到达犍陀卫国。从犍陀卫国东下，到达了竺刹尸罗国。从犍陀卫国南行，到达了弗楼沙国。慧达、宝云、僧景返回汉地，慧应在此国的佛钵寺圆寂。法显独自由弗楼沙国西行，到达那竭国。

公元 403 年，法显 69 岁。法显、慧景二人翻越小雪山时，慧景不幸在小雪山北麓圆寂。法显翻越小雪山到达罗夷国。而后又到达西天竺、达跋那国、毗荼国、摩头罗国。由此，法显到达中天竺，即佛教史籍所说的"中国"。

公元 404 年，法显 70 岁。游历了摩头罗国、僧伽施国、"曲女城"、沙祇大国、拘萨罗国的舍卫城、迦维罗卫城、蓝莫国、摩竭提国的巴连弗邑、王舍新城、拘睒弥国等。

公元 405 年，法显 71 岁。在巴连弗邑学习梵文、梵书，抄写经律。

公元 406 年，法显 72 岁。继续在巴连弗邑学习梵文、梵书，抄写经律。

公元 407 年，法显 73 岁。在摩诃衍僧伽蓝得《摩诃僧祇众律》一部，《萨婆多众律律抄》一部，《杂阿毗昙心》一部，《綖经》一部，《方等般泥洹经》一部，《摩诃僧祇阿毗昙》一部。

道整羡慕天竺僧众戒律的严整，决定留在天竺。法显决心携经返回晋地。

法显独自顺恒河东下，到达瞻波大国。由瞻波大国继续东行到达面临海口的多摩梨帝国。多摩梨帝国位于东天竺。

公元 408 年，法显 74 岁。在多摩梨帝国写经、画像。

公元 409 年，法显 75 岁。继续在多摩梨帝国写经、画像。法显由多摩梨帝海口搭乘商人的船舶，到达狮子国（今斯里兰卡）。

公元 410 年，法显 76 岁。在狮子国瞻礼了首都城之北的佛足迹大塔、无畏山寺、贝多树、佛齿精舍、跋提精舍、大寺等。瞻礼佛。观看佛牙供养仪式。写经。

公元 411 年，法显 77 岁。在狮子国求得《弥沙塞律》藏本、《长阿含经》、《杂阿含经》以及《杂藏》一部。七月中旬，法显带着所得经卷搭乘商船踏上归国的艰难历程。搭乘的商船东下，在大海中漂流 90 余日，到达耶婆提国（印度尼西亚爪哇）。

公元 412 年，法显 78 岁。在耶婆提国停留 5 个多月后，于四月十六日，搭乘商船向东北方向航行，去广州。在航行中，商船遭遇暴风雨，难辨方向，在海上漂流，于七月十四日，到达长广郡牢山南岸（今山东省崂山县北），并在此登陆。

公元 413 年，法显 79 岁。在彭城度过一冬一夏。南下至建康（今江苏省南京），住于道场寺，与天竺僧人佛陀跋陀罗等一起开始翻译经律。

公元 414 年，法显 80 岁。在建康道场寺撰写了西行游记《佛国记》。

公元 415 年，法显 81 岁。在建康道场寺译经。

公元 416 年，法显 82 岁。与佛陀跋陀罗禅师等一起，在建康道场寺开始翻译《摩诃僧祇律》。

公元 417 年，法显 83 岁。继续在道场寺翻译《摩诃僧祇律》。与佛陀跋陀罗等在建康道场寺开始翻译《大般泥洹经》。

公元 418 年，法显 84 岁。全部校订完成《大般泥洹经》六卷、《摩诃僧祇律》四十卷。

公元 419 年，法显 85 岁。在建康道场寺参与翻译了他从天竺带回的《方等泥洹经》二卷、《杂阿毗昙心》十三卷（已佚失）、《杂藏经》一卷、《僧祇比丘戒本》一卷。

上述四部，连同《摩诃僧祗律》四十卷、《大般泥洹经》六卷，法显共译出经律六部七十三卷。

公元420年，法显86岁。荆州辛寺圆寂，享年86岁。

附录二

法显西行所经处古今地名对照表

长安，今陕西省西安市。

乾归国，都城在金城，今甘肃省兰州市西阿干镇。

溽檀国，东晋十六国时期的南凉的都城西平，今青海省西宁市。

张掖国，今甘肃省张掖。

敦煌，今甘肃省敦煌。

鄯善国，即古楼兰国，其国都扜泥城故址，在今新疆若羌县东境的米兰。

焉耆国，今新疆焉耆回族自治县。

于阗国，在今新疆和田东南。

子合国，今新疆叶城县。

于麾国，在今叶尔羌河中上游一带。

竭叉国，在今克什米尔东部的拉达克境内。

陀历国，今克什米尔西北部的达尔德斯坦的达丽尔。

乌苌国，在今巴基斯坦北部斯瓦特河流域。

宿呵多国，今巴基斯坦斯瓦特。

犍陀卫国，在今巴基斯坦西北喀布尔河沿岸一带。

竺刹尸罗国，在今巴基斯坦拉瓦尔品第西北的特克希拉一带。

弗楼沙国，今巴基斯坦白沙瓦。

那竭国，故址在今阿富汗贾拉拉巴德。

罗夷国，在今阿富汗境内。

跋那国，在今巴基斯坦北部的邦努。

毗荼国，位于邦努与摩头罗间的直通道路上。

摩头罗国，都城在今印度的马霍里。

僧伽施国，都城在今印度北方邦的法鲁卡巴德。

罽饶夷城，今印度北方邦的卡脑季城。

沙祇大国，在今印度北方邦瓦腊那西以北一带。

舍卫城，在今印度北方邦拉布蒂河南岸的塞特马赫特地区。

迦维罗卫城，在今尼泊尔南部提罗拉科特附近。

蓝莫国，在今尼泊尔南境的达马里附近。

拘夷那竭城，在今尼泊尔南部的巴伐沙格脱附近。

毗舍离城，在今印度比哈尔邦的穆札法浦尔地区。

摩竭国，今印度比哈尔邦的巴特那。

王舍新城，今印度比哈尔邦的拉杰吉尔。

伽耶城，在今印度比哈尔邦中南部的佛陀加雅。

迦尸国波罗奈城，今印度北方邦的贝那勒斯。

拘睒弥国，都城在今印度北方邦安拉阿巴德西南。

达嚫国，位于现今纳格浦尔以南的钱达全部及其以东的康克尔一带地区。

瞻波大国，在今孟加拉国境内。

多摩梨帝国，在今印度西孟加拉邦加尔各答西南的达姆拉。

狮子国，今斯里兰卡。

耶婆提国，今印度尼西亚的爪哇或苏门答腊。

长广郡，治所在不其，故址在今山东省崂山县北。

牢山，即崂山，位于今山东省崂山县东。

彭城，今江苏省徐州。

建康，今江苏省南京。

附录三

古今中外评说法显

法显（约334—420），出生于平阳郡武阳（今山西省临汾市）。东晋时代的一位高僧、中国到天竺取经并携经而归的第一人、杰出的佛学家、旅行家和翻译家。

他感慨戒律残缺，决心亲往天竺（印度）取经求律，瞻仰佛迹。于公元399年以65岁高龄，毅然从长安出发前往天竺取经。他历时14载，倍尝艰辛，游览了30余国，终于由海路携经而归。回国后，他孜孜不倦译经，并把自己在国外的所见所闻撰写成《佛国记》，为后人留下了一部珍贵的历史文献。

他的壮举和巨大的贡献，受到国内外知名人士的高度评价。

1. 中国和斯里兰卡有高僧法显开启的千年佛缘。
——习近平（于2014年9月斯里兰卡）
2. 法显、玄奘西行取经，郑和七下远洋，等等，都是中外文明交流互鉴的生动事例。
——习近平（于2014年9月北京）
3. 感叹斯人（法显），以为古今罕有。自大教东流，未有忘身求法如显之比。
——慧远（334—416，中国东晋高僧）
4. 法显道人至自祇洹，具说佛影，偏为灵奇。
——谢灵运（385—433，东晋著名诗人）
5. 法流中夏，自法显始也。
——郦道元（470—527，北魏地理学家，著有《水经注》）
6. 法显，志行明敏，仪轨整肃。
——释慧皎（497—554，南北朝僧人，著有《高僧传》）
7. 昔法显、智严亦一时之士，皆能求法导利群生；岂使高迹无踪，清风绝后？大丈夫会当继之。法显、智严犹能孤游天竺，而我安能坐致耶？
——玄奘（600—664，旅行家、翻译家，著有《大唐西域记》）
8. 观夫自古神州之地。轻生殉法之宾。显法师则创辟荒途。奘法师乃中开王路。
——义净（635—713，唐代旅行家，佛经四大翻译家之一）

9. 开凿之功始自腾显，弘阐之力乃资什安。

——柳宣（唐高宗时的太常博士，与玄奘同朝）

10. 伽蓝记虽翼翼婉秀，而三藏传极为详缛，要之不若《佛国记》。

——沈士龙（浙江安吉人、明末学者）

11. 法显横雪山以入天竺，赍佛典多种以归，著《佛国记》，我国人至印度者此为第一。

——梁启超（1873—1929，思想家、著名学者）

12. 法显斯可为梵土前哲悲，亦为汉土尊宿幸足矣。

——章太炎（1868—1936，民国初年国学大师）

13. 青岛的佛法，说晚也最晚，说早也最早。按晋朝法显大师，为中国僧人去印度留学最早之人。

——倓虚（1875—1963，佛教界著名人士）

14. 西方诸国，虽文化如印度尚无史地之书，故西人考中亚诸地理者，不得不以法显、玄奘之书为本。

——王国维（1877—1927，国学大师）

15. 我们从古以来，就有埋头苦干的人，有拼命硬干的人，有为民请命的人，有舍身求法的人。虽是等于为帝王将相作家谱的所谓"正史"，也往往掩不住他们的光耀，这就是中国的脊梁。夜写《法显传》讫，都一万二千九百余字，十三日毕。并赋诗曰："礼赞晋法显，空前之伟人。中华脊梁骨，名句万百存。此言非过誉，当之无愧人。"

——鲁迅（1881—1936，思想家、作家）

16. 涉绝幕，渡重洋，在外十五年，学成而归，就所经行，别出记传，克保于今者，邦贤中首推法显。显师之书，为我汉人游历印度纪闻之创作，当日南朝人敬重英雄，美称曰"佛"也。

——岑仲勉（1886—1961，历史学家）

17. 法显《佛国记》，亚洲之光。

——太虚（1890—1947，民国佛教领袖）

18. 释迦牟尼说法处，历代所译经典皆有记载，而法显玄奘所亲历之地。惟默察当今大势，吾国将来必循汉唐之轨辙，倾其全力经营西北，则可以无疑。考自古世局之转移，往往起于前人一时学术之细微，迨至后来，遂若惊雷破柱，怒涛振海之不可御遏。

——陈寅恪（1890—1969，国学大师）

19. 海陆并遵，广游西土，留学天竺，携经而返者，恐以法显为第一人。

——汤用彤（1893—1964，教育家、国学大师）

20. 《佛国记》是一部很重要的书。

——范文澜（1893—1969，历史学家）

21. 楼兰海虽渐南移，但亦无多大变迁。故其沙漠，当亦无迁移之迹。吾人根据法显所述可以知也。

——黄文弼（1893—1966，西北史地学家、考古学家）

22. 法显是中印交通的开山祖师。

——谢方（知名学者）

23. 《法显行传》记法显经过沙河，——在一个茫无边际的境界，我们惟有踏着前人的足迹，作为自己前进的路线。前人对于我们所尽的责任，正是我们对于后人所有的义务。无论成功或失败，现在的努力，对于后人都是一个重要的参考。在中国文学里，《法显行传》便是一部重要的著作。

——朱东润（1896—1988，教授、传记作家）

24. 法显之归，卓然树之风气；且玄奘之行，自言在追风法显。

——诸葛祺（民国学者）

25. 法显以后，南北僧侣络绎西行。

——翦伯赞（1898—1968，历史学家）

26. 西行中，最有成绩的是法显。

——周叔迦（1899—1970，曾任中国佛协副会长）

27. 法显，发迹长安时当是65岁，旅行西域66岁，突破葱岭67岁，航行印度洋77岁，还归建康79岁。

——贺昌群（1903—1973，历史学家）

28. 西行中，最有成绩的是法显，法显不朽的"游记"和其他方面的成就，可能令人忽视他最初求律的动机和这方面的成就。

——赵朴初（1907—2000，曾任中国佛教协会会长、佛学家、书法家）

29. 既通梵语，又善华言，译起经……既不伤文，也不伤质，法显就是一个最著名的例子。法显之所以高出众人之上者，因为，他是有确凿可靠证据的真正抵达天竺的第一人。

——季羡林（1911—2009，著名印度学者、散文家）

30. 《法显传》虽然质朴，但由于亲身经历亲笔自写，常在字里行间射出深厚的感情，十分触动人心；有许多境界往往是《大唐西域记》所不能达到的。

——章巽（1914—1994，教授、航海史专家，著有《法显传校注》，1985年）

31. 《佛国记》是法显"夫子自道的西行记录"，最可信据。

——饶宗颐（1917—2018，著名学者）

32. 中国最伟大的第二位留学生是玄奘，第一位则是晋朝的法显。

——南怀瑾（1918—2012，实业家、著名学者）

33. 法显，是中国历史上第一位留学生，而且最有成绩和最为成功。

——柏杨（1920—2008，著名作家）

34. 法显，是先行者，一个里程碑，中外佛教交流史的准绳。法显的《佛国记》最先为我们提供了与我国毗邻的诸国和南亚、东南亚等国的信息和情况。

——黄心川（1928年生，印度学专家）

35. 法显所得来之成就，却远比玄奘来得艰钜。中印佛教文化交流之发展、开花、结果，都是以法显为"零界点"。其光辉多为玄奘大师所掩盖。燧人氏发明火，比之今世发明火箭在时代上说更为艰钜。我们以此一态度，来还原法显大师在中国历史上之地位或许是公平的。

——李志夫（1929年生，教授）

36. 《大般泥洹经》法显的译出，带动了此后昙无谶的翻译《大般涅槃经》，由此兴起"佛性论"思潮，助推中国佛教急剧地向"如来藏"缘起说转化，更与中国传统的性善论合流，一扫"毗昙"和"般若"的消极悲观情绪，成为隋唐以后中国佛教的主导意识。追本溯源，立此头功的，非法显大师莫属。向传统学习，继承和发扬祖先留下的丰厚文化财富；向外国学习，吸取人类一切优秀文化资源。这两种学习加上国人当前的劳动实践，那就是民族生生不息的奥秘，法显在这方面树立了榜样。法显，一个需要唤起时代记忆的伟大行者！

——杜继文（1930年生，知名学者）

37. 法显携归之佛教经典，为佛教义学输入提供了文本的依据，奠定了佛教中国化思想基础，但由于各种原因，关注甚少。这不能不说是历史的遗憾。

——麻天祥（1948年生，知名学者）

38. 法显，是中国历史上有记载的第一位到达了印度本土的中国人。可惜这方面的研究过去做得不多。这种情形，早已经有一些学者感觉到了并希望得到补救。我们对法显大师贡献的理解，其实不能仅限于中国方面，法显大师是一位有国际影响的人物，因此我们还需要从一个更广大的范围来思考法显大师的成就和贡献。

——王邦维（1950年生，知名学者）

39. 中国的文化人这时已不满足于转手接纳和现成套用了。于是，有了中国本土僧人法显和他的伙伴们西行求法的壮举。

——葛兆光（1950年生，知名学者）

40. 法显可谓中印文化交流的鼻祖。关于法显的研究，需要引起学术界的注意。

——黄夏年（1954年生，知名学者。）

41. 如此高龄兼走陆路与水路，除法显之外没有第二人。就玄奘本人而言，也把法显作为榜样。在不同时代，人们的信仰不同，认识有差别，但像法显具有这种坚忍不拔、百折不挠的为国献身精神，始终是民族的魂魄。

——魏道儒（1955年生，知名学者）

42. 所谓文化接受，往往出自于自愿的选择，一定是自身文化系统发展到极限范围而出现了空缺，需要有某种东西予以添补。如果这种东西恰巧外来文化中所含有，那么人们一旦接受起来是会很狂热的。不仅中国，世界亦然，文化的流传原本就是应该这样的。我将其定名为"法显定式"。

——朱叶青（1957年生，作家、画家）

43. 把实相与佛性连接起来的最初机缘，即在于法显所携归的《大般泥洹经》的译出。

——张风雷（1968年生，知名学者）

44. 法显是令人敬仰的爱国爱教楷模。

——方立天（1933—2017，教授）

45. 在经过14年西行求法艰难历程后，从崂山登陆回国。他与唐代赴印求法的玄奘、义净一样，不仅在中国佛教史和文化史上占有重要地位，而且在世界文化史上也占有重要地位。

——杨曾文（1939年生，知名学者）

46. 由于法显的示范，才有后来玄奘等一大批舍身求法者前赴后继。希望有更多的人来关注此事，开展一次大范围的讨论，深入这方面的研究。

——薛克翘（1945年生，印度学专家）

47. 当其它古文明都此起彼伏地用马蹄和刀剑作先导向外挥洒千里万里的时候，中华文化还十分内向；终于有两个僧人走出。法显的壮举，一直是玄奘万里西行的动力。"法显精神"即以柔弱的躯体把生命群落之间的万水千山一一打通。

——余秋雨（1946年生，文化学者、散文家）

48. 佛性问题在中国佛教史上有多重要，法显就在中国佛教史上有多伟大。

——陈坚（知名学者）

49. 法显是中国西游印度的第一位留学生。被誉为中国佛教史上三大西行求法的高僧，精神是一贯的，而其中首位乃是法显，此后的玄奘及义净，都受他的影响。

——圣严（1931—2009，著名佛教界人士）

50. 法显，是一位具有非凡精神力量的伟大先贤，其归来所蕴涵的启示具有超越时空性的恒久意义。

——周齐（知名学者）

51. 法显三藏渡天竺时，见故土之扇而悲，卧病欲得汉食；人闻之曰："斯人何以竟不胜情若此？而令异邦人见之也？"弘融僧都曰："深情之三藏也！"如此，则僧都不持世俗法师之陋见，诚可亲已！

——吉田兼好（1283—1350，日本古代歌人、散文家）

52. 佛教圣地僧伽施（佛安居期间上忉利天为母说法三月后来下处），是基于《佛国记》之记载才发现的。

——康宁汉（1814—1893，英国考古学家）

53. 我们不得不承认这个事实：即公元五和七世纪，中国两位旅行家所做的关于印度佛学历史和地理的详细纪录，是目前印度及其邻国现有梵文和巴利文著作所不能比拟的，这实在令我们震惊！

——萨缪·比耳（英国学者、英译《佛国记》1869年版译者）

54. 在印度朝圣的中国僧侣法显之记载,是了解笈多王朝的重要史料。

——汤因比(1889—1975,英国著名历史学家)

55. 法显到过中亚和印度的几乎每一部分。忍着难言的艰辛和困苦,长途跋涉到印度去取经,带回了大量的佛经进行翻译。在这些朝圣者当中,第一个伟大的名字是法显。

——李约瑟(1900—1995,教授)

56. 法显是第一个描述与种姓制度有关事物的外国人。

——罗兹·墨菲(美国历史学家,著有《亚洲史》)

57. 《佛国记》是让我们抛弃对于东方文明偏见的少有的珍贵著作。

——埃多尔特·萨尔东(19世纪法国地理、历史学家)

58. 佛教传入中国后,译经宣传,初皆由西土东来诸大德所担任;六朝以降,中国已不满足于此,故进而欲至五天竺地,亲求法宝者相望于道,而刘宋法显实肇其端。

——石田干之助(1891—1974,日本汉学家)

59. 在具有长达几千年历史的中国,这是首次完成了足以留存史册的大长征。无论是玄奘还是义净,对于其它许多求法僧来说,《佛国记》已成他们去天竺的路标。我唯有心悦诚服,低头致敬。

——池田大作(1928年生,日本著名学者、社会活动家)

60. 在佛降世一千年后,公元后五世纪时,中国求法高僧法显来到印度。——法显曾在波吒厘子城佛教寺院里学习。

——尼赫鲁(1889—1964,印度政治家、开国总理)

61. 法显旅途中的种种磨难,更是足以令任何其他旅行者气馁,但是完成宗教使命的伟大理想为他提供了源源不断的精神力量。这一伟大理想激励了所有在此后的岁月中前往印度的中国朝圣者。法显的梵语水平很高,也将自己的画作带回了国内,并以此为国内艺术家提供范本。

——师觉月(1898—1956,生于孟加拉,著名学者)

62. 如果没有法显、玄奘和马欢的著作,重建印度史是完全不可能的。

——阿里(印度历史学家)

63. 《佛国记》照亮了印度。

——阿马蒂亚·森(1933年生,印度知名学者)

64. 像大多数印度人一样，我从小就听说法显和玄奘，在他们的记载中发现了印度的过去。

——兰密施（曾任印度环保森林部长）

65. 法显和玄奘广泛游览，几乎游遍全印，在这些方面，他们比希腊旅行家有无可怀疑的有利之处。

——马宗达（印度历史学家）

66. 《佛国记》中关于耶婆提的描述是"中国关于印度尼西亚第一次比较详细的记载"。

——尼古拉斯·沙勒（斯里兰卡历史学家）

67. 人们知道访问过印度尼西亚的中国人的第一个名字是法显。

——尼古拉斯·沙勒（斯里兰卡史学家）

68. 《佛国记》是中国文献中最古老的游记。

——《剑桥世界名人百科全书》（南方出版社，1998年）

69. 法显是海上丝绸之路的开拓者，为郑和七下西洋打下了基础。法显是中国航海史上有重要贡献的人物。

——《海洋小百科全书：海洋探险》（中山大学出版社，2012年）

70. 法显和玄奘的事业，给中国儒家文化输入了印度佛教文化的新鲜血液。

——《近代留学生：世界的中国》（中华书局，2010年）

71. 法显是中华百杰之一，是勇敢走出国门向着外国寻求新知识的第一位中国人。

——《中华百杰图传：法显》（海南国际新闻出版中心，1997年）

72. 《佛国记》是汉朝以来关于印度国情、文化、宗教等方面，最权威的书籍。

——《中国外交通史》（中国社会科学出版社，1996年）

73. 《佛国记》是穿行塔克拉玛干大沙漠的最早纪录。

——《中国古代地理学史》（科学出版社，1984年）

74. "信风"一名，在我国地理资料中，法显采用最早。

——《中国地理学史》（商务印书馆，2015年）

75. 治印度学的人，视《佛国记》为最古的宝典。——《中国学术史讲话》（江苏教育出版社，2005年）76 法显是开辟"海上丝绸之路"航道的探险者。

——《海上丝路史话》（社会科学文献出版社，2011年）

76.《佛国记》是我国现存有关海外交通的最早的详细纪录。

——《辞源》（商务印书馆，2014年）

77.《佛国记》为中国现存史料中有关中国和南亚陆海交通的最早详细记录。

——《辞海》（上海辞书出版社，2010年）

78. 法显，旅行家、翻译家，中国僧人到天竺留学的先驱者。撰成《佛国记》，为研究南亚次大陆各国古代史地的重要资料。

——《辞海》（上海辞书出版社，2010年）

（袁维学选编）

图书在版编目（CIP）数据

法显西行记 / 袁维学著. -- 太原：三晋出版社，2021.2
ISBN 978-7-5457-2388-5

Ⅰ．①法… Ⅱ．①袁… Ⅲ．①传记小说—中国—当代 Ⅳ．① I247.5

中国版本图书馆CIP数据核字（2022）第038323号

法显西行记

著　　者：	袁维学
特约编辑：	冯春海
责任编辑：	张　婷
助理编辑：	段怡璞
责任印制：	李佳音
策　　划：	问弗文化工作室
出 版 者：	山西出版传媒集团·三晋出版社
地　　址：	太原市建设南路21号
电　　话：	0351-4956036（总编室）
	0351-4922203（印制部）
网　　址：	http://www.sjcbs.cn
经 销 者：	新华书店
承 印 者：	山西基因包装印刷科技股份有限公司
开　　本：	720mm × 1020mm　1/16
印　　张：	23
字　　数：	400千字
版　　次：	2021年2月　第1版
印　　次：	2022年10月　第1次印刷
书　　号：	ISBN 978-7-5457-2388-5
定　　价：	68.00元

如有印装质量问题，请与本社发行部联系　电话：0351-4922268